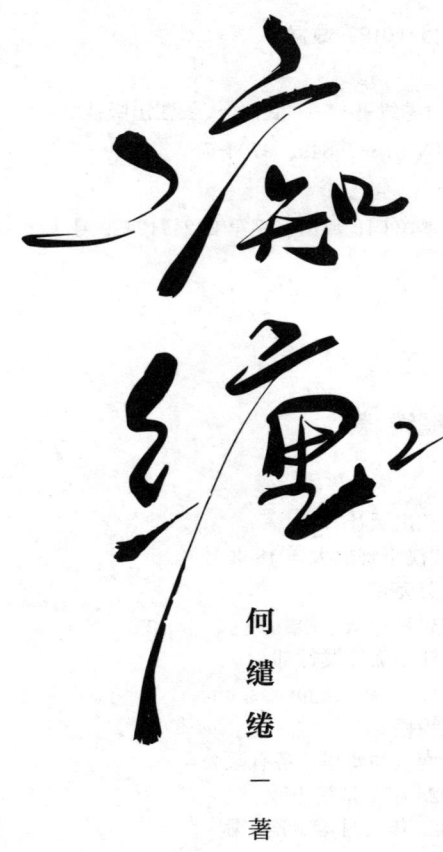

何缱绻 著

长江出版社
CHANGJIANG PRESS

图书在版编目（CIP）数据

痴缠.2 / 何缱绻著. -- 武汉：长江出版社，2025.1. -- ISBN 978-7-5492-9704-7

Ⅰ．I247.5

中国国家版本馆CIP数据核字第2024Y12W29号

痴缠.2 / 何缱绻 著
CHI CHAN

出　　版	长江出版社
	（武汉市解放大道1863号）
出版统筹	曾英姿
特约编辑	刘思月　戴　铮
市场发行	长江出版社发行部
网　　址	http://www.cjpress.cn
责任编辑	张艳艳
印　　刷	湖南天闻新华印务有限公司
版　　次	2025年1月第1版
印　　次	2025年1月第1次印刷
开　　本	880mm×1230mm　1/32
印　　张	10.5
字　　数	355千字
书　　号	ISBN 978-7-5492-9704-7
定　　价	45.00元

版权所有，侵权必究。如有质量问题，请与本社联系退换。
电话：027-82926557（总编室）027-82926806（市场营销部）

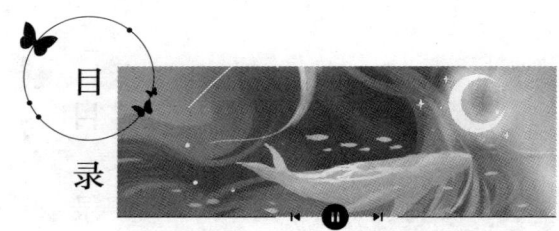

目录

第一章	霓虹迷航	· 001
第二章	温柔的猎手	· 016
第三章	融化的泡沫	· 045
第四章	玫瑰幻影	· 068
第五章	无声告别	· 090
第六章	下坠	· 111
第七章	绯色陷阱	· 140

C O N T E N T S

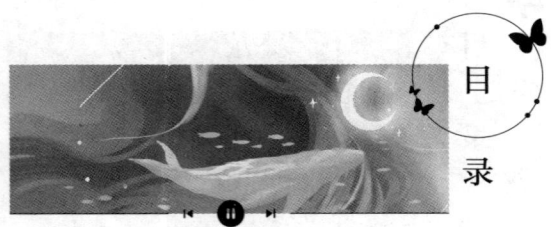

目 录

第八章　不如重新来过　　　· *162*

第九章　爱了很久的我们　　· *189*

尾　声　　　　　　　　　　· *230*

番外一　年少旧约　　　　　· *240*

番外二　错位暧昧　　　　　· *290*

番外三　最后的我们　　　　· *326*

C O N T E N T S

第一章
霓虹迷航

CHI
CHAN

怀兮眼前顿时一片漆黑,仿佛世界在面前落幕。他的手掌温热,贴在她的眼周,好似回到了那些年。

不知道为什么,在这一刻,她差点儿掉下眼泪。

"来吧。"程宴北在她耳边低声说。

于是怀兮被他带往一侧。她小心翼翼、懵懵懂懂地挪了过去,觉得自己像个小孩子,不禁笑着说:"程宴北……要不算了吧。"

要不算了吧。

我们大步朝前,不要再沉湎过去,不要再回头了。

她也过了玩这种游戏的年纪。今晚不过是她一时兴起,碰见了,想做点儿别的事情分散一下焦虑。他却偏偏为她上了心。

此时,老板催促道:"你们玩不玩啊?这么晚了,我要收摊儿了——"

的确不早了。

怀兮也不知道自己是怎么想的,接过老板递来的铁丝圈,尝试着先往外扔了一个。虽看不见,但她能感觉到落空了。

程宴北却不急不躁地笑道:"你别急,我说哪里你就扔哪里啊。"

她非要听他的吗?

怀兮撇了撇嘴。他在她身后低声提醒她向左一点儿,向右一点儿,或者他带着她向后退一点,方便她发挥。

她当然听他的了。

可是玩了一圈下来，依然一个都没套到。

一场无用功。

怀兮沉沉地叹了口气，笑道："看吧，我都说算了。"

程宴北的手也从她的眼前放了下来。

摊贩见她收手，立刻嚷嚷："帅哥，劝劝你的女朋友吧，我真的要收摊儿了。"他又指了指前面夜市的其他摊贩，他们也陆陆续续地撤离了。他继续说，"想玩的话明天再来吧！"

程宴北看了老板一眼，没理会，只是笑着问怀兮："还要玩吗？"

怀兮见老板要走，突然来了胜负欲，叫道："等等——"

"怎么啦？"老板差点儿就说她难伺候了。

"我要玩。"怀兮说，"再给我十个圈。"

"真的？"程宴北还以为她真的不想玩了。

"他要赶我们走，我突然就想玩了。"怀兮笑道，"我可不是因为想陪你。而且，我不是你的女朋友。"

程宴北勾起嘴角，没说什么。

他对老板说："也给我十个。"

老板动了动嘴唇，想说他们不早点儿决定，但面前的男人已经扫码付款了，他只好分别递给他们十个圈，并道："快点儿啊，我真的要收摊儿了。"

怀兮将圈子在手腕绕了绕，看着程宴北，轻轻地眨眨眼，好笑地问他："我在这儿玩到天亮，你还陪我吗？明天不训练了？"

程宴北说："你先套到再说。"

怀兮"嗤"了一声，立刻扔出一个圈。那个不大的铁环绕着夜色，在地上慢悠悠地转了一圈，然后结结实实地躺了下来。

套空了。

程宴北扬眉笑了。

"才一次啊，不是还有好多吗？"怀兮据理力争，一抬头，正撞上他略深沉的目光。她立刻别开视线，不自在地往另一个方向看，并道，"反正我扔完我的，你扔完你的，我就回去了，来都来了。"

程宴北轻声笑道："你怎么知道你十个就能套到？"

怀兮回头，狠狠地瞪了他一眼。

两个人扔了二十个圈，什么都没套到，但他们的心情好了不少。老板怕他们一直玩下去，赶紧收摊儿跑了。

程宴北的车停在停车坪，他们直接前往，没向更远的地方散散步或是干什么。上了他的车，今晚就算是收尾了。

程宴北送怀兮回黎佳音那边。他去过两次，轻车熟路。很快，周围的风景渐渐变得熟悉起来，车快靠近小区门口了。

二人一路没说什么话，怀兮靠着车座椅，闭上眼，快要睡过去时，想起刚才的事，突然开玩笑道："我还以为能套个什么值点儿钱的东西呢，你现在好菜啊。"

程宴北目视前方，很不屑地笑道："你确定是我菜？"

"不是吗？"怀兮也笑了，想说他以前可不是这样的。

程宴北哼笑一声，瞥了她一眼，道："现在回去还来得及。"

"不要了吧——"怀兮很疲倦地道，拉长尾音，心情舒畅了许多，声音却渐渐低下去，"我好累了。"

此时，程宴北的电话猝然响起。

怀兮还想说什么，又哽在喉咙里。

"我接个电话。"程宴北压低嗓音道。

"嗯。"怀兮应。

程醒醒还没睡觉，说自己饿了，问他们回来没有，让他们在门口的便利店帮忙买点儿东西。好像吃准了他一定会送怀兮回来。

"你跟小兮姐姐在一起吧？"程醒醒问。

程宴北答非所问："你熬到这会儿打电话就为了问我这个？"

"看，我就知道，我就知道你们在一块儿呢！"程醒醒猜中了，立刻笑起来，像个小大人，三言两语已经为他安排好了，"一会儿你们一起上来吧，你送送小兮姐姐，我正好有事要跟你说。"

"醒醒。"

程宴北还想多说几句，那边已经挂电话了。

他看了怀兮一眼，她又闭上了眼，面朝着窗户。窗外是交替变化的光影，她的睫毛很长，落下浅浅的阴影。

程宴北本想开口继续刚才的话题，见此，顿了顿，也没再说话。

他绕过路口，找到了地方停车。

怀兮睡得浅，车一停，她就清醒了。接着，她听到了车门关闭的声音。

程宴北将车停在了小区门口一家超市前的马路上，下车去买东西。怀兮睁开困顿的眼，脑袋抵着窗，望着他的背影，一直到他进了便利店。

003

她望着空荡荡的便利店门口，不由得发起了呆。手机振动了一下，她还以为是蒋燃，结果只是一条无足轻重的运营商信息。

不一会儿，程宴北出来了。他暂时将两个购物袋用一只手提着，另一只手拿出一支烟，咬在嘴里，然后找打火机。他的肩膀上还夹着电话，和电话那头的人比对着袋子里的东西。

怀兮猜测，电话另一端应该是程醒醒。

程宴北转身，要回身后的便利店买打火机，一抬头就注意到车里的怀兮醒了。

他眯了眯眼，隔着一层玻璃，两个人无声地对视了几秒。

他逆光而立，看不清表情。怀兮只感觉到他的视线始终落在自己身上，就这么看了一会儿，然后径自走了过来。

很快，玻璃上落了只骨节分明的手。

他没直接去驾驶座，而是敲响了她这一侧的车窗。

怀兮降下一半窗子，半倚着车门，抬头问："怎么了？"

程宴北的下巴微抬，嘴里还咬着一支没点燃的烟，微微垂下头，示意驾驶座那边，说："帮个忙。"

怀兮猜到他要什么，转头扫视一圈，就看到了他常用的那个黑色磨砂质地的滚石打火机。

她顿了顿，突然想到以前送过他一个外形精致的打火机作为生日礼物，此刻在心底暗暗地猜测，那个打火机他还有没有留着。

她想着，伸手把打火机递出去。

可久久没等到他接过去。

程宴北压低身子，凑近她，眨着眼，看着她，嘴角带着一点儿痞气的笑容。他继续示意道："帮我啊。"

怀兮注意到他手里提着购物袋，东西还不少，便点头应下了。她用这种打火机一向费劲，拇指在打火石上滑了几次都没动静，指腹还被摩擦得生疼。

他却完全没准备帮她，半弓着身，耐心地等她。他散漫的视线一点儿也没挪动，笑意缱绻。

终于，一番折腾下来，火花升起，打火机点着了。

怀兮累了一天，浑身没劲，好不容易打着了火，她双手握住打火机，立刻凑到他的烟前准备帮他点。

突然，她听到了塑料袋落到地面的声音。很快，她的手腕就被他的一只手抓住了。

　　猝不及防之间，她的心也跟着狂跳了几下。他的力气很大，霸道地抓着她的手腕，不由分说地将她整个人都向上提，仿佛要将她从车里给拽出去。

　　"喂，你……"

　　她气得说不出话，觉得自己被耍了。

　　他不是能自己来吗？

　　程宴北眉眼轻敛，笑着看了她一眼。他也没松开她的手腕，而是淡淡地嘱咐了一句"拿好了"，然后将烟的前端凑近那被风吹得即将熄灭又燃起的火苗上。

　　倏地，一点儿红光亮起。

　　他终于松开她，对着她笑了笑，然后用刚才拽她的那只手轻轻地按了一下她的额头——像是要抚摸她，又带着些许克制。于是就有了这么一个不伦不类、尴尬的动作。

　　程宴北捡起刚才扔在地上的塑料袋，坐上了驾驶座，发动车子，驶向小区。

　　怀兮的脑门上似乎还有残留的触感，整个人都有些蒙。

　　他应该是去便利店给程醒醒买东西了。

　　她不由得想到，那会儿程醒醒在派出所抱着他哭，说什么在KTV门口睡着，是因为想起之前被在KTV打工的母亲抛弃的事情。

　　程醒醒说话语无伦次的，怀兮都不记得到底是不是这个逻辑和顺序。

　　她以前也没听他说起过这件事。

　　快到黎佳音家门口时，怀兮收到了程醒醒的短信："小兮姐姐，我哥还跟你在一块儿吗？"

　　怀兮犹豫了一下，答道："嗯，在。"

　　"那就好，你们快点儿呀。"

　　你们？

　　怀兮没弄明白程醒醒的意思，车又停了。

　　程宴北和她已经到了目的地。

　　她立刻下了车，主动打开后车座的门，要去拿那两个购物袋。却被他从另一边打开车门，先一步提走了。

　　程宴北眉毛轻扬，晃了晃手里的袋子，说："走吧，我送你上去。"

程醒醒的心情显然好多了。她刚洗过澡,头发还湿着,换上了黎佳音的睡裙,两个人在卧室里一边聊天,黎佳音一边给她吹着头发。吹风机的声音不小,她们又只顾着谈天说地,连怀兮和程宴北开门进来了都没发现。

还是程醒醒一回头看到了他们,轻快地喊了一声:"哥——"

黎佳音知道他们兄妹有话要说,于是放下吹风机出去了,把空间留给了他们。

和程宴北擦肩而过时,他朝她点点头,说了声"谢谢"。

黎佳音笑笑,道:"没事,你们聊。"然后望着在玄关换鞋的怀兮,给她使了个眼色问:"今晚要留下吗?"

程宴北还没说话,黎佳音又指了指隔壁的房间说:"我可以让给你们。不过你们动静小一点儿。"

不等他说话,黎佳音便脚步轻快地出了房间。

黎佳音关上门,见怀兮在厨房吧台那边喝水,轻手轻脚地凑过去,推了推她的胳膊问道:"心情好点儿没?"

"嗯,还行。"怀兮点头。

"人也找到了,你就别自责了,没事的。"黎佳音安抚道,"程宴北没怪你吧?你们没吵架吧?"

怀兮摇头道:"没有。"

她想说他还陪她到路边玩了一会儿,不过没说出口。

其实她心里还是有些自责。她无法想象,如果程醒醒真的走丢了,遇到什么坏人,或者大晚上被锁到商场里吓出了什么问题,该怎么办才好。

"对了,醒醒刚才跟我说了件事。"黎佳音想起什么似的,换了个话题。

"嗯,什么事?"

黎佳音拢了一下自己的头发,道:"醒醒和程宴北是同母异父,你知道吗?"

"知道。"怀兮点头。

黎佳音坐在高脚凳上,有些惆怅地道:"程宴北的爸爸酒精肝去世后,他妈妈生了醒醒不就走了吗?去港城了。"

怀兮也知道,好像就是因为这个原因,最开始,程宴北不愿与她一起去港城上大学。她以为他是因为讨厌在港城的母亲,所以才讨厌那座城市。不过她也能理解。当时巩眉也是因为憎恶去了港城的怀兴炜,所以才三令五申不让她报考港城的学校。

"那会儿在派出所门口,你听醒醒哭,她也说了这件事,不过那会儿我没听明白。刚才她跟我说我才听明白了,原来是她两三岁那会儿,她妈妈又把程宴北和她给骗到港城去了。"

怀兮一愣,一阵心惊,问道:"什么?"

她那会儿也听程醒醒哭着说了,语无伦次的,还以为自己听错了。

"说什么要给她和哥哥好的生活,结果把他们扔在火车站就不见了。当时程宴北才十一二岁吧,估计也不想尽义务了。"黎佳音说着,叹了口气道,"唉,你说,哪有这么当妈妈的?抛下孩子就走,一次也就算了,还有第二次。"

怀兮深感吃惊。她与程宴北在一起的那些年,只听说他母亲卷走了家里所有的钱,扔下他和妹妹去了港城,却没听说他还被抛弃过第二次。

黎佳音继续说:"程宴北带醒醒在港城找妈妈,只知道妈妈在KTV工作,又不知具体在哪儿,那么小的孩子在那么大的城市,差点儿就走丢了。好在后来没什么事,他也聪明,回不去家就去了派出所,之后是奶奶去港城接的人。

"这也是我不想结婚、不敢要孩子的原因。你不想生孩子,男方想要怎么办?再说了,生了就得负责啊,要不就别生。"黎佳音的心情沉重,继续说道,"而且,我真没什么信心把我的孩子教成多么好的人,我怕教不好他,传达什么不好的价值观,或者做了什么我根本没意识到对他是一种伤害的事情,他长大了会恨我。"

怀兮没说话,心情很沉重。

黎佳音叹了口气,看着紧闭的卧室门,摆摆手说道:"算了,不说了。我也困了,洗漱一下就睡觉了。明天周末本来没什么事,我们公司那个新来的经理神经病,十点要开视频会议,真的好烦。"

怀兮握着玻璃杯,手指摩挲着冰凉的杯身,看着那扇房门,若有所思,然后放下杯子去阳台抽烟。

夜风微凉,吹得她没了困意。

怀兮趴在阳台栏杆上,路灯下颜色各异的野猫跑过,在椭圆形大花坛前前后后地流窜,时不时发出凄惨的叫声,像是小孩儿的啼哭声,很瘆人。

不多时,身后的推拉门传来动静,有人走近她。

她没回头也知道是谁。她不说话,他也不开口。她盯着楼下打成一团的几只猫,状似轻松地打趣道:"你要不要对着它们吹个口哨,可能就不打了?"

她还记得他前几天对猫吹口哨的事。

"怎么不去睡觉?"他问。

怀兮的眼睛还看着楼下,打了一架的猫们没分出胜负,尖锐地对峙着,互相叫了好几声来吓唬对方,末了才三三两两地离开。

看猫打架挺没意思的。

鬼知道她为什么看了这么久,好像就是在这里无所事事,等他过来似的。黎佳音都睡了,而她好像知道他和程醒醒说完话,一定会来找她。

不知是什么让她这么笃定。

就好似当年跟他赌气提了分手后,她笃定他一定会吃醋回头找她复合。

可是他没有。

"我在等你出来。"怀兮看着下方已经恢复一片寂静的空地,淡淡地笑了,然后去看身旁的他,目光微动,像是哭过。她道,"我总觉得有什么话没有对你说完。"

程宴北凝视着她,眼中泛起笑意,问:"什么话?"

怀兮摇头道:"我也不知道。"

程宴北笑道:"那你想好了跟我说。"

怀兮的思绪飘得很远。

关于要说的话,她想了很久。刚才他送她回来的一路沉默中,她都在思考这个问题。可她不知该从何说起。

她总觉得,他们之间有很多话要说,有很多衷肠需要痛快地倾诉。可话到嘴边,就不知该单独拎出哪件来说。

他们之间的一切好像都是未完成式。

怀兮想起那会儿在派出所,他抱着她,在她语无伦次的道歉下,他却说,也该对她说一声对不起。这句"对不起"到底从何而起,又从何而终,她也不知道。

"之前,我不知道你奶奶病了。"半晌,怀兮轻声开口。

先把今晚从程醒醒那里得知的,在彼此面前罗列开吧。

"我以为你瞒着我要去特训,要出国打比赛,只是因为你要放弃我。"

她苦笑了一下，说道，"其实不是这样的，对吗？"

程宴北沉默了一下，淡淡地回应："不是。"

"也不重要了。"她说，"我那时生气也不是因为这个。"

她释怀了，又没有完全释怀。时隔多年，说起往事，一股蒙在心头的酸涩，感觉依然很强烈。像是一颗顶着肉生长而出的智齿，想起来就觉得酸痛。

不去想，它也就好像可有可无。

实际上，它一直存在。

"我就是觉得，你瞒着我很过分。所有人都知道你要走，唯独我不知道。"她抬起头，红着眼睛看着他，嗓音中夹着一丝哽咽，却依然扯出一个好像已经不那么在意的笑容。

"你真是个浑蛋。"她咬着牙说，"是不是？"

程宴北看着她，目光深沉，伸手替她拨开眼前的发。

"其实，你要瞒着我什么都好，很多事，你都可以瞒着我，只要不伤害到我们的感情，我觉得都无所谓。谁都不是坦坦荡荡的，爱情本身也不坦荡，是不是？"

怀兮偏了偏头，好似要过渡鼻酸的感觉。她想，如果她能像程醒醒一样大哭一场就好了。好好地宣泄出来，就不会那么难过了。

时隔多年，伤口不够疼了，连哭都哭不出来。

可它的的确确还在那里。

无论隔了多久，可以忽视，可以不刻意去留意，可以避开它不去撕开，可以在无视它的同时，去过好自己的人生。

可它一直在。

一想起来就心酸。

一遇到制造伤口的那个人，就会感到无比难过。

一种发泄也发泄不出来，如鲠在喉的难过。

两个人分开，如果是误会就说开，是矛盾就解决。可最怕的就是，这种所谓的误会与矛盾之下，是一层又一层彼此的"不成熟"和所谓的"我不想伤害你""不想给我们添麻烦"堆叠起来的，由他们一手酿成的因果。

恋人如凶手，都喜欢重返当年的现场，揭旧账一般数落彼此的过错。

可他们根本不知到底谁对谁错。

如果他当年能再坦荡一些，狠狠心，不要怕伤害她，直接告诉她他要走呢？告诉她，他没有放弃他们的未来，他只是有苦衷。

如果她不赌气提分手，多点儿耐心，多给他一些时间呢？不要那么不成熟，每次都等着他来哄她，不要以为他会永远毫无底线地纵容她、惯着她，然后跟她道歉，找她复合。

可惜，没有如果。

人生的变故就是如此多。

这些年怀兮见惯了身边人，包括自己，在感情上的分分合合、不得已、断舍离，她早已不确定，如果那时换个结局，如果他们重新在一起，未来会不会有更多的矛盾，更多的不可预知，让彼此再次分开。

她不想重蹈覆辙了。

年少时，人总把感情的事想得太天真，总觉得只要相爱，就会是一生一世一双人，没有什么会让彼此分开。长大后才明白，原来人人都有那么多的求不得与不可说，也有那么多的不得已与无法解决、无法说出口的爱恨嗔痴。

长大后，感情一定会变得很复杂。挑选爱人，不仅会考虑自己对对方来不来电，彼此是否合拍，还有很多无法抛开，也不能不顾及的因素，这些全是感情中无法避免的存在。

或者说，加上"挑选"这个前提，这份感情从一开始就不够纯粹。多数人为何常常会怀念年少时的感情，只因为那时最单纯，相比长大后，感情也最纯粹。

程宴北看着她，眉眼微沉。

怀兮见他不言，突然意识到，自己今晚可能太过矫情了。都过去这么多年了，何必旧事重提呢。

爱情本身就不坦荡。

他不够坦荡。

她也是。

怀兮见他不说话，低头轻声说："算了，不说了，我睡觉去了。翻旧账没意思，是吧……"

她正要离开，他却先一步伸手将她搂入怀中。

她落入他怀中的那一刻，能感受到他的心和她的，是同一个频率。

她的呼吸快要凝滞。

程宴北的下巴搁在她的头顶，气息洒落，嗓音似是被夜风感染，他道:"就这么走了?每次都这样?"

怀兮一愣。

"你还不给我说话的机会。"程宴北无奈地低声笑,带有几分懊恼地道,"每次都是这样,以前也不给我说话的机会,只顾着自己走,什么话都不让我说。"

怀兮不想他讨伐自己,闷闷地道:"你别说,我不想听。"

她的感冒没全好,有点儿鼻音,说出来跟撒娇似的。

"不让我说?"

程宴北有些讶异,轻笑一声,低头去看她的表情。

怀兮躲避他的视线,不要他看到自己的表情,道:"嗯,别说了。"

"为什么?"

"过了这么久,你多说一句,我多说一句,还有意义吗?"她幽幽地叹气道,"你别说了,反正我也不想听。太晚了,我们已经分手了。"

"已经分手了。"程宴北笑道,"所以你还这么抱着我?"

怀兮也突然意识到自己回抱了他,躲避他的视线时竟一脑袋埋入了他的肩窝。

她稍稍松开手,缓缓地从他身前抬起头来。不知是否月光低沉,她的目光染上一层迷离,踮了踮脚,凝视着他,唇无意地掠过他的耳垂道:"谁想抱你。"

肌肤之亲最为致命,两簇躁动的火苗从彼此的胸口延伸。

程宴北扶住她的腰,向前一步,抵着她,在阳台的栏杆上。他稍稍靠近她,鼻尖的气息掠过她的唇,蜻蜓点水般试探。

她没有躲,他柔软的唇才肆意地覆上她的。

"不是你吗?"

他轻而易举地撬开她的唇齿,气势汹汹地涌入,继续说:"不想抱我,你跟我说这些是做什么呢,怀兮?"

怀兮低头,思绪僵了几分,感受着他攻城掠地一般侵略性极强的亲吻。

她招架不住他的吻,向后仰去,后腰死死地被他抵在阳台栏杆上,硌得生疼。她还踮着脚,右脚踝也有些酸痛。

不知不觉,程宴北察觉到一股冰凉,从他的下腹传来。他立刻停下,抵住她的嘴角,笑着说:"你就这么着急吗?"

怀兮轻抚他的文身,问他:"你以前交往的女朋友有没有问你文身的来历?"

程宴北的呼吸慢慢粗重了些,道:"有人问过。"

她稍稍撤离他的唇,问道:"你怎么说?"

他哑然失笑,顺着她抽离的气息去捕捉她的唇。她被他吻得不知所以,他倏然抱起她,拉开阳台的门。

客厅里一片黑暗,黎佳音和程醒醒睡在另一间卧室。世界仿佛只有他和她。

他问她昨晚睡在哪里,她哆哆嗦嗦地指了个方向。他抱起她,阔步进去。

两个人一齐栽到床上。

满室黑暗,如同坠入深海,让人自甘沉溺。

"我现在可以告诉你。"他低下头,深深地攫住她的唇。

浴室的水声停下。

房间内全是香薰的气味,酝酿着暧昧。

蒋燃洗过澡,围了条浴巾就出来了。他看了一眼床上侧躺着的女人,没直接过去,而是先去桌子上拎起两个酒杯,打开那瓶还剩一半的人头马。

琥珀色的液体晃动,他倒了小半杯。

几滴悬挂在杯壁,将落不落。

他浅饮一口,又要倒第二杯,立夏却出声制止他:"哎,一杯就好。"

蒋燃回头,语气淡淡地道:"你不喝?"

"需要喝酒壮胆的是你,又不是我。"立夏一只手绕着自己的头发,笑吟吟地看着他道,"给你自己倒一杯就好,我不喝了。"

蒋燃低头笑了,还是倒了第二杯,仿佛没听到她的话,道:"壮什么胆?来都来了。"

立夏看着他动作,又注意了一下时间。已过凌晨一点。

她问他:"今晚我给你打电话,你不是说没空吗?怎么突然又有空了?"

她伸手将他昨晚落在酒店的那只手表勾起来,扔到一旁。

蒋燃没说话,独自浅酌。

很快,他浇愁似的,一整杯酒入喉。

"怀兮呢?"立夏又问,"你今晚不是和她在一起吗?"

蒋燃沉吟，抿了抿唇说："程宴北的妹妹今晚走丢了，就在刚才，怀兮和我去找的。"

"刚才？"立夏有些讶异。

"嗯。"

立夏没想到居然出了这样的状况，连忙问道："人找到了吗？"

"嗯，找到了。"

任楠刚才给他打过电话，报了平安。

"那就好。"立夏心惊之余，也没再说什么。程醒醒找到了，估计程宴北也过去了。蒋燃情绪这么低落，怀兮去了哪里就更不用说了。

蒋燃的指腹摩挲杯壁，凝视着杯底的虚影，若有所思地问她："你今晚为什么来？"

"看你可怜。"她答得毫不犹豫。

他无声地笑了，转头看她。她侧躺在床上，一只手支撑着自己，穿了一条暗红色的丝绸吊带裙，曲线妙曼，身材极好。

"我不也是吗？"

她也自嘲地笑了，望向他的目光也是极清透的。

彼此想再说几句什么，可忽然都不忍开口了。

立夏慢条斯理地从床上坐起来，长发倾泻，半遮住她的脸颊，红唇艳丽，眉眼灵动，暗含几分居高临下的傲慢。她将肩一侧的吊带拢回肩头，抬头看他，眼神很勾人地道："还不过来吗？"

蒋燃轻轻地笑了，有些自嘲。

他将酒杯放回桌面，往她的方向走。他低声而克制地问她："你说，我为什么还不跟她分手？"

立夏攀着他的肩，强咬着字音说："因为你要报复她，因为你不开心。"

蒋燃哼笑一声，没否认，继续吻她，道："那她又为什么不跟我分手，嗯？"

立夏迎合他，微微昂起头，艰难地喘气，咬了咬牙："就算不是你，她也会这么做。只要程宴北一出现，她就会这样，你信不信？"

她见他不言，深深地呼吸了一下，又尖锐地笑道："谁让你跟我，对他们来说，都不是最特殊的呢。"

不是最特殊的。

蒋燃似是被戳到了痛处。他的嘴角缓缓勾起冷笑，低眸凝视她的唇，冷声道："你今晚的话有点儿多，是不是早就喝醉了？"

"喝酒的不是你吗？你刚才喝了那么多。"立夏浅浅一笑，道，"现在问我问题的也是你，既然你不想听了，那就不要问我。你不想的话今晚就不要喊我来。"

他坐在床上，双臂支撑自己向后仰坐。不知是否酒劲上头，他心头的火气更盛，伸出手箍住她的脸，声音也向下飘。

"我喜欢听你说话，但不喜欢听你说这些。"蒋燃说着，拿起手机，切到视频录制模式，对着一旁的镜子道，"别耽误时间了，开始吧。"

黎佳音和程醒醒在隔壁房间睡得很熟。

这是老式的居民楼，隔音效果并不是很好。夜晚异常闷热，她被他吻得意乱情迷，几近不能呼吸，却一点儿声音都不敢发出，只得手攀着他的肩膀，一时承受不住，手指指甲便陷入他的皮肉里。

程宴北吃痛，恶狠狠地去咬她的唇，一只手死死地捏住她的手腕，高高地按在她的头顶，如此禁锢住她。吻依旧不依不饶地从她的嘴角继续向下。

怀兮盯着一片黑暗的屋顶，失去意识。

满室寂静，彼此相拥无言。

程宴北埋在她的肩窝，深深地嗅着她耳后与头发的香气，不知不觉也有些倦了，双手环住她的腰，将她往自己怀中搂了搂，紧紧地箍住，怕她突然走了。

"这些年是不是过得很不开心？"他突然闷声问她。

怀兮的后背贴着他坚实温热的胸膛，良久才点了点头道："嗯。"

"'嗯'是什么意思？"他问。

"还可以吧。"

"还可以就是不太好。"

她沉默一下，咬了咬唇。

他还是这么懂她的迟疑。

程宴北又开口道："其实，我这些年不是没在别人那里听过你的消息，有时候也是我无意得知。我之前遇到过你的一个大学同学，她是另一个车队的赛事经理，认出了我，以为我们还在一起，跟我说了你大学的很多事。"

怀兮并不知是谁，只是若有所思地点头，问道："嗯，然后呢？"

她又暗暗地想，对方没有告诉过他不太开心的事吧。

"不管我们在不在一起，我都希望你能开心点。"程宴北顿了顿，说，"我也不该总是瞒你，以后也不会了。"

　　以后？他们还有以后吗？

　　不是早就没有了吗？

　　怀兮还没细细回味这个词，他的手就握住了她的，十指交缠，仿佛能填满那些年属于他们的时光。明知回不去，他却还是尽可能紧紧地，握住她的手。

　　程宴北靠在她的肩头，又温声说道："以前的事，很对不起。"

　　"程宴北，我困了。"怀兮一时不知该说什么，只得打断他。她怕他又说些讨好她的话，让她心软。

　　她不想听，都过去了，人要向前看。

　　"好，睡吧。"程宴北训练了一整天，晚上又打了很久的比赛，也累极了。他听出了她的抗拒，却没再多说什么，只道，"晚安，怀兮，我不说了。"

　　他说完后，她却很久都没有睡着。

　　"对了，程宴北。"良久，她又说。

　　"嗯？"

　　"我突然想起，今天，我是安全期。"

　　他咬咬牙道："你给我等着。"

　　她咯咯直笑。

第二章
温柔的猎手

CHI
CHAN

　　隔天，怀兮醒来，已过了上午十点。
　　她摸到枕边的手机看了一眼时间，翻个身，撞上了他的胸膛。
　　程宴北见她醒来，像只猫似的，轻笑一声问道："醒了？"
　　她很轻地嘤咛了一声，又静静地闭上了眼。他自然地将她往自己怀中搂，准备继续睡回笼觉。她没有力气推开他，额头抵着他的下巴。半晌，又睁眼，视线顺着他好看的喉结下滑，看到他前胸的梵文文身。
　　他有保持身材的好习惯，胸肌、腹肌结实紧致，她下意识地抬了抬头，他已经闭上眼，像是睡过去了。
　　好像刚才什么都没发生过。
　　他的眼狭长，睫毛鸦羽似的覆在眼下。上午十点，日光耀眼，阳光入内，落下一层淡淡的阴影。他又是笑唇，嘴角半弯，看起来抱着她睡得很不错。
　　怀兮盯了他一会儿，就势钩了一下他的小腿，好像是潜意识中非常有安全感的姿势。她的脑袋埋入他的肩窝，贴上他滚烫的皮肤，也睡起了回笼觉。
　　程宴北闭着眼睛，顺着她的呼吸，用唇去寻她的唇，温柔地吻她。
　　见她不躲，他就用手掐紧她的腰，二人的呼吸渐渐进入到同一个频率，昨晚发生过的事情好似要再次上演。
　　很快，她周身也跟着热了起来。

突然，隔壁房间传来响动，应该是黎佳音和程醒醒起来了。

怀兮的意识渐渐迷离，双手抱住男人的脖颈。他自然地顺从她，抚摸她的脊背，深深地吻她，好似要把她与他一同按入一处柔软的沼泽地中溺毙。

一触即发之际，隔壁的动静也越发大了。怀兮这才猛然想起，黎佳音昨晚说她今天早晨要在家中开视频会议。

不行……不能再……

窗前一道薄纱被风扬起，阳光自窗棂投入房内，照得屋里暖融融的。像是有侵蚀入骨的毒，渐渐地麻痹彼此的意识，让他们越来越沉沦。

黎佳音和程醒醒已经醒了，踩着木地板在屋内来回走动，偶有欢声笑语。过了一会儿，还有人来按门铃，像是快递。楼下传来汽车鸣笛的声音，一时吵嚷，可能是谁与谁为了这个老式小区的车位争执起来，且互不相让。

隔壁的住户还将音响开得很大，音乐声震耳欲聋。

可这些都跟他们没有任何关系。

对比外界的嘈杂，怀兮一点儿也不敢发出声音，与他无休止地厮磨，克制地欢愉。

那些喧嚣，在这样一个旖旎温柔的早晨，混乱地揉碎在阳光中。

怀兮还饿着肚子，很快就倒在他的身上。他紧紧地拥住她、吻着她，轻抚她的头发。

过了一会儿，黎佳音和程醒醒好像出门了。临出门前，黎佳音大声地对着她的房间喊："我和醒醒出门买点儿东西，你们再睡会儿——"

程醒醒还很惊讶地问："佳音姐姐，我哥也在吗？"

"你觉得你哥在吗？"

"我……"

黎佳音笑笑，没多说，只道："走，我们出去吧，吃个早饭，再陪姐姐去超市买点儿东西回来，下午你不就回去了吗？给你做顿好吃的。"

"好！"

这房子的隔音效果真的差，房间里充满暧昧的空气，怀兮靠在程宴北的怀中，听到刚才黎佳音和程醒醒的对话，于是问他："醒醒下午就走？"

"嗯。"程宴北稍稍坐起身，拥着她，拿了烟盒过来。

017

是她的。多年后她和他偏爱的烟的牌子是一样的，都是七星。

他盯着烟盒，若有所思，然后拿出一支，点燃。

怀兮看手机的时间时顺便看了一眼天气预报，天气预报显示今天有雨，此刻倒是晴空万里、阳光普照。不过她总觉得天边暗自酝酿着雨势。

怀兮觉得房间里闷，从他怀里起身，光脚走到窗边，打开窗户。

一股凉风入内，吹散了周身的燥热。

程宴北怕她着凉，又喊她回去。

她一开始无动于衷，他便起身拽了她一把，将她拽回到床上，然后将她重新拥入怀中，掩上薄被，道："你不冷吗？"

怀兮也不挣扎，靠在他的怀里。

他在一旁抽烟，她便用手指指尖在他前胸那一处文身上描描画画，却无论如何也看不懂那梵文的意思，只好问："你这文的什么？"

程宴北的视线向下看，被她的力道弄得有点儿痒，沉沉地笑道："想知道？"

"你要是不想说可以不说。"

怀兮立刻收回手指，冷静地拒绝。

万一是和她分手后哪任女友有关的东西呢，她没兴趣知道。他下腹的荆棘文身和她后腰的那株长刺的玫瑰是一对，谁知道他这个又跟谁的是一对。

怀兮移开视线，收回自己的手，程宴北却将她捏着被角的手拂开，然后拽着她的手过来，重新置于自己胸口的文身。

他握住她的手，在自己的掌心揉捏，感受她的皮肤、骨节的触感。他捏住她纤细的五根手指，紧紧地包住，好像将她整个人握在手掌心。

他捏起她刚在他胸口描描画画的手指，再次顺着自己胸口的文身勾画起来，从左到右。

他完整地描完了一个梵文单词，就解释一个。

"做，我的，猎人。"

怀兮的食指在他的牵引和带领下描完，也听他说完了。她在心里将这个句子拼出来，忽然心下一震，猛然地一抬头，撞入他深沉的眼底。

"现在知道了？"程宴北看她一眼。

她还维持着刚才半靠着他的姿势，他已经躺回枕头上，然后伸手环住她的腰，脑袋埋在她的肩头，呼吸沉沉地落下。

当然，她知道那是什么意思。

大学的某个冬天，她与他在他家阁楼，两个人戴同一副耳机，一起听同一个英语听力，他帮助她做一份课题报告。

听力内容讲的是一个爱尔兰猎人在森林捕猎时发生的趣事。她的英语一向学得不好，高中就总拖后腿，尤其是英语听力这一块深感吃力。她那天的注意力也完全不在听力内容上，听得心不在焉，在纸上记录，描描画画的，满耳朵、满脑子都是"Hunter（猎手）"这个单词。

她坐在他的身边，他听得很认真。她写着写着，就按捺不住地去亲吻他，捣乱，偏不让他听。

那天无意在他的卷子边写下一个潦草的英文短句——

Be My Hunter.

做我的猎手。

怀兮思及至此，稍稍松开了手。

程宴北同时抬起头去看她，好像在等她的反应。

他们又一次跨越时间的河流，审视着他们的过往与现在。

怀兮看了他一会儿，终究没说什么，静静地移开视线，故意无视他眼中一闪而过的失望道："嗯……她们不在，我先起来洗澡。你也快点儿吧。"

她还特意补充道："今天的事情我还是不希望黎佳音和你妹妹知道。"

然后她下了床，背对他，肩头与前胸还有他留下的错落的吻痕，暧昧又斑驳。她随便套上一条睡裙，没再看他，带上门就出去了。

浴室就在房间隔壁，淅淅沥沥的水声响了许久。程宴北躺回床上，伸手挡了挡窗外的光，盯着天花板发呆。

他刚才清晰地从她眼中看到了一丝漠然。

那是一种对往事无比怀念，却无论如何都不愿重蹈覆辙的淡漠。

她之前告诉过他，人是要向前看的。

她一直在向前看，他之前也一直在向前看。

只不过是因为她的再次出现，他才停下了脚步。

次日就要比赛，有些事情需要程宴北前去确认，他没留在黎佳音家吃午饭。程醒醒回南城的飞机在下午三点，最晚两点就要去机场。

午饭后，黎佳音和怀兮一起帮她收拾行李。

怀兮起床就把黎佳音家主卧的床单被套都洗了，这会儿正从洗衣机里拿出来，去阳台晾晒。黎佳音立刻跟过来，推了她一下，道："我发现我家主卧抽屉里的那个少了一只。"

怀兮抖开床单，瞥了黎佳音一眼，道："要我赔给你吗？"

黎佳音咯咯直笑，低声问道："回头草好吃吗？"

怀兮抿着唇，不说话。

"怎么不说话？"黎佳音揶揄道，"怕你们昨晚不好意思，我早上还跟醒醒特意在外面磨蹭了一会儿给你们发挥空间。"

怀兮避开黎佳音，去晒床单。

黎佳音偏不让她躲她，从床单下钻过来问道："你什么意思啊？跟我没话说？"

怀兮看了她一眼，摇了摇头，避开她继续晾晒床单，有些烦躁地道："你让开，别挡我。"

黎佳音也不多问了，坐到一旁，晃了晃腿，随口说道："对了。我可跟你说好了，你要是决定了，就坚定一些，别摇摇摆摆，知道吗？及时行乐，别动不该动的心，不想重蹈覆辙就别回头，渣就渣得明明白白，不然有你好受的。"

怀兮晾好床单又去抖被套，也不知道把她的话听进去没有。

黎佳音用晾衣竿戳了戳她的屁股道："跟你说话呢，我怎么觉得我现在跟你妈一样，什么事都要跟你强调好几遍。"

下午两点。

怀兮和黎佳音先送了程醒醒去机场，程宴北随后才来。

去机场的路上，黎佳音的电话就没停过。他们新到任了个部门经理，新官上任三把火，就爱拿她小组的人开涮。

大休息日的，早上开视频会议，下午又要黎佳音和小组成员去一趟公司。

黎佳音将程醒醒和怀兮送到机场，就匆匆地走了。她让怀兮一会儿坐地铁，或者等程宴北来了坐他的车回去。

黎佳音走后没多久，程宴北也来了。

怀兮跟他一起将程醒醒送往安检口，怀礼给怀兮打来了电话。

飞机三点起飞，马上就要登机，程醒醒还没过安检。怀兮与她争分夺秒地拥抱告别后，就向程宴北扬了一下手里的手机，示意自己去一旁接电话了,让他先送程醒醒过去。

程宴北明白她的意思,没说什么,和程醒醒往安检门的方向走去。

怀礼问她什么时候回港城。这些年,怀礼与父亲的关系明显缓和了一些。说到底也是她好久没回去了,他这个做哥哥的应该是惦念她的。

怀兮说她这几天就回去。

她在沪城也没别的什么事了,也没什么可惦念的了。

早晨的天气预报没报错,这会儿天完全阴下来,飘起了雨。

蒋燃突然发了一条消息给她。

"你去机场了?"

怀兮想起他昨晚的那番质问有点儿火大,强忍着性子回复:"嗯。"

她心想,应该是程宴北他们车队的人知道他要来机场送程醒醒,所以蒋燃猜到她应该也在。昨晚程醒醒走丢了,她帮忙去找,他还颇有脾气。

"昨晚生我的气了是不是?我不该那么问你。"他好声好气地哄她。

怀兮没回复。

"我们见一面聊聊吧。"蒋燃语气恳切,又发来一条消息,"这一个星期我们都没怎么好好说过话。"

怀兮有些疲惫,找了处地方坐下,盯着屏幕,还是没回复。

"我现在就在去机场的路上。我们见一面吧,怀兮。你都不知道,我那会儿听说你去机场,虽然心里知道你应该是去送他妹妹的,但我的第一反应是你要走。你要离开我吗,怀兮?

"我们以后都别犯错了,好好地在一起,好不好?我们之间说到底也没什么矛盾,对吧?我们一开始在一起,不是互有好感、互相喜欢的吗?我还喜欢了你那么久。"

连续好几条,怀兮都没回。

过了好久,他发来了最后两条。

"知道你生我的气了。对不起,我来找你,我们见面好好谈。你先忙你的,我不打扰你了,也不许不回我。"

怀兮沉默了好一会儿,想了很久该回他什么。她出来时手机就没充电,眼见着电量飘红见了底,她匆匆地打字:"你别来了。"

还没打完,手机屏幕就黑了。

不知道为什么,她连一句"分手"都没勇气说,好像还在固执地和

021

自己作对。

程醒醒雀跃地跟在程宴北身边,已经快排到他们了。

她手里拿着证件和登机牌,程宴北嘱咐她:"东西拿好了。舅舅说会去机场接你,到了给我打电话。"

"我知道,记住啦。"程醒醒撇撇嘴说,"我又不是小孩子了。"

程宴北笑了一声,却冷着脸道:"明天回学校上课,我跟你们班主任打过电话了,让他有事跟我说。"

"知道啦,知道啦。"程醒醒答应着,然后问,"那你如果要训练啊、比赛啊什么的,接不到老师的电话怎么办?"

程宴北摸了一下她的脑袋道:"那就算你好运。"

"哥哥真讨厌!"程醒醒吐了吐舌头,笑意嫣然。

过了一会儿,眼看着快到了,程醒醒回头看着程宴北,很认真地道:"哥,对不起。"

程宴北扬眉问道:"怎么了。"

"扔下奶奶离家出走……然后,昨晚还跑丢。"程醒醒说道,"给你添了很大的麻烦,还有……小兮姐姐。"

程宴北温柔地笑了笑,没说什么,推了一下她的肩膀,轻声提醒道:"跟上。"

程醒醒便紧跟上前面的一个人,道:"对了,我昨晚跟你说了妈妈之前偷偷来找过我的事,你真的没生气吧?"

"我生气了。"

"啊?"

程宴北睨她,冷冷地道:"下次这种事要告诉我。"

"嗯……知道了。"程醒醒点点头道,"不过你放心,她也没说什么,就是觉得很对不起你跟我吧……尤其是你,她还问我你这些年过得怎么样,有没有结婚,应该是知道你拿冠军什么的……"

程宴北眉心轻敛,没说话。

"她说了很对不起你。"程醒醒强调,"说了很多遍。"

当时程醒醒才两三岁,能记起来的关于母亲的事,都是奶奶后来告诉她的。

所有言传身教的愤恨的情绪,都不如亲身经历的人来得痛彻心扉。

她无法想象,当时只有十二三岁的程宴北被母亲骗到了港城,然后丢在茫茫人海的火车站,有多么无助。

他心里其实是很怕被抛弃和被放弃的吧。

尤其是一而再,再而三地重蹈覆辙。

"怎么?你原谅她了吗?"程宴北笑着问,似乎有点儿脾气。

程醒醒看了看他,有些犹豫地道:"我没有。"

"那以后就不要见她。"程宴北收回目光道。

"嗯……"程醒醒沉吟了一下,反而问他,"那……小兮姐姐原谅你了吗?"

程宴北的目光暗淡了一瞬,抿了一下嘴唇道:"没有。"

"你说对不起了吗?"

"嗯。"

"那她一定很恨你。"

程醒醒快言快语:"你当时不告诉她奶奶的事,是不是怕她知道了借钱给你,你会伤自尊啊?"

昨晚黎佳音还跟程醒醒说了一些他们的往事,她顿了顿,又继续说:"其实……小兮姐姐最难过的是你的未来里没有她,也不是没有她吧,就是你真的太伤人了。如果我男朋友这样,我这辈子都不会喜欢他了。"

良久,他都没说话。

前面一个人已经进了安检门,程醒醒紧随其后,也不多说了。

程宴北退到一旁,在她进去之前嘱咐道:"好好学习,到了给我打电话。"

程醒醒回头,觉得他应该还有话想说。但这些话,他可能无法对任何人说出口。

程醒醒点了点头,往里走。

程宴北目送她进去,也准备离开。

"哥——"

他没走出两步,身后突然传来女孩子清亮的喊声。

程宴北又回头。

程醒醒快步过来主动拥抱他。她箍住了他的脖颈,闷闷地道:"谢谢哥,谢谢哥哥——你最好了。"

程宴北回抱了她一下,不禁笑道:"这么突然,你谢我什么?"

小姑娘的声音里带了些许哭腔,道:"谢谢哥哥这么多年照顾我,谢谢你。哥哥最好了……最好了！"

程醒醒知道，她和他不是一个父亲，她的出生也是一场意外，他本没有义务照顾她。

母亲来找她时还说，当时将他和她扔在了火车站不同的地方，是他在茫茫人海中又找到了她。

这么多年来，他将她视为同母同父的妹妹看待，未曾有过其他眼光。

当年他高考前跟人打架，被勒令降级一年，不准参加那年的高考，也是因为有几个小混混去小学门口用木棍掀她的裙子。

"我也不会原谅她的。"程醒醒抱着他，哽咽道，"因为你，我不会原谅她的……昨晚在商场睡着，我的确是想起了妈妈……我也很想要妈妈。小时候，别人总嘲笑我和你没有爸爸也没有妈妈，我也难过过、生气过，为什么我没有爸爸也没有妈妈……但我从小到大，从来没有觉得这是我的缺陷。"

程宴北沉默着，拍了拍她的背。

"我知道，我还有奶奶，还有哥哥。"

她没有父亲，没有母亲，但是她有哥哥。

她的哥哥，从来没有让她在别人面前捉襟见肘过，也从来没有让她不安过。

他就是她的靠山和后盾。

程醒醒抱着程宴北，不知不觉中流了很多泪，又语无伦次地说了很多话。不多时，安检那边已有人开始催她了。

她这才放开他，满脸泪痕，眼睛红得像只小兔子。

程宴北心里也有些酸楚，伸手替她拭去眼泪，说道："乖，快去吧。"

程醒醒点点头，准备走。

"还有，"程宴北笑着说道，"专心学习。"

程宴北送走程醒醒，赛事组的人发消息给他，将一些资料发到了他赛车俱乐部的邮箱里，让他确认。他简单地浏览，突然发现有一封匿名邮件，来自数个小时前。

附件是一条视频和一张照片。

视频中，男人和女人亲密地纠缠在一起。

女人是长发，尖俏的瓜子脸，很像立夏。

视频明显是拼接过的，前部分是男人在拍，看不到脸。后半部分是女人拿着手机对着镜子拍，她在男人怀中尽情地放纵，绽放妩媚，视线直直地对着镜头。

的确是立夏。

镜头再一挪，能清晰地看到男人是蒋燃。

程宴北皱了皱眉，没看完，往下滑。

下面是一张图片，是一张亲密照，背对着镜头的短发女人，看不清容貌。

她腰身纤细，正与身后拍照的男人行鱼水之欢。腰肢白皙的皮肤被男人掐出了指痕，一寸不挪地掐住她后腰那一株野蛮生长的玫瑰，处处都是旖旎的风光。

她好像要偏头看身后的人，看起来好像是在她同意的情况下拍摄的。

程宴北的眉心拧紧，视线从手机屏幕离开的那一刻，看到怀兮就坐在不远处。她同时向他投来了目光，像是坐在那里等他。

她的眼神却是毫无期盼的。在看向他之前，一直盯着前方的某处发呆，好像从不期盼谁会来，也不期盼谁会为她停留。

他再次遇见她后，她总是这么一脸无所谓的样子，眼中再也没有了关于他的波澜。

程宴北在怀兮面前站定。她坐在椅子上，稍稍从他身上撤开目光。她拿起手机准备说自己的手机没电了，所以只能在这里等他带她离开机场。

其实她还可以想别的办法，她也可以坐地铁或者打车回去，可她也不知道自己怎么就会执拗地坐在这里。

她还没来得及开口，刚抬头看他，忽然发觉他眉眼低沉，几分黯然且不知名的情愫掠过他的眼底。

"你怎么了？"怀兮扬起脑袋，自下而上地打量他，半开玩笑道，"醒醒走了，舍不得吗？"

"你还有什么癖好？"程宴北却是不带温度地对着她笑，嘴角的弧度都有点儿讥讽。

怀兮眨了眨眼，不明白他的意思。

很快，她的腰部就有一个力道，他直接将她整个人拽起来，捧住她的脸颊，重重地吻了上去。

不像早上的他和昨晚的他那么温柔，这一刻他简直像个浑蛋。他啃咬着她的唇，碾着她的唇，掐紧她的腰，推搡着她，一路向机场卫生间的方向而去。

025

卫生间靠角落，人很少。

他直接带着她进了一个小隔间，霸道又蛮横地吻着她，要她彻底在他的手掌心沉沦，任他主宰。

蒋燃到了机场，奔忙一趟。好不容易找到怀兮在哪儿，就看到她与程宴北边接吻，边进了机场的卫生间。

他满脑子被怒火充斥，直接跟着他们进去了。他正在想他们进了哪个隔间，突然，一只红色绒面的高跟鞋落在地上。

红得像一滴血。是他前几天买给她的。

交错的呼吸声与几不可闻的水流声越来越大。

蒋燃盯着落在地面的那只高跟鞋，双目与那颜色一般红。

不大的机场卫生间里，徐徐流动的自动冲水声，过滤不掉在狭小空间里争分夺秒酝酿起来的暧昧。

怀兮的一只鞋子掉到隔板下方去了。她听到了，也看见了。

程宴北看到了，也听到了，但他不许她的视线偏离分毫，她稍看一眼，他就掰着她的下巴看回来。

两个人纠缠在一起，他比任何人都熟悉她的身体，轻易就拿捏住她的命门，每一寸火都点得恰到好处。

怀兮半眯起一双水眸看他，想在破碎的喘息间揶揄他一二。话还未出口，他的目光陡然一沉，咬住她的唇，将她所有的声音都吞噬殆尽。

他故意的。

怀兮痛得红了眼眶。

外面突然传来"砰""哗啦"的声音，连续两声巨响，像是什么破碎了的声音。

怀兮被那声音惊得一凛，缩在他怀中不敢动了。他不等她心潮平静，跟没听见一样道："跟我有什么关系，嗯？"

怀兮低吟："程宴北，有……有声音……"

"听不见。"

程宴北丝毫不给她说话的机会，抵住她的唇，一只手死死地抓住她两只手腕，高高地提起，按在门板上。

她动弹不得，全然被他主宰。

他亲吻她白皙细嫩的脖颈，沉沉的气息洒落，碾过她柔软的耳垂，哑声道："告诉我，你还有什么癖好？嗯？"

不知是他疯了，还是她也跟着一起疯了。

怀兮仿佛被他这话刺激到，整个人像被扔到熊熊烈火之中，逐渐沉溺于他暴风雨一般的亲吻与攻势，全身上下的感官好像都由不得自己。

那些理性再次被她抛到了脑后。

大三那年，怀兴炜的私人牙科医院成立了一个奖学金，面向港城几所大学。首先就是程宴北就读的港城大学。

怀兮知道他艰难，于是想让父亲将港城大学唯一一个名额给他。

怀兴炜一直不同意怀兮与程宴北交往。

怀兮虽不算天之骄女，却也算家境优渥。怀兴炜觉得她与程宴北在一起一定会吃苦，甚至私下游说巩眉给她做工作，让他们分手。

一出社会，两个人能否在一起、能否走得长远，不仅仅取决于彼此的感情有多深厚。父母总爱用经验论衡量和约束儿女的人生，殊不知在他们这种利益衡量之下，自己那一辈的感情早就变了质，没几分真心。

怀兮不吃他那一套，他最初不同意，她便也不再坚持，没再提过此事。那些日子也不怎么联系他了。

就在她都快忘了这件事的时候，奖学金的名额还是给了程宴北。

那件事闹得很大。

程宴北拿了奖学金，挤占了隔壁系本应获得奖学金的一个残障学生的名额。全校同学得知奖学金是他女朋友父亲的牙科机构设立，对他多加谩骂。校园论坛上他的大名被挂了好几天，家庭背景、学业经历，包括他第一年高考因为恶性打架事件被勒令降级一年的事也被扒了个干净。

所有人都说他不配领奖学金。当然，也有人说他配不上她。

程宴北上大学每年都申请各种奖学金，拿过一两次。不过那年程醒醒要择校读初中，奶奶的腿脚又不好，他在港城这边一个人要打两份工，耽误了学习，无法满足条件。他一开始没抱什么希望，报名都是学生干部的室友跟他知会了一声，然后填了他的名字。

当然，他也不知道设立奖学金的机构就是怀兮父亲的牙科医院。

事情一出，他主动将奖学金让出。然后，他们因为这件事吵了一架。

怀兮年少轻狂，一腔热血想为他好。她先前只跟怀兴炜提了一嘴，怀兴炜拒绝后，她就没再管过这件事了，根本不知道另一个申报奖学金的人是何种情况。

那天见面就是为了吵架。怀兮一见到他就发了很大的脾气，她以为他是自尊心作祟，在意外界那些质疑的言论，所以才跟甩包袱一样让给了别人。

她委屈得想提分手，甩下他，一个人在他前面暴走了一路，径自出了地铁站，坚持不要他送她回学校。

她心里一直想，怎么她父亲设立的奖学金他就不要了呢？他的自尊心就那么重要吗？

她边想边走，边走边哭。

她想到社团的同学嘲笑她的男朋友穷，在烧烤店搬啤酒；想到怀兴炜跟她说他家境不好，他们不会有好结果；想到他瞒着她在外面打工，她过生日他还给她送了个价值不菲的毛衣吊坠，就因为以前她路过橱窗时说过一句她喜欢。

她那时笑着收下，心里却在流泪。

她也没有戳穿他，只说，下次生日能够拥抱就好。她长大了，早就不是小姑娘了，也过了收礼物的年纪。

他说："那你就一直做我的小姑娘吧。"

反正她在他心里好像永远都长不大，他永远会惯着她。

长久以来，她总想为他做点什么。好不容易有了机会，他怎么就不懂呢？

他就是不懂。

那天他一直跟在她身后，她走得飞快。

在他学校门口见了一面，她宣泄一通扭头就走。他连奔带跑跟得气喘吁吁，终于在地铁站将她拦住。

她转过头来时，已满脸是泪。

"程宴北，我为你好，你怎么就是不懂呢？我不想你那么累。"

她那天一直反复说着这句话。

她知道，他也想发脾气的。他紧紧地皱着眉，表情很难看，几乎满面阴霾，几度欲言又止。

可看到她红了眼眶，他就不忍心对她发火了，终究什么也没说，只是伸出手抱住了她，安慰她，为她擦眼泪。

然后他跟她道歉、解释、亲吻她、安抚她、哄着她。

她在他面前一直像个孩子，需要人哄着、惯着、保护着。

在那天之前，他们因为平日各自的生活和学业繁忙，已有一个多月没见过了。吵了这么一架，两个人心中多有不快。对于生活圈子分开得毫无交集的两个人而言，也许说不出口的爱，就只能用身体表达了。

她那时想，无论日后发生什么，她都不会与他分开，他们不要分开。

怀兮如一只落不了地的鸟，随风摇摆。

她睁开眼，在一片迷蒙之中，眼眶不由得泛红。他深沉的双眸盯着她，啃咬她的唇，她都不知是从前的痛楚还是现在的痛楚让她红了眼眶。

她的目光颤抖了一下，又缓缓闭上了眼，不由得想到了黎佳音的告诫。

管好你自己的心。

情不自禁、迫不得已、按捺不住、不由自主，不都是在说，心动是没办法的事情吗？

古往今来，造字的、造词的，想爱的、不想爱的，都懂这个道理。

天下本没有什么新鲜事，大家都一样。

雨下得很大。

立夏撑着伞站在不远处，看见蒋燃一脸颓丧地走出来，看起来酒劲没了，她才在心底松了口气。她也没上前迎他，只在不远处默默地注视着他。

她突然注意到他右手五指关节处全是血，不由得心惊。

他们的酒量都很不错，也喝了一晚的酒。蒋燃不易醉，昨夜都有了酒意，以至于今天早上他醒来时，整个人昏昏沉沉的。

早晨蒋燃接了一通电话，是队员打来催他回去训练，顺带提及程宴北妹妹今天要走的事。他便想到了怀兮，匆匆地来了机场。立夏本想与他一夜之后一别两宽，一开始没想跟上他，又怕他酒没醒路上会出事，便打了辆车跟上，就跟到了机场。

蒋燃十分意外她会出现在这里，脚步顿了顿。

立夏看着他还在流血的那只手，皱了皱眉头，又觉得讽刺，笑了一声，道："你的酒还没醒，不要命地跑来机场就是为了自残？何必呢，蒋燃？"

蒋燃的唇色苍白，问道："你来干什么？"

他冷冷地看她一眼，顶着豆大的雨点，朝自己车的方向走去。

029

立夏叹了口气,撑着伞跟在他身后,不远不近地跟着。

她也没给他打伞,就这么一直跟在他身后。他的车就停在不远处的地下停车场,她跟进去后收了伞。一个大斜坡,让她的高跟鞋声都跟着急促了一些。

他的步伐也快了很多。

立夏也不知道自己为什么要这么跟着他,还在包里翻找有没有创可贴。

他的右手垂在身侧,血滴顺着手指滴落。血沿着他的行走轨迹,紧跟他的脚步落了一路,看起来触目惊心。

好在找到了创可贴。立夏在心里庆幸,这样好像就有了跟上他的理由。她往前快走几步,与他缩短了距离,清亮的声音回荡在空旷的停车场里:"你这样怎么回去?总要包扎一下吧?"

相较刚才有点儿讥讽的语气,她放缓了语调道:"一会儿换我开车好了,你这样得先去医院包扎一下,说不定还要缝针……你明天还要比赛,怎么抓方向盘?"

蒋燃走到自己的车前,感觉有些疲惫。

立夏要上前来,他立刻制止了她,有气无力地道:"让我自己待一会儿吧。"

立夏便在一旁站定。

蒋燃的后背靠着车身,顺势往下滑了一段。跌坐在地的同时,刚才卫生间里的声音,又一次充斥他的大脑。

他靠着车,疲惫无比地闭了闭眼,用手抚了一下自己额前的湿发,嗓音沉闷:"我做错事了。"

立夏没说话。

"我不知道错在哪儿,但好像哪里都错了,"他埋头在自己臂弯,声音哽咽道,"好像一开始就错了。"

立夏目光淡淡地睨着他。

"立夏,你告诉我,我是不是一开始就错了?"他抬起头,素来一双温柔的桃花眼,却不够温柔了。

立夏沉默了一会儿,往前走了两小步。

他这回没抗拒她,她才蹲下来,手上撕着创可贴,淡淡地问:"什么意思,你后悔了?"

蒋燃看着她,不说话,半抿着唇,显然认可了她的说法。

他今早态度大变，又来找怀兮，就是后悔了。

他与她昨夜几乎是在互相发泄那种失意感，他还借着酒意，半开玩笑地让她去剪个短头发，这样能跟怀兮更像一些。

她还说让他去理个寸头，或许跟程宴北更像一些。

可他们好像知道，谁也没把谁当成谁。他们心里都明白。

蒋燃动了动唇，不知该说什么，一只手已经被她牵了过去。立夏先用纸巾将他手表面的血擦了擦，有一些已经凝在了伤口处，血黏着肉，很难擦。

她勾了勾唇，强压着情绪，说话的语气不由得尖锐起来："我们不过就是，昨晚都喝多了，仅此而已。"

她好像在宽慰他，让他不要放在心上。

"你想报复他们，当然我也想。"立夏将创可贴撕开一角道，"不是说发个视频就行吗？你怎么还放了张图给他发过去了？"

蒋燃警惕地要收回手，问道："你看我的电脑了？"

"你出门又没关，"立夏笑了，半是赞赏半是讥讽道，"我说你昨晚怎么让我画怀兮的文身，我该夸自己画得好吗？嗯？"

蒋燃沉默下来，不再看她。

"你不该这样的，你越这样，他就越后悔。你以为他看到了，误会了，就会主动放弃怀兮吗？他可能更放不下怀兮了。"立夏幽幽地叹了口气，将创可贴贴在他的关节处，强压了一下，引得他暗暗"嘶"了一声。

她却没放松力道，将创可贴重重地按平，看着他一副难受的模样，笑道："其实你也该放过自己了。"

从机场出来，程宴北冒雨带着怀兮驾车回到市区。刚看到酒店，他就带着她下了车，直奔楼上。一进门，他就将她压在门后，循着彼此的气息吻她的唇。

程宴北像是有无边的怒意要发泄，想到刚才的那张亲密照片，就仿佛被怒火炙烤。他让她红了眼眶，她紧紧地抱住他，仿佛再也不会放开他。

他却毫不餍足，永远也无法餍足。就如他这么多年都原谅不了自己一样。

为什么会放弃她？为什么不要她了呢？她要如何才会愿意回到他身边呢？他要怎么做才好呢？

深蓝色的床单如深海,浪头拍打而下激起玫瑰色的浪潮,将他们紧紧环拥。

这一刻,怀兮居然很享受他这样的怨恨。她过去对他的怨恨,这一刻好像终于反噬,他越生气,她越享受。

程宴北的目光再次一点一点地沉沦。

怀兮目光散漫地看着他,见他满脸怒意,继续好笑地问:"你今天到底怎么了?"

程宴北看了她一会儿,低笑一声,克制地问她:"以后我对于你,也与你无关吗?"

怀兮伸手抚摸他的脸颊,话语更残忍了:"我们的事早就过去了,你为什么就不能向前走呢?"

不等她说完,程宴北拿过自己的手机,扔到她的眼前。

"我向前走了很久了,但是今天我收到了这个,突然不想继续往前走了。"他也说着同样冷酷决绝的话,意思却与她相反。他的下巴枕在她的肩窝,嗓音低缓地道,"我现在很想知道,你跟你的每一任男朋友,是不是都拍过这种东西?嗯?"

怀兮眯了眯眼,努力看清楚。

照片上,身材极好的女人背对镜头。是短发,脊背光洁、纤美,曲线袅娜,腰臀柔媚,后腰处文着一株野蛮生长的玫瑰。

和她很像,而且那个女人显然是有知觉的,还要转过头去看后面拍摄的人。

怀兮脑子里轰然一震,还没反应过来这张照片是怎么回事,下巴就被他从前向后轻轻地带了过去。

程宴北温柔地吻住了她,道:"给我解释,你是不是跟我之后的每一任都拍过这种东西?"

怀兮别了一下脸,躲开他的眼神道:"没有,这不是我。"

程宴北半挑着眉,看着她。

"你什么意思?你到底认不认识我?这么模糊,脸都看不清就是我了?我的头发没长过肩膀。再说了,我傻吗?拍这种照片?我起码也算半个公众人物,爆出去了我还混不混了?"

怀兮似乎怕他不信,咬了一下嘴唇,顿了顿,看着他的眼睛,放缓了语调说:"我跟你之后,就没有过了。"

她有点儿不好意思提及,脸颊泛起一抹酡红。

"真的。"怀兮又补充道。

程宴北淡淡地看了她一会儿,也不知是信还是没信。

怀兮正观察他,他突然向后退了一步,手臂搂过她的腰,又将她按在床上。她不禁吃痛道:"程宴北……你轻点儿,你怎么这么暴躁?"

他却置若罔闻,看着她道:"不是你说让我暴躁一点儿吗?"

她紧张地咬了一下嘴唇。

他们从医院出来时已快傍晚,天空被一张铅灰色的雨幕遮盖。

蒋燃在副驾驶座上坐着,闭目养神。他今天穿了一件灰色衬衫,纱布裹住右手,血迹在袖口凝成暗红色。

立夏坐上了驾驶座,将从药房买来的药放到一旁。

塑料袋发出一声轻响,蒋燃睁开眼睛,转头看了她一眼。

立夏却没看他,长发垂在脸的一侧,发动车子,打开雨刷,载着他离开这里。

他的视线在她平静清冷的侧脸停留了几秒,也收回视线。

雨刷在玻璃上动作,声响时而沉闷,时而尖锐。蒋燃凝视前方宽敞的大道,目光飘忽了一会儿,突然说:"我昨晚……醉得不轻,是吧?"

"嗯。"立夏应他。

蒋燃自嘲地笑了,嘴角勾起弧度,看向窗外,整个人冷静多了。他说:"今天我醒来,听说程宴北和她去了机场,我这么做,难道不是……会把她越推越远吗?"

"所以你后悔了,是吗?"立夏平视前方,不带情绪地笑道,"明知他们在一起,也要去?"

蒋燃点头,沉沉地呼吸,然后说道:"是吧,我也不懂自己。"

他偏头看车一侧的镜子。天色暗沉,倒映出他一张颓废的脸。

"我真的很怕失去她。"他说,"我怕她一言不发地坐飞机走了,哪怕我知道她不是因为要走才去机场。可是她和他在一起,跟走了也没什么差别。我也不知道自己为什么会害怕,好像就是一件好不容易才得到的东西被抢走了一样。"

立夏没说话。

"那年他们分手了,我终于有机会追她。但我知道她放不下程宴北,于是我一再犹豫,话还没来得及跟她说,还没好好介绍一下自己,'你好,我是蒋燃,我在你和前男友在一起时就注意到你了',我还

033

没来得及说,她就离开港城了。"蒋燃苦涩地笑起来,被纱布包裹的右手拎过那个装药的塑料袋,道,"过了很久,去年我在国外遇到她,她的头发短了,人也瘦了、漂亮了,感觉跟以前很不一样,我们就在一起了。我想,她应该已经忘了程宴北了吧……结果没有。"

立夏嘴角的笑容缓缓绽放,道:"他奶奶得了阿尔茨海默症都没忘了怀兮,他妹妹也没忘,连你都没忘记他们曾经在一起过,他们又怎么会忘掉呢?"

"是我太天真了吗?"

"不是,是你太固执了。"立夏立刻反驳,但她终究没再多说什么,只是瞥了一眼他的右手问,"你的手这样了,明天还比赛吗?"

知道她是有意带偏话题,他也顺从地看了看自己的右手,有点儿苦恼地道:"是啊,怎么办呢?"

立夏听他这语气更觉好笑,问道:"那你还那么冲动?"

蒋燃低头一笑,不再多言,过了一会儿说:"找个地方停车吧,我想去看场电影。"

"现在吗?"

"嗯。"

立夏沉吟了一下。

蒋燃喜欢"漫威",前几天他们还说起"复联"系列要重映了。

"去看'复联'吗?"

"还没上映啊。"蒋燃无奈一笑,只道,"去看别的也可以,我就是好久没看电影,突然想看了。我不是很想回去。"

说到底,他也不知道,她送他回去时他要不要像昨晚一样留下她。

他心如乱麻。

蒋燃之前对立夏说过,怀兮对看电影这种事不怎么感兴趣,他们从未一起看过。

立夏没说话。

"你今晚有空吗?"紧接着,蒋燃问。

立夏回头笑道:"没空。"

"这样吗?"蒋燃淡淡一笑,也没多说什么,只道,"那好吧。"

或许他们就是露水情缘,不该有下文的。

"但可以匀给你两个小时。"她说,"晚上我得回自己的住处,那家酒店住得我很不舒服,床垫太硬了。"

"嗯。"蒋燃沉吟着，嘴角半勾，很快有了真切的笑容。他又对她笑道，"那介意多带一个我吗？"

立夏转头瞥他一眼。

蒋燃好像只是开了个玩笑而已，没再说什么，拿出手机，关了机。

"去看电影吧。"

深蓝色的床单与同色的空调薄被扭成一团，乱糟糟地甩了大半在地上。

小雨飘飘摇摇，雨势已缓，夜色拉开帷幕。他们来酒店时还是下午，酒店楼层不高，他们所在的房间在六层，地处闹市。车流汇成光河，在这繁华的夜晚向四面八方尽情奔腾，玻璃光滑如镜，她能看到自己泛红的脸颊。

怀兮无力又虚弱，像是要哭了一样。程宴北狠狠一口咬住她的肩膀，却是心软了些，问她："哭什么？和我分手的时候有这么难过吗？嗯？"

怀兮没流下眼泪，对上他深沉的眉眼，她的眼眶又泛红了。

程宴北轻轻地合上眼，笑了笑，扳过她小巧的下巴，循着她紊乱的气息去吻她的唇，温柔地道："乖，我们去休息吧。"

怀兮气得啃咬他，报复他，和他赌气。

他们好像又回到了那些年。

程宴北轻抚着她的短发，问："什么时候剪的短头发？"

"忘了。"怀兮靠在他的肩膀上。

"短头发也好看。"他说着，替她将一缕凌乱的发拨到耳后。

他以前说过一句她长头发好看，她与他在一起的那些年，就一直留长发。

怀兮听他这般语气，轻嘲一笑，抬头说道："你现在怎么不问，是不是我的哪任说他喜欢短头发，我才为他留了这么久的？"

房内没开灯，光线昏暗，只能依稀借由对面高楼的灯光从窗外投射入内，看清他眉眼与五官的轮廓。

程宴北闻言有些懊恼，却也没发脾气，只说："我如果那么问你，只会显得我在跟你赌气。你想我跟你赌气？"

"你没有吗？"怀兮伸出食指点了点他的嘴角道，"你现在不是在跟我赌气吗？"

"我是在跟你赌气。"程宴北有些不耐地截断她的话，"不仅如此，我还根本不想知道你这些年到底好了几任。"

怀兮一愣。

程宴北箍住她的下巴,拇指置于她的嘴角,缓慢地抚摩。他于黑暗中对上她的眸,语气有些冷淡地道:"当年分手后你就跟别的男人在一起了,我知道。你是故意的。我也知道。那时候我也赌气,我也很难过。我赌气赌到失去了你,所以我现在不会再跟你赌气了。"

她还以为他翻旧账,没想到却是在承认错误。

怀兮没说话。

昨夜程醒醒在外滩附近走丢,他匆匆赶来派出所,与左烨也打了一次照面——不说昨晚,这些年在赛场上下,他与Firer(纵火者)打的照面也不在少数。

"我是在跟你赌气。"程宴北又低声重复了一遍,下意识地将她抱紧,然后说道,"是我的自尊心太可笑,那时我总在想,也许跟别人在一起才是你最好的选择。可能你跟别人好,会更快乐一些吧。"

怀兮没有回拥他。他就像一只受伤的幼兽,埋头在她的肩上,被她咬破了的染着血的唇,时不时地从她柔嫩的脖颈与锁骨处厮磨而过,像是想恳求她为自己舔舐伤口。

"我以为不会伤害你,结果一直在伤害你。我以为你不爱我了,我以为你跟别人在一起,会更快乐。可是我后来才知道,所有的一切,都只是'我以为'。"他说,"都只是'我以为'而已。我那时想缓一段时间再告诉你我要走,但你知道我要走,肯定会知道我很缺钱。你知道我缺钱,肯定要想方设法地帮我。"

他灼热的气息擦着她肩头的皮肤过去,她不禁一颤,心也跟着一紧。

"但我怎么能要你的钱?!"程宴北无奈地笑了,说,"我还什么都没给过你,我还什么都给不起你。怀兮,那个时候的我,怎么能要你的钱?我怎么能?!"他这样重复着,音量又放低一些,继续说:"如果你给我钱,就是跟着我受苦。"

可能就是自尊心作怪吧。他想。

不仅如此。他还发现,自己居然是个很没有安全感的人。母亲以前抛弃过他一次,又抛弃了他第二次,所以或许在他的认知中,能抛下他第一次的,就会有第二次。

他怕重蹈覆辙,他不要重蹈覆辙。

"别说了。"怀兮淡淡地道,"我不想再提以前的事了。"

她深深地吸了口气,将他从自己身上推开,改为刚才揽住他肩膀的样子,稍稍扬起下巴,笑道:"以前的都过去了,我们继续吧。"

我们继续厮磨,但我们不要重蹈覆辙了。

有时候,并非不留恋往事,正因为往事中有值得留恋的人,才变得不敢留恋。

程宴北也没说什么,细细密密地吻她的脖颈与锁骨,不想再在她口中听到一句冰冷的话。她攀着他,先前那冰冷的话已转为轻吟,他好似在讨好她,讨好着她原谅他。

深黑色的天花板就在头顶,他们像是在海浪中翻涌,时而在海平面之上,时而在海水中。四面八方充斥而来的声音让她越来越沉溺,越来越不由自主。

她也不禁在想,如果再重来一次,他们会不会有个圆满一点的结局。

可见惯了身边人的分分合合,她发现人生就是这样无常,再相爱的两个人也不是为彼此而活。

人人都有自己的选择,每个人都有自己的不得已。

或许再来一次,她某天也会为自己的事将他弃之不顾。

或许某一天,她不会再那么爱他。

说到底,她是一个对感情十分悲观的人。

自他之后,她就变得这么悲观了。

程宴北沉声问:"你真的爱蒋燃吗?"

"我不知道。"怀兮答得克制,似是怕他又要说什么"你跟他分手"的话,紧接着说,"但我知道,我已经不爱你了。"

程宴北没觉得意外,却依然有些落寞。他沉声一笑,有些自嘲地道:"真不爱我了吗?"

"真的。"她依然不假思索。

程宴北只是笑,没再多说什么,手箍住她小巧的下巴,继续亲吻她,转而说道:"那就不爱吧。"

他和她只要此刻,不要过往,也不要以后了。

怀兮捧住他的脸,回吻他,循着他的眉眼细细地摩挲,揣摩着他的语气。

她被他吻得神魂颠倒,时隔多年,他这么自然而然地闯入她的生活,

037

差点儿再一次霸占她的内心。

如果不是多年后再遇见,也许他们都会过得很好,不必背负着谁的遗憾生活。

怀兮轻抚着他的眉眼,好像要把他此刻亲吻和取悦的感觉全部印入自己的心里。她的声音一颤,说道:"如果非要说爱你,我也许只爱现在的你。从这里走出去,明天天亮后,我们分开了,我就不爱你了。"

程宴北抵住她的嘴角,轻声笑道:"真伤人啊。"

怀兮也不客气地回敬:"彼此彼此。"

她到底是记恨从前的,他曾经也是这么伤害她的。

此刻她分明察觉到他的伤感,为什么却分毫没有报复了他的快感呢。

怀兮像条鱼一样灵巧地翻起来,迎着光,一双狡黠清冷的眼轻佻地看了他一眼。

对面大楼应该在搞什么活动,置换了巨大的广告牌,光感强烈光线却很迷离。她抬头看他时,他的视线垂得很低。

他不再倨傲,不再淡漠,也没了素日的盛气凌人。

他狭长的双眸中也染上一层迷离,温柔地凝视她,目光深深地看着身下的她,俯下去吻住她的一刻就直奔主题。

彼此彼此,我们礼尚往来,过去把对方伤得遍体鳞伤,如今也要畅快淋漓。

怀兮的十指沿着他的背狠狠地挠过去。他们这样互相报复,毫不餍足,互相索取,一起沉浮,把积压多年的情绪,在此刻发泄殆尽,然后继续大路朝天,各走一边。

继续告别,继续上路。

他们一同靠在浴缸边,交换着抽完了一支烟。

怀兮如果没记错,他明天就要去赛车场比赛了。她靠着他的肩,困倦地调笑了一句:"你明天要比赛吧?这么晚了,不睡觉了吗?"

程宴北的嘴唇轻抿,徐徐地吐着烟圈,带笑的双眸沉沉地凝视她,问道:"你呢,困吗?"

怀兮挑眉道:"我?"

她看他一眼,又靠回去,潮湿的发往他的肩窝揉了揉,道:"我困了,等会儿想睡觉了。"

程宴北说了一声"好",带了点儿鼻音。

他们都知道，今晚过后，就要告别了。

过了一会儿，怀兮从浴缸里起来。临出去之前，她的脚尖还扬了一下水花故意甩他，没等他抓住她的脚踝拽回来，她就跑出去了。

程宴北笑着看了她一眼，摁灭了烟，也跟着她出去。

怀兮去找浴巾，很快，身后传来声响。她还没将浴巾围到身上，他就抱住了她，和她一起看着镜子中的他们。他的呼吸洒落在她的耳际，认真地问："明天要不要来看我的比赛？"

怀兮回头看他。他就这么靠在她的肩窝，狭长的眼睛盯住她，好似不经意提起的散漫中，有几分期待。

先前的那几年，他整日泡在赛车场，与她常常没时间见面。总是她去了，他还在赛道中训练；他收车了，她已经走了。

不知有多少类似这样的时刻，才将彼此推得越来越远。

怀兮沉默着低下头。

程宴北在她的身后，呼吸沉稳，耐心地等待着。

"不去。"良久，她淡淡地回答。她的声音无波无澜，听不出什么情绪起伏。

"真不去？"程宴北笑道。

"嗯……我还有事。"怀兮轻轻地推开他，围好浴巾，说道，"我去休息了，好困。"

程宴北看着她的背影，低下头，掩住了眼底的情绪。

身后脚步声由远及近。一侧廊灯昏黄，她面朝落地窗那一侧，看着玻璃窗，看见男人向她走来。

他是宽肩窄腰的好身材，双腿修长，肌肉紧致。一个星期前与她初见时，前胸那片文身暴露无遗。

两个人这么一前一后地对视一眼，好像谁都怀揣着满腹心事。

剪不清，理还乱。

很快，她身后的床垫凹陷。接着，她就落入一个温热的怀抱。

他将她往怀中搂去，紧紧地抱住她，下巴埋在她的后脖颈，呼吸炽热，蹭着她的耳郭道："能不能再问你最后一遍？"

怀兮很坚决地道："不来。"

"好吧，"程宴北这才放弃问她，轻轻地吻她，继续道，"你不来，我好失望。"

怀兮没说话。

他抱着她肆意地亲吻，咬着她的耳朵，强迫道："我要你来。"

怀兮深浅不一地呼吸，嘴硬地道："不要。"

程宴北还在一遍遍地吻她，一遍遍地问她："来不来？"

"不。"

"你不听我的话了。"

他和她都知道，答案已不在这个欲拒还迎的问题中。

"不听话就要受罚，是不是？"

已经是凌晨三点，巨大的落地窗如一面透亮的镜子。他们如何相拥，全部展现得一清二楚。

床头充好电的手机亮了好几下，还停留在那会儿给她看的照片上。

"是不是跟你很像？"提起这个话题程宴北又是满腔怒意，不禁来了脾气，道，"连文身都跟你一样。"

那株玫瑰又与他的荆棘合二为一，野蛮又热烈。

怀兮接过他的手机，伸出两根手指放大了屏幕上的照片，仔细端详起来，还是能看出修图的痕迹。她尝试左右滑了一下，然后就滑到了一条视频。

视频开始自动播放。视频中，男人与女人亲密地纠缠在一起。前半部分是男人在拍，看不清脸，后半部分是女人对着镜子拍，在男人的怀中尽情地绽放妩媚。她本以为这是他手机里保存的小视频，紧接着就对上了视频中女人的眼睛。

女人是尖尖的瓜子脸，长发遮面，五官很精致。

模样熟悉，她认得，是立夏。

怀兮一愣，接着又顺着女人的镜头，看到了男人的脸。

她还没反应过来，拿手机的手就被程宴北按了下来。猝不及防，她的思绪都跟着停滞在半空中。接着，她的手腕被他紧紧地抓住，按回了床上。

"别看了。"他说。

怀兮的思绪被那个力道拉回，手机屏幕倒扣在深蓝色的床单上亮着光，长达三分多钟的视频没有暂停。

最后，她靠在他怀中，相拥着，开始尝试入眠。

"你知道立夏和蒋燃……"怀兮忍不住问了一句，"你之前就知道了？"

程宴北深呼吸几下，说道："嗯，前几天。"

"为什么不告诉我？"

"告诉你了，你就会跟他分手和我在一起吗？"他反问，又笑道，"是我阴暗，怀兮，我很享受你背着他和我在一起的状态。比如现在。"

怀兮咬了一下嘴唇，突然不知道该说什么了。

"难过吗？"过了一会儿，程宴北又问她。

怀兮想了一会儿，摇了摇头道："不。"

"那就睡觉吧。"程宴北说。他没再问她爱不爱蒋燃，他不需要她回答，就已经知道答案了。

大家都这么自私又热情，虚伪又浪漫，都半斤八两，有什么可难过的。

怀兮做了个噩梦。

她梦见高三那年，学校提前开学正好撞上那年的七夕，隔壁班那个很受欢迎，据说是他们班班草的男孩子，在众目睽睽之下跟她表白了。

当着那么多人的面，他存心不给她台阶下。她平时在学校还算低调，母亲是数学老师，舅舅是年级主任，难免招人关注。

那一刻，所有人就像平时在课堂上下暗自观察她，全在等她的反应。

怀兮从小到大就不喜欢文绉绉的男孩子，当然，她也没有那方面的想法。巩眉还教着隔壁班的数学，知道了回家有她好受的。

她也不是什么品学兼优的好学生，没拿什么"我们这个时候学习重要"搪塞对方，而是直白地道："我不喜欢你这种类型的。"

接下来的三四个月，怀兮在学校的日子都不太好过。

隔壁班有个很喜欢那个男生却一直没机会在一起的女孩子，带领着三四个同伴，每天从校门口见到她开始就是一路的漫骂。

在水房故意往她身上泼热水；溜进老师的办公室撕她的作业和卷子；上学放学的路上骑车呼啸而过，高声喊她的名字骂她；社交空间晒她的照片；在学校贴吧发人身攻击的帖子。

她们还带领三三两两的人恐吓她，在校门口或者放学路上堵她不让她回家。

最乐此不疲的就是将她反锁在学校的卫生间，听她疯狂地拍门喊人，她们在外面高声大笑着一哄而散。

她的母亲和舅舅在南城七中是出了名的严厉和不近人情，学生们对她母亲和舅舅也颇有意见，于是一股脑儿地全发泄到她的身上。那段时间，看热闹的、沉默的，顺带着随波逐流掺一脚的人不在少数。

第一次被反锁到卫生间那天，学校的人都走光了，她通过拼命砸门发出声音引来了巡楼的保安才被放出来。

天都黑了，黑得阴森。她一个人边走边抹眼泪，路上还要注意那群人有没有跟上来。

回家后，巩眉还骂她怎么那么晚才回家，是不是跟哪个男孩子出去鬼混了——显然也听说了她被当众表白的事。

巩眉一直严令禁止她上学时期谈恋爱。

她关上房门，在卧室里偷偷地哭。巩眉还将她的房门拍得震天响，一声比一声高地警告她高三不许谈恋爱。

如果她要谈恋爱不要前途的话那就别上学了，高考也别参加了。

巩眉还问她为什么早上的物理作业没交，作业本和卷子都没见到，物理老师都去告状了。

半晌，好像是察觉到她的心情不好，巩眉才放低了语气说："怀兮，妈妈都是为了你好，你得听话。"

从巩眉和怀兴炜离婚瞒着她那件事起她就知道，人与人之间永远无法理解对方的伤痛。何况家长与孩子。

家长一句"我是为你好"就能堵住孩子所有想为自己辩驳的话。

人与人之间也从来没有感同身受。

很快，怀兮在她所在的班级也被同学们孤立了。

别人害怕和她走得近了受到牵连，上下学、体育课、大课间，她经常是一个人。以前的朋友总以各种理由推脱不能和她一起回家，他们渐行渐远。

偶尔能碰见一个同行的同学，但他们一看到门前堵她的满身文身的社会混混就吓得屁滚尿流，匆匆告别了。

那段时间她彻底知道了什么叫生不如死。

上学的日子每天都是煎熬，她多么希望一个假期后接着还是假期，不用去学校面对不想见到的人。

她反抗过，但她孤立无援。

她也跟巩眉暗示过，但巩眉一开口就是："人家为什么针对你？肯定是你得罪了人家。大家都在抓学习，上高三了，你心思得放到学习上，别去在意他们。你不搭理不就行了？"

不说也罢。

一晚下来，程宴北睡得并不好，天蒙蒙亮时，他听到了低低的啜泣声。

他开始以为是幻觉，直到紧贴在他身前的她开始颤抖，一声又一声恐惧地抽泣，萦绕在他的心上，慢慢地搅扰了他的睡意。

他稍稍睁开眼，才发现的确是怀兮在哭。

怀兮将自己蜷成一团，不知是梦还是醒，抱住他的力道紧了又紧，贴在他身前，滚烫的眼泪几乎要烫掉他一层皮。

做噩梦了吗？

程宴北这样想着，心好像也被她的泪水浸得潮湿。他不由得搂了一下她的腰，她便依赖地贴过来，将他抱得更紧了。

她的呼吸灼热，带着一股潮意，人好像没醒。

他轻轻地拍了拍她的背，并不想叫醒她，只是这么拥着她，安抚着，像是哄孩子一样抚摸她的头发。

半晌，她的抽泣声弱了下来，感受到安慰，身子也不抖了，抱着他的力道却没放松。

他紧紧地回拥住她，却没了睡意。

他察觉到她醒了，把下巴搁在她的头顶，一下又一下地拍着她的肩膀，安抚着她。

然后，就听她略带哽咽地道："她们把我锁在厕所里……好可怕。"

她离开高中上大学的那些年，偶尔也会做这样的梦。

童年与少年时代的一些伤痛会伴随人的一生，想起来，梦见了，就是长长久久的心悸与惊魂未定的后怕。

他拍着她的背，温声安抚道："只是做梦。没事的，别怕。"

她惴惴不安地抱住他，靠在他的肩窝，闭上眼睛，眼泪还是往下流，好像不仅仅是因为噩梦才流眼泪。

她哭不出声，只是抽泣地道："你知不知道？其实我这些年过得很不开心，很不好。跟高中的事情很像，我以前在ESSE那会儿，有个有老婆孩子的男人追我，我没答应他。后来这件事传开了，别人却骂我是插足别人家庭的第三者。没有人相信我，他们都选择站在舆论那一方，说我明知道他结婚了，还跟他不清不楚地纠缠。没人相信我。"

他抚摸着她的发，继续轻拍她，然后在她的发际线烙下一个深深的、柔软的吻。

"我因为这个和ESSE解约了。我赔了很多钱，那些年赚的钱几乎都赔光了。我没敢告诉我妈，也没敢告诉我哥和我爸。我谁都没告诉，我怕他们为我担心。"她靠在他怀中,开始低声地啜泣,"但是……我特别想告诉你,特别想。我想告诉你,我真的受了委屈,其实我很不开心,我过得很糟糕,我的前途、我的事业几乎全被毁了,我真的很不开心。"

他拍她背的力道渐轻,将她抱紧了一些,心隐隐作痛。

"我总能梦见以前的事,总能梦见你。尤其是那段时间,我总能梦见你。"她说,"我在梦里都想告诉你,我过得有多糟糕,我有多委屈。但是我告诉你又有什么用呢?"

他轻轻地叹了口气,几乎要把她揉进自己的身体里,沉默片刻后说:"如果我能听到就好了。"

"嗯?"

"我也总能梦见以前的事,梦见你。我也总是这样。"他抚摸着她的发,沉声道,"那时我就觉得,你应该是有什么话要对我说,所以我才会梦见你。不是说,当你梦见谁,那个人肯定也在想你吗?"

怀兮听到他的这种说法,觉得有些好笑,被噩梦缠绕的糟糕心情慢慢地好了一些。她还没说话,又听他说:"要是我那时在你身边就好了。"伴随一声若有似无的叹息。

很无力。

"要是我在就好了。"他说着,鼻息微弱下去,一直重复着,"怀兮,要是我一直在你身边就好了。"

第三章
融化的泡沫

CHI
CHAN

清晨第一缕阳光投进来时,怀兮迎着那一片光满足地翻了个身,没有如预想中撞入一个温热的怀抱。

她半梦半醒地睁开眼,看见一道修长的身影立在不远处,背对着她,正穿着衣服。

他展开自己的黑色 T 恤套上,肌肉结实,线条优美,后脊一道沟壑绵延,随他的动作起伏,很有力量感。

程宴北穿好衣服回头,见她醒了,像只慵懒的猫躺在床上,纤长白皙的双腿轻轻地夹着薄被。她的短发拂在脸际,半眯着眼睛,一眨不眨地看他。

他低头勾唇一笑,拎起一旁的皮带系在腰间。他几度移开视线,却还是不由自主地看向她。

怀兮亦看着他。

不知是否朝窗的缘故,又或许被阳光明媚的好天气影响,似有暖流在两个人眼神交汇时静静地涌动。

一室好春光。

程宴北抬脚刚走过来,怀兮就伸出了一条腿。

他半跪在床边,一只手捏过她骨感纤细的脚踝,俯下身来,靠近她。他抬起头,目光沉沉地凝视她,鼻尖对着她的,任彼此的呼吸缠绕。

怀兮像是没睡醒,他这般挑逗她却懒懒地笑了笑,伸出手搂住他的脖颈，将他拉低一些，抱了他一下。

程宴北微微一愣，差点儿被她带着摔倒在她身上。

他刚支撑住自己，她沉沉的呼吸就落在他的肩窝，一呼一吸，均匀平缓，就像昨晚做了噩梦后那般自然地拥抱住他。

他动了动嘴唇，想说点什么，她细微的鼾声就响起了。

他就停在这么一个尴尬的位置，任她如此抱着。

怀兮显然不知道自己做了什么。

过了一会儿，程宴北的脖子有些僵痛，于是他又缓缓躺回床上，维持着昨晚他们相拥入眠的姿势，也抱住她，让她又睡了一会儿。

他看了一眼时间，马上就是七点半。早上十点半的比赛，他必须提前两个多小时过去试车。

昨晚折腾到差不多三点多才勉强睡着，快天亮那会儿她又做了噩梦，他也跟着醒来，满打满算就没睡几个小时。

怀兮抱着他根本不撒手，还用柔软的发蹭他的下巴。一侧的阳光照着，暖暖的，很舒服。

她很依赖他。

程宴北低头凝视她的睡容片刻，她的左眼下有一颗泪痣，眼睫遮盖不住，这会儿没了素来的明艳嚣张，反而令人怜惜。

他又抬手，想抚摸她的眼角，却怕打扰到她睡觉，于是只得收了收手，拥住她。

不知不觉，他也睡着了。

再醒来时，她已松开了他，背对着他，睡到床的另一侧去了。

她的肩膀光洁裸露，一片白皙，薄被滑下大半，露出漂亮的蝴蝶骨。

程宴北看了她一眼，又看了看自己空荡荡的怀抱，从床上坐起，拿过手机。

快八点半了，他得走了。

他伸手抚了一下后脖颈，活动了一下肩膀。

他看了她的背影一会儿，目光微动，又俯身过去，将被子拉起掩到肩头，然后吻了吻她的耳垂，再朝她的耳朵吹了口气。

怀兮还在睡梦中，缩了缩肩，似是被他打扰了，哼唧了两声，转过头来睁开了眼睛。

他半支着自己，双眸半闭，眼底与嘴角泛起笑意。他道："我走了。"

怀兮又清醒了一些，稍稍睁大眼，思绪没跟上他的话，眨了眨眼，半晌才反应过来,他今天是要去赛车场比赛的。

昨晚还问她要不要去。

她愣怔着,正要点头,他突然靠近她,趁机吻在她的左眼皮上,泪痣附近。

"再睡会儿吧。"他说。

怀兮的心跳快了一拍,那温热深沉的气息就从身前缓缓地抽离了。

再睁眼,他已离开了床,收拾好东西,拎起车钥匙,就准备出门了。

临走,他还回头看了她一眼,问道:"要不要叫早餐上来给你?"

她摇摇头。

他也没再问要不要去看他比赛,只是点了点头,抿了一下嘴唇,然后便离开了。

门廊那边传来轻微的声响,很快,他的脚步声远去。

怀兮盯着天花板,听那声响消失,忽然有一种怅然若失的感觉。

她也没了困意。

他知道她耳朵敏感刚才还故意吹气打扰她,就像那晚她打电话过去他一次也不接一样,故意让她心里乱糟糟的。

她睡不安稳,翻身坐起来,腰酸得几乎动不了,于是又躺回去,面朝着窗。

她依稀能听到楼下汽车鸣笛的声音。她猜想着,他是否已经下了楼,驾车驶离了这里。

阳光和煦,比之前一日的阴雨连绵,天气明媚不少。

迎着这样的暖阳,她依稀记起,那会儿半梦半醒地醒来过一次,好像又抱住了他,埋在他的怀中睡了个回笼觉。

依赖真是一种很可怕的东西。包括她昨晚做噩梦过后,像从前一样,抱着他才能睡过去;他也像从前一样,耐心地安抚着她,听她那些语无伦次的抱怨。

好像什么都没有变,又好像什么都变了。

怀兮想着,伸手去够自己已经充好电的手机。

昨夜发给蒋燃的短信他还没有回复。

她说:"对不起,我们分手吧。"

他还没回复。这个点,应该已经醒了吧?他今天还要参加比赛的。

蒋燃还没有看到短信。

清晨八点半，他还跟立夏在酒店的床上赖着。立夏累得筋疲力尽，躺回他的身边，两个人又缠绕在一起接了吻。他的右手还缠着绷带，隔着一层纱布去抚摸她的后腰。

她靠在他怀中喘了一会儿气，顺手拿过他扔在枕边的手机，想替他看一眼时间。结果手机屏幕一片漆黑。

是关机状态。

昨晚他们去看电影之前他就关机了，一晚上都没开过。

蒋燃见立夏盯着自己的手机出神，笑了笑，没说什么，准备起来去洗澡。她趁他还没离开床边，迅速从后面环住他。她紧挨着他的后背，蹭着他，将关了机的手机递给他，问："一晚上不开机，不怕她找你？"

蒋燃下意识地看了一眼右手的纱布，想起了前一天下午在机场卫生间的情形。他深深地吸了口气，没说话。

"还是怕她跟你提分手？"立夏趴在他的肩头，又问他，有点儿好笑地道，"还是，你不想跟她提分手？"

蒋燃闻言也是一笑，回头看她一眼，温柔的桃花眼里闪着光，头一次戳破了她，说道："怎么？你是怕我不跟她分手，跟你只是玩玩吗？"

"有吗？"立夏的笑容僵住了。她不确定他是否只是跟她玩玩才会如此，但至少一开始，她是想跟他玩玩的。

但现在，好像有什么东西不知不觉地变了质。

"我先去洗澡。"蒋燃松开了她，起身。

立夏坐在床上，一只手撑起自己，长发拂在胸前。她仰起头看他，眼神清冷。他最后只看了她一眼，拿起手机，往浴室的方向走去。

她移开视线，目光追随着他手里的手机，注意到开机画面一闪而过。

直到浴室里响起水声，她还盯着那个方向。

怀兮自己叫了一份早餐上来，特意嘱咐不要油煎的、热量太高的。好在这家酒店提供脱脂牛奶，于是连带着一份蔬菜三明治一起给她送上来。

她最近对身材的控制更严格，或许是已经做好回 ESSE 的打算了。ESSE 给她开出的新条件很不错，加上她今年也二十七岁了，对于模特儿圈子来说，这个年纪还不红，就已经处于随时被业界淘汰的尴尬境地了。

她这些年也深有体会,没有公司运作,自己要是还想吃这碗饭,真是难上加难。

饭后,说她几乎是连滚带爬地去浴室洗澡也不为过。

他的温度与荷尔蒙的气味,随着水流一点一点地冲散,一夜疯狂的痕迹却还在,错落地分布在她的肩头、脖颈,处处都是吻痕,估摸着三五天都消不去。

怀兮心里是恨的。她边想着,边用花洒冲洗,镜子上已蒙上一片薄雾。混模特儿圈子的大多都整过容或是做了医美,她却连瘦脸针都没打过。

她仔仔细细地欣赏自己这张脸,和镜中的自己对视,突然就觉得很陌生。

五年时间一晃而过,觉得没变化的,好像都慢慢有了变化。

她忽然也有些看不懂自己了,于是匆匆地移开视线,不再观察自己。

很快,她刚才顺手拿进来放在盥洗台上的手机就响了。

是黎佳音打来的电话。

她接起电话的同时,整个人舒舒服服地躺进放满热水的浴缸里,两条腿交叠着踩在浴缸边沿,"喂"了一声。

"喂,祖宗,你昨晚干吗去了?我给你打了一晚上电话都关机。"黎佳音急匆匆地问。周围能听到汽车呼啸而过的鸣笛声,她应该在上班路上。

今天是星期一。

"没电了。"怀兮琢磨了一下,在心里感叹这一个星期过得真快。

她揉了揉太阳穴,又听黎佳音嚷道:"没电了你就不回家了?我家那小破床你睡得不舒服是吧?睡酒店去了?"

"嗯。"怀兮应了一声。

"就你一个?"

"不是。"

"跟你的男朋友?"

怀兮另一只手支着太阳穴,应道:"不是。"

黎佳音也不戳破,转而问:"对了,你什么时候回港城?"

"明天吧。"怀兮才想起这件事,她还没看机票。

ESSE那边的人力资源可能从哪儿打探到了她近年的活动大多在港城,说她回了港城跟那边的分部签约也可以。

正好半个月后 ESSE 在港城有个商业秀展，她可以直接过去。

她正在考虑这件事。虽表面上还没回复，但她心里已有了打算。

"着急走吗？"

"有点儿。"

怀兴炜的生日也近在眼前，她都答应了，昨天怀礼还来电话问她什么时候回港城。

黎佳音有些失望地道："这么快就走，我还没跟你待够呢。"

"你的男朋友回家了吗？"

"没有。"

"寂寞了？"

"有点儿，关键是舍不得你。"

"得了吧，"怀兮哼笑一声，道，"前天 Daniel（丹尼尔），明天可能是什么 Henry（亨利）、David（大卫）的，你怎么会寂寞？"

黎佳音笑道："你不留下陪我就算了，干吗戳穿我？"

两个人又聊了一会儿，怀兮的心情好得不得了。黎佳音让她快点儿看机票，决定好什么时候回港城，抽空请假送她去机场。

她们公司新来的部门经理非常难缠，那天陪程醒醒去迪士尼请了一次假，估计要送怀兮去机场的假很难批下来。

怀兮摆摆手说算了，自己去机场就行，反正她又没带多少行李。

黎佳音听她说"自己去"，沉默了一下，心里估摸着她跟她那个男朋友分手了，和程宴北估计也没了下文，也就没再多说什么。她进了公司大楼，匆匆说自己早会快迟到了，就挂断了电话。

临近清明节，最近不知什么情况，后两天领空封闭。回港城最合适的时间点只有今天下午六点多的那一趟，不然就要等到三四天以后，那时候怀兴炜的生日早就过了。

怀兮看了看机票，下了单。洗完澡，她正吹着头发，尹治又打来电话，开门见山地问："你今天有空吗？"

"什么事？"怀兮关了吹风机，坐到窗边的沙发椅上。

"也没什么事。"尹治笑笑，怕她因为上次尹伽要请程宴北吃饭，还把她叫去陪衬的事不高兴，端着脾气，说，"就我姐那边，想约你出来。"

"你姐？"

"哎，你不是跟我们《JL》合作过了吗？最近我也听说 ESSE 邀你回去了，大家以后也都能合作。今天来的也有 ESSE 的几个高管。"尹治顿了顿，他听说过怀兮以前在 ESSE 的事，又补充了一句，"你都不怎么认识，今天过来见见？"

怀兮沉吟了一下，思索着。

尹治见她沉默，又换了种说法："就 MC 赛车俱乐部，哦，就是你合作拍摄的那个 Hunter 车队，今天跟你男朋友的车队 Neptune（海王星）在沪城打比赛，给了我们几张门票，你要不要来？"

"行啊。"怀兮思忖了一下，答应下来，五指拨开潮湿的头发，抖了抖潮气，问道，"几点开始？"

"十点半，这会儿已经九点了，你现在必须出发了。"尹治笑了笑，试探地问，"用我顺路去接你吗？我刚出发，票在我这儿。"

怀兮自然而然地拒绝："不用了，我自己坐地铁过去，应该来得及。"

"你男朋友今天也比赛吧？"尹治随口问道。

怀兮抖头发的动作稍稍停顿。

蒋燃还没回她的信息。这年头谁不是手机不离身，若说是这么久了没看到消息，那根本不可能。

她收了收动作，没说话。

尹治想到那晚拍摄，程宴北直接来《JL》找的她，末了两个人一起离开，忽然觉得自己问得不合时宜，立刻转移话题："对了，那个，你快回港城了吧？"

怀兮淡淡地答："嗯，今晚走。"

"今晚，这么快？"

"家里有点儿事。"

"行吧，祝你一路顺风。"尹治笑道，"你来一趟我这个前男友也没为你做什么，上次叫你吃饭你也没好好吃，怪不好意思的。"

"你不用为我做什么。"怀兮知道他是个真诚的性子，这些日子以来由衷地感激他，温声笑道，"你已经帮了我很多了，应该我请你吃饭。"

"看看，又客气了吧。"尹治正在路上开车，鸣笛声迭起，他的嗓音也悠悠扬扬的，心里一时却有些惆怅。

从前他们还谈恋爱的那阵子，就不会如此客气。

客气，很多时候是一种礼貌的疏离，能让人长久以后还客客气气、相敬如宾的前任，说到底，有点儿可悲。

她对程宴北就好像并非如此。那晚饭局，他与尹伽都有目共睹。

尹治心里其实是嫉妒的，嫉妒她对同样是前男友身份的程宴北，那种欲语还休的感觉，并非是对他一样的风轻云淡，反而处处都在证明她以前喜欢程宴北比喜欢他要多得多。

尹治无奈地勾唇，又打趣着问："我还想问你呢，你跟你别的前男友都能处成我们这样的关系吗？不说老死不相往来，最起码能打打电话的这种，有吗？"

他半开玩笑半试探，怀兮顺着他的意思，认真地想了想，笑着说道："好像还真没有。"

"那我是不是还得暗喜一下？"尹治笑了笑，认真地催促她，"行了，不跟你说了。你赶紧收拾收拾出门吧。到了给我打电话，我让人带你进去。比赛开始了可就不好进来了，抓紧啊。"

怀兮显然没有去看比赛的打算，尹治猜测她跟蒋燃已经分手了，和程宴北也没有下文。她的性子还算洒脱，从来都是她玩腻了就拜拜，再不来往了。

尹治想到这里，怀兮在那头应着他："好，一会儿见。"

"对了，我过段时间可能去港城，你得请我吃饭。"尹治煞有介事地道，"你跟ESSE续约的话，怎么说也得有我们《JL》一半的功劳是不是？"

"行，没问题。"怀兮笑着应了，倒是没像上次他说要给她过生日，她用一句冷冰冰的"你要给我过生日，你的女朋友知道吗"这样尖锐的话来搪塞，而是开着玩笑揶揄他，"你怎么还跟以前一样臭屁？"

"你又不是不了解我。"

两个人就如好友般聊天，互相调侃揶揄，分手最初到此刻的尴尬，自然而然地烟消云散了。

挂断电话，尹治嘴角的笑意久久未消。好像他们真的很久之前就认识了，是互相了解的好朋友。

他是真心喜欢过她的。可她应该没有喜欢过他吧。

另一边。

立夏与蒋燃在酒店准备出发。

蒋燃去客厅窗户那边抽了一会儿烟，好像在打电话跟谁商量什么，情绪不大好。他不算是个急躁的性子,却好像还是怄了两声火。

立夏洗完澡出来,吹干头发换好衣服,化着妆,感受到他那边的低气压。

三两笔勾勒出眼妆,她对着镜子欣赏了一下,不自觉地朝他那边瞥了一眼。

蒋燃挂断电话,沉默下来,一只手放在西装裤口袋里。

离比赛开始还有一个半小时不到,他不回去换赛车服,也不去车场试车。

他的右手还受着伤。昨天去医院,医生给他清理伤口的玻璃碎片就清理了很久,还特意嘱咐他这几天尽量不要活动这只手,避免撕扯伤口,引起发炎。

他们昨夜还一起看电影,在床上缠绵了一晚,今天就倏地冷淡下来。

立夏瞥了他一眼,收回视线,自顾自地化好唇妆,石榴红唇釉令她的气色变好。她最后打理了一下长发,收拾好桌面的东西,拿起包就准备出门了。

立夏没打算去赛车场看比赛。

MC赛车俱乐部给这次协理杂志拍摄的各个部门,还有《JL》的高管与几个部门的主编都递了门票。昨天下达了通知采集名额,却偏偏略过了她。

大部分人都知道她与Hunter那位冠军车手分手的事,大概是没好意思问。后来同事曾米跟她提起,还为她打抱不平,说肯定是因为她跟尹伽上次发生了冲突,所以这次压根儿没让部门指派名额给她。

立夏倒是无所谓,她本就没打算去,她在沪城还有朋友,趁今天无事可做,准备出去逛逛街,毕竟是难得的好天气。

她正往外走,身后也传来动静。

蒋燃拿起外套跟了上来,先立夏一步关好门,眉眼轻抬,问她:"你今天有什么安排?"

"怎么了?"立夏轻笑一声,冷淡地道,"忘不了我了?"这语气俨然将他当成陌生人。

门"嘀"了一声,发出尖锐的声响,关住了。

蒋燃站定于门前,没动作,低头看她,有些好笑。她笑笑,不再多说,而是看了一眼他的手机,问道:"怀兮找你了吗?"

"嗯。"他点了点头,搂了一下她的腰,与她一齐朝电梯的方向过去。

立夏又笑着问:"是要跟你讲和,还是跟你分手?"

"分手。"

"你怎么说?"

"还没回。"

"哦,这样。"立夏沉吟了一下,笑着看他,道,"那你还是放不下。"

蒋燃睨她一眼,皱了皱眉。

他那晚就说过,他并不喜欢她这样尖锐地跟他说话。他的脚步顿在电梯边,看着她说道:"我总需要一点儿时间。"

立夏笑了笑,眼底没有丝毫温度地道:"那你也不用打探我今天有什么安排。我们要见面,总得尊重一下对方的时间,而不是让我硬挤时间给你。"

蒋燃闻言,欲恼,却还是作罢。电梯落在脚下,他跟着一笑,手还搂着她的腰,力道不由得紧了紧,与她一齐进了电梯。

电梯门在眼前徐徐关闭。他说:"你昨晚跟我说,女人失去吸引男人的魅力,是一件很可怕的事。对吗?"

立夏顺势靠着他的肩,抬头看他,嗤笑道:"你转移话题也就算了,提这个干什么?"

"那你呢,会害怕吗?"他目光沉沉地问她。

立夏觉得他有意窥探,不自在地站直了身子,想挣脱开他搂住她腰的手,讥讽地道:"你们男人说的话不能信,女人说的话就这么挂心吗?"

"我在问你。"他一用力,又把她给拉回去,五指紧紧扣住她的腰,语气强硬。

这力道不轻,引得她皱眉。

"问我这个问题,有什么意思?"她也不挣扎了,抬头,定定地看着他道,"我不是已经输给怀兮了吗?你和程宴北不都在乎她多过在乎我吗?"

蒋燃抿唇,没说话。

"人都犯贱。"立夏说,"谁越不在意你,你越对人家上心,越放不下人家。不就是迫不及待地想证明自己作为一个女人、作为一个男人,还没沦落到失去魅力这么可悲的地步吗?你也知道,非要在一个不爱你的女人、不爱你的前任面前摇尾乞怜,只会让自己更可怜。所以我跟你不一样,我及时止损。他但凡有一丝恶心或是不爽,我的目的就达到了。何必把自己搞得灰头土脸呢？大好的人生。"

"所以，你只是为了让他不爽？"

"你如果觉得是，那就是吧。"立夏说着，低头一笑，继续说道，"不过我总在想，我就是完全对的吗？我报复他，就只是为了报复他吗？那天晚上你在车上吻我，我意识到不是他。"

她说着，抬起头，对他笑道："你也意识到了，我不是怀兮，对吗？不过我见你的第一眼，就觉得我们俩可能会有故事。或是做朋友，或是做别的。我的第六感一向准。"

蒋燃静静地凝视她，没说话。

她对着他盈盈一笑，有些无奈地补充道："这种感觉太危险，也太致命了，蒋燃。我甚至能理解程宴北，能理解怀兮，也能理解你。因为大部分时候，人是管不住自己的心的。"

平日偌大空旷的看台上只有几个人的赛车场，此时如一锅沸水，热闹非凡。

十几辆赛车在赛道上跃跃欲发，有身材热辣衣着惹火的赛车宝贝，还有身着代表不同车队不同颜色的服装的人在跳拉拉操加油鼓气。

看台上坐得满满当当，Hunter 与 Neptune 两支车队的专业车迷也来了不少，黑红与银灰的代表色将看台装点得五彩缤纷。

怀兮与尹治坐在看台上，被一众欢欣紧张的气氛包围。

她来之前还争分夺秒地跑回黎佳音家换了件衣服，为了遮阳戴了副墨镜出门。看台的阳光直射，头顶毫无遮挡，她从上了看台就没摘下来过。

她这副墨镜还是某小众奢侈品去年的限量款，造型出了名夸张。她的脸本就小巧，这一戴就遮了大半张脸。

她今天穿了一条长袖桔梗色包臀荷叶边短裙，领口并不低，看似清纯保守却暗藏心机。腰两侧各开一道菱形口子，白皙的腿若隐若现。后腰那片玫瑰文身也影影绰绰，显出一个模糊的轮廓。

天气这么热，她还系着一条丝巾。

尹治与她所坐的位子是看台贵宾席，能俯瞰赛场，视野绝佳。尹伽与其他人坐上面一排，三三两两地间隔出座位，人还没到齐。

尹治说今天要来 ESSE 的几个高管还没来全，来的人有给怀兮发邮件的人力资源，与她热情地打了声招呼，其他几个人她都不认识。

055

她也只能和尹治说上话。

比赛还有十几分钟就开始了。怀兮订了晚上六点回港城的机票，那会儿给怀礼截图发过去，顺带着打电话想跟他知会一声，他却没有接。

在这之前，蒋燃回了她信息。

他问她今天有没有来赛车场，这么问，就应该猜到了她今天会来。

虽然她来了，但不是他想的那个缘由。

她说："我们找时间谈谈。"

有的话还是要当面说清。

这会儿怀礼回电话了，她的手机一直在包里振动。

周围吵嚷，声音嘈杂，她一开始没听到，还是尹治在旁边戳了她一下，提醒她。

"你的手机在响。"

怀兮看到是怀礼打来的，于是和尹治打了个离开的手势，从看台一侧绕到后面，站到一处走廊边，找了个安静的地方接电话。

"喂。"那边传来清冷淡漠的一声。

怀兮道："哥。"

"在忙吗？"

怀礼刚下一台手术回到办公室，疲倦地坐到办公椅上，一只手在太阳穴上轻轻地揉着，半合着眼，舒缓神经。

"没有。"怀兮盯了一下自己的脚面，想起那会儿给他打电话的目的，说，"对了，我今天下午六点的飞机，回到港城应该是晚上八点半的样子。"

"好，我去接你。"怀礼淡淡地应道，又问，"你给爸爸打电话了吗？"

"还没。"

"他知道你回来？"

"还不知道。"

"这样。"怀礼沉吟了一下，又说，"那你有空打个电话跟他说。"

他就这样把问题抛给了她。

"你没告诉他？"怀兮有点儿惊讶。可一问出口，又突然觉得怀礼跟父亲频繁通话才奇怪。

他们父子俩的关系早些年的时候万分紧张，这些年才有所缓和。

譬如父亲生日，怀礼还几番来电问她什么时候回港城。

这也不仅仅是因为父亲生日的缘故，怀兮这几年常在国外奔走，不常与怀礼见面。他这个当哥哥的，平日里心虽然跟焐不热似的，但还是记挂她这个妹妹的。

"没有。"怀礼温声笑笑，看了一下表，他还有工作要忙，于是说，"晚上我来安排。还有事，先不说了。"

"嗯，好。"怀兮应道，"你去忙吧。"

怀兮每次回港城都是住酒店，或是住在怀礼空着的公寓里。他也早早地搬出了家，父亲的"新家"他也是不常去的。他们兄妹好像早早地就与那个家脱离了干系。

怀兮与怀礼虽是亲兄妹，却有些看不懂这个哥哥。

他们好好的一个家早就被硬生生地拆成了好几个家，她五湖四海地漂泊，居无定所；怀礼早就脱离原生家庭自力更生，搬出去很久了；父亲与阿姨带着弟弟怀野生活在一个家中；巩眉生活在南城的另一个家中。

这些剪不断理还乱的关系，想起来就头疼。

怀兮收了手机，正准备回到看台，突然感觉有人从身后靠近自己。很快，她的腰前就横过一只强有力的手。有人自身后抱住了她，下巴埋在她的后脖颈处。

程宴北闭着眼睛嗅她的香气，笑声爽朗地问："你不是不来吗？"

怀兮刚想解释自己今天会来的缘由，他便循着她的后耳郭温柔地亲吻她，然后问道："为了蒋燃来，还是为了我？"

她正被他吻得神魂颠倒，忽然，又一道冷硬的声音自她与他的身后冷冷地响起："你不是有话要跟我说吗？"

冗长的玻璃回廊，晴天烈日，通明透亮的落地窗反射出蓝光，投映出两个人相依的身影。

怀兮靠在男人怀中，身后蒋燃的声音清晰地落下。她一回眸，就从玻璃上看到，一道身影立在不远处。

程宴北穿一身红白相间的赛车服，而蒋燃一身亮面灰色西装，右手扎着白色纱布，满脸阴霾，不像是来比赛的。

程宴北的目光同时落在蒋燃的方向。

蒋燃望着他们的目光渐渐冷却。

怀夕想从程宴北怀中挣扎出来，他环住她腰的力道又紧了紧，像是怕她就这么走了一样。他还没听到刚才那个问题的答案。

她荷叶边的裙角微微掀起，凌乱又暧昧。他戴着黑色皮质露指手套，覆在她的腿前侧，光滑冰凉的触感与他指尖的温热交织。

很快，她的手上就覆上了他的。但她并不是要握紧他，而是在推开他。他用了些力道，身子一瞬间绷得很紧，她很抗拒。

这么几番挣扎后，程宴北才缓缓地松开了手，有些落寞。

不远处，蒋燃懒散地倚着廊柱，见纠缠在一起的二人终于分开了，从鼻腔发出不屑的一声，不知是在嘲讽他们，还是在嘲讽自己。

他是有话对怀夕说的。

程宴北听到了这一声，将目光投向他。

电光石火的一眼，火药味浓烈了三分。

从这里望下去，能看到今日赛场的盛况。看台上黑压压的一片，上一次，也差不多是在这附近，蒋燃问程宴北还喜不喜欢怀夕，程宴北反问："你很怕我喜欢她？"

你很怕他喜欢她？真的怕吗？

是害怕的。

不像上次几乎无人，此时人声鼎沸，一片热闹的景象。可他们还是像被一个玻璃罩子隔绝在另一方平行天地。

怀夕要上前，程宴北先一步将她挡在身后，抬脚朝蒋燃走来。

蒋燃见他过来，嘴角的笑意未消。他忽然发现，自己于他们，始终是一个被隔绝在外的局外人。无论五年前，还是五年后。

两个男人的身高相仿，平时看不明显，但蒋燃此刻靠着廊柱，一下子有了明显的差距。

此地空旷，程宴北的眉心皱着，低声问："昨天的照片和视频你还发给了谁？"

蒋燃对他的先下手为强并不意外，冷冷地问道："怎么，你很怕我发给别人？"

虽然彼此都有克制，但回声很大。

怀夕听见了。

程宴北抿紧嘴唇，似是被他这样轻佻的态度激怒，面色沉了几分。

他此时并不想弄明白蒋燃发来的东西是真是假，但至少他看到的第一眼，就认为照片上的裸背女人是怀夕。如果别人看到了，第一反应也会是她。

他强压着嗓音又问:"我在问你,还有没有发给别人?"

"那我也想问你,"蒋燃仍靠着廊柱,稍微放低了些语气,讽刺地道,"你看到了照片和视频,你什么感觉?"

程宴北轻敛表情,虚勾了一下嘴角,偏头一笑。

转瞬他满脸薄怒,一伸手就将蒋燃的衣领死死地拽住。他目光倏然阴骘下去,又冷硬地问:"我问你最后一遍,还有没有,发给过别人!"

蒋燃被他这力道拽得脱离了身后的廊柱,却还是一副漫不经心的态度。蒋燃抬头,对上他冰冷阴沉的视线,依然在笑。他道:"那你告诉我,你害怕我发给别人吗?你为什么怕?你还爱她吗?"

程宴北拽着他衣领的那只手不自觉地用了些力道,眉心狠狠地皱起,目光也一沉再沉。

程宴北久未进赛场,任楠一路寻来,便见到了这一幕。他的脚步顿了顿,神色复杂地看了一眼不远处表情同样复杂的怀兮,稍稍退向一旁,踟蹰了许久,还是提醒道:"哥,该进场了,就差你了……"

"你害怕是不是?"蒋燃没管任楠,无奈地替眼前的男人作答,"原来你很怕,那也不用像之前一样装你不喜欢她了。你们都坦荡点儿不好吗?"

程宴北皱紧眉头,唇也死死地抿紧。

他虽没说出口,但蒋燃从他的眼中看到了,他是害怕的。

他们是五年的队友、对手,赛场上再如何争得头破血流,赛场下多少还存在几分朋友之间的了解。他们亦敌亦友。

蒋燃了解他。他前年冬天在山路训练时发生侧翻差点儿丢了命,也没这么害怕过。

这样的表情,蒋燃也只见过两次。

一次是从前一众人当着他的面议论左烨逃了训练和怀兮去酒店过夜;一次就是现在,他害怕照片与视频传出去会伤害到她。

他怕伤害她。隔了几年,他还是怕伤害到她。

蒋燃昨天酒劲上头,本也没想发照片,后来一想有些不敢相信。此时见程宴北一副"如果他敢传出去可能就要杀人"的表情,终是无奈一笑,先妥协道:"承认自己害怕也没那么难。"

说完,他就将程宴北拽住自己衣领的手甩开,理了理皱巴巴的领子说,"我没发给别人。照片是修图的。"

程宴北挑眉。

蒋燃整理好衣领,看了一眼在不远处等待的任楠,又看了看怀兮,再对程宴北开口时却有些不耐烦了:"可以走了吗?我还要跟我的女朋友说话——她现在还是我的女朋友,你忘了吗?"

蒋燃扬了扬下巴,指着怀兮,将"女朋友"三个字咬得极重,重到程宴北都微微变了脸色。

蒋燃也不知自己是从哪儿来的一种莫名其妙的、与盘旋在心中数日的挫败感绕在一起的胜利感。

但他最后还是笑着掠过眼前的男人,拍了拍男人的肩膀,然后绕开,大步朝怀兮走过去。

不等怀兮说话,蒋燃一只手拽住她的手腕,拉着她离开了这边。

怀兮的高跟鞋在空旷的地面发出嘈杂的声响。

"蒋燃——"她低喝一声,要他放开。

她的手腕被他捏得生疼,根本抵不过他的力气,就这么被他拽着,一直往安全通道的方向走去。

任楠这才敢上前来,见程宴北一直在看那个方向,怕他跟上去似的,再次催促道:"那个……哥,我们得赶紧去比赛了,都等你呢。"

程宴北的眉心微皱,似乎还有些犹豫,到底跟不跟上去。

他也注意到蒋燃的右手受了伤。昨天在机场隔间,那一声镜子碎裂的声响瞬间闪过他的脑海。他还没想明白,任楠又说:"对了,燃哥今天不上了。"

程宴北一愣,问道:"不上了?"

"嗯,他的手受伤了,开不了车。"任楠说着,遗憾地叹了口气道,"而且我听说,他准备跟 MC 解约了。今早总部那边发了好大脾气,跟他吵了一架。"

程宴北的眉心轻拢,再次问道:"解约?"

"据说是要离开 Neptune,跳槽去左烨的 Firer。今天比赛过后,他们 Neptune 就跟解散差不多了吧……他这一走,别人也不会留了吧。"

程宴北和任楠走到门边,似乎有些心不在焉,听他说起蒋燃要解约离开 Neptune,好像也没什么反应。

程宴北的脚步顿了顿,又折回去,要去找怀兮。

"哎,哥!"

任楠匆匆喊了他一声,无奈之下,只得跟着他朝那个安全通道走去。

一进入安全通道,怀夕就被男人掐住了腰,抵在楼梯拐角处。蒋燃还看了一眼刚才来的方向,早已空空荡荡。

光线半明半暗,他脸上的笑容也阴晴不定,轻轻扬起下巴问她:"他没跟来,你失望吗?"

怀夕的手腕被他反剪到腰后,被他这么一用力,瞬间脱力,手里的手机直接掉了下去。从楼梯上一级一级地摔下去,声响剧烈。

"你放开,我的手机……"怀夕匆匆想挣开他去捡手机,却一点儿力气都用不上,只好说道,"你干什么——"

蒋燃低下头,沉沉的气息砸向她,冷笑着说道:"昨天在机场,你们很爽吗?"

怀夕这才想起他昨天说要去机场寻她。

她皱了皱眉,但很快就轻声笑起来,冷冰冰地反问他:"那你呢?你跟别的女人拍那种视频还发给别人看,爽吗?"

蒋燃轻嗤:"你在质问我?"

"难道你不是?"

谁也没占到理。

蒋燃不由得逼近她三分。

他的目光落在她的唇上片刻,口红颜色鲜艳,嘴唇饱满诱人。他又渐渐往下看,今天这么热的天气,她的脖子上居然系着一条丝巾,平日里穿衣风格张扬野性,偏偏穿了一条风格保守的长袖裙子。

他的目光冰冷,不等她反应,抬手就将那条丝巾解开了。

安全通道的光线晦暗,却依然能看到她的脖颈与锁骨处错落着的吻痕。

斑驳,刺目。

蒋燃的笑不由得凝在嘴角,视线又向上,对上她满目的羞愤,淡淡地嘲讽道:"我不该质问你吗?我早该问了是不是?你们早就在一起了,是吗?脚踩两只船就这么爽吗?怀夕——"

怀夕完全用不上力气,还没来得及张口说话,唇上就碾过来一个无比凶狠的力道。

他落在她腰间的那只手改为死死地掐住她的下巴,他的唇碾上她的唇,毫不留情地撬开她的唇齿汹涌而入。

061

他对她,还有占有欲。

怀兮无力地伏在他身前,被他吻得毫无招架之力。

他随着吻的深入,直接压上来,将她抵在楼梯拐角的栏杆上,以至于她的腰被硌得生疼。她呜咽了一声,狠狠地咬住了他的唇。

蒋燃抵着她的唇,却像是一点儿也不痛。察觉到她不回吻,他又笑起来,问道:"为什么非他不可呢?怀兮,为什么非他不可呢……"

怀兮痛得频频颤抖,听到门边有脚步声,开始疯狂地推蒋燃,并说道:"蒋燃……你别……外面有人……"

他不管不顾,肆意地亲吻着她。

程宴北站在门前,透过半掩着的门,看见他们在昏暗的光线下亲吻。

他的目光陡然一暗,正要推门的动作停下。

是了,她说不会因为他跟蒋燃分手的。

至少不会为了他。

蒋燃刚才也说了,她是他的女朋友。所以,自己还在这里做什么呢?

任楠见程宴北又折回来,脸色都变了,依稀猜到了些什么,迎上他的脚步,弱弱地催促道:"哥,去比赛吧,比赛重要……"

程宴北朝出口的方向走去,脸色越发阴沉了。

任楠担心他,提醒道:"哥,你保持好状态啊。今天的比赛很重要,别因为别的事影响了心情……"

程宴北将头盔罩到自己头上,大步迈出去,闷声说:"不会。"

"我问你,以前和我在一起,你是不是心里想的还是他?"蒋燃低声笑了,继续质问,"你这些年跟别人在一起,是不是也会这样?"

怀兮轻轻地抬起头,咬牙笑道:"那你呢?你之前和我在一起,还在想着别的女人吗?早就有人落了东西在你车里,不是吗?"

她的话语尖锐,毫不留情。

她不是因为爱他、在意他才说出这种话,只是为了反驳,为了报复。

讽刺他的同时,她好像也在讽刺自己。

多么悲哀,连最后一丝余地都没有留给对方。

蒋燃凝视她逐渐蒙上水雾的眼睛,眨着桃花眼说道:"是啊,我敢承认,但是你敢吗?我承认我把别的女人当成你,但你敢承认你心里现在还有程宴北吗?"怀兮咬了一下嘴唇,还没说话,他又笑着说,"我承认我变心了,我爱上别人了,你敢承认吗?一直逃避的难道不是你吗?"

怀兮的视线一晃,落在他的脸上。她看了他一会儿,又不动声色地移开。

"我没有。"她声音淡淡地道。

"没有?"蒋燃觉得好笑,又问,"你没有爱上他?"

"我还没有。"她打断了他,静静地闭眼,重复一遍,像是想说服自己,"我还没有爱上他,我还没有想重新开始。"

"没有?"

"没有。"怀兮闭着眼睛,不断地给自己洗脑,"我还没有爱上他。"

蒋燃微微一愣,那种莫名的挫败感再次滋生。

怀兮趁机推开他道:"如你所说,你爱上别人了,但我还没有爱上他——算了,我们没什么好说的了,其实我们半斤八两。"

蒋燃看着她,说不出话来。

此刻,她这副样子好像在说,她谁都不爱,只爱自己。

怀兮最后疲惫地笑笑,似乎也不想再进入这个错综复杂的局,与谁再剪不断理还乱地纠缠。她只道:"你如果爱上别人了,就去吧,我们也不要互相消耗了,分手吧。蒋燃。"

高跟鞋的声响落地,如尘埃落定。

她今天穿的,并不是他送的那双。她一向爱鞋子,据说家中特意开辟一处收集鞋子,摆得满满当当。她喜新厌旧是常态,更新迭代速度极快,穿腻了就换新的,不合适就扔,反正总有新人胜旧人。

她这么多年来对待恋爱好像也是如此。

不合适就分,不喜欢就换。

他不过是其中之一。

程宴北也是其中之一。

可程宴北偏偏是对她来说最特殊的那一个。

怀兮从楼梯一级一级地走下去,去捡自己的手机。

手机摔得四分五裂,后壳的玻璃也碎成蛛网状,由一个受力点发散而开,碎得无法再修复。

蒋燃也注意到她手机的情况,思绪一晃,赶紧向下走两步,说道:

"我刚才不是故意的,我赔给你吧。"

怀兮抬头,目光冷冷的,整张脸都透出疲惫感。

"玻璃碎了,小心手——给我。"蒋燃急了,要去拿她的手机,却被她绕开了。

于是他只抓住了她的手腕。

怀兮无奈地转着自己的手腕,轻笑道:"蒋燃,我不想跟你闹了。"她一下拨开了他的手,疲惫地道,"你别抓着我,我走了。"

"你去哪儿?"

蒋燃匆匆问出口,然后突然意识到,答案已昭然若揭。她这天来赛车场,怎么也不可能是来看他比赛的。

他也没对她说起自己解约的事。

但他还是自我安慰地想,她可能不是为了程宴北。

她说她没有爱上程宴北。

她昨天还穿着他送她的鞋。

蒋燃想到这里,一改刚才冷硬的姿态,倏然放软了语气,还跟以前一样,好声好气地哄她:"我宁愿你跟我闹。"

怀兮神色复杂地看着他。

他用自己缠绕着纱布的手背,去抚摸她被他吻得一片凌乱斑驳的嘴角。纱布隔开错综复杂的伤口,他并未袒露伤口,但他好像总是用这种方式提醒她,提醒自己——他真的受伤了。

她以前也总跟程宴北闹脾气,所以她记了他那么久。感情是不是一定要闹到轰轰烈烈,彼此都两败俱伤,未来想起才会心有余悸,才会忘不掉?

"你和我闹一会儿吧,多闹一会儿,这样你就能多记我一会儿了。"蒋燃去抚摸她的嘴角,说道,"你以前不是也总闹脾气吗?我们别分手,我们还在一起,不要和我分手。我会跟别人断了的,你也和程宴北断了,我们就当什么都没发生过。"

怀兮的目光动了动,看向他,抿着唇,只说:"蒋燃,你别这样。"

从前还好。他们最开始在一起,明明也是好感使然,相处万分合拍。她喜欢他总是温柔优雅的姿态,她的坏脾气他也尽可能地包容。

他们很合拍,在一个星期之前,一切都很好。可她来到沪城,一切就都变了。

他在她的面前,开始变得脆弱、猜忌、患得患失,感到害怕。

自从程宴北再次出现，他就好像变得不像他了。

不仅仅是他，她也变得不像从前的她了。

他捧住她的脸，看了她一会儿，低声道歉："我不该那么做的……对不起。我们别分手了，我后悔了。我不介意你跟他发生了什么，而且我们不是都犯了错吗？我们……"

你一句一个我们，但我们早就不是我们。

"蒋燃。"

怀兮对于他这样反复的态度也有些倦了，没等他说完，就轻声打断了他。

他的眼中闪过一丝受伤的神色，动了动唇说道："对不起。"

怀兮别过头去，同时躲开他道："别说了，别说对不起了。"她静静地叹了口气，最后又说，"别说对不起了。"

谁对不起谁，她也不知道。

蒋燃望着她的背影远去，掌心里她脸颊的温度，已经渐渐被流窜在安全通道内的冷空气过滤了个干净。

空空荡荡的。

怀兮挪动双腿，手里握着自己摔坏的手机，下了楼梯。离开安全通道后，她一直走，一直向前走。

外头日头正烈，晒得她有些眩晕，整个人恍恍惚惚。巨大的引擎声与欢呼声交织成一片，如地震，震麻了她的脚心。

她也从纷乱如麻的思绪中发现，自己去的方向是看台。她的脚步不由得缓了缓，突然开始犹豫到底要不要去。

从碎了的手机屏上依稀看到，尹治发来信息，问她怎么还不回来，比赛已经开始了。

还有黎佳音的消息，说已经请好了假，下午送她去机场。

她下午就要回港城了。

屏幕失灵，她没法回复消息，点了好几下都没有反应。

她正烦躁着，依稀察觉身旁突然经过一个人。

那个人的目光有意无意地在她身上停留，陪她向前走了一段路。她的脚步慢了一些，他也有意地缓了缓。她走得快一些，他始终不紧不慢地跟着她。

对方好像在等她发现他。

怀兮意识到不太对劲，这才抬起头。

"怀兮。"一身笔挺西装的男人朝她轻轻地抬手，微笑着打了个招呼。

她第一眼注意到的，就是从前常常戴在他右手无名指上的戒指不见了踪影。

"好久不见。"他笑着跟她寒暄。

怀兮皱眉，注意到他好像与她同路，他的方向竟然也在看台那边。她突然想到尹治叫自己来的目的。

尹治说，今天有几个ESSE的高管要来，却也说了她基本都不认识，这个"基本"可能不包括季明琅。

门边有检票员，外面已是一片喧嚣。怀兮也是走到这里才猛然想起来，她的票在尹治那边。她又看了看自己手中的手机，有些苦恼。

"您好，请出示门票。"检票员温和地提醒道。

季明琅先拿出自己的门票递给了检票员。他理了理西装，正准备按检票员的指示朝赛场看台的方向去，突然发现怀兮没跟上，而是停在了门边。

"您好，请出示门票。"检票员再次提醒怀兮，目光在她脸上打转。

怀兮的口红花了，还没来得及补，整个人看起来有点儿狼狈，更何况是被拦在了这里。

怀兮说："我的门票……在朋友那里。"她又晃了晃自己手机道，"但我的手机坏了，没办法给他打电话，他叫尹……"

"对不起小姐，没有门票是不能上看台的，"检票员的笑容疏离了几分，或许以为她在撒谎，有些为难地道，"在我们赛车场的各个地方出入也是需要提供门票的，希望您能理解……"

季明琅看了她一会儿，又走过来，说道："等一下。"

怀兮和检票员一起转头去看面前温和斯文的男人。

季明琅说着从口袋里掏出名片，有意看了怀兮一眼，出示给检票员看，并说道："我是ESSE的部门执行总监，是受MC赛车俱乐部赛事组邀请来的，你们可以打电话跟你们的上级确认。"

"这位小姐是我的朋友。"季明琅又笑着说，"她的票的确在我们共同的朋友那里，不知可否行个方便？一张票而已。"

显然，季明琅要给她行使特权了。

怀兮不解地看着他，眉心轻皱。

季明琅笑意满满地凝视她，仿佛与从前一样，她答应他的追求，就能在 ESSE 更上一层楼。就如这一刻，她承认与他认识，就等于接受了他的特权，让检票员给她放行。

检票员自然也明白这层意思，看了一眼那张烫金名片上的名字和头衔，更为难了。她看了看怀兮，又看了看一旁笑意温和的男人，最后向怀兮确认："这位小姐，您跟这位先生是认识的吧？如果认识我可以打电话跟上级说一下顺便留存记……"

"不认识。"怀兮迎上季明琅的视线，冷冷地打断了检票员的话。

"啊……"

"我不认识他。"她最后冷淡地道，"我不进去了。"

怀兮没空理会眼前的男人为何还在 ESSE，且安然无恙。她目光清冷，最终也没拿正眼看他，直接转身离开了。

第四章
玫瑰幻影

CHI
CHAN

　　机场休息区一隅的电视没有像往常一样循环播放商业广告，从早上十点半开始，连带着一整个下午，都在直播沪城嘉定区赛车场的比赛盛况。

　　本次比赛由各大赛车俱乐部选送出国内的几支大热车队，以车轮赛的方式进行比拼。

　　表面说是兄弟练习赛，友谊第一、比赛第二，但实则是通过这种方式，竞争选拔出各大赛车俱乐部的精英车手重组车队，备战今年五月的欧洲锦标赛。

　　临近比赛收尾。那辆全程一骑绝尘，在气氛胶着的这一局都能保持遥遥领先的红白Ferrari（法拉利）SF100，如利箭一般冲向了终点，几乎要冲出屏幕边缘。

　　解说员异常亢奋，嗓门儿比赛车的引擎声都要大。

　　黑白旗落下，他大声地喊出了车队与冠军名字，一个尾音没拔高，突然就被航班的播报音瞬间吞没了。

　　黎佳音从洗手间出来，恰好听见广播在催促前往港城的那一趟航班的旅客登机。

　　怀兮还在不远处坐着。

　　她没去登机，连安检都没过，就这么坐在那里，视线一直盯着电视屏幕。

冠军决出，比赛落幕。

赛道终点，从红白车上下来一个身形高大，相貌硬朗的男人。男人摘下头盔，头发剪得利落又干净，剑眉浓而好看。

循环车轮战最耗人心力，比赛从早上十点半胶着到此刻，少说他也在赛场上待了两个多小时，此时额头上渗出细密的汗珠，眼中也透着些许疲倦。媒体记者们扛着摄像机蜂拥而上，他没理会，将头盔交给了一旁的人，便从一侧通道离开。

离开前，他好像还望了一下看台的方向。

怀兮没看清。

镜头一晃，很快就给了解说员。

记者们被铁栅栏挡在赛场外，叽叽喳喳。

解说员显然是这位冠军的车迷，语速飞快，连带着将他数年在赛场上的战绩说了一通，并对重组后的Hunter下个月在欧洲赛的表现寄予期待与厚望。

黎佳音陪怀兮看了一会儿，镜头都没对着程宴北了，她的目光却还盯着屏幕。

黎佳音忍不住了，在她眼前挥了挥手，问："大小姐，你不走啦？"

怀兮这才回神，缓缓地从屏幕上收回目光，什么也看不到了。她微微抬起头，看了黎佳音一眼，问："你什么时候来的？"

"七八分钟了，你才发现我？"

"我没注意。"

黎佳音看了一眼屏幕，叹了口气道："行了，走吧，马上起飞了。魂都被勾走了，安检还没过呢。你可别说是舍不得我。"

怀兮没再说什么，只是点了点头，慢条斯理地起身。

比赛结束，一切都落幕了。

电视屏幕又切回了商业广告，循环播放起来。

黎佳音送怀兮去安检口，难免埋怨几句："你说这好端端的，封什么领空啊？不然你明天回去也行吧？我还没跟你待够呢。"

"还有机会来，或者你有空了来港城吧。"怀兮笑着说道，"劳动节放假吗？"

"还不知道，"黎佳音又问，"对了，你说你今天碰见季明琅了？"

怀兮听到这个名字，难免皱了眉头，却还是应道："嗯。"

"你解约后，他不是就不在ESSE了吗？怎么又回去了？"黎佳音

069

也觉得奇怪。按怀兮所说,今天是她那个挺有门路,人脉很广,在《JL》当执行主编的前男友邀她去看赛车赛。她有回ESSE的打算,那边的人力资源也发邮件来挖她,今天是准备先跟ESSE的人打个照面的。

"不知道。"怀兮说。

她猜,或许是当时ESSE的高层想先以此作为缓兵之计,先安抚她,避免她真去打名誉官司。

打是肯定打不过的,可一旦开始,一个这么大的公司背负上污名,难免导致舆论发酵,骂声也就很难甩开了。

在这个圈子混得久的,总有点儿人脉。ESSE是国内首屈一指的模特儿经纪公司,季明琅又是在这一行起家,肯定不甘心离开。这样看来,她当时一气之下解约走了,这一年多都混得灰头土脸,可人家人模狗样,好端端的,像什么都没发生过一样。

真够讽刺的,这个世界对女人总是很苛刻。

临走,黎佳音又打探起怀礼来:"你落地了你哥接你吗?"

怀兮知道她要来这一出,一天下来,难得一扫阴霾露出笑容,问道:"怎么,想他了?"

黎佳音抚了抚长发,开玩笑道:"你别忘了代我问声好。"

"算了吧,他估计还得想一下你是谁。"怀兮哼了一声,说,"你又不是不知道他,没心没肺的。你记挂他,可落不到什么好。"

黎佳音本来也是开玩笑的,如此也懒得多说了,只催促她:"你赶紧过安检吧,落地了给我打个电话。看看你一下午脸臭成这样,手机摔坏了就摔坏了呗,我们换新的。男朋友分了就都是前男友了,回家了开心点儿,把坏心情都扔在沪城,什么也别想了。"

怀兮听到她这种说法,不禁笑道:"好,那我走了。"

"嗯,去吧。"

时间有些紧迫了。

怀兮刚过安检,广播就开始喊她的名字。所幸登机口并不远,她一路跑过去上了飞机,机舱已塞得满满当当。

她系好安全带,正准备关手机,一个陌生的号码突然打了进来。

上午那会儿她手机摔坏了,下午黎佳音陪她买了新手机,之前的通话记录全没了。她看到这个陌生号码,想了一下,并无印象。

她一接通,那边先沉默了一下,紧接着传来一道温和的声音,透出几分刚才的沉默都无法过渡掉的尴尬。

"喂，是怀兮吗？"

是季明琅。

怀兮这些年并未更换过手机号码。

季明琅听到这边也保持沉默，便笑了："我还以为你换了手机号，没想到真的是你。今天早上听说你要来我还不信，其实我很想为当初的事情跟你当面道个歉，你有空……"

机舱广播最后一遍催促乘客关闭手机。

怀兮没听完，就把电话挂断，然后关机。

傍晚六点半。

白天黑压压一片的看台，现在空空荡荡的。程宴北的赛车服还没来得及换下，拉链拉开了，他在窗口迎风站了一会儿，抽了支烟，低头看手机。

打过去的电话依然提示关机。

身后响起说话声，由远及近，七七八八的人朝他的方向过来。先是任楠看见了他，喊了一声："我们该开会去了。"

程宴北回头，眉头一皱。跟着任楠过来的人脸色也不大好，约莫一半是 Neptune 的成员，今天输了比赛，没了进 Hunter 的资格。

经此一役，MC 赛车俱乐部的重点就全在 Hunter 身上了。

蒋燃离开的 Neptune，如同弃子。

任楠先让其他人进去，他在原地等了等程宴北，压低了声音说："燃哥下午就跟 Firer 签约去了，听说人还没到，Firer 的官网首页就放了欢迎他的大字条幅。我估计是前几天就跟左烨商量好的，他们 Firer 现在就缺个能打头阵的，左烨他们根本不行。"

程宴北微微颔首。

"燃哥走了，经理今天发了好大的脾气，Hunter 这么一重组，大家都压着脾气。刚才我听说，本来下周你们才开始训练的，现在提前到这周就要开始。"

"提前了？"程宴北看了他一眼。

"嗯。"任楠点头，继续说，"就跟以前一样，封闭训练十五天。不过我挺好奇的，大家意见都这么大，十五天到底够不够啊……团魂这东西可不是几天就能培养起来的。"

程宴北没说话。

临进会议室，任楠还在感叹："下个月月底欧洲赛大家还要打照面，以前的队友变成对手了，多尴尬啊……大家以前的关系都那么好，这次还是上面作妖，临近比赛非要多置换掉Hunter的一个人。结果呢？你跟燃哥都不让步，都舍不得自己的队员，现在闹成了这样。燃哥走了，Neptune的申创，本来能进Hunter的也跟着走了，多好的黄金替补啊！现在也就邹鸣他们几个人还跟着我们了。"

"申创是蒋燃的师弟。"程宴北也叹气，道，"这么多年了，肯定要走的。"

"你以前不也是燃哥的师兄吗？你们之前的关系还不错吧？"任楠想到那会儿见他们都快打起来了，有些无奈地道，"还说呢，你的几个师弟，就那个谁，路一鸣，也跟着蒋燃走了……这次简直是大换血。"

MC赛车俱乐部赛事组的经理还没来，一进会议室，熟悉的面孔分坐两边。

都还没来得及脱赛车服，就被拽到这儿开重组会议了。平日里嘻嘻哈哈、打打闹闹的一群人，如今脸色都不大好。

整个屋子里都是低气压。

任楠聒噪了一路，如今也闭紧嘴巴，看了看程宴北，又看了看一屋子的人。

路一鸣前几天还作为Hunter的代表跟程宴北一起上了《JL》杂志。

眼见着杂志马上就要发行，他却闹了这么一出。他立刻站起来，面朝程宴北想解释："那个……副队，我……"

程宴北拉开凳子坐到路一鸣斜对面的地方，抬了抬头，淡淡地看了路一鸣一眼。

路一鸣见他神情冷淡并无愠色，犹豫再三，还是开口说道："就我们MC这次，挺伤人的。非要我们Hunter多让一个名额，我们就得多走一个，伤了我们跟Neptune的和气……大家这些年都是一起训练过来的，没必要闹成这样是不是？副队，你也知道，我这些年一直是个替补。副队你待我不薄，抬举我，之前还让我替受伤的外籍队员拍杂志，我是知道的。但我实在忍受不了MC的制度，Hunter很好，Neptune很好，燃哥也很好。但我不知道，下次再来这么一次，我们还会走多少兄弟。我甚至不知道，自己还能不能留在Hunter。"

程宴北垂着头，似在思考。

路一鸣说了一通，见他一直沉默，吞了吞口水继续说："其实我不想当替补了。我也缺一个锻炼自己的机会，我想以后在赛场上见到副队，不再是作为你的替补，而是能好好地跟你比一比。所以，我选择了离开MC……但我的心还是跟Hunter一起的。副队——不，该叫队长了！我希望大家私下还是朋友、兄弟，以后也能一起喝酒，一起吹牛……不要因为这件事伤了和气。"

他说罢，程宴北还是沉默。

路一鸣心里打起了鼓，也不知道该说些什么了。他不知对方是觉得自己白眼狼，还是不自量力。

整个房间的人好像都在等着程宴北的反应。

在此之前，他们Hunter内部也重组了多次。有人走，有人留，有人辗转反侧，有人一去不回。

到头来发现，走或者留，都不过是各人的选择。

天下没有不散的筵席。

Hunter之前的队长，就是在职业生涯的最高光时刻离开，改行从商了。他将这支潜力无限的车队，在群龙无首之际交给了毫无带队经验的副队长程宴北。

一开始或许他也不理解，但见惯了各种各样的选择，好像又觉得一切都很合情合理。

程宴北思及此，才抬起头看着对面的路一鸣。

路一鸣迎上他的视线，登时一哆嗦，紧张地挺直了腰板。

"没关系。"程宴北看着他，嘴唇一张一合，淡淡地道，"你不用勉强。"

"副队。"

"不用勉强留下，"他说，"大家都有自己的选择。"

睡梦中，怀兮察觉到飞机轻抚着云层，伴随着轰鸣巨响，一点一点地落下。

她缓缓睁开眼，透过飞机舷窗，看到下方一片琳琅盛景，华灯如炬。深黑色的海浪拍打堤岸，跨海大桥如一条纤长的纽带，连接城市的两端。

已经到港城了。

她忘了自己在飞机上做了什么梦，只觉得梦醒之前，在沪城的那一个星期，恍然如梦。

下了飞机，海风夹着一股特属于海滨城市的咸湿味迎面扑来。怀兮在飞机上的瞌睡还没完全消弭，她走下摆渡车，拖着疲惫的双腿去大厅取行李。

飞机提前降落，怀礼还没联系她，不知道怀礼到了没有。

倒是黎佳音好像有心灵感应似的，算准了时间问她飞机到港城没有。

怀兮回复："刚到。"

有些话黎佳音当面不好说，现在才问怀兮："我还没问你呢？你突然回去，真是你爸过生日？"

"你不会是想躲谁吧？"

"没有。"怀兮立刻回复。

接着，她就注意到有好几通未接来电。

备注过的号码里夹着几个没备注过的号码，有在飞机起飞前季明琅打来的，有尹治、蒋燃，还有ESSE的那个人力资源。

还有程宴北，他打来过三四次。

黎佳音想到她那会儿盯着机场休息厅的电视那个望眼欲穿的样子，半开玩笑道："我怎么不信呢？"

怀兮往机场外走，顺手切出了和黎佳音聊天的画面，看了一下未接来电的列表，手指落在一个号码上方，许久。

她的脚步也不知不觉地慢下来。

晚上八点半，夜色已浓。

一出机场，怀兮就见穿一身烟灰色西装，修长笔挺的怀礼立于夜幕之下。他刚从车上下来，还没来得及进机场大门。

怀礼也注意到了她。

怀兮还没来得及打招呼，副驾驶座的窗口突然探出一个脑袋，朝她挥手。

"姐——"

怀兮本身有点儿夜盲，车内也黑漆漆的，她听到这一声有点儿后知后觉。见是怀野，她还愣了一下，才走上前，惊讶地问："你怎么来了？"

怀野今年十七岁，在读高二。如果怀兮没记错的话，这会儿他应该在学校上晚自习。他读的还是港城的重点高中,住宿制度,周一到周五都在学校,据说管得非常严。

怀野拽了拽自己穿得不修边幅的校服,吊儿郎当地道:"今天正好有空,就和哥一起来接你。"

"到这么早?"怀礼顺手接过怀兮的箱子,眉眼冷清地问她。

怀兮说:"嗯,提前了二十多分钟。"

"上车吧。"怀礼微微颔首,去了后备箱的方向。

怀兮上了车。

怀野从后视镜里看着怀礼走过去,怀兮上车来,这才回过头,露出一排洁白的牙齿,对着她笑了笑,压低声音说道:"我今天没去上学。"

怀兮皱了一下眉道:"没去?"

怀兮正迟疑,后备箱方向传来"砰"的一声。

怀礼放好她的行李便过来了,想来他应该也是知道的,不过他应该不会告诉怀兴炜怀野逃学的事。

他们父子一年到头话不投机半句多。

说来也奇怪,他们兄妹三个同父异母,却没多少隔阂。怀兮与怀礼一母同胞有血脉亲情不说,这么多年,两人与怀野的相处也还算融洽。

港城国际机场离市区有十几公里的距离,怀礼载着他们,迎着华灯沿路直行。路途冗长,三个人说说笑笑地聊着天。

怀野朝怀兮伸手道:"姐,手机借我用一下。"

怀兮从包里找手机给他。

蓦地,怀礼淡淡地落下一句:"你的手机呢?"

"被老师收了。"

"妈不是刚给你买了一部?"

怀野语气闲适地道:"啊,就是那部。"

怀兮拿手机的动作顿了顿。从很久以前,巩眉和怀兴炜刚离婚的那几年,怀野还没出生前,她就听怀礼亲口称怀野的母亲为"妈"了。

怀兮缓了缓思绪,边将手机递给怀野,边问:"你用手机干什么?"

"打个电话。"

"给谁?"

"别管。"

怀野自顾自地摆弄起怀兮的手机来。

夜空黑沉一片,星斗寥寥。怀兮那会儿在飞机上睡得不甚安稳,此时困意未消,盯了一会儿窗户,倦得有些睁不开眼了。

她靠上座椅,闭上眼,想眯一会儿。

怀野又叫她:"姐。"

"嗯?"

"有人给你打电话,一个陌生号码,没备注的。"手机在怀野手心里振动着,他给她念了后四位,"0611,你认识吗?"

怀野说着,伸手准备把手机还给怀兮。手机都到她眼前了,她的眼睛却都没睁,只淡淡地道:"挂了吧。你打你的。"

"嗯?骚扰电话吗?"

"嗯。"

如果她没记错,这是季明琅的号码。

怀兮一只手支着脑袋,靠在车门边,觉得有些心烦。

差不多快睡着时,她依稀听见前面的怀野放低了声音,与电话那头的人交谈着。少年的嗓音清澈、干净、纯真,又有些许惹人羡慕的天真。

是她羡慕不来的青春年少、大好年华。

怀兮半梦半醒,思绪被怀野这笑声带着,不知不觉间,好像又梦见了很久以前的事。她不安地调整了一个姿势,靠着车门,在车子缓缓行驶的过程中,很安稳地睡了过去。

怀野的电话打到一半,又有电话打了进来。他拿下手机,看了一眼车后座的怀兮。她睡容安静,睡得很沉,一副全然不受外界干扰的模样。

怀野没叫醒她,心想或许还是刚才的那个骚扰电话,便给她挂了。

另一边的沪城。

商圈顶层灯火通明,四面透亮的餐厅里,程宴北坐在黎佳音的对面,将手机拿下来。他凝视着屏幕,直到熄灭。

"还关机吗?"

黎佳音刚问出口,就想到那会儿怀兮下飞机还回了她消息。她动了一下嘴唇,看着对面的男人,一时间不知道该说什么了。

程宴北没说话,将手机放到一旁。

他另一只手拿着自己的打火机,有节奏地敲击着桌面。

"她爸爸两天后过生日,可明天领空就封了,今天必须得走。"

黎佳音说着，观察他的表情，又继续说，"怀兮就那个性子，太倔了。"

程宴北这才稍稍抬头，看着黎佳音。

黎佳音不吐不快地道："她呀，老是自己跟自己过不去。说句不好听的，当年跟你分手，不也是自己跟自己置气吗？"

程宴北依然沉默，眉头不觉地微微皱起。

黎佳音说："给她点儿时间吧。就那股别扭劲过不去，让她难受一会儿，晾一晾她就想明白了。"

程宴北点了点头。

"况且，我也觉得，"黎佳音犹豫再三，还是开口说，"你们之间需要缓一缓。你们都应该想想，到底是喜欢过去的对方，还是喜欢现在的。"

黎佳音用的是"你们"。

她没有说错。她问的也的确是——你们是喜欢过去的你们，还是喜欢现在的你们。

黎佳音之前总觉得，五年前，五年后，她作为怀兮的朋友，见证过怀兮的从前、现在，却始终只是她感情的局外人。局外人无权干涉，无法干预，可局外人看得最清晰、最明了。

黎佳音这些天问过怀兮很多次，得到的都是嘴硬的答案。

可她的一两个眼神就能出卖她。

每当那个时候，黎佳音就想在自己脸上贴一面镜子，让她好好看看，她现在到底有多在意、多留恋、多么舍不得。

可惜当局者迷。

"喜欢过去的容易，喜欢现在的却很难。大多数人都是在用过去的好欺骗自己，复合后发现对方还是老样子，又重蹈覆辙，互相伤害，这没什么意思。"黎佳音嗤笑了一声。看怀兮这副别扭的样子，大概率也还是老样子。她继续说，"其实这么多年都过来了，你们也知道，你们不是没了谁就不行。所以，你也不要总跟自己过不去。"

这对彼此都好。黎佳音在心底默默补充了一句。

多少分手的恋人总在过去徘徊、留恋，迟迟不肯向前看。

抑或好不容易目视前方，可当往事迎面扑来，曾经的耳鬓厮磨、过往的意难平与不甘心，就又如一个个浪头，将人拍打在过去，挣扎不出来。

这是困局。

很多人都没发现，他们爱的其实不是对方，而是过去的回忆，是过去的那个人。可是"那个人曾经是那么爱我"这种魔咒一般的自我催眠，恰恰是最伤人伤己的，也是最为致命的。

长大后，每个人都很忙，谈情说爱，甚至交朋友都成了奢侈的事情。更别说是分手的恋人复合，这么一边审视着过去，一边又审视着未来，这种大概率还会重蹈覆辙的事了。

这年头，大家都不爱瞎折腾。

怀兮懂，程宴北也不是不懂。

至少，在他们分开的五年里，地球照样转。日复一日，谁的人生也没有因为过去、因为对方而停下脚步。

程宴北沉默地听黎佳音说了一通，也听明白了。

他指间夹着一支烟，偏头点燃。嘴边的猩红一扬，青白色的烟雾将他眼中的神色遮盖住。

黎佳音的意思很明白，就差劝他一句——要不算了吧，你们都继续往前走吧。

程宴北勾起嘴角，掸烟灰时，眉眼垂下，声音略低哑地笑道："我好像，一直没有跟自己过不去过。"

黎佳音微微一愣。

"我早就知道，我过不去她这道坎。"他抿唇淡淡地笑着，看着黎佳音道，"只要她出现在我的眼前，我就永远跨不过去。我们不该再遇到的，真的不该。"

黎佳音听到这里，与他对视一会儿，在心底叹气。话已至此，她也不再多说了。

程宴北抽完了一支烟，也不再多说。他也该离开了。

黎佳音问他，喜欢过去的怀兮，还是现在的。

这个问题怀兮早就问过他。他那时就回答了她，他说都有。

是的，都有。没有过去，就没有现在。

其实更多的时候，并不是人深陷过去无法自拔，而是因为过去有值得怀念的人。

昨日的一切，就变成今日的回忆。

回忆如此冗长，可值得一次次流连忘返的，一定是因为在特定的时间、特定的地点，有一个特殊的人。

多年后想起，还是觉得弥足珍贵。还是很想重来一次。

"给她点儿时间吧。"黎佳音最后这样说道。

程宴北离开餐厅,开车前往自己的住处。路上,许廷亦打来电话催促:"哥,你晚上去哪儿了?东西收拾好了吗?"

"有点事处理了一下,"程宴北说,"我回去就收拾。"

"那你快点儿啊,明天封领空了,飞机不好飞了,今晚必须走了。"许廷亦说着,顿了顿,看了一眼时间道,"现在去伦敦也就第二天中午,你还能睡半天,我们就封闭训练了。"

程宴北加快了车速,说道:"嗯,我知道了。"

"这次还是十五天,任楠跟你说了没?那会儿你人不在,他接到通知,说这次要收手机的,就跟我们车队刚组那会儿一样。五月份是山地拉力赛,宿营训练,我们都得变野人。"

程宴北微微皱了皱眉,车速一快再快。

许廷亦说着,想到程宴北家中还有奶奶和妹妹,于是又说:"哎,对了,你记得给家人打个电话说一声啊,十五天说长不长,说短不短。你这会儿把你家人的紧急联系方式什么的都发给我,我正好跟任楠报备一下。"

"嗯,之前给任楠留过记录。"程宴北应着。

"那还有什么要留的电话吗?别谁找你找不到。"

他沉默了一下,说:"没有了。"

程宴北说不上自己是什么感觉,不知是失望,还是什么。他沉默下来,挂断电话,将车窗打开大半,点了支烟。

夜风虽冷,却吹得他的心里有些烦闷。

过了一会儿,任楠又打来电话再三跟他确认,还有没有要留电话的联系人,话里话外都带了点儿试探的意思。

他都说没有。

任楠问了几遍便作罢,临挂断又向他道起了歉:"哎,哥,那个……之前给错了房卡那事,真对不起啊。对不起你跟燃哥。"

都过去一个星期了,再重提此事,却别有一番滋味。程宴北笑了,单手把握方向盘,直往自己的住处开。他说:"你道什么歉?我没怪你。"

"真的?"

"是我弄丢她的。"他轻笑着说。

蒋燃一走，私下里那些七七八八的猜测几乎都成了真。今早蒋燃与程宴北在赛车场的一番剑拔弩张，也并非只有任楠注意到了。

有人说，蒋燃是跟程宴北撕破了脸才离开 Neptune，离开 MC 的。

还有人说，蒋燃去了 Firer 就直升队长，不走才怪。这些年，他在大大小小的赛场上始终被程宴北压着一头，留在 Neptune 赛后转到 Hunter 了，程宴北晋升队长，他的胜负欲那么强，从 Neptune 队长的位子退下来，留在 Hunter 当个副队，心底到底是不舒服的。

任楠这边，两支车队的散伙饭也吃完了。

一个星期后的训练生生提前到了第二天。程宴北他们是晚上十点的飞机，走得着急，但一顿饭还是要吃的。有几个即将赶飞机的都快喝高了，旁边人还一个劲儿地劝酒，还叫任楠过去跟着一起喝。

大家都是一个训练场出来的，同门师兄弟，情同手足这么五六年，都有了感情。赛场残酷总有个三六九等，下了赛场，谁也不愿离开这个集体。

聚还是有机会聚的，但一群人难免感慨天下没有不散的筵席。

放眼望去，这席上，只有程宴北和蒋燃没有来。

《JL》的拍摄工作告一段落。立夏下午帮同事整理拍摄样片外加画设计稿，一直忙到晚上满栋大楼几乎全黑了，才从公司出来。

蒋燃打她的电话她没接到，一出门就见他等在车前。

两个人早晨在酒店分别不算多么愉快，此时见了面，都有些尴尬。立夏抬头看了他一眼，就停下了脚步。

"我就知道你应该还在公司。"蒋燃捻灭手里的烟，温声笑笑。迎着一侧昏暗的光，他脸上透出几分颓废。

立夏看着他，"嗯"了一声，没什么情绪。

"有什么事吗？"

"我今晚的飞机，"他说，"好几个赛车俱乐部的车队都要去伦敦训练。我换了车队，和前俱乐部解约了。"

立夏又"嗯"了一声，目光清冷，好像在等他的下一句，看看他是否问她，要不要一起去吃个饭、看个电影，或是其他。

蒋燃见她沉默，抿了抿唇才又说："这次过去手机都交给赛事组统一保管，估计一天就能看一次吧。你什么时候回港城？记得跟我说。"

"跟你说？"

"嗯，我结束了伦敦的训练会回港城一趟。"

"你要见我？"

"是。"

立夏不觉有些好笑，道："我不知道什么时候回去，也不知道什么时候走。"

蒋燃看着她。

"你见不到我，怎么办？"她问。

他低了低头，似在思忖，然后又说："没关系。"

立夏没说话。

"你到时候告诉我一声就行。"他说，"无论回去，还是走，说一声就行。"

立夏微微一愣，抬手顺了一下头发，勾起嘴角，有点儿无奈地笑了笑，道："蒋燃，你别这样，我一点儿都不在意我们的关系，我知道你也不在意，所以别表现得这样。"

他总长不大。

无论是对怀兮近乎偏执的执着，仿佛像个得不到心爱的玩具，哭着闹着死活不放手非要家长买的小孩儿；还是每每说出一些与他年龄不符，脱口而出不加思考，只逞口舌之快以至于令人无法接的话；又或是总是在女人面前卸下一身伪装，一点儿防备都没有，几近乞怜。

他真是长不大，想要的得不到就闹脾气，想说就说，想软弱就软弱，想强硬就毫不犹豫地强硬——她转身要走，手腕就被他拉住了。

蒋燃将她整个人给拽了回去。

立夏有些无奈，头也没抬地笑道："蒋燃，你有什么话最好一次性说完，然后赶紧去赶你的飞机。我今天真的很累。"

"我和怀兮分手了。"他说。

"所以呢？"

"我今天跟她说，我跟你在一起的时候，还在想她。"

立夏抬起头，难以置信地看着他，气笑了，问道："你说什么？"

"说完我就后悔了。"他见她一脸愠怒，抿了抿唇，继续说，"她那时也说，她不爱程宴北了。她或许也后悔了。"

立夏皱眉。

"因为她说谎了，她这些天在我面前说了太多谎。她在说谎。"他微微垂眸说，"我那时就明白了，我可能得放过我自己了。我也是那时才发现，我输了。"他说着，抓住她手腕的力道渐渐松了，抬起她的手，贴在自己的一侧脸颊，深沉的视线对上她的眸子。

"我输了，立夏。"他喃喃着，嗓音低沉。

立夏倏然收手，想要从他的手中抽离。

他却紧紧地攥住了她。

"等我回来，如果你还想和我见面，那我们就再见一面。"他说，"吃顿饭、聊聊天、看场电影，什么都好，你不是说你家在港北吗？港北的海比港南的漂亮很多，我想……"

"什么意思？"她冷淡地打断他，"想跟我谈恋爱？"

蒋燃的话音顿在嘴里，看着她，拿不定主意。

立夏的嘴角牵起一个弧度，道："你还是要把我当成怀兮吗？还像之前一样，她不跟你吃晚饭，你来找我；你喜欢的电影她不感兴趣，你跟我一起看；她跟程宴北在一起，所以你把我当成她，也跟我这样。你这样，不还是在我身上找补偿和心理安慰吗？"

蒋燃动了一下嘴唇，没说出话来。

他从前以为自己还算是个很会哄女人开心的男人，刚才却什么都对她说了。他以为什么都能同她说，也一度着迷自己在她面前毫无保留、毫不遮掩，他这些天，着实变得不像自己了。

立夏笑了笑，没接着刚才的话往下说，语气缓和了些，又问他："几点的飞机？"

"十点半。"蒋燃顿了顿，说。

立夏看了一眼表，已经快九点半了，于是问："是不是该走了？"

"嗯。"

只听"啪"的一声。

蒋燃刚应了一声，话音都没落，脸上就狠狠地挨了一巴掌，声音清脆又响亮。他被那猝不及防的力道打得微微偏了头，整个人都蒙了。

然后他就听见立夏笑着说："你走吧。"

"你该听清楚，看清楚。"她说，"趁我的心情还可以，赶紧走吧。下次我就该骂你，让你滚了。"

蒋燃缓缓转过头。他与她共同度过两晚，一开始，几乎是在互相发泄失意。第一晚，他还借着酒意，半开玩笑地说让她去剪个短头发，这样能跟怀兮更像一些。

她还说，让他装得跟程宴北更像一些。

可他们都明白——尤其是第二个晚上就明白了，谁也没把谁当成谁的替身。

最初他在赛车场，坐在程宴北身边望到她的第一眼，彼此的视线都心照不宣地多停留了几秒，有什么东西，在阴暗的地方如霉菌般渐渐滋生。

"你这一巴掌，是要我记住你吗？"蒋燃看着她，低声笑了。

立夏的目光动了动，这下轮到她说不出话了。

于是他尝试伸出手去拥抱她，又被她推开，她头也不回地朝地铁口的方向走去。他追出了一段距离，才将她拉拉扯扯地抱回自己的车上。

"别等我回来了，就现在吧。"他强硬地道。

他们这顿晚饭自然是没吃多少，怀礼送怀兮到他一直空闲着的一处公寓。他的工作地点在北城，北城和港城坐飞机一小时不到，他时常往返。今晚就要回去了，北城有人等他。

怀兮没问他是不是在跟他那个海归高知的未婚妻同居，不过想想也差不多。都未婚妻了，他今年也二十有九，该到谈婚论嫁的阶段了。

怀礼的人生一向井井有条，不需要谁操心。

怀兮累得筋疲力尽，去泡了个热水澡出来，已经快晚上十一点了。她刚才差点儿一头栽在浴缸里睡着了。她拿起手机瞄了一眼，发现有一通未接来电加一条未读微信。

来自陈旖旎——

"回港城了吗？"

她去年满世界地闯荡时在巴黎遇见的陈旖旎。

从前她还在ESSE风光的那一阵，给陈旖旎的《LAMOUR》拍过杂志封面，那时的合作对象还是陈旖旎丈夫沈京墨的弟弟，两个人有过一面之缘，并不相熟。后来她离开了ESSE，陈旖旎也离开了《LAMOUR》，本以为在那之后就再没什么交集，两个人却在巴黎偶遇，慢慢地混熟了。

她家那个叫星熠的小孩儿也很讨喜，在巴黎那阵子挺爱黏着怀兮的。

怀兮今年年初离开的巴黎，那阵子刚开始跟蒋燃谈恋爱，算一算，也有三个多月。她也有一段时间没跟陈旖旎联系了。

上次联系还是上个月，陈旖旎说她又怀孕了，准备给星熠生个弟弟或者妹妹。

人家都二胎了,怀兮对自己的未来还毫无打算。她嘴上说着自己想要安定下来,不想玩了。但每每想起巩眉和怀兴炜那段失败的婚姻,她就觉得还是趁年轻多玩玩吧。

她想起这些就有些心烦,抬头看天花板。

偌大的港城,没有她的家。

她初中那会儿被怀礼接到过港城游玩,一眼就喜欢上了这个不同于闭塞小城的南城,极具包容性,繁华美丽的海滨城市。

她不顾巩眉反对,大学四年选择了在这里读,之前借工作之由也常在此地活动,基本也是北城、港城、沪城、国外,这么几头跑。

每每落地港城,她几乎都住在怀礼这里。

怀礼将这房子打理得极好。他就是来港城出差的时候会住这里,平时都空着,也不回怀兴炜那边。

怀兮摆弄了一会儿手机,回复陈旖旎的微信:"刚回来。"

她下意识地滑开了陈旖旎的那个未接来电,连带着将整个未接来电的列表浏览了一遍,那个熟悉的陌生号码躺在列表里,再也没有打过来。

她的拇指落在那个号码上,犹豫着要不要打过去。

烦心事实在太多,她今天在机场的电视屏上几乎看完了下午的后半场比赛,见证了他夺冠的全过程。刚分手那会儿,她总在想,他在赛场上驰骋该是怎样一番模样。

他会拿冠军吗?他大学那会儿就在赛车场训练到很晚,未来的日子还会那么辛苦吗?

总在想,总在想,总在想。

想到后面,她就有了逆反心理,索性逼着自己不去想。这么多年,他们的生活都没什么交集。她的工作忙,生活也还在继续,慢慢地,也就不在意了。

后来的几年,她大致知道他好像在打比赛,其他的并不是特别清楚。

以前觉得忘记一个人很难,尤其是那么刻骨铭心的一个人。

后来才发现,也不是很难。时间与新欢,足够了。

只不过时常午夜梦回,当过往种种,当他还出现在梦境里,才会发现原来她一直都没忘,只是有意或无意地在心里的某个角落搁浅了。

怀兮正沉思着,忽然发现,他的上一条来电在她下飞机那会儿,之前三四条都是她在飞机上没接到的,唯独这一条,显示的是"拒接"。

她不记得自己拒接过。

她不知是否还期盼他打过来。

当年他们分道扬镳就断了联系,她和他都换了电话号码,也删光了联系方式和社交账号。

她对他念念不忘的那段时间,哪怕是一通骚扰电话的未接来电都不愿错过,心里都希望是他突然打过来的。

骚扰电话?

她忽然想起那会儿自己在车上半梦半醒的,怀野帮她挂了季明琅的电话。

挂错了吗?

怀兮对自己的记忆力产生了怀疑。

以前她和他恋爱的那阵子,有几次闹别扭,他打来电话她拒接,真的惹他生气了,他就再也不会打过来了。她想,他可能是有点儿生气了。那会儿给她打了三四次她都没接,她离开沪城也没告诉他。

看,就算破镜重圆,可能也会重蹈覆辙。

还是向前走吧,她也不愿再哄着谁了。

怀兮又不自觉地咬了一下搭在唇边的手指。她一晚上都辗转难安,最后没忍住,准备回过去。

她重重地一按,仿佛下定什么决心似的。

她长出一口气,期盼他接,又期盼他不要接。

可是,连表示接通的忙音也没有,传入耳朵的只有冷冰冰的一句:"对不起,您所拨打的电话已关机。"

关机了?

她皱了皱眉,拿下手机,确认自己并没有打错,又打了两遍,回应她的依然只有一句:"对不起,您所拨打的电话已关机。"

是太晚了?还是手机没电了?

一般人晚上哪怕睡觉都不会关机的吧?

怀兮怀疑着,又不敢打了。毕竟这么晚了,他比完赛,应该要好好休息的。

抱着这样的想法,她捧着手机躺在床上。头发也没吹,乱得像她的心情。她没再打给他,满脑子都是那句"对不起,您所拨打的电话已关机"。

他打给她时，收到的也是这样的回应吧。

她闭了一会儿眼睛强迫自己入睡，又胡思乱想，他为什么关机？没电了？累了？还是，跟别的女人在一起不方便打扰？

不是她说了向前走吗？他也向前走了吧？

算了，怀兮，不要想了，大家都有自己的生活。

抱着这样的心情与揣测，怀兮失魂落魄地睡着，一直到第二天天大亮。

她再次收到了陈旖旎的消息，昨晚两点多回过来的，也不知道这么一个孕妇大半夜为什么不睡觉。陈旖旎说《LAMOUR》五月刊要拍个夏日专题，问她要不要去试一试。

怀兮立刻答应了。

陈旖旎回复得也很快，说把一些相关资料发到了怀兮的邮箱里，让她这两天看一看，后天有空了就过去试镜。

怀兮没有公司运营在背后撑腰，跟陈旖旎这个主编关系再怎么好，试镜的流程也还是要走一趟的。

另一边。

飞机飞过伦敦的傍晚，到达了目的地。

赛事组给整个Hunter车队安排了贵宾通道。前面的队友全出去了，都聚在通道外，与MC赛车俱乐部伦敦分部派来接人的人交谈了半天，程宴北才出来。

他先开机给舅舅和奶奶报了平安。

这次训练意外提前，之前的安排是比赛结束休息一个星期左右才开始，他那天还在电话里对舅舅说，自己比完赛会回南城一趟。他跟程醒醒也是这么保证的。

奶奶常年用着一部老年机，虽记性不好，主要的记忆还停留在他上高中那会儿，但电话总能接的。他打过去说自己到伦敦了，她还说："哎呀，小北，你怎么不上学去伦敦了？你爸爸知道你逃学该伤心了。"

他无奈地笑笑，耐心地解释，自己要在伦敦训练两周，他没有逃学，他已经长大了，不会让父亲伤心的。

说了三四遍，奶奶才依稀明白了，长长地"哦"了一声，忽然又问他："那小兮什么时候再来家里玩呀？她都好久没来啦。"

程宴北默了默，答："她不会来了。"

"怎么不会呢？"奶奶又问，"小兮什么时候来家里玩呀？"

程宴北重复了一遍："她不会来了。"

奶奶这才又听明白，又长长地"哦"了一声，并嘱咐他："那你学习要注意身体呀，高三了，弄好学习的同时别熬坏了身体。奶奶心疼你。"

程宴北应道："好，知道了，奶奶。"

奶奶听明白了这句，就挂断电话。

程宴北顿了顿，下意识地看了一下通话列表。长达二十个小时的飞行中，未接来电积压了二三十条。他翻了许久，终于看到一个熟悉又陌生的号码。

没有备注。

他无数次想给这个号码一个备注，却又无从下手——不敢亲昵，也不忍疏离。

他正犹豫要不要回复，前来接他们的中型巴士前的队员们见他出来，昨夜离开沪城时的散伙饭局上的阴霾一扫而空，都大呼小叫的。

"队长来了——"

"队长！"

"队长，就等你了！"

车上很快下来一个欧洲面孔，身体健壮的白人男人，主动帮他们把行李放到了巴士下方的行李舱里。

程宴北正要上车，又下来一个一身深蓝色工装打扮，英姿飒爽的女人。

傅瑶见到他，盈盈一笑，脸颊露出小梨涡，挥了挥手，用中文跟他打招呼："好久不见。听说你当队长了？"

傅瑶是 Hunter 前队长傅森的妹妹。

傅森在一年多以前将车队扔给程宴北，自己改行从商去了，傅瑶还留在 MC 伦敦分部赛事组工作。每每他们来伦敦拉力训练，都是傅瑶来接人，替他们安排住处。她和任楠做的是一样的工作。

程宴北微微勾起嘴角，笑了笑，道："好久不见。"

两个人寒暄了两句，队员们就聚集在一块儿，提议拍个照，上传到 Hunter 的官网上。这次拉力训练对一支重组的车队而言意义特殊。

队员们拍完，又是三三两两的人合拍。

傅瑶与程宴北许久未见，两个人也单独拍了照片。

程宴北先前在伦敦训练的那几年，就总有人开他和傅瑶的玩笑，这会儿也不乏调笑声："傅瑶，你靠我们队长近点儿啊，害什么羞啊！"

"对，对，对，我之前就觉得他们般配。"

"傅瑶，你把手搭在我们队长的臂弯里看看效果，不信你问问Victor（维克托）这样是不是更好？"

傅瑶笑笑，便自然地照做了。她抬手将随风在耳际乱飞的头发挽到耳后，动了动脚尖，离程宴北更近了一些。

拿相机为他们拍照的白人男子Victor快门一按，还对他们竖大拇指。他刚学会了一个"俊男靓女"的中文词，便蹩脚地说了出来，引得周围的人哄笑着散了。

怀兮白天补了一觉，傍晚才清醒，随便吃了点东西，就坐到桌前看陈旖旎发到她邮箱里的资料。

她漫不经心地打开邮箱，手机在手边，总有些心不在焉，时不时就会看一看手机。平时也没有这么频繁，不知道是不是她突然闲下来实在没事可做，还是在等谁给她回电话过来。

她等了一天，除了巩眉和怀兴炜前后给她打了通电话，什么也没有。

她一只手撑下巴，点开邮件，将资料下载到桌面，然后就这么盯着电脑屏幕发起了呆。

厨房料理台上正在烧热水，"咕嘟咕嘟"地沸腾起来，冒着热气。她立刻如梦惊醒一般，从凳子上起来去关水。再回来时，发现资料已经下载好了。

她点开文件夹，随手点开最上方的网址，才发现这是之前给《JL》拍摄时，尹治发送到她邮箱的，有关于Hunter这支赛车队的所有资料。

她刚才心不在焉，又重新下载了一遍。

她点开的是Hunter的官方主页。首先映入眼帘的就是轮换播放的几张照片，附带着车队的最新动态。

一张熟悉的面容几乎隔一张就会映入眼帘一次。干净利落的寸头，狭长淡漠的眼睛，左眉隐隐一道浅疤，还是断眉。那是那年他为了她跟别人大打出手，挨了对方一酒瓶留下的。

她陪他去医院缝的针。他嘴上说不疼，还强颜欢笑地拉她的手，却差点儿把她的手都给捏断。

就跟那年她和他一起去文身，她疼得几乎把他胳膊上的一块肉都掐了下来一样。他还抚着她的头发安慰她，他多疼一会儿，她就不疼了。

其实他也是怕疼的。

与他透过屏幕这么对视，他的眉眼深沉，眉峰处有无法忽视的侵略感。

沸腾的水平静了，她的心跳却很快。看到最后，她都有些不舍得移开目光了。上一张是他们车队的大合影，看起来是在国外的机场前拍的。

如果她没记错，应该是在伦敦。

上面说他们车队远赴伦敦训练了，这就是他没接电话的原因吗？

最后一张却不是车队合影了，是两个人的合影。一身深蓝色笔挺工装，英姿飒爽的齐耳短发女人，一只手自然地搭在程宴北的臂弯里，笑容甜美。

她的身子朝他那边微微倾斜，手挽着他，他也并未抗拒。他们很亲密。

怀兮的视线停滞了片刻。

她不想再看下去，立刻将电脑合上，关电脑的动作如手起刀落。

怀兮坐在桌前，看着紧紧合上的笔记本，许久都未回过神，仿佛刚才那个动作不是她做的一样。

良久，她才用双手缓缓地抚了一下冰冷的额头，将细碎缭乱的头发顺到耳后去，然后慢慢地平复呼吸。

夜风拂来一阵阵寒凉。

她起身，又回到床上趴着，盖上被子，蜷曲着。

昨夜她睡得不甚安稳，今天起来没多久，随便吃了点东西，又早早地躺下了。她心情不好的时候时常这样，不愿被牵绊，就用睡眠来解决。

陈旖旎发给她的资料还没看，她盯着天花板发了一会儿呆，又睡着了。

第五章
无声告别

CHI
CHAN

怀兮在港城待了三五天，给怀兴炜过了个生日，又去陈旖旎的《LAMOUR》试了镜，就无所事事了。

ESSE港城分部还没通知她什么时候去面试。

那天怀兴炜生日，怀兮又见到了怀野的母亲。巩眉跟他刚离婚没两年，怀礼早早就改口称那位周阿姨为"妈"了。

怀兮与怀礼虽是亲生兄妹，但说到底只是个来他们家做客的外人，在一张餐桌上吃饭，还是有点儿尴尬。小时候听他喊周阿姨为"妈妈"，她完全无法理解，心想自己要是喊一个毫无血缘关系的女人为"妈妈"，她无论如何也做不到。

但随着年月增长，怀兮上大学那会儿差不多就理解了。

那位周阿姨善良淳朴，优雅端庄。据说她对怀礼很关照，跟怀兴炜刚结婚那两年因为身体不大好，不受孕，一直将他将当自己的孩子对待。即使后来有了怀野，也没亏待过他。

每次怀兮来他们家，周阿姨也很照顾她。巩眉自然也疼爱怀礼，可中间隔着一层对怀兴炜的怨怼，这些年终究有所疏忽，毕竟远水也难解近渴。

待了这么几天，怀兮都没敢告诉巩眉自己先去了港城给怀兴炜过生日。她的脾气大，让她知道了，一定会跟怀兮吵架的。

怀兮遗传了巩眉倔强嘴硬的性子。

巩眉一直怀疑怀兴炜离婚后没多久就重组家庭，可能离婚前就出轨了，所以多年来一直忌讳她去港城与那家人见面。

怀兮这一年多都没有经纪公司，四处漂泊。之前跟公司解约几乎赔光了存款，她花钱又一向大手大脚。怀兴炜是她的父亲，知道她这副德行，说到底也是心疼她，隔一段时间就会以各种各样的理由打钱给她应急。

她也总以各种各样的理由推拒，可人总有遇到急事，囊中羞涩拒绝不了的时候。所以这次怀兴炜过生日，她就来了。饭桌上他喝醉了，还挺不高兴，数落她，说他们亲生父女，多年来居然像陌生人，平时收个钱她都像是怕欠他人情，喊她来陪他过个生日也很勉强。

好像一直都是这样。或许是从小到大在巩眉的潜移默化影响下，在怀兮的潜意识里，从小时候就认为怀兴炜是出轨了。上大学那会儿她很少来这边，即使来也都是避着周阿姨的。

她也是后来才得知，周阿姨其实是在她父母离婚后在国外与她父亲相识再相恋的。

周阿姨因为身体不好，多年不受孕，和丈夫感情破裂，早就各过各的了。遇到怀兴炜后，两个人意外地合拍，就离了婚在一起了。

怀兴炜是带着怀礼跟周阿姨结的婚，一开始两个人都没打算要孩子，后来意外有了怀野，也算是一桩喜事。现在也和和美美的。

说到底，港城没有怀兮的家。她心里还是偏向自己的母亲的，怀礼肯定也觉得这里没有自己的家，所以连怀兴炜的生日都没来，早早地回了北城。

或许是无法接受曾经那么爱自己的男人，在婚姻中一点一点地冷淡下来，从合拍到不合拍，最后说离就离了，还很快有了新欢，仿佛先前的一段举案齐眉的婚姻生活毫不存在，巩眉从前一直有怨言。

这些年虽放下了一些，但每每提及都心有不满。怀兴炜都有了新生活快二十年，巩眉直到退休，也还是一个人生活。

怀兮也是一个人。

怀礼在北城，肯定也是一个人。

一家人这么四分五裂，各自生活。

怀兮准备在ESSE的港城分部面试结束后，就找时间回南城。她也有一段时间没回去了。

面试安排在怀兮回港城的一个星期以后。ESSE 沪城总部的人力资源给她发过邮件，ESSE 港城分部这边自然也是打点好了的，她只是去走了个过场就出来了。

她还遇到几个原来的熟人。有一直在 ESSE 工作的大学同学徐洋，前些年她们工作还有交集的时候，关系尚好，偶尔还能约顿饭。

后来怀兮离开了 ESSE，就再没有联系了。

ESSE 大部分人都知道她之前解约那一地鸡毛的破事，徐洋也不例外。

快节奏的生活下，交一个知心朋友是一件十分奢侈的事情。在职场中想跟人交朋友，更是难上加难。很多所谓的朋友，都是一次性，随用随扔的。离开了某个特定的圈子，也就没有再产生交集的必要。

从 ESSE 面试出来的下午，怀兮跟徐洋去喝了杯咖啡。徐洋就像什么都没发生过一般，很自然地跟她聊天。

怀兮比起从前，有些疏离了。

她在 ESSE 是"二进宫"，议论她的声音不少，自己从前也因为季明琅那件事被人构陷过，背负了很多的骂名。如此，也将过去那些锋芒收敛了。

徐洋自然而然地提起季明琅回到 ESSE 的事。

怀兮想的没错。她解约那会儿，ESSE 的人跟她说季明琅离开了，纯属是为了息事宁人，以此安抚她，不想让她和 ESSE 打名誉官司。他不过是被调去 ESSE 在日本东京的分公司一段时间，最近又调回了沪城总部，还升了职加了薪，毫无影响。

不过听说他和他的妻子去年年底离婚了。

徐洋还颇为夸张地说之前没告诉怀兮这件事是觉得她离开了，也就没什么必要了，怕她再因此事伤神。

怀兮也知道，如果打官司，她也落不到什么好。

很多时候，外界关注的不是所谓的"真相"，构陷她的人也是想逼她离开 ESSE。她离开了再打官司，就是中了对方最恶毒的下怀——她会彻底在这个圈子混不下去。

每个人好像都是这么一次次地与外界对抗，发现对抗不了，于是就这么妥协着、成长着，然后不知不觉长大了。

徐洋这一年升了职，做到了经纪人的职位。虽然他负责的不是怀兮，但出于好心，还是大致提了一下后续的工作和需要注意的地方。大概半个月后 ESSE 在港城会有一场秀，也是她在 ESSE 的"复出"首秀。

徐洋当然也提醒了她，让她今后在 ESSE 要多加小心。ESSE 重签她回来开出的条件丰厚，是要大力捧她。很多她想得到的和想不到的人，都视她为眼中钉。

虽还不知当年的构陷是何人所为，但怀兮吃过一次亏，在南墙上撞得头破血流，自然明白要收敛锋芒，修身养性的道理。

社会毒打才是人生最好的老师。

可惜她总是要经历这么一番挫折，总要吃过亏，才能明白一些道理。

跟徐洋分别后，好久没联系的黎佳音打来了电话。

黎佳音的男友照顾好父母回了家。男方家中催婚，父母这么一遭气病了。她本就奉行不婚主义，还是不愿结婚，于是两个人就分道扬镳了。

"他早上搬走的。昨晚跟我谈了很久，之前我们在一起时他说他也不想结婚，所以我才和他在一起的。刚同居那会儿他也这么说，所以到头来都是为了迎合我所以才骗我的吗？"

黎佳音嘲讽地笑笑，声音有些沙哑，不知是否哭过。

"如果一个男人为了迎合你、讨你开心，给自己编一些所谓与你契合的人设，那还是趁早算了吧。他现在拿他父母气病的事来压我、逼我，说什么'我妈都躺在病床上好几天了，你就不能为我考虑一下吗'这种话。那他之前跟我撒谎他也不想结婚的时候怎么不考虑考虑他父母的感受？我说我不结婚，那可是跟我爸我妈商量过的。他们离婚这么多年了，相看两厌的，都支持我不结婚。他父母不支持，又说他是独子，他凭什么这么自私？"

怀兮沉默下来，用小勺搅动着咖啡，叮叮当当地响。

黎佳音显然被气到了，语无伦次地拉着怀兮好一通倾诉。说到最后，又气又难过，声音里都有了哭腔。她说："我也没做错什么吧？我不结婚是我的错吗？"

黎佳音平时数落怀兮头头是道，以为自己是个还算清醒、洒脱的人，现在问题出在自己身上，也难免会想不开。

即使她知道，不想结婚并不是她的错。而他想结婚，也不是他的错。

人很多时候的洒脱，都是故作洒脱。

哪怕知道对方千般万般不好，哪怕知道很多事最开始就是谎言。

要是真的爱过、喜欢过、热烈过，怎么会轻易就那么算了？

怀兮安慰着她，安慰了很久。

等黎佳音的情绪稍稍好点儿了，她提议道："你如果实在难受，我再飞沪城陪你一阵子？反正我这边的事也差不多结束了。"

"你不是还要回你妈那里吗？你那么久没回去，你妈不想你啊？"

"她昨天打电话说很想我。"怀兮笑道，"我没敢说我在港城给我爸过生日，说我还在沪城，前几天封领空，回不来。"

"那你赶紧回家吧，你来了也见不到我，我明天要去日本出差。工作忙完，玩一下，再遇见几个拥有美好肉体的帅哥，我就没什么事了。"黎佳音破涕为笑，转而说，"哦，对了，我还没问你呢，你这几天跟程宴北联系了吗？"

怀兮搅咖啡的动作不知不觉地停下来，沉默了一阵，说了谎："没有。"

"一次都没有？"黎佳音表示怀疑。

怀兮依然说："没有。"

"他也没联系你？"黎佳音仍怀疑。

"没有。"

"真的？"

"真的啊，"怀兮有些心烦，放下搅拌咖啡的小勺，嘴皮子动得快了些，"一次都没有。"

话音一落，怀兮的唇僵了一下，和电话那头的黎佳音同时一愣。

她这也表现得过于在乎了吧。

就跟那天看到他们车队官方主页，他和那个像是同事关系的女人的合影照立刻把电脑关了的反应一样。

不过就是一张照片，至于反应那么大吗？那个女人一看就是他的同事吧。不就是一个多星期没什么联系，她唯一打过去一次电话还是关机，至于这么在意吗？之前不是五六年都没联系吗？

但她这几天好像确实表现得过于在意了，一有电话打进来就有些敏感。

好像回到了他们刚分手那阵子，她恨不得一天二十四小时不睡觉守着手机，矫情地期盼他打过来，说一句"我不走了，我们和好吧"。

她又矫情地怕他打过来，怕他说"你以后别老跟你的新男朋友在我面前烦我"，或者正式地说一句"我祝你和他幸福"。

她到底是怎么了？

怀兮想到这里，就有些烦躁。她感觉这些年自己好像毫无长进，这会儿充斥在心中的，好像不仅仅是烦躁，还有浓烈的失落感。

她很失落吗？

黎佳音见她沉默了，立刻换了个话题："我还没问你呢，你真回ESSE了啊？"

"嗯，对。"

"季明琅不是还在ESSE吗？"

"跟他有什么关系？"怀兮倨傲地道，"他回来就回来，只要别在我眼前晃，别耽误我赚钱就行。我还要靠这一行吃饭呢。"

"长大了啊，不赌气了？"

黎佳音虽知道她当年离开ESSE并非完全是赌气，却还是忍不住揶揄道："那也行，总之你以后给我夹着尾巴做人，别跟以前一样，得罪了谁都不知道，被人家那么整了一顿。"

怀兮翻了个白眼道："怎么我红还怪我？"

几家赛车俱乐部联合的封闭拉力训练地点在一处山野高地，九曲连环，山路陡峭险要，曲折的赛道傍山而建。

周围遮挡物很少，赛道下就是悬崖峭壁，稍不注意就会坠下山，车毁人伤，堪称极限训练了。这样的山地赛道很锻炼车技，程宴北大学毕业那会儿先在沪城训练了两三个月，又在这里封闭训练了一个月，才拿下了那年新人车手赛的冠军。

MC赛车俱乐部的Hunter、FH赛车俱乐部的Firer都在此训练，为下个月月底的欧洲赛做准备。

两支车队时常在国际各大赛事上打照面，MC与FH多年来也是针尖对麦芒的竞争关系，从前与FH竞争的还有MC的Neptune。沪城练习赛过后，MC内部两支车队部分成员对调重组，这次MC只派出Hunter一支车队与Firer对决。

Neptune的前队长蒋燃那次比赛后加入Firer成为新队长，对手还是他从前的兄弟的车队Hunter，局势大变，一时间火药味更浓。

一个星期的高强度训练下来，队员们都没怎么休息过。这天一伙人收了车，没回山脚下的酒店休息，准备在这里野炊。

傅瑶和工作人员一早就开车带来了帐篷、便携桌椅和烤炉，还有各种食材、酒水一应俱全。

程宴北等收车后赛道里没人了，又跑了一圈。

九曲十八弯的赛道冗长又复杂，跑一圈就要四五十分钟，烤炉、帐篷什么的架起都快一个小时了，他还没回来。

夕阳西下，眼见傍晚了，一群队员饿坏了，一下车就大快朵颐，来了一出风卷残云，啤酒也喝了不少，好像没人注意到他没回来似的。

傅瑶帮Victor烤肉，一直朝山路赛道那边张望。别说没见到程宴北的车的影子，就连引擎的轰鸣声都没听到。

她放下手里的活，让Victor看着烤炉，准备去那边看看。

"傅瑶，你就别担心队长啦，"有人喊她，"那赛道加固过的，山路上还有照明，没以前那么容易出事。"

程宴北以前在这条路上出过事。

大概是一年前，傅森还在Hunter当队长时，也是这么一个时刻，他们训练到这会儿，程宴北的车侧翻下了山。

所幸并不高，车翻下山时触发了应急装置，但车身在跌落下去时，他险被飞进来的一截玻璃刺穿心脏，此刻身上还留着一道疤。

傅森伤得比他重。

当年还是傅森赛车手职业生涯最高光的时刻，刚拿了欧洲锦标赛的冠军。他伤到了手臂神经，虽后续治疗效果不错，医生也说不会影响开赛车，但他还是退队了。

那时程宴北跟傅森躺在医院接受治疗，傅瑶刚进MC，照顾他的时候会给程宴北带个东西，一来二去的两个人也就熟了，关系一直都很不错。

傅瑶不顾后方队员们的叫喊，执意要过去看看。

出事时这群队员都不在，话说得轻飘飘的。但傅瑶可是目睹过事故现场的人，难免有些担心。

她刚走到几十米开外的地方，就听见一阵引擎的轰鸣声。

很快，程宴北那辆红黑相间的SF100身披落霞，迅速爬坡而上，激起山路赛道的乱石击打，尘土飞扬。

"队长这不是回来了吗？"后面有人嚷嚷起来。

程宴北将车开到终点，下车后摘掉头盔，夹在腰际，长腿迈开，朝这边走来。

他的身形修长，如此逆着光，好像又高大了一些。他走近，都快到傅瑶面前了，才注意到她。

他好像在想事情。

傅瑶迎上去，和他一齐向帐篷那边走去，故作严肃地道："你开车的时候这么心不在焉可不好，再出点儿事可怎么办？"

"不会。"程宴北看她一眼，勾起嘴角，笑道，"我还算小心。"

"那怎么这么久？"

"开得比较慢。"

傅瑶听他这么说，觉得好笑，说道："拜托，你是赛车手，你在赛道上开那么慢能拿到冠军吗？"她看了看表，又继续说，"比正常时间晚了快半小时，我看你是去兜风散心的吧？"

程宴北的唇半勾着，没说话。他加快了步伐，走过去，随意找了个地方坐下，融入集体，跟队员们聚到一处。

傅瑶看着他的背影，总觉得他有心事，也没想抓着他问，走过去就和Victor一起招呼大家可以敞开肚皮吃了。

篝火烧得热烈，饭吃过半，队员们借着酒话还拿傅瑶跟程宴北开起了玩笑。

"队长，我看你跟傅瑶凑一起过得了，她刚才可担心你了，隔一会儿就去那边看一眼，着急你怎么还不回来。"

"我看队长跟傅瑶挺般配的，你们也认识这么久了，不试试吗？"

傅瑶也就过去看了一趟，这么被夸大，难免嗔怪："喝你们的酒，别瞎起哄。"

坐在火堆旁觉得热，程宴北将赛车服拉链拉开了大半，长腿懒散地抻开。他抽着烟，视线时不时低垂着，并未参与旁人的起哄。

他平时虽不怎么喝酒，但今晚这顿饭吃得也好像兴致缺缺，这会儿坐在一旁，仿佛置身事外，安静得有些诡异。

傅瑶拿来两个杯子，端过来一盘刚烤好的德式香肠，放到他面前的桌子上，香肠还冒着油。

她也随之坐下，同他攀谈起来："你之前回国给《JL》拍的那个杂志的样片，人家给我发来了，下周就发行了。MC背后现在好像是有资本撑腰，为了捧你这个冠军，让杂志社加印了好多册。不过现在谁还看纸质读物啊，印那么多得滞销吧？"

程宴北没说话，伸手去拿桌上的杯子。

"哎，你不是不喝酒吗？"傅瑶赶紧挡开，说，"你拿错了，这是我的。"

她去一旁拿了别的给他倒上，推过去，说道："你喝这个。"

程宴北的视线却还在自己刚才拿错的杯子上，思绪跟着飘回了半个月以前。

那晚的酒桌上，怀兮拿错了他的杯子。

他下意识地抬头，四处环绕一圈，没有她。

傅瑶继续刚才的话题："不仅是封面，Hunter 的人跟 ESSE 的那几个模特儿搭档拍的内页也很好看，滞销了多可惜。今天经理还跟我说，下个月的欧洲赛准备找 ESSE 的模特儿来当赛车宝贝，别的车队都带，我们总不能不带吧？没气氛，尤其是杂志封面跟你搭档的那个模特儿，长得也很漂亮。她是 ESSE 的吗？"

傅瑶这句话被旁人听到，立刻就有人接话，大大咧咧地道："你别说，我程哥拍的杂志照一点儿都不输给明星，跟他搭档的模特儿还是燃哥的女朋友呢。"

"对啊，燃哥以前就老跟我们夸他女朋友漂亮，我还以为他吹牛呢，拍摄的时候一见到才知道，真的很漂亮，腿又长身材又辣。"

"腿长不长、身材辣不辣，得跟她搭档过的程哥说啊，程哥还扶过她的腰呢，是不是啊，程哥？"

一群人起哄，想把程宴北往热闹的气氛中带。

大家心里都猜测着，他跟那位叫怀兮的模特儿在沪城的时候有些暧昧，如今看看，好像没了下文。

程宴北以前换女朋友换得很快，也不缺喜欢他的女人。这么一封闭训练，没机会接触，这几天人好像都被憋坏了似的。

傅瑶浏览杂志发来的样片时，是看到了几张有点儿尺度的、行径暧昧的照片。

她一开始还想问，是不是程宴北在拍杂志之前跟这个模特儿谈了恋爱找到了感觉，怎么两个人一颦一笑、一个对视都那么来电。

没想到这个模特儿之前居然是蒋燃的女朋友。

蒋燃跟程宴北一样，先前也是个会玩的，女朋友换得比衣服还快。这么说也许有些夸张，但傅瑶每次见他们，他们身边的女伴几乎都不重样。

如果她没记错，现在《JL》的主编跟程宴北也有过一段。他前阵子好着的那个女朋友是个造型师，常给时尚圈的各类杂志、秀场模特儿做造型。

程宴北一直没说话，不大想参与他们的话题似的。他起身离席，拿了打火机去一旁抽烟。

"你们猜猜队长下一任女朋友什么时候找？"

"你管人家呢，他什么样的女朋友找不到？操心操心你自己的事吧。"

"别啊，万一跟傅瑶好了呢？"

傅瑶看了一眼程宴北的背影，又看着一群人，半开玩笑地道："别瞎说，我都要结婚了。"

她刻意拔高声调，话好像是对着程宴北说的。

他却全然无反应，头也没回一下，直往帐篷旁边走，高大的背影在月光下略显萧索。

"结婚？"

"哇，恭喜，恭喜！"

"对方做什么的？我们傅瑶喜欢什么样的男人？"

一众哄闹中，傅瑶抚了一下自己还光滑的无名指，微微撑着下巴，反而淡定地笑着说："他也就是口头一说，要是真结婚的话，估计也很快。他平时开赛车没什么时间，现在也没空细谈这个。我们最近还吵架了。"

"也是赛车手啊？"

"是啊，"傅瑶说，"常驻伦敦的那个Feb（二月）车队，知道吗？"

"知道啊，也出过不少冠军吧？不过他们几乎没有中国队员啊，你男朋友是外国人？"

"嗯，英国人。"

"在一起多久了？"

"大半年了吧。"

"这么久了，我们怎么不知道？"

"你不也没问？"

过了一会儿，又有人说："哎，傅瑶，你什么时候不想结婚了就跟他分手，给我个机会呗。戒指还没买好吧？戒指都不给你买，只是口头说说的男人，摆明了不想跟你结婚啊。"

大家如此聊着天，气氛轻松了许多。

傅瑶嘴角的笑容却越发淡了。

程宴北过一会儿回来，一群人又喝了一轮。灯火迷离中，他也跟

099

着喝了两杯啤酒。

他不胜酒力,脸涨得通红,几杯下去就醉了。

隔天一早,程宴北头痛欲裂地醒来,发现自己在傅瑶的房间里。居室型的酒店,厨房那边已经传来了早饭的香味。

他跌跌撞撞地起身,脑子还有些不清醒,一不留神,差点儿在卫生间门口摔了一跤。

傅瑶听到动静,手拿着锅铲,回头看他,问道:"你醒了?"

傅瑶也是齐耳短发,她只偏了半边脸,程宴北没完全清醒,定了定神才看清是她。

他点点头,应道:"嗯。"然后环视一圈房间,似乎在疑惑自己怎么会在她这里。

"哦,是这样的,你别误会啊。"傅瑶打量了一下他完好的穿着,他就脱了外套,下身还是赛车服的裤子。她主动解释道,"昨天他们喝醉先把你的房间霸占了,你走错了门,把我的房间霸占了,我就只能去别人的房间了。"

走错了。程宴北回味这三个字,思绪跟着滞了滞。

"他们好像还没醒呢,我让Victor一会儿去叫他们起床,别耽误了训练。"傅瑶又说,"你在我这里洗吧。冲完澡有浴袍,一会儿你回去再换衣服。"

程宴北抿了一下嘴唇,就去洗漱了。

再出来时,傅瑶已做好早餐放到桌上,是两人份的。

大多是专业营养师给赛车手搭配好的早餐,荤素都有。显然,程宴北的那一份更丰盛一些,毕竟他还要训练。

傅瑶拍了照发朋友圈,一抬头,就见程宴北穿着浴袍出来,领口敞开一片,前胸一片张扬的文身。

她的视线落在那里小半秒,仿佛若有所思。他之前在山地训练侧滑摔下山,伤口就在那附近。

程宴北迎上她的视线,她才从他的胸口处收回目光,笑着说:"过来吃饭吧。"

时候不早了,已经过了楼下餐厅的早餐供应时间。

傅瑶坐在桌子对面,一边拿着手机随意地回复着朋友圈的评论,一边注意到程宴北已经坐下吃饭了。

她满意地笑了笑,过了一会儿,等他草草地吃完准备走,她突然叫住他:"哎。"

程宴北边穿衣服,边回头瞥她一眼,问:"怎么了?"

他的模样有点儿冷冰冰的。

傅瑶放下手机,朝他勾起嘴角,问道:"你现在没女朋友吧?"

程宴北皱了一下眉,点头道:"嗯。"

傅瑶继续笑着问他:"我们要不要试试?"

怀兮在港城待得无所事事,却莫名心烦意乱。

她在港城除了徐洋也有不少大学同学,心烦了好一阵子,这几天约着人逛了好几天的街,喝喝下午茶,做 SPA,泡温泉,还给全身做了保养。

对她来说,睡觉是排解情绪最好的方式,花钱是发泄情绪最好的方式。

虽然她也不知自己在发泄什么。

昨晚跟几个大学同学去港城棠街一家叫兰黛的酒吧喝酒,认识了个大学同学的朋友。

那个男人也是他们港城财经毕业的,大她一届,长得挺帅,人也绅士。昨晚她破天荒地喝了很多酒,最后舌头直得都说不出话了,对方才姗姗来迟,替她挡酒。

那个男人也留着寸头,眉眼很干净。

以至于怀兮借着酒劲,迎着酒吧破碎迷离的光,第一眼看过去就认错了人。

事后别人描述——昨晚她支着脑袋,麻痹着神经,大着舌头,一直问他:为什么之前在沪城,她给他打了两次电话,他故意两次不接?

是不是故意让她惦念他?

为什么那天打过去他关了机?

是在飞机上,还是和别的女人在一起?

为什么这几天不给她打电话?是不是有了新的女朋友?

她没问个明白,他们却顺水推舟地留了联系方式,还加了社交账号。

以怀兮多年浪迹酒场的经验来看,对方对她有好感。

怀兮刚从 SPA 馆做了全身保养出来,那个男人就发来消息问她,今晚是否有空。

看样子是越过了给他们当中间人的那个大学同学，直接约她了。

她昨晚醉得不轻，一个陌生头像弹出来时，她还吓了一跳，心里"咯噔"了一下。

她点开之前，还抱了一丝小小的希望。

她好像，回到了那分手五年的状态。

怀兮平时不喝酒的。在她对喝酒还没什么切实概念的时候，就认识了程宴北。他从不喝酒，她也跟着养成这样的习惯。

他的习惯，不知不觉潜移默化，也成为她的习惯。

分手后的很多年，因为工作原因，大大小小的酒局也赴了不少，她向来滴酒不沾。

她没有刻意地拒绝，仿佛那就是一种刻在骨子里的改不掉的习惯。

她想着就有些头疼，没回复。

她刚从SPA馆出来，顺路去商业街附近办理手机业务。

若要算起来，她大概是一个月前才回的国。之前在国外待了一年多，手机办理的还是适用于常驻国外的套餐。

她正在营业大厅排队，徐洋给她发了消息。

徐洋说，MC赛车俱乐部发来邀约，要邀请ESSE八名模特儿在Hunter五月底的欧洲赛上穿着Hunter车队代表色的服装当赛车宝贝，给车队宣传，问她去不去。

怀兮看到Hunter，心就像被针扎一般。从那天登录了他们的官网后，她就极力避开。

她电脑上之前下载保存的关于他们车队的资料也被她删掉了。从沪城回来之前换了手机，之前的通话记录都没了。她没有清理通话记录的习惯，但这几天心烦之际，把通话记录清空过好几次。

怀兮刚回ESSE，一切都还没步入正轨，正是需要为自己争取资源，增加曝光概率，给公司创业绩的时候。

也不知是否抱着想再见一见谁的心情，她没犹豫多久就回复了徐洋："去。"

徐洋很快也回复她："你很痛快啊。"

怀兮不自觉地笑笑，回复："是啊。"

想想之前，她经由尹治介绍去《JL》试镜，签合同时，看到白纸黑字写着她的合作对象是Hunter的程宴北。

她想也没想就说自己不拍了。

好任性啊。她好像一直这么任性，总是赌气。

怀兮这么想着，叹了口气。

徐洋又发来一条消息，顺带推过来一张名片。

"那行，我报给上面了。这是他们赛事组的人，你加一下她的社交账号，她给你们拉个群。这几天就开始安排了。"

怀兮发送好友请求，几乎一秒通过。她还没找到表情包打招呼，对方就直接开门见山地问她："是 ESSE 的怀兮吗？"

"嗯，你好。"怀兮回复。

"你好，我是 MC 赛车俱乐部的傅瑶。"对方回复一个很可爱的小兔子的表情包，"那我备注一下就拉群啦。"

"好。"

怀兮在营业大厅等得有些无聊，想到傅瑶也是 MC 的人，便顺便翻了翻她的朋友圈。

似乎想找到一些和谁有关的蛛丝马迹似的。

正好，她刷到了傅瑶最新的朋友圈，坐标在英国伦敦郊外一处高地，地点名有些眼熟。

九宫格图片，看起来是篝火晚会，异国风景，热腾腾的烤炉，鲜红的冒着热气的烤牛排和德式香肠，琳琅满目。

最中间的第五张图片是一张大合影。

齐耳短发的傅瑶眉目如星，笑容清甜，淡妆点缀就很好看，妆容很清纯。

她坐在一个穿红白相间赛车服的男人身旁，两个人挨得极近。

男人是寸头，剑眉，左眉边一道隐隐的疤痕。他视线散漫地望向镜头，嘴边略带笑意，赛车服拉链拉得很低，不羁又随意地敞开，脖颈修长。

其他队员在他们身后站成一排，共同面对镜头，像是在作陪衬。

怀兮愣了许久，后知后觉这个女人就是那天在 Hunter 官网的照片上，一身深蓝色工装连体裤，英姿飒爽的女人。

她点照片的指尖僵了僵，然后颤抖了一下，将照片放大。

她看清了傅瑶身边的男人，的确是程宴北。

她的心跳失重了一般跳起来，指尖迅速地移到后面的照片，大多是拍的照片背景下的食物和风景照。

还有一张是傅瑶握着一个酒杯拍的，没什么可看的。

直到最后一张。一顿丰盛的早饭，两人餐，没什么好看的。就是两杯摆在一起的牛奶旁放着一个打火机，黑色磨砂质地，有深刻缭绕的暗纹。她很熟悉。

在酒吧的那晚，他越过她，在桌面拿起了这个打火机。她还用这个打火机为他点过烟。

那天晚上，风有些大。程醒醒在外滩走丢了，他和她回黎佳音家的路上，他下车去便利店给程醒醒买东西出来。

他示意双手都提着塑料袋，在车外微微俯下身，要她为他点烟。

她刚伸出手，他就紧紧地抓住了她的手腕，恶作剧一样，差点儿将她从车窗里给拽出去。

那时他嘴角带着漫不经心的痞气和笑意，不顾她的羞恼，还装模作样地对她说了句："谢谢。"

那天晚上他留在黎佳音家里，他们毫无遮挡地紧紧相拥。

在分手的五年后，她是心动的。不仅那晚，从最开始，直到五年后，她对他，都是心动的。

怀兮的指尖微微颤抖了一下，立刻切出了大图浏览模式。

她又注意到，这条朋友圈的配文，只有一个红色的桃心。

很刺目。

手机屏幕熄灭了，她都没有移开视线。

接着，手机屏幕又是一亮。徐洋又发来消息："你加傅瑶了吧？她是我读研时认识的学妹，她的男朋友是个赛车手呢，我也是才想起来，你之前的男朋友也是个赛车手吧？不过我听说他好像已经不在MC了，去了FH的Firer？我这会儿想起来，怕你心里不舒服。但是你们已经分手了，他也走了，应该没什么事吧？我还怕你会介意。"

怀兮想说"我没事"，却如何都无法打字。

此时，轮到她办理业务了。前面的人不留神撞了她一下，她晃晃悠悠的，差点儿站不稳，鞋跟高，险些崴了脚。

她往一旁歪了一下，身旁另一队的男人扶了她一下。她抬起头，眼眶通红。

对方没等她说谢谢，她一站稳，他就匆匆地走了。

此时，业务小姐用清甜的声音问她："请问有什么需要帮助的吗？"

她抿了一下嘴唇，问："能帮我换个手机号吗？"

怀兮黑白颠倒地疯了三四天，昨夜又是酩酊大醉，一觉醒来，头痛欲裂，在床上翻了个身，依稀听到外面传来动静。她晃晃悠悠地从床上爬起来，发现自己还在怀礼的公寓。

她开了卧室门出去，周菀妙刚买完东西回来。

保养得极好，气质文雅的女人一身驼色风衣，提了个很大的购物袋，放到桌面上，看起来挺重的。她看着睡眼惺忪的怀兮，有些不好意思地笑了笑，问道："吵醒你了？"

怀兮一愣，先是叫了一声"阿姨"，然后迟钝地摇了摇头，说，"没有。"

周菀妙笑道："怀礼说你的打电话打不通，把回南城的高铁都给误了，我就过来看看你。"

高铁？

怀兮又是一愣，反应跟不上思绪，手握空拳，用指节叩了叩酸痛的太阳穴，这才想起，自己是定了今天回南城的高铁票。

昨晚醉得不省人事，一觉醒来，这会儿都已经是下午三四点了。她什么都给忘了。

周菀妙将购物袋里七七八八的东西拿出来放在桌面上，是各种各样的食材。

"怀礼这儿平时都空着，没什么东西，我买了点东西回来给你做点吃的。昨晚你在卫生间吐了，我今早叫给我们打扫房子的阿姨顺便来这儿收拾了一下，她平时也过来收拾怀礼这里的。"

怀兮窘迫地"啊"了一声，小声说道："麻烦你了……阿姨。"

"没事，"周菀妙将东西摆好，然后半开玩笑地道，"误了就误了，你干脆在港城再待几天好了。你签的那个公司不还在港城吗？省得你两头跑，麻烦。你好久不来港城，你爸也记挂你。"

说着，她顿了顿，似乎意识到自己有些僭越，便带歉意地笑了一声，道："你妈妈应该也想你，还是得回南城吧？"

怀兮点点头，走过来帮忙，说道："嗯，得回去。"

周菀妙便不再强留她。她母亲那边什么情况，周菀妙也大致了解，于是换了话题道："你这次回港城，没跟男朋友见面？"

"我没男朋友啊。"怀兮笑了。

"咦？"周菀妙有点儿惊奇地道，"昨晚，好像是个男孩子送你回来的？"

她扬了扬下巴，示意放在茶几上的一个挺漂亮的银白色陶瓷质地的打火机，猜测道："落下东西了呢。你平时不抽烟的吧？"

"嗯……不抽的。"

怀兮动了动嘴唇，看了一眼那个打火机，又淡淡地移开视线。

打火机不是她的，她也不记得昨晚是谁送她回来的了。

头疼。

"唉，老了。我就记得你大学毕业那会儿说要和你那个男朋友一起留在港城呢，就记着这么一件事了。"

怀兮这些年满世界地跑，来港城的机会是有，基本都是没几天就匆匆离开，也甚少去他们家。她和怀兴炜父女关系多年来一直寡淡，没什么交心谈天的机会。周菀妙不知道也正常。

"那不都五六年前的事了吗？早过去了。"怀兮勾了勾嘴角，轻松一笑，又低下头继续整理东西，嘴角的笑意不自觉地淡了几分。

"五六年，那么久了呀？！"周菀妙沉吟一下，又赞赏地看着怀兮道，"你也一下长成个大姑娘了，长大了，漂亮了，也懂事了。"

怀兮谦虚地笑了笑。

周菀妙继续说道："我第一次见你你也就十一二岁，真快。我真是每天都盼着怀野能一下子长大，懂点儿事，少让他爸生点气比什么都好。他爸年纪大了，不能总生气，身体吃不消的。"

怀兮倒不介意周菀妙顺口以"他爸"这么称呼怀兴炜。

她明白，即便怀兴炜也是她的父亲，但他们现在不是一家人。她笑着应道："那得麻烦阿姨平时多劝劝，总生气是不好。"

"说得也是啊。"

两个人边聊着天边做饭。怀兮不好辜负好意，当着周菀妙的面多动了几筷子吃了点东西，换了衣服，又约了人出去。

怀兮又去了这几天常去的那家叫兰黛的酒吧。

她推开门，一头扎入灯红酒绿，才记起那个落在她家的打火机是谁的。

吧台后穿黑色衬衫的寸头男人正在为客人调酒，见她又来了，笑颜顿展，开玩笑道："你就不能换个地方？天天都来我这里，看上我了？"

怀兮坐过去，白他一眼，红唇扬起一个挑衅的弧度道："不是你看上我了吗？问我的大学同学要了我的社交账号，单独约我，还故意把东西落在我家。"

她说着,一扬手,随手将他的打火机扔到大理石吧台上,扬眉看着他笑道:"太老套了。"

孟旌尧没恼,也没碰那个打火机,只是淡淡地瞥了一眼。

他晃动着手里的杯子,有条不紊地调着酒,有些好笑地道:"我觉得你应该是很喜欢才留下的,本来想送给你,谁知道你今天自己来还了。"

怀兮挑了挑眉。

"昨晚你喝成那样,我送你回去,你在车上就吵着闹着管我要打火机。"孟旌尧说着,低头一笑,眉眼低垂。

灯光落下一层淡淡的光影。他不是单眼皮,眼角微微垂下,有种胜似那种狭长的淡漠的柔和。他说:"我还以为你要干什么呢,结果你按着我的肩膀就要给我点烟。"

怀兮的眉心轻轻一拢,问:"你说什么?"

"你这样,不是看上我了是什么?"

孟旌尧抿唇笑起来,将酒杯递给一旁的客人,又微微俯身趴在吧台,忽然凑近她。

怀兮下意识地向后躲。

他却一动不动地看着她说:"之前在港城财经上学那会儿,我怎么没见过你呢?嗯?"

她淡淡一笑,说道:"见过我又怎样?"

"见过你的话,你现在说不定已经是我的女朋友了。"

怀兮立刻嗤笑一声,好笑地反问:"女朋友?"

"是啊,我肯定那个时候就追你。"

"别了吧,上大学都是多久之前的事了。"怀兮有点儿不屑地看他一眼,拿了一个杯子,又伸手够一旁的酒,给自己倒了小半杯,继续说,"你要是那个时候追我,现在,你已经是我的前男友之一了。"

孟旌尧佯装挫败道:"真的假的?你那么狠心啊?"

琥珀色液体一晃,她仰头一饮而尽。

涩辣入喉,这酒比她想象中的烈。她在这几天的醉生梦死之前都不怎么喝酒的,现在有点儿受不住,狠狠地皱眉,眼眶都红了。

她强颜欢笑,过滤着喉中的热辣,看着他说:"当然。"

"得了吧,你看,你失去我难受得眼睛都红了。"孟旌尧大言不

107

惭地同她开着玩笑,却还是从一旁拿过一个空杯,倒上柠檬水给她,正色道,"喝点儿,能好受点儿。天天买醉怎么行呢?不知道的还以为你失恋了。"

怀兮听到失恋更觉好笑,支着脑袋嗤笑道:"我失恋?"

"对啊。"

"我怎么会失恋呢?"她笑着否认。柠檬水丝毫没缓解那种难受,她的眼眶还红着,嘴里却说,"我踹了别人,我先提的分手,能说是我失恋吗?"

孟旌尧不知她这是什么歪理,轻笑道:"不算吗?"

"为什么算?"她有一套自己的道理,这会儿人没醉,表情还有点儿认真地道,"我跟男人谈恋爱,还没被甩过。"

"这么厉害啊?"孟旌尧顺着她的意思,笑着反问。

"当然了,"她绕过那杯柠檬水,又给自己的酒杯斟满,视线垂下看着流入玻璃杯的液体,扬起红唇说道,"我的原则就是,我踹别人可以,别人踹我不行。"

孟旌尧笑了笑,依然顺着她的话说了一句:"行。"

"你别总这么说话啊。"

怀兮轻轻地晃动酒杯,这次控制了力道,也控制好了感情,不像刚才那般一饮而尽,轰轰烈烈,将她的眼圈和心窝猝不及防地烧红了,烧疼了。她这次只敢浅酌一小口。

她继续对他说:"好像我真是你的女朋友似的,什么都顺着我。"

孟旌尧反问:"你刚才不是还说我是你的前男友吗?"

怀兮也不甘示弱道:"那我就是你的前女友了,你现在也顺着我吗?"

孟旌尧不说话了,觉得没任何顺着她的话往下说的必要。这是个死命题,也只能到此为止了。

他笑了笑,说了句"你自己一个人少喝点儿"便去应付另一边的客人了。

怀兮的确不胜酒力,没喝多少人就趴下了。她上身穿一件灰黑相间的豹纹吊带,慵懒得像只猫,胸口随着呼吸的节奏有轻微的起伏。

她抬起一双因喝下烈酒微微泛起泪光的水眸,自下而上地打量着他。

男人背对着她在酒架上找酒,照顾着别的客人。

头顶的灯光五颜六色,迷离地揉碎成一幅波光诡谲的画。他逆光

108

而立,黑色衬衫十分衬他的好身材,是利落的圆寸,后脖颈的碎发很干净。

她看着他的背影,听着他的声音,随着酒吧里梦幻低缓的爵士乐声,不知不觉之间好像沉溺于一个破碎的幻境之中,渐渐失去了知觉。

一切都是那么像,那么像。

她的思绪就这么飘浮着,仿佛灵魂出窍一般,在过去与现在之间肆意地穿梭,一瞬将她推上云端,一瞬又将她推入地狱。

好像在沪城的那个晚上。但她知道,那一刻,他在她的身边,她就是完整的。

她这么看着孟旌尧,思绪不知不觉飘出很远。直到他转过身来的一个瞬间,她注意到他右耳后方有一颗痣。很突兀,突兀得好像不应该存在于那里。

男人的眉眼很温柔,内双让他的眼神毫无侵略性,笑起来时还有几分摄人心魄的感觉。

孟旌尧转过来,见她趴在那里,眼睛一眨不眨地盯着他,眼波盈盈,明显是醉了。

"别喝了。"他伸手,不由分说地将她手中见了底的酒杯与一旁的酒瓶都夺走了。

怀兮也没管他要,手都懒得伸。她微微坐直身子,用他的打火机懒懒地点了支烟,吞云吐雾起来。

她不确定是否她要他就会给,她好像在这一瞬间不想在他身上找谁的感觉了。

"我还没问你呢。"孟旌尧目睹她娴熟地吸气、吐气,问她,"你什么时候开始抽烟的?"

"挺早的吧。"

"不良少女啊?"他开玩笑道,"自己学的?"

"有人教。"

"有人教?"他颇感意外,又有些不屑地道,"这东西还有人教,谁啊?"

怀兮眯了眯双眸,看了他一眼,将他的打火机重新拍回桌面,没回答。过了一会儿,一支烟快抽完了,她拿出烟盒,又打算抽一支新的出来,却发现烟盒已经空了。

她这才意识到,自己这几天的烟瘾有点儿大。

不知不觉,她抽这个牌子的烟很多年了。这是她和程宴北以前习惯抽的牌子。

而他好像也还保持着这样的习惯。在沪城的那几天,她看到过很多次。

"没了?"孟旌尧注意到,去摸自己的烟准备给她,说,"抽我的吧。"

怀兮摇摇头,捻灭了烟,下了高脚椅,拎起包准备离开。

"你干吗去?"孟旌尧问她。

"回家。"

"哦,对。"孟旌尧又叫住她。

怀兮回头,微微挑眉,眼下一颗泪痣,同她的嗓音一般淡漠。

"什么?"

"程宴北……是叫这个名字吧?"孟旌尧笑了笑,问她,"是谁啊?"

"昨晚送你回去,你一直喊这个名字,"孟旌尧有点儿明知故问,看着她,开着玩笑,"跟我一样,是你的'前男友'吗?"

怀兮看了他一会儿,目光微微一沉,嘴唇动了一下。

"对,跟你一样。"

"是之一。"

第六章
下坠

CHI
CHAN

错过了前一天回南城的高铁，怀兮打算坐第二天的高铁回去。

她算是个很有自制力的人，这阵子在港城却过得不人不鬼的。从前再怎么放纵，也没这么连着喝几天酒的情况。

昨晚在兰黛，酒没至浓处，就点到为止了。

她怕再错过高铁，特意起了个大早。走之前发了个消息跟怀礼说了自己先回南城了，不用他送。

怀礼最近很忙，也没空管她，只让她代他问母亲一声好。

巩眉今年刚退休。

如今四月下旬，本应是高三应届生最如火如荼的时候，巩眉还是南城七中带毕业班极有经验的老教师，退休前几乎隔一年带一次毕业班，今年可算是闲下来了。

怀兮回到家时快下午五点了，巩眉不在家。她打电话一问，巩眉说跟几个一同退下来的老师联谊去了。

巩眉还嚷嚷："臭丫头，没事换什么电话号码！我还以为是哪个学生家长打电话过来找我辅导作业呢！"

怀兮无奈地道："还真有这回事啊？"

"对啊，我还能骗你吗？"

"行，我妈退休了学生家长还往上贴，谁让您是优秀教师呢。"怀兮开起了玩笑，然后问道，"那你什么时候回来？"

111

"你都多大了，还等我回家给你做饭？"

"我不吃饭，我就是想你了，一回家见不到你，就问问你。"怀兮有些烦躁。话音落下，她才发现自己说了很想母亲。

她从小到大囿于母亲严苛的管教之下，逆反心理严重，又遗传了母亲的嘴硬，从来不会这么直白地表达自己的想念。

到这一刻她才发现，好像说一句"我想你"并不难。

这是非常简单，又很温柔的三个字。

"晚点儿吧。别想我，干你自己的事去。"巩眉不由得软了些语气，还是嘴硬，不过没了平日里的严肃苛刻，只道，"不说了，我们这儿正表演节目呢，到妈妈了。"

怀兮依稀听到巩眉旁边一道中年男人醇厚温和的声音，总觉得有些耳熟。可她还没想清楚，巩眉就把电话给挂断了。

真无情，都不想她。

怀兮洗了个澡后躺在床上，百无聊赖地翻看手机通话记录，从最上端一直拉到最下端。来回拉了好几次，反反复复，她也不知道自己在看什么。

黎佳音在日本出长差，她们有好久没联系了。

其余的基本都是工作电话。

她换了电话号码，也没群发短信骚扰大部分早就不怎么联系的人，仿佛彼此就是对方人生的过客，未来联不联系，全凭缘分。

一片密密麻麻的通话记录中，有几个未备注的号码。

怀兮想了很久才记起，这个号码是孟旌尧的。

孟旌尧有正经职业，是个注册会计师，在一家会计师事务所工作。兰黛是他朋友和别人合资开的，他周末没事做就去调调酒，完全是出于兴趣。

在港城的那几天，怀兮那个和他共同认识的大学同学总攒局，他从认识她的第二天开始，就越过中间认识的人加了她的社交账号，频繁地约她见面。

怀兮正想着，这个陌生号码就转成了通话界面。

她微微一愣，刚从沪城到港城的那几天对打来的陌生手机号几乎神经过敏一般的敏感，又如千万只小虫子从心底爬上来。

她在心里叹了口气，心情烦乱地接起电话。

"回家了？"

"嗯。"

"今晚过来吗？"

"不去了。我在外地。"

"怎么了？骗我？"他笑了笑，以为她在搪塞，便说道，"昨晚提起你的前男友，伤心了？"

"我有伤心？"

"你昨晚明明眼睛都红了。"

"那不是因为喝了酒吗？"怀兮无奈，觉得有些烦躁，于是问，"还有事吗？没事我挂了。"

"真不来啊？"他失望地道，"我为了见你，白天忙完，晚上就早早地到兰黛等你来，这么不给面子？"

"我们也没有什么关系吧？"怀兮笑了笑，漫不经心地讽刺道，"你有必要为我做这么多吗？还是你做了，我就必须领情？"

"那行吧。"懂女人的男人总是三分把持，七分僭越。察觉到她好像有点儿烦躁，他稍稍收了些锋芒，笑着说，"等你回来再说。"

"说什么？"怀兮更觉好笑。

察觉到她的语气不对劲，有点儿咄咄逼人，孟旌尧立刻说："没事了，你去休息吧。回来联系。"

怀兮也没想再跟他联系，挂断电话很久，也没存他的号码。

他又发来几条消息，她一条都没回复，只觉得烦，连对话框一起删了。

她遇到过不少这种在夜店和酒吧认识的男人，放在从前，别说这么频繁地联系三五天了，就算加了社交账号她都不会搭理。

她对他最开始是有些兴趣的，但现在，烟消云散。

为什么会这样呢？

为期半个月的封闭训练结束，连续好几日都是雾天。程宴北他们联系了一个伦敦西郊的猎场狩猎，一早便出发了。

许是这十五天的高强度训练败光了人的精力，他昨夜就没睡好，中午一行人到达附近的民宿吃过饭后，他就回楼上的房间去睡觉了。

再醒来时，队员们已撇下他去猎场了。

外面的雾又浓了些，几家民宿连成一片，错落地扎在山野间。

四周草木茂盛，高柏蔚然成林，盈盈地披了一片缥缈的雾，一缕微弱的月光不上不下地悬在树梢间。

傍晚了。

程宴北起床整理了一下带来的行李。他们这次来要待两三天左右，俱乐部那边还没有通知后续的安排。

他立在窗边抽了两支烟，眺望远处。修长的手指捻着他那个黑色磨砂质地的打火机，有一下没一下地轻叩窗沿，若有所思。

不多时，听到汽车引擎低沉的声音，沿面前一条坡路向上，越来越近。队员们狩猎结束，驾车从猎场回来了。

楼下人声鼎沸，在这静谧的山野间平添一丝人气，很热闹。

民宿老板说晚上可以替他们处理食物，也快到晚饭时间了，程宴北把烟抽完，就下楼去了。

队员们聚在一处谈天说地，看起来是好好地放松过了，虽疲惫但兴致高涨，描述起了这天的狩猎趣事。

程宴北下来，许廷亦看见他，兴奋地喊了一声："队长，你今天怎么没跟我们一起去？猎场那边可好玩了。"

"下午睡着了。"程宴北淡淡地道，拿了个杯子去一旁接水喝。

"那多可惜啊。睡觉哪有打猎好玩，又不是平时。你说你去睡觉，我们就知道你去放松去了。"

"你哥现在没女朋友，说睡觉去了就是去放松养精蓄锐去了啊。"

荤话不疾不徐地在房中弥散开来，最后大家跟程宴北打了声招呼，说他们去外面的厨房帮民宿老板弄肉去。

片刻后，程宴北也跟了出去。

他一打开门，就撞到才回来正准备进门的傅瑶。

山野雾大，气温低，傅瑶还穿着一身狩猎时穿的灰绿色工装。

她手上拎一只鲜血淋漓的野兔，短发凌乱地拂在脸际。一见他，她愣了一下，似乎有些尴尬，眼睛却还是亮亮，伸出手，朝他炫耀起自己今日狩猎的成果："看看，我打的。"

以前他来英国训练，就常跟傅森他们去猎场玩，倒不是很怕这东西，躲也没躲，只是讶异地一抬头道："这么厉害？！"

"那是。"傅瑶得意地扬了扬脸说，"以前跟你和我哥一起玩的时候，我只能跟着看看。今天按你以前教我的方法试了试，跟他们用气枪什么的，费了一番功夫才打到。"

程宴北这几天心情还可以，一扫阴霾。

他勾起嘴角，然后向傅瑶示意厨房那边。许廷亦他们正跟民宿老板在处理一只打到的鹿。

傅瑶没进屋子,亦步亦趋地跟上他。她将那只兔子放到厨房,和他找了处地方坐下,突然说了一句:"哦,对了,今天 Adam(亚当)联系我了。"

Adam 是傅瑶的男友,英国人,也是赛车手,服役于 Feb 车队。程宴北之前在赛场与对方有过几次照面,但并不相熟。

厨房很小,容不下太多人。程宴北准备坐在这里,等许廷亦一会儿过来,他去帮忙处理内脏和骨头。

他望着那边的血腥景象,眉目倦怠,毫无波澜。

听到傅瑶这话,他也毫无反应,跟没听到似的。

傅瑶微微用手撑起下巴,有点儿惆怅地倾诉起来:"我和他说好了,我们这段时间先各玩各的。如果过阵子还对对方有感觉的话,就再考虑这段关系。否则,那就算了吧。"

程宴北看了一会儿许廷亦那边,小半天才回眸,淡淡地瞥了傅瑶一眼。

一侧红铜色的灯火照出一片昏黄。

她手撑着下巴,定定地看着他。灯光如此半明半暗地遮掩下,她的左眼睑下方好像落了什么东西,像是一颗泪痣。

他一时沉默,与她对视。

他的目光渐渐涣散。

过了一会儿,就听到许廷亦喊了他一声:"队长!我这边快完事了,你过来吧!"

他才回过神,目光从她脸上移开,随口问:"你们不是要结婚吗?"

他这几天也听了不少队员的议论与玩笑。

听说她跟那个叫 Adam 的车手要结婚了,她亲口所说。

的确是傅瑶亲口所说。不过那晚她只是以此来打断旁人对她与他无伤大雅的暧昧玩笑,还有点儿刻意说给他听的意思。

因为傅森,他们的关系一直很不错。

女人在很多情况下会对平时和自己关系不错的男人试探一二,试探对方对自己是否有超出友谊的好感。她也不例外。

"结婚?"傅瑶感到好笑又窘迫,说,"他就那么随口一说,戒指都没想给我买。"

程宴北没说什么,站了起来。

他是笑唇，不笑时也似笑非笑的。傅瑶抬头顺着这个角度去看，总觉得他这样的笑容有些讽刺。

她也觉得自己那晚说要跟 Adam 结婚很讽刺。

包括第二天她给他做了一顿丰盛的早餐，还问他，如果他没有女朋友，要不要和她试试看。这话也很讽刺。

程宴北抬脚准备去许廷亦那边，她忽然又叫了他一声："哎，程宴北。"

他回头，她仰头，看着他。

微微凌乱，有些打卷儿的齐耳短发拂在她的脸际，这么仰起头来，刚才那个在她左眼下方若隐若现的小光斑便消失了。

程宴北的思绪滞了小半秒，垂下头。

"你是不是有心事？"傅瑶迟疑了一会儿才问。

她心想：只是作为朋友的话，问他是否有心事好像并不僭越，没有说出那句"如果你没有女朋友我们要不要试试"僭越。

他那天什么也没说就走了，这几天他大部分时间都在训练，私下里他们相处如常，好像什么都没发生过，徒留她一人尴尬。

她后悔问出了那样的问题。

还不如那天甩给她一句"不要"来得痛快。一盆冷水浇下来，总比寒意和失落一点一点地从脚心往上冒好。

他们还不如好好做朋友，她也少说两句，就算有点好感也别去捅破那层窗户纸。何必弄得自己这么尴尬呢。

这几天一见他，她都有点儿不好意思，刻意躲着他。

"嗯。"程宴北顿了顿，微微颔首，算是肯定，然后笑着问她，"很明显吗？"

"当然明显了。"傅瑶无奈地道，"你这段时间都这样。"

"是吗？"　他以为自己只有前阵子这样。

"你怎么了？"傅瑶就像朋友似的，故作轻松地问他，"在想女人？"

他沉默了一下，又笑着承认："算是。"

"天哪，你都不遮掩一下的吗？"傅瑶夸张地扬声，语气又低缓下来，手支着脑袋抬头看他，又开起了玩笑，"你就不怕我听了难过吗？毕竟我那天还问你，愿不愿意跟我试试。"

程宴北低声笑了笑，从自己烟盒里抽出一支烟，咬在嘴里。他低头看她，目光淡淡地道："我直接拒绝你，你不是会尴尬吗？"

"我已经很尴尬了好吗？"傅瑶没好气地哼了哼，别过头说，"你倒不如像现在这样直接拒绝我，有什么说什么，痛快点儿。我们老老实实地做朋友。"

"老老实实地做朋友？"他笑着睨她一眼，点上烟道，"那以后你就别问我那种问题。"

"拜托，难道不是你有什么话都不好好说，遮遮掩掩的，总让人猜吗？你痛快点儿把话说明白，我不会那么尴尬，也不会想别的有的没的。谁知道你接受还是拒绝啊。"傅瑶翻了个白眼，继续说，"你总不把话说明白，女人会瞎想的，记恨你也说不定。"

程宴北没说话。

"而且你又不是做不到，我问你有没有心事，你承认了啊。我问你是不是在想女人，你也承认了。"傅瑶说，"你在这儿自己难受有什么用，想谁就跟谁说呗。一会儿坦荡，一会儿又不坦荡的，不知道你在犹豫什么？不累吗？"

得，这么一通批判，把她心里积郁多日的不爽给发泄光了。

程宴北状似思考着，然后笑道："行，我知道了。"

"你知道什么了？"

"没什么。"他又是半遮半掩的，不愿就此多言，好像有的话也不该对她说。他说，"我过几天回国了。"

傅瑶一愣，道："不是还没统一定时间吗？俱乐部那边……"

"我先回去一趟，"他说，"有点儿事。"

"那你明天跟我们去打猎吗？不着急走吧？"

"去。"

"心情好多了？"

"还可以。"

距离欧洲赛不到一个月，他完全可以在伦敦待到比赛开始。

傅瑶绕了绕自己的头发，心中还是有些不快，又不自觉地试探了他一下，酸溜溜地道："你到底想谁呢？还是这么着急回去找新女朋友？"

他以前换女朋友挺快的，估计傅瑶下月欧洲赛再见到他，身边就又有人了。

程宴北只是笑了笑，将自己的打火机扔回桌面，发出"啪"的一声。

吓得傅瑶一个激灵。

他又是那副不多言的态度，转身就走了。

半个月的时间都在伦敦高地赛场这边待着,MC赛车俱乐部在这种封闭训练期间对队员们的管理尤为严苛,手机都不怎么能摸到。

他们的对家FH赛车俱乐部的Firer车队在伦敦的另一个赛场训练。据说这次也采取了封闭训练的方式,训练期间收了手机。蒋燃去了Firer后,Hunter的人与他几乎就没有来往了。

听说Firer的人训练一结束就早早地回了国,为了息事宁人。Hunter这边还有一些赛前事宜需要程宴北处理。

训练结束的第五天,他才准备带队回国。

在英国待了整整二十天,手机倒是训练结束就一一发放给他们了。这几天,他就只给家里打过电话。

傅瑶帮赛事组为队员们统一订机票,一整天下来,程宴北迟迟没给她回复。她等不住了,来他的房间找他。他给她开门,散漫地看了她一眼,就走回到窗边。他好像在跟谁打电话,这个酒店在山脚下,信号不大好。

他的衣服叠好了一半,一半散在床。行李箱在一旁敞着,也只收拾了一半。

傅瑶没听到他与电话那头的人对话,也没打扰他,抱着笔记本电脑找了个地方坐下,时不时地看一看他的背影。

她猜测着他是在给谁打电话。

很快,程宴北就放下了电话,好像没打通。

傅瑶清了清嗓子,这才问他:"你回哪儿,南城吗?"

冰冷的机械女声似乎还在耳边。

提示他,他打过去的电话已经是空号。

程宴北看了一会儿手机屏幕,才微微抬起头,回了傅瑶一句:"南城。"

"那正好,我也回南城。我还以为你要去沪城或者去港城一趟呢,我哥今天还跟我说好久没见你了,想见见你。你这次如果直接回南城,我们就一起。"傅瑶和傅森都是南城人。她说着,就给他一起订了机票,然后问,"最快的明天下午出发后天晚上到,行吗?"

"嗯。"程宴北没什么情绪地应了一声,回到床边,微微躬下身叠衣服。

"你这么久没回去,奶奶肯定很想你。我哥这段时间都在南城,有去看过她。她身体恢复很不错,一直念叨你。"

这事傅森跟程宴北打过招呼,他应道:"我知道。"

"前阵子欧洲春季赛后,你们马不停蹄地去沪城训练,又打了练习赛,练习赛后紧跟着就是这次封闭训练。唉,突然就提前了一个星期,不然你还能回南城一趟。我大半年都在伦敦这边,也好久没回去了。"傅瑶感叹着,半支起脑袋,又问他,"你家里人没催婚吗?你今年二十八岁了吧?"

"还没。"他淡淡地回应。

"那真好,你还能再玩个一两年。我哥就比你大一两个月,我爸妈天天催他。"

对于他们这种不缺女人喜欢的男人来说,趁年轻多姿多味地体验人生才是正经事。这年头,爱情是奢侈品,结婚就是花巨大的代价去送死。

傅瑶却不一样。作为女孩子,这个年纪的她虽还想再玩玩,但内心已经自然而然地开始渴望婚姻,渴望安定了。

尤其是有个男人亲口对她说,他想跟她结婚。

这句话,她再年轻几年听到,或许会嗤之以鼻。但她如今二十七岁,哪怕觉得只是一句玩笑话,也还是会在心底小心翼翼地斟酌几番。

现在的人都不敢把话说得太重、太满。

"你不着急结婚吗?"傅瑶又问他。

程宴北将衣服叠好放入行李箱,低头笑了笑,说:"年轻的时候很着急。"

傅瑶好笑地问:"多年轻的时候啊?"

"大学吧。"

"你那个时候有女朋友的吧?"

"嗯,有一个。"

"好幼稚啊。"傅瑶笑笑,直言道,"我那个时候也有这种想法。现在想想,多年轻啊,知道'结婚'意味着什么吗?真是幼稚。这种承诺那个时候一说出口,伤人又伤己。"

程宴北只是笑笑,没说话。

傅瑶作为过来人,知道结果。

他们当然是分手了。

"但是回过头来想想,还是年轻好。虽然少了些理性,少了些现实的顾虑,可少年时代的感情才最纯粹啊。"

傅瑶笑着笑着,就有些无奈,又问程宴北:"那你现在还会想起她吗?"

"会。"他将最后一件衣服放好,低下头,勾了勾嘴角说,"现在就很想。"

临近五月,南城天气转热。

怀兮穿了条雪纺低胸吊带裙,一个人坐在茶餐厅里等待。已过下午三点半,离约定时间还有半小时。

她今天在家无所事事,就来得早了些。

空调溢出凉风,周围却还是有些热。怀兮伸手在耳边轻轻地扇起了风,目光漫不经心地掠过餐厅的装潢与前来用餐的客人。

这是本地一家网红茶餐厅,格调优雅,装修别致,地处南城这座小城最繁华的一处商圈,前来打卡或者约会的客人很多。

不乏长相气质双双出众的,能让怀兮的目光在对方的身上停一停。

巩眉从去年开始就断断续续地催她相亲了。

她去年一整年几乎都在国外漂泊,男朋友前赴后继地换,也有理由躲。

这次回南城,她没到处瞎玩,乖得不得了,巩眉也没听到她跟谁煲点儿语气暧昧的电话粥。她虽未直说,但巩眉心猜到她现在单身,刚回来那几天恨不得把"这个阿姨的儿子""那个亲戚的朋友的侄子""你舅舅同事认识的人的亲戚"的联系方式、个人条件、家庭背景什么的,满满当当地盛放在餐桌上给她饭吃。

这些天的相亲下来,怀兮见过了太多男人。

当老师的、在银行工作的、自己创业小有成就的,甚至还有在一家小有名气的杂志社当美编,跟她一个圈子的。

各种款式的都有,简直眼花缭乱。

一开始她还不愿意来。

直到接触到一个个不同的男人,坐在她的对面,听他们为了博得她的好感侃侃而谈,标榜自己的价值,肆意地绽放男人自大张狂的天性,夸大事实漫无边际地吹牛,甚至跟她说一些,以"如果我们结婚,我会怎么怎么"开头的大话。

这让她觉得非常有趣。

当然也不乏有条件优越,性格温和又健谈,与她极为合拍的男人前来赴约。她不算是个健谈的人,尤其是跟才见面的陌生人,都愿一改冷冰冰的姿态,被对方感染了跟着聊几句,温和又自如。

她在这个过程中,好像又不知不觉地找到了重新跟男人谈恋爱的激情。

可是到最后,不知怎么回事,她又有些兴致缺缺,索然无味了。

她感兴趣是感兴趣,却做不到实实在在的心动,没有真真切切的好感。也没有那种想跟他更进一步的冲动。

每每这个时候她就觉得,天下的男人好像都是一个样子。

本来她也不想结婚,就是迫于巩眉的压力来走个过场,给自己近来无聊的生活找找乐子。

最后草草应付了事,便也罢了。

她这几天也在想,自己是不是真的到了该安定下来,找个人结婚的年纪了。

毕竟她好像对男人真的没什么激情了,一点儿心动的感觉都没有了。

怀兮想着,打开手机看了一眼时间,顺便切到社交软件。

黎佳音从日本回来了,好像到了公司一季一度评业绩的时候,最近忙得都没什么时间跟她联系。

黎佳音上一条消息说:"我在日本拍的照片发朋友圈被我的前男友看到了!他从我家搬走后我们都大半个月不联系了,他今天突然发消息夸我的新裙子好看,问我什么时候回国,你说他想干吗?"

怀兮撑着下巴,低头笑笑,指尖轻快地在屏幕上敲击,回了几个字。

黎佳音发来一个大笑的表情,继续说:"那条裙子挺短,我特意拍得性感了点儿,旁边还有一个长得很帅的日法混血的男同事。"

"你故意的?"

"不行吗?我得让他看看,我没他该旅游旅游,该和男人谈恋爱谈恋爱,什么都不耽误。一般这种时候,过得糟糕的人都不敢在分手后发朋友圈的。"

"你还真是什么都没耽误。"怀兮哼了一声,嘴角轻抿,笑着继续回复,"你跟Daniel怎么样了?没对人家负责?"

"他大好的人生自己负责,轮得着我插手吗?"黎佳音说着想起什么似的,又发来消息,"对了,我还想说呢,你换电话号码也得在相亲后换啊!你相亲跟玩一样,欺骗了男人的感情,到时候拍拍屁股走了,换了号码不是一切风平浪静吗?还用大下午地跑出来跟人约会?"

怀兮笑了笑,没回了。

她又顺手切出来,看到有好友更新朋友圈的提示。

从沪城回来,她有好一阵子没发过朋友圈了。

甚至都没敢刷过。

或许真如黎佳音所说,过得糟糕的人不敢在分手后发朋友圈。

大学毕业那会儿他们分手,她恨不得天天住在朋友圈、校友网,狂发动态,偶尔还会在五百年都没人说话的高中同学群里刷存在感。

哪怕她把他的社交账号全部删光了,心里也还是希望,他能偶尔看一眼,或者以别的方式掌握她的生活动态。

她希望他看到,她没有他也过得很不错,恋爱照谈,日子照过,失去了他好像也没什么大不了的。

或者希望他重新加她回来,说一句"别分手了"。

好幼稚。

怀兮想起自己往日的行径,无声地笑了笑。她指尖轻轻一点,还是点开了好一阵子都没刷过的朋友圈。

她最近不敢刷朋友圈,大概是因为不想看到傅瑶的动态吧。

傅瑶是个很爱分享生活的人,每天发好几条,事无巨细,几乎都要发一遍,让人很轻易就能了解到她每天在做些什么。

怀兮攒了好几天的动态没刷,一刷下去,连着好几条都是傅瑶的动态。今天的,昨天的,前几天的,天天不落。

巍峨曲折的山地赛道;盘虬在山坳之间,蓝天白云,茂密蔚然的丛林;攀坡而上的颜色各异的赛车;离镜头很近的穿红白相间赛车服的英俊男人;一眼望不到头的猎场;背着猎枪打猎归来的人们;布置温馨的山间民宿;异国面孔和蔼可亲的民宿老板;安静的夜晚;火焰腾飞的烤架;处理好的被炙烤过,冒着热油的鹿肉。

还有此次训练圆满收官后,车队十几个人的大合影。

这次画面中没有傅瑶。

被笑容洋溢的队员们簇拥在中间的男人,脱掉了红白色相间的赛车服上衣,穿一件裹身黑短袖。他是肩宽窄腰的好身材,双腿修长。

不知是否因为训练的原因,他好像比前段时间瘦了,眼窝更深了一些,笑容也淡淡的,透着倦意。

怀兮看了一会儿,说不出自己是一种什么心情。

她不想看大图,却还是点开了。

她不想将傅瑶近日的朋友圈全翻一遍,好像非要找一些与他相关的蛛丝马迹,却还是从上到下仔仔细细地翻了一遍。

就像是打开潘多拉的魔盒,她知道自己再往下看会有什么后果,却还是一条一条地看下去。

怀兮将傅瑶半个月的朋友圈都看了一遍，近乎偏执般地找他的身影，有他的照片她就点开，放大，仔细地端详。

看他的笑容，猜他的心情，通过照片上细碎的信息，联想他这天做了什么。

怀兮越看，她的心就像是在下坠，不知要坠到哪里去。她只感觉到心沉甸甸的，无休无止、无法控制地下坠。

分手是一个悖论。

她没有他，自认为过得很不错。而他没有她，生活得也很好。

这么多年都是如此。

没有她，他也热情高涨，笑容洋溢。

怀兮又上下翻了一遍，感觉自己像个变态，用这种近乎偏执的方式窥探他的生活，生怕落下了什么，生怕没注意到与他相关的信息就无法了解到他。

可明明是她换了号码，不与他联系的。

是她先把他从自己的生活中删除的。

过去的五年，他与她之前都是空白的。

原来一个曾经那么了解，与自己几乎息息相关的人，有一天，会变得这么陌生。

他生活中的一切，他人生的所有，都与她没有任何关系。

她为什么会这么难过？他们不是早就分手了吗？

为什么会这么难过？为什么？

"那个，我来晚了。"

对面突然落下一道温和的男声。

怀兮这才发现，自己的确忽略了一条朋友圈。

是傅瑶前天晚上发的，那时应该如现在的南城一样，是艳阳高照的下午，猎场的那场森林大雾退去，天色明媚。

镜头对准了外面舷窗，拍翻滚着的蓝天白云。

配字：等一场婚礼。

上一条朋友圈是 Hunter 全员结束训练后拍的大合影，说他们要回国了。

"那个。"对面的人又出声提醒她。

怀兮这才抬起头看着对方。

123

是前几天相亲时认识的一个颇为温和健谈的男人，好像是巩眉哪个朋友、亲戚认识的人。南城人，在港城大学当讲师，教历史的，浑身上下透着一股温文尔雅的书卷气。

怀兮上学那会儿学的理科，虽学得不怎么样，但她的文科成绩更糟糕，尤其是历史，背都背不下来。

前几天见面，从前很讨厌古板的历史常识的她，意外地喜欢这个男人跟她讲古人的风流韵事。

两个人聊得很好，分开时他要加怀兮的社交账号，她也没拒绝。

但他好像怕亲自联系她会有些唐突，昨天还通过巩眉问她今天是否有空。他回南城是为了处理家事，即将回港城，想跟她见一面，再聊一聊。

怀兮觉得他既绅士又温柔，这样看似温和腼腆，一开口却非常有趣的男人，应该在学校很受学生欢迎。

而那天他们的确聊得很不错，于是她今天就来跟他见面了。

陈玺见她跟愣了神似的，也不像因为多等了他一会儿而生气，就放心地坐到了她的对面。

他继续温和地笑着，开口道歉："我以为开车过来刚刚好，就顺便去附近理了个发，没想到你等了这么久了。"

怀兮收回思绪，勾起嘴角笑道："没关系，我没等多久。"

她也注意到，他理了利落的圆寸。

可能是理发师没留神剃得狠了，衬着头皮，青白相间。

她一愣，问："你怎么换发型了？"

"啊，"陈玺有些不好意思，顺手抚了一下自己的头发，扎手心似的。他抿了抿唇，笑起来，说，"天气太热了。"

怀兮愣怔地看着他。

天气的确热，她今天也穿得非常清凉，他都羞于直视她，稍稍闪躲了一下眼神，转身找服务生要茶点单的同时，状似无意地道："你那天说你喜欢男人理圆寸。"

怀兮又是一愣，心里好似有什么坍塌了。

她强勾嘴角，良久才发出好笑的一声，问他："我……有吗？"

她完全没印象了，都不知是什么时候无意说出去的。

"有啊。"陈玺招来服务生接过菜单，回头正准备跟怀兮说话。

突然发现她好像被他的话给逗笑了。

可笑着……笑着，她的眼圈就红了。

她喃喃道:"我有吗?"

陈玺以为自己说了什么不好的话,有些手忙脚乱地道:"我就是觉得太热了,所以才去了趟理发店,南城这天气你也是知道的……你别误会啊,我就是想起,你之前跟我说过一次。"

她这种表情跟要哭了似的。

陈玺说完,拿出一包纸巾,撕开塑料包装就要递给她。

怀兮并没有那么脆弱地流泪,但眼眶通红。她见他的动作笨拙,几度撕不开纸巾的包装,整个人也显得小心翼翼,像是她有多么易碎,他多看她一眼她都要裂出一道痕迹似的。

她忍不住笑了,因为红着眼眶,双眸也仿佛蕴了波光,盈盈地看着他说:"不用给我纸。"

陈玺又是一愣,立刻手足无措地问:"那你……"

"我没事。"怀兮勾起嘴角笑了笑,四处望了一下,空调在哪个位置,还用手在耳旁扇了扇风,想借凉风过滤掉眼底的热意。

等情绪稍微好点儿了,她才回过头,镇定了些许,看着他,并无恶意地问:"你以前有过交往的女朋友吗?"

他这年二十八岁,照理说不太可能没有交往过别的女人。

但她总觉得,这样的男人像是一张白纸。她哭了他给擦眼泪;她不高兴他问发生了什么事;她不舒服了他立刻解释。

毫无与女人周旋的套路,笨拙又真心实意。

他们约在下午四点钟,他提早来了十五分钟,见她提前出现在这里,他刚才还跟她解释了一遍,好像真的因为迟到而感到愧疚。

陈玺又有些害羞了,低头一笑,承认道:"有过,很久以前了。"

"这些年没交往过?"

"嗯。"

"为什么?"

"遇不到之前那么有感觉的。"他直白地道,并不想遮掩,又深深地看了怀兮一眼,目光闪躲着说,"直到遇见你。"

怀兮一笑。不知怎么回事,虽然她和他的感情经历不是一回事,甚至说是两种情感状态——"多年的情感空白"与"不断地展开恋情",她却有点儿能理解他这种感受。

她这些年交往了不少男人,各式各样,比这几天的相亲还要眼花缭乱。

但好像一直没有遇到一个特别有感觉的。

那些前赴后继展开的一段又一段的恋情，不过只是生活的常态。就只是恋爱而已，并没有什么特别的，值得她记挂很久的事情或者心动的感觉。

"怎么了？我是不是……又说错什么话了？"陈玺见她默然，又战战兢兢的，生怕她又有了别的情绪。

"没有，你别多想。"

怀兮对此是老江湖了，也不知自己是否会教坏眼前的这个男人，但她也从不怕别人觉得自己是个坏女人。她对他笑笑，半开玩笑地叮嘱道："就是，如果一个女人想哭，你应该直接亲吻她、拥抱她，或者带她去看场电影。这些都比粗糙的纸巾温柔——当然，前提是那个女人是你的女朋友。"

她其实很烦男人总是不自信又畏畏缩缩、战战兢兢、患得患失的，也好像对温柔的男人不怎么感冒。

她喜欢的好像只是温柔本身，并非温柔的男人。

或许是年少时的一段感情过于热烈，无论是从最初装对方的女朋友开始，还是他为她在雪地里跟人打架打得满身是血，又或是将她带上他家的阁楼，几乎要揉碎她。她都把他永恒地刻在她的骨子里，刻在她的记忆里，连带着最后分手时也无比轰轰烈烈，把彼此都伤得遍体鳞伤也不罢休。

她这辈子，就注定不可能爱上那种从头到尾，满身满心都写满温柔，温柔到毫无棱角的男人。

痛饮烈酒后，再下喉的，就都是寡淡了。

人都是贱。

对自己彻头彻尾温柔的人永远记不住，记住的，只有与温柔相反的那歇斯底里的一面。譬如蒋燃。

对自己暴烈的，却时常会想起。念念不忘的，除了那一段轰轰烈烈，几近野性般流露而出的经历，还有与之相反的，沉甸甸的，更铭心刻骨的偏执。譬如程宴北。

陈玺看着怀兮，眨了眨眼。以为她暗示他什么，他动了一下嘴唇，想说什么，又躲开视线，不太敢说了。

怀兮却从他的眼神中读懂了他的意思，她知道他下一句可能会说"那你愿不愿意做我女朋友"，或者"那我们要不要试试看"这样的话。

"你可以记下来,用在以后的女朋友身上。"怀兮立刻化解了两个人之间的尴尬,笑着转移了话题,"对了,最近电影院有什么好看的片子吗?"

"啊,我看看啊。"陈玺拿出手机准备查看最近影院的排片情况,顺便问,"你有什么想看的吗?"

"我看看。"怀兮要打开自己的手机查看,陈玺却将自己的手机递了过来,丝毫不怕女人发现自己的手机里有什么秘密,或者突然弹出什么消息似的,耿直得可爱。

他说:"看我的。"

怀兮顺便掠过一眼界面上方,好像是个连锁影城的专属软件。

"陈先生,欢迎您光临影逸影城。"

怀兮愣了愣,突然想起自己给他社交软件的备注是——程玺。

她也并非前后鼻音不分。

"怎么了?"陈玺又用那种小心翼翼的语气问。

"没事,"怀兮笑了笑,迅速整理好情绪,仔细地滑过他的屏幕,查看起最近的排片和各部上映的电影的简介,说,"我看看啊。"

她心里想着,一会儿得找个机会改了,万一被他看到了,多尴尬啊。

怀兮跟陈玺看了一部热度很高的喜剧,全程笑得眼泪都流出来了。散场后两个人从放映厅出来,还对刚才的剧情津津乐道。

怀兮的心情也明朗了不少。

最近《复仇者联盟》系列在中国大陆重映,怀兮那会儿一进影城,就注意到分立在检票口两侧的钢铁侠和美国队长的人形立牌。

足足三米高,门神似的庞然大物,惹人注目。

怀兮出来又瞟了一眼,陈玺注意到她在看那立牌,立刻问:"你喜欢《复仇者联盟》系列吗?"

她摇摇头说:"我前男友很喜欢。"

"前男友?"陈玺笑起来,问她,"你陪他去看过吗?好像去年年底上映的《复仇者联盟四》。"

"没有。"怀兮有点儿不好意思地笑了笑,道,"那会儿我们刚在一起,他想去看,但是我怎么没看过这种系列电影,看不懂,他就自己去了。"

陈玺沉思了一下,也点点头说道:"也是。这种电影少看一部都有点儿看不懂，分支电影，衍生的美剧也很多，还是要跟懂的人一起看。"

他有点儿过于耿直了，但说得也没错。

怀兮笑着看他一眼，两个人又聊了些别的，就去吃饭了。

怀兮吃得依然很少，边吃边用手机计算卡路里。陈玺知道她是当模特儿的，也尽量点一些清淡健康的食物。

他倒真是一身书卷气，穿一件白衬衫显得身型单薄。他说自己平时并无健身的习惯，吃得也很素，跟着她少吃一点没什么事。

一切都以尊重她为主。

怀兮却有些不大好意思，强制他点了些有热量的荤菜，自己吃了一会儿，怕扰了他的兴致，就借口去卫生间。

她准备在商场里走一走，消耗一下多余的热量。

她上下晃了两圈，接到了巩眉的电话。

昨晚陈玺给巩眉打电话，试探怀兮今天有没有空。她那会儿就在旁边，一直给巩眉使眼色，让巩眉说没空，巩眉却直接把电话交给了她。

怀兮又气又无奈，去卧室关上门接电话。

具体说了些什么，巩眉不太清楚。但怀兮今天下午不在家，她猜很可能是跟陈玺出去了，一直憋到现在才终于前来试探。

她一开口就问："怀兮，干吗呢？"

怀兮是没有小名的，从小到大父母就只会冷冰冰地叫她怀兮。加上巩眉那严肃刻板的语气，每每一叫，简直令人胆寒，总让她下意识地以为自己做错了事。

"还能干吗？吃饭。"怀兮应得随意，背靠在商场三层的玻璃围栏边，懒懒地向后搭着胳膊问，"妈，你呢？今晚又跟徐老师出去了？"

她自然而然地把皮球踢给了巩眉。

巩眉气不打一处来。她那暴躁的脾气在男人面前都从不收敛，这会儿也顾不上身边有谁了，就念叨怀兮："你这臭丫头，还管起你妈来了？你跟谁在一块儿呢？"

怀兮没什么情绪地笑笑，懒得回答，反而说巩眉："你嗓门小点，徐老师那么温柔，胆子又小。我之前上学那会儿，班里同学趁他转过去写板书偷偷砸他粉笔头他都吓一跳，火都发不出——你脾气那么暴躁，别把人吓到了。"

徐老师是怀兮高中的语文老师，是个温和儒雅，跟陈玺气质很像的一身书卷气的男人。

怀兮上高中的三年里，他就跟当班主任的巩眉搭档带他们班。

徐老师的妻子在他家孩子七八岁那年就得癌症去世了，这么多年来一直都是一个人。

以前他远远地听见巩眉喊怀兮他们班上自习，都能吓得抖一抖，怀兮以为他应该挺怕巩眉的。谁知她刚回港城那天，巩眉说自己晚上在跟几个退下来的老师联谊，很晚了，是徐老师开车送她回来的。

徐老师应该是经常来她们家，那天自然地跟着巩眉进来，见到了怀兮这个自己昔日的学生，才会有点儿不好意思。

怀兮在南城的这段时间，他就不怎么来了，估计也是不好意思。

怀兮见过的男人多了，徐老师绝对是对巩眉有意思，想都不用想。

徐老师不来的这阵子，巩眉这个平时十分怕社交生活的人，天天换着法子约和他同批退休的一帮老师聚会。野炊、跳交际舞，或者搞个什么内部的插花、书法比赛，样样不落。

徐老师除了在书法方面颇有造诣，能写一手漂亮的好板书，钟爱摆弄花花草草，怀兮上学那会儿所有同学都知道他办公室一窗台的绿萝和君子兰。

巩眉向来不喜欢养花养草。怀兮这次回家，却发现阳台上摆满了大大小小的花盆，什么除虫剂、营养剂这种挺专业的东西也一应俱全。

"得，你可别说我了，相亲这么多天到底有没有看上的？"巩眉似乎是稍稍避开了别人，问她，"你都二十七岁了，别整天不当回事，要求那么高，没人能入你的法眼？"

怀兮倒是跟巩眉提过黎佳音不婚主义的事，巩眉想起这事就挺紧张的，连忙说："我跟你说，你可别跟着小黎学坏了啊，女孩子怎么能不结婚呢。"

自小目睹父母这段失败的婚姻，怀兮对婚姻的态度其实也是兴致缺缺，却也不至于到坚定不移地不想结婚的地步。

"不结婚就是坏啦？"怀兮无奈，半开玩笑地道，"那你跟我爸离婚这么多年都不结婚，你不是坏到极点了？"

巩眉拔高声调说："哎！怀兮！你居然敢说你妈，皮痒了？"

"我说实话好吗？"怀兮不吐不快，"你看人家徐老师对你多上心，大晚上把你当个小姑娘似的送回家。我在外地心疼不了你，有人替我心疼你呢。"

巩眉沉默一下，提了口气正准备说话，却立刻被怀兮打断："徐老师人挺好，你们就凑合着过呗。"

其实从前也有类似徐老师的男人出现，对巩眉展开热烈的追求，处处体贴，无微不至，对怀兮也不错。

但巩眉或许那时碍于怀兮还小，父母离婚当年瞒着她就伤她很深了，总觉得自私地重组家庭会让她更难过，于是也就不了了之。

这些怀兮都明白。

而巩眉一直以来对怀兴炜多有怨怼，总觉得男人出轨，跟自己离婚的缘由所在，是自己失去了作为女人的魅力，长时间活在这样的自怨自艾中，渐渐失去了自信。

怀兮记得，还小的时候，巩眉就不怎么化妆了，有点儿跟自己过不去。

这些她也都看在眼里。

她的少女时代，五官渐渐长开，就总有长辈夸她长得漂亮。她就总说是母亲长得漂亮，比很多阿姨都漂亮，所以才把她生得这么好看。

怀兮说这话时，总是看着巩眉说的。

她想给母亲一些自信，暗示母亲比很多阿姨、比怀兴炜新找的那个阿姨都漂亮。只不过她那时太小，巩眉并未把她的话放在心上。

"而且我这次去港城，了解到，之前不是我爸出轨。"怀兮稍放低了声音，说，"就是跟周阿姨碰见了，闪婚了，就这么简单。是在你们离婚之后发生的事。"

巩眉沉默了几秒，好像想明白了什么事，就要发火："你从港城回来的，不是沪城？"

"嗯，我不是说了我回我原来的公司吗？"

"你在沪城跟他们签合同不行吗？非要去港城？给你爸过生日去了吧？小白眼狼。"

"还有别的事啊。"怀兮见巩眉又要发火，有些烦躁，赶紧说，"我跟你说徐老师的事呢你老跟我扯这些干吗？我的意思是我现在长大了，你不要总是考虑我。我爸这些年过得可是很滋润呢，你现在退休了，不忙了，我也有自己的工作了，你也该有点儿自己的生活了，行吗？人家根本没把你当回事，你干吗不好好地活呢？"

巩眉又要说话，怀兮气都没喘匀，立刻说："我就是希望你能放下我爸，世界上好男人多得是，我希望你后半生幸福快乐。你让我相亲我也去了，我以后肯定是要结婚的。别说结婚了，就是我现在工作不在本地，有时也很难照顾你，我怕你一个人会孤独，所以希望有人能替我对你好,替我好好照顾你。我希望你幸福快乐,你知道吗?"

一口气说下来,怀兮才重重地喘了口气,烦躁地转过身,改为向前趴在玻璃围栏上,望着下方来来往往的行人。

从那天对巩眉说出一句"妈妈,我想你"后,她就发现,所谓觉得难以启齿的话,只是自己觉得而已。

说出来并没有那么难。在爱的人面前表达自己,也并没有那么难。

在港城经历过几天几夜的醉生梦死,刚回南城那天,她一个人回到家,满室沉寂的黑暗,巩眉不在家,她一瞬间觉得特别孤独。

上学那会儿,巩眉工作一忙,她一回家就是一个人。

怀兮以前都习惯了,上高三那会儿整天赖着程宴北。巩眉不在家,她就总去他家蹭饭,跟他一起在他家的阁楼上写作业。

她那时就在想,她总不在家,从上大学自私地改了志愿,报了港城没报南城本地学校开始,一直到她没听巩眉的话毕业回南城工作,她已经不在家近十年了。这十年里,巩眉一回家面对的,是否也是那么一室死寂般的黑暗与孤独,她又会是一种什么样的感受呢。

她作为女儿,有自己的生活,从私自改志愿到四处漂泊,都是她自私自我的选择。

她要为自己的自私负责。

巩眉也可以自私,但不可以自私地以为,所谓的一些事都是为了她好。

譬如当年和怀兴炜离婚不告诉她是为了她好;譬如多年来不跟别的男人交往恋爱追逐新生活也是为了她好;譬如以为把她绑在这座小城市让她失去斗志,放弃自己感兴趣的事业,就是为了她好。

巩眉沉默了许久,沉默到怀兮都以为她在酝酿脾气了,她才轻轻说了一声:"行,妈妈知道了。"

怀兮一愣,问:"知道什么了?"

"我知道了,我可是你妈,你别把我当你,什么都不懂似的。"巩眉搪塞过去,语气明显好多了,又提及她的事,"我打电话是想跟你说,我也不逼你跟谁在一起,我希望你多试几个,看看谁比较适合结婚。我也不催你,我也希望你能有个好归宿。"

"嗯……"怀兮迟疑地应了一声。

"你徐老师是对我挺好,他儿子人也不错,大你两岁,跟你哥一样大,在国外读博呢,最近马上回南城了,你要不要试着见一见?"

"你这不叫催我?"

"我跟你说正经的呢。"

"还撒上娇了,你不是挺有女人味、挺会撒娇的吗?徐老师启发得好?"有个靠谱的男人在,女人自然而然就会娇嗔一些,怀兮都懂。她笑着揶揄巩眉,有点儿没大没小,接着又说,"你跟徐老师上了一个户口本,我和他儿子真成了,不合法吧?"

"你这死丫头,今天怎么这么贫?"巩眉气哼哼地道,"真要成了,那我和你徐老师就不上户口了呗。"

"那怎么行,你别因为我牺牲了你自己。我不合法,你们得是合法夫妻。"怀兮笑笑,半开玩笑道,"要是真成了,我就去入我爸那边的户口,这样不就行了?"

"你可别跟我提你爸……"

怀兮正笑着,笑容忽然在嘴角凝住。

一道笔挺的身影落入她的眼底。

她所在的是商场的三层,下方一层和二层都人来人往,熙熙攘攘的。

一层有个订制婚戒的珠宝店,这天好像在搞什么活动,门前挤了很多人。

程宴北穿了一件她曾在沪城拍摄时骂他穿起来人模狗样的那种白色衬衫,配黑长裤。

他领口的纽扣系在第三颗,是他习惯的穿衣风格。就跟那年拍高中毕业照一样,一件白衬衫被他穿得流里流气,桀骜不驯,却并不惹人生厌。

他和一个短发女人一起进了那家珠宝店。

那女人的紫色裙摆飞扬了一下。怀兮那会儿吃饭时刷到了傅瑶的朋友圈,她今天穿的正是一条紫色长裙。

怀兮正看着那个方向,没听清巩眉在电话里对她说了什么,身后忽然响起一道清甜的声音。

"小兮姐姐?"

怀兮还愣着,后知后觉地回过头,发现是程醒醒。

程醒醒换下了她在沪城那几日穿的一身南城七中的校服,显然是收拾过一番才出门的,穿一身鹅黄色吊带连衣裙,俏皮又清纯。

程醒醒那次跑到沪城之前就剪了短发,还说是照着她剪的。

傅瑶也是这样的短发。

刚才怀兮没转过来,程醒醒还以为是自己认错人了。这会儿看见的确是怀兮，双眸不由得亮了亮，连忙问："你怎么在这儿？"

"同学会你也不去，之前你那些高中同学回南城搞了个聚会，他们有的人来看妈妈，还问起你最近在干什么。"巩眉还在那边念叨怀兮，"你同学里也有现在发展很不错、家庭条件也好的孩子，妈妈也对人家知根知底，你说你要是在你同学里挑一个……"

"可别了，没什么可去的，那些同学什么的我都忘光了。"怀兮笑了笑，伸手温柔地揉了揉程醒醒的头发，示意她等自己一下，也准备跟巩眉收尾了，"我先不跟你说了。"

"怎么？你有事啊？我一跟你说正事你就撂电话？"

"是啊，我在外面。"

"哦，对了，"巩眉趁她挂断之前突然说，"我今天碰见程宴北他们家邻居了，说他回来了，问我知道不。你知道这事吗？"

怀兮往楼下瞥了一眼，沉默了一下，然后说："不知道。"

巩眉听她的情绪低落不少，便也没多说什么，只说："可能人家还以为你们在一块儿呢。你们这几年也不回家，让人操心。"

怀兮没说话，收回视线，又看了看程醒醒。

程醒醒喜欢她，自然地凑过来靠在她身上，单眼皮半弯着，笑眯眯地等她打完电话。

怀兮想回以笑容，却无论如何都笑不出来了。

她准备挂电话。

"对了，还有……"巩眉又叫住她。

"又有什么事？"怀兮无奈地问。

"你今天是跟小陈出去了吧？陈玺？是叫这个名字吧？"巩眉暧昧地问，"约会去啦？"

怀兮深深地呼吸一口气，说："是，约会去了。行了，不说了，我挂了。我碰见一个熟人，给人家晾一旁好久了。"

"好，好，早点儿回家，别瞎玩。"

"嗯，知道了。"

怀兮挂断电话，程醒醒眨了眨眼，又问了一遍："小兮姐姐，你怎么在这儿？什么时候回南城？"

怀兮沉默了一下，思绪好像丢到了楼下。她缓缓抬起头，对着程醒醒笑笑，说："我过来吃个饭。"

程醒醒听到了她刚才打电话，问："约会吗？"

"嗯……"怀兮不动声色地皱了眉,想到程宴北与傅瑶在一起的身影,应了一声。

好像不愿谁知道她过得并不称心如意。

"哦,这样啊,"程醒醒了然一笑,没多问了,说,"我和我哥也来这边吃饭。我刚肚子有点儿不舒服,先上来找卫生间。"

程醒醒说着,趴在栏杆上朝下看,猜测道:"我哥他们应该也上来了吧。"

怀兮也不想多停留,不想他和傅瑶上来会打照面,便对程醒醒说:"那你快去吧,别跟上次一样跑丢了。"

"不会的,我不会那样了。"程醒醒拍了拍胸脯,想起那阵子在沪城,怀兮跟程宴北的关系好像缓和了很多,便问,"小兮姐姐回来了,什么时候有空的话来我们家玩吧?我奶奶老惦念着你呢。"

怀兮尴尬地笑着点点头,应道:"好。"

"你着急走吗?要不等我哥上来,跟他打声招呼?他昨晚飞到北城,今早坐高铁回来的。你们都回来了,还没来得及见面吧?"

怀兮摇摇头,有些冷淡地拒绝:"不用了。"

"那好吧。"程醒醒也不勉强,与她告别,"那我先去找他们了,小兮姐姐再见。"

怀兮同她挥挥手道:"好,再见。"

程宴北和傅瑶乘扶梯上楼,恰好碰见正准备下楼找他们的程醒醒。

小姑娘一身鹅黄色长裙,俏皮可爱,跑过来问:"傅森哥哥还没来吗?"

"他还得一会儿吧。"傅瑶看了一眼手表,猜傅森还在父母那边,南城这小地方晚上也开始堵车了。她说,"估计在路上堵着呢,应该很快就到了。我们先上去。"

程醒醒点点头,迎上程宴北一齐上了楼,说:"哥,我刚才碰见小兮姐姐了。"

程宴北一愣,问:"在这里?"

"是啊,她也在楼上吃饭呢。"程醒醒说着,他们已经从二楼乘扶梯上了三楼,这一片都是装修各异的餐饮店面。

"是谁啊?"傅瑶笑眯眯地八卦一句,然后半开玩笑地问,"你哥的初恋情人?"

"对,是他的初恋!"程醒醒立刻接话,还晃了一下程宴北的胳膊,向他寻求确认,"是你的初恋吧,哥?"

程宴北没答,而是扫视了一圈周围的店面,寻找她的身影。

人来人往,他的目光迅速穿梭,眉头皱得深了些。

"小兮姐姐说她是来约会的呢。"程醒醒思索着说,"应该,是跟她男朋友吧?啊,在那儿!"

程醒醒正说着,就看到了怀兮。她立刻手一指,提醒程宴北:"哥,她在那儿!"

怀兮穿了身吊带雪纺裙,正倚着落地玻璃窗而坐。

她的长腿微屈,一只手撑下巴,短发在饭店暖色的灯光下镀上了一层古铜色的光辉,一双微微上挑的杏眼一眨不眨地看着对面的人。

能看出来,对面是个男人。

她好像对对方极感兴趣,这么撑起下巴听对方说话,时不时地笑一笑,红唇极为好看。

她低头时,长睫垂下,几乎不动筷子。她的手边还放着手机,他猜,她应该是吃一口就要计算卡路里。

是她的习惯。与对面人说话时,偶尔抬手将头发挽到耳后,也是她的习惯动作。

程宴北的目光落在那个方向,不知不觉就看得出了神。

顺着这个角度去看她对面的男人,看不到对方的脸。只能通过穿着与身材分辨出,并不是蒋燃。

蒋燃好像去了沪城,今天他刷到了蒋燃的朋友圈。

不是蒋燃,那会是谁?

"那就是小兮姐姐的男朋友吧……"程醒醒猜测道。

程宴北的眉心拢了拢,正不知如何收回思绪,突然听见傅森从另一个方向喊他们:"哎,我在这儿——"

傅森从另一头的扶梯上来,就见他们杵在这里,立刻招呼了一声。

傅瑶也顺着程宴北的目光,隔着两道相距很远的玻璃围栏去看坐在那里的那个女人。

她一眼就认出,是杂志封面照上与程宴北一起拍摄的那个叫怀兮的模特儿。

怀兮是他的初恋吗?

傅瑶恍然大悟,明白了为什么他们给《JL》拍摄的杂志照片会配合得那么天衣无缝，为什么感觉他们的一颦一笑，哪怕是一眼对视，都好像藏着一段说不出道不明的故事。

程宴北没看多久，一个回神，怀兮已与那个男人一同从餐厅出来，往另一侧扶梯的方向下去了。

她腰身袅娜，本就纤瘦，走在一旁身形同样清瘦的男人身边，有种说不出的登对。

"哥，我们该进去了。"程醒醒见他收不回目光，轻声提醒道。

程宴北还望着那个方向，目光蓦地一沉，低声说了句"我有点儿事"，抬脚直奔那个方向而去。

怀兮和陈玺吃过晚饭，从商场下到地下停车场。

近五月，天气转暖，白日气候温和，晚上就有些寒了。一下停车场，气温登时下降了十多度。

怀兮还算抗冻。她今天出门穿得单薄清凉，身上就一条轻薄的吊带雪纺连衣裙，荷叶边裙摆浪花似的在臀际飘拂，倒是衬得她的双腿纤细修长，身形窈窕。

她本就是专业模特儿，长相也不差，和陈玺一路下来，很打眼。

陈玺不禁跟她开玩笑："走在你身边我都有点儿不好意思。"

怀兮谦逊一笑，问他："为什么？"

"就是觉得你太漂亮了。"陈玺由衷地道，"不知道什么样的男人才适合你，也不知道你喜欢什么样的男人。"

那会儿在饭桌上，他听怀兮说起她这些年换男朋友换得很勤快。甚至相亲前，他就听家人夸赞巩老师的这个女儿，是个挺漂亮挺厉害的模特儿，前阵子还上了国内准一线刊物《JL》的封面。

想来她这样的女人在她们那个圈子里，应该是不缺人追求的。

"印象里，你们当模特儿的，大多会跟演艺圈的人走得比较近吧？拍摄工作什么的也比较忙。我以为你应该不愿来的，毕竟我只是个普通人，好像也没有什么特别的地方？"陈玺不大好意思地笑着说，"你认识的人应该都挺厉害的吧？"

怀兮听了这话，心下了然。

前几天还有个跟她相亲的男人，神经兮兮地问她认不认识什么娱乐圈的大佬，言外之意也很明显。

外界眼光不一，难免有偏见。

说起这个,怀兮还得感谢季明琅。

之前在 ESSE 季明琅虽对她穷追猛打,却变着法子地捧她,她从没缺过资源。

ESSE 本身就是国内首屈一指的模特儿经纪公司,虽也有一些暗度陈仓的商业酒局给公司的模特儿拉关系、拉资源,但怀兮从没稀罕过。

同公司有些混得不温不火、始终没什么起色的模特儿,长此以往,就会去走这样的歪路。

怀兮倒是不恼,反而笑起来说:"我认识的人里好像没什么特别厉害的。"

"真的吗?"陈玺有些怀疑,半开玩笑地道,"你们拍摄的时候不是会见到很多演艺圈很厉害的那种明星吗?我记得你拍那个《JL》杂志,封面不是跟前段时间拿了欧洲赛冠军的那个赛车手合作吗?"

"是啊,"怀兮依然笑着,自然大方地道,"他还是我的前男友。"

陈玺微怔愣,这下又觉得她有些夸张了,眨眨眼说道:"不会吧?"

"怎么不会?"怀兮有点儿倨傲地哼了一声,"不过我跟他好的那阵子,他还不是冠军。"

"那你可有点儿亏了。"陈玺也跟她开玩笑。

这天是周末,偌大的停车场塞得满满当当的。

陈玺有点儿路痴,带着她转了大半圈都没找到自己的车停在哪儿。还是他描述了一下自己车的样子和位置,怀兮先看到了,伸手指了指。

在一个靠角落的位置。

"对了,"陈玺又问她,"一会儿要不要去别的地方走走?现在还不是太晚。我们去江堤那边怎么样?晚点儿我送你回去,顺便去看看巩老师。"

怀兮有些走神,思绪正不知飘在何处,迟迟地应了一声:"行。但我不确定我妈在不在家。"

吃饭那会儿她从卫生间回来,就有些心不在焉的。陈玺以为她是累了,便说:"也不用勉强,如果你累了我就送你回家休息。"

"没事,"怀兮露出笑容说,"我也不是很累。"

"好。"陈玺的眼睛亮了亮,道,"那我们速去速回,我早点儿送你回去。"

"好。"

临上车,陈玺又找不到车钥匙了。他站在自己车前上下摸了一圈口袋,有些窘迫地看着站在一旁的怀兮,说:"我好像把车钥匙落在餐厅了,我上去看看。"

怀兮一愣,忙道:"我跟你一起上去找?你确定是落在餐厅了吗?"

"应该是,"他说着,就要走,"我去就好。你在这里等我。"

怀兮只得点头应道:"嗯,好。"

陈玺走出两步,突然又想起什么。他看到自己臂弯搭着的西装外套,又看了看一旁穿得单薄的怀兮,低下头,有些不好意思地笑了笑,似乎是笑自己的不体贴。

于是他又走回来,有点儿羞赧地看了看她,将外套展开,披在她的肩头,很温柔地说了一句:"在这里等我啊,我很快下来。"

他说完就走,生怕她立刻把他的外套拿下来还给他似的。

怀兮也有点儿不大自在,及时抓住要往下滑的外套,望着他远去的背影,只得在自己的肩头披好。

有他的体温,很温暖。

上不去车,怀兮便有些无聊,在车子四周走了走,高跟鞋清脆的声响四处回荡。

这时,黎佳音给她发了消息,问她:"今天跟相亲对象的约会怎么样?"

怀兮停下脚步,站定,回复道:"还可以。"

"是那个大学老师吗?教历史的?"

"对。"

"第二次跟他见面了吧?难得啊,你居然有一天能跟相亲对象约会。"黎佳音调笑着说,"你对他很有兴趣吗?要不要交往试试看?"

怀兮倒没想到这一层。她不是个慢热的人,奉行及时行乐。

陈玺是好,也很温柔,她好像也过了跟谁能爱得轰轰烈烈的年纪,如此细水长流也并非不可。但她总觉得,好像差了点什么。

她不由得想起,那会儿在商场遇见程醒醒。

这样一想,思绪就跟着飘远了。她叹了口气,不想再纠结拉扯,匆匆地收拾好情绪。

手机屏幕已经暗下来,反射头顶惨白的光线。看着光滑的镜面,她才发现自己吃完饭都忘了补妆。

她最近总是心不在焉的。

她从包中拿出化妆镜和口红,察觉到一旁好像传来车子发动的低沉的引擎声,下意识地往一旁挪了挪,让开了道。

光线还不错,她打开化妆镜,准备给自己补个口红。余光瞥到一辆庞大的黑色越野车擦着她的身边过去。

她下意识地往后挪了一步,刚站定,那辆车也不偏不倚地停在了她面前。

车挡住了光线,她这一侧登时昏暗下来。

怀兮拿口红的手顿了顿,不由得有些烦躁。

她一抬头,同时,那辆车半开着的车窗徐徐降到了底。

车内,男人指尖有一点儿猩红,烟雾缭绕,一条手臂懒散地搭在车门边,于墨镜下不动声色地打量她。

他是笑唇,不笑也像在笑。左眉是断眉,一道疤痕隐隐约约。头发是干净利落的圆寸——今天陈玺说过的,她说她很喜欢的那种寸头。

怀兮的目光陡然冷淡下来,左手将化妆镜合上。

周围不断有车出入,略显嘈杂的停车场,却仿佛在她与他无声对视的时候,同时安静了下来。

他们隔了快一个月没见,不知为什么,却如同隔了冗长的五年。

仿佛五年后,他们头一回见面。

怀兮思及此,深感无奈,心头又隐隐泛起酸涩。她看了他一会儿,勾了勾唇,不知自己的表情是否哭笑不得。

怀兮深深地呼吸一番,先开了口,有点儿好笑地问:"你停在这儿干什么?等女朋友啊?"

程宴北神情散漫地勾起嘴角,看着她说:"我等你。"

第七章
绯色陷阱

CHI
CHAN

"等我?"怀兮更觉好笑。她垂下头,将化妆镜淡定地放到包里,又笑着问他,"你等我干什么?"

程宴北也是一笑,心头压着火气,嗓音却还算温和:"你说我等你干什么?"

怀兮依然维持着不带任何情绪的笑容,走上前去。

她俯下身,趴在他的车门边,微微扬起下巴,挑着眉,隔着他的墨镜与他对视,笑着说:"我怎么知道?"

她抬手,慢条斯理地对着他的墨镜补了个口红。

他们离得极近。她补完口红,还伸出自己的无名指拭去嘴角多余的颜色,抿到双唇上下都红得饱满,气色极佳。

她的笑容张扬挑衅,不急不缓地道:"太不好意思了,这位先生,麻烦你先走一步,我还要等我的男朋友来接我。"

程宴北始终微笑,好整以暇地观察着她,后槽牙却是越咬越紧。

怀兮说完,从他的墨镜里看到自己的嘴角没涂好,又用口红小小地补了一下。察觉到他的怒意,她也未曾停下动作。

她的心里像是发泄了一通似的畅快,又不畅快。

她懒得再与他周旋,站直身子说:"不好意思啊,我先走……"

她的手一停,他这一侧的车门突然向外打开。

猝不及防,她下意识地向后躲,鞋跟太高险些站不稳,正要往后跌倒，手臂就被他拉住。

她直接被他从车外给拽了上去，心还没从嗓子眼落回原位，嘴唇就被恶狠狠地碾过。

他捏住她的下巴，毫不留情地撬开她的唇齿，长驱直入。另一只手死死地将她按在身前，箍住她的后脑勺，狂乱地亲吻着她。

他的吻如狂风暴雨，她被固定在他身前，几乎呼吸不过来，后脑勺被他掐得疼。这种姿势令她被迫仰起头，迎接他暴风雨一般疯狂的亲吻，和越发粗重的喘息。

不知是心头哪一处被触动，还是她意识到自己好像只能爱上这样暴烈的男人。又或者因为这近一个月的时间，她的内心被他折磨得无比煎熬。

她也情不自禁地回拥住他，手臂环上他的脖颈，顾不上自己那支没来得及收回的口红掉到了哪里。

她忘了说，其实他穿白衬衫也很好看。

他穿什么都很好看，穿什么，她都很喜欢。

她热烈地回吻着他，捕捉着那丝血腥气，丝毫不厌恶也不躲避，就这么感受着彼此的唇舌交缠。

察觉到她的回吻，程宴北一震，仿佛一只收起了攻击姿态的受伤的兽，渐渐松了吻她的力道，将方才那肆意的占有与发泄变为细致又温柔的吻。与她一样，在暴烈的风雨中退却那一层坚硬的外壳，逐渐展露出自己的温柔。

他们追逐着彼此的气息，温柔地拥吻。怀兮伏在他的身上，臀还顶在他的方向盘上。

这时，他的吻停了，她也停了下来。

她满面春色，趴在他身上几乎喘不过气。红唇被他吻得斑驳，心毫无规律地跳跃着，久久难以平复。

他也不断地喘着气，好像在过滤自己心头的暴躁，胸膛毫无节奏地起伏。纽扣散开，前胸那片张扬肆意的地裂文身隐隐露出来。

他一只手还搁在她的后脑勺上，力道没松，紧紧地箍住她，迫使她睁着水眸，抬起头，对上他低沉的视线。

她柔弱地伏在他的前胸，全然没了刚才对着他墨镜补妆时那般嚣张挑衅，面色绯红，嘴角一片红色。

是被他吻乱的口红。

他此刻才发现,也许这些年来,她和从前一样没有任何变化,仍是那副倔强的表情,不服输的模样。旁人招惹她一分,她一定要悉数还击,绝不姑息。就算是他,她也要报复得明明白白,让他尝到痛苦的滋味。

程宴北平复了一下自己的呼吸,看着她,才咬着牙,深深地吸了口气,隐忍地对她笑道:"现在老实了?"

怀兮咬咬唇,靠在他的胸前,不说话,只是看着他。

老实了。

程宴北却掐住她的下巴,惩罚似的将她向上提了一下,让她微微坐直。

他稍稍垂眼睨她,冷声问:"还敢当着我的面跟别人好?"

"问你呢!怀兮?"

"程宴北,你是以什么立场跟我说这种话?"怀兮都要气笑了,轻哼一声,却有点儿依赖地又抱了一下他的脖子,自下而上地直视他的眼睛说,"你不是也有女朋友了吗?跟我说这个干什么?来要求我?我们什么关系?"

程宴北不自禁地低笑道:"女朋友?"

他话音刚落,还未弄明白她为什么会这么说,突然从车镜注意到,刚才和她在一起的那个男人过来了。

他和她这么尴尬地纠缠在一起,他的车也停在这个尴尬的位置,虽不是主道,但依然有些惹眼。

他一挑眉,示意她:"那是你的男朋友?"

怀兮跟着他的视线向后侧看了一眼,然后笑着点头道:"是啊,你的女朋友什么时候……来?"

她才说完,他立刻吻住她的嘴,一路吻到她的耳垂,嗓音有些喑哑:"想让他在这儿看?还是我们换个地方?"

"程宴北……你浑蛋。"

"你第一天认识我?"

怀兮还没来得及反应,忽然就被程宴北按着,直接跌到了副驾驶座上。她一条腿来不及收回,依然在他身上横着。紧接着,一缕清冽的气息飘过来,夹着好闻的木质男香。

她的心重重地跳了一下。

他的白衬衫袖子半挽起,一截结实的小臂横过来,利落地拉过她这边的安全带,"吧嗒"一声替她扣好。

男人的领口半敞，带着几分凌乱和颓靡。纽扣刚才被她挑开大半，不上不下的。她的目光停在他前胸的地裂文身上，一片梵文缠在一起，分也分不开。

她的思绪不由得飘回到在沪城黎佳音家里的那个清晨。

她一抬头，就对上了他深沉的视线。他眼里仿佛埋着火，酝酿着怒意。

怀兮眨了眨眼，表情有些无辜又有点儿好笑。

程宴北看了她一眼，不知是被她这副表情逗笑还是怎样，虚勾了一下嘴角，又冷淡地瞥了一下后视镜里朝着这边走来的男人。

怀兮也看到了。

陈玺站在不远处四处张望，似乎在找突然消失的她。

程宴北收回淡漠的视线，白了她一眼，什么也没说就发动了车子。

同时，怀兮这一侧的车门传来一声响，门被锁上了。

车身缓缓地震颤，他带着她，顺着地下停车场的长坡，以最快的速度扬长而去。

这是不给她选择啊。

怀兮不知不觉来了些许兴味。

她一只手撑着车门，顺了顺自己的短发，偏头去观察一旁的他。刚才跨坐在他身上与他接吻时的心跳这才稍稍平复。

她这么看着他，突然有一种想帮他把那件凌乱不堪的白衬衫上的纽扣一颗一颗扣好的冲动。

她看了他一会儿，拿出手机给陈玺发消息道歉，说她临时有事先走了。

她已将陈玺的名字改正确了，想想还怪不好意思的。

手机很快振动起来。陈玺很快回复她："啊，好，你先去忙吧。我们下次约。"

下次？

怀兮也不知道还有没有下次，但至少此刻，她在程宴北身上已经有了"下次"。

程宴北注意到她在拿手机跟人聊天，淡淡地瞥了一眼，冷声问："给他发消息？"

"是啊。"怀兮轻佻地笑着，一条腿半跷着，故作轻松地晃了晃道，"你带我走了，我得跟他请个假不是吗？"

程宴北嗤笑一声，暗自咬牙道："你们今晚有安排。"

不是疑问句，是陈述句。

怀兮想到刚才在停车场碰见他，应该不是巧合。

他还戴着墨镜。大晚上戴墨镜，像是怕谁发现似的。

怀兮不动声色地挑了一下眉，嘴上却还是不认输地道："是，我们今晚有安排。"她又笑着看他一眼，说，"你今晚不是也有安排吗？撇下女朋友跟前女友这样，不太好吧？"

她的话音才落，车子蓦地一停。

他的车根本没开出多远。这里是南城最繁华的商圈，周围高楼林立，霓虹幻影近在眼前。一眼望过去，附近就有好几家酒店。

车子停在两栋高楼之间夹着的一条偏僻逼仄的小路上，他迅速解开她这边的安全带，一把揽过她的肩，又一次吻住了她的唇。他吻得毫不温柔，却并不急躁，汹涌之中还有一丝耐心。

她这么被他一条手臂半拥在怀，被箍于他身前，仰起头回吻着他。二人的气息交缠在一起，没冷却多久的暧昧燥热又如一把火一般烧起来。

怀兮的包就横在腿上，如此半夹在他与她之间。他的手误入她的包中，从包里七七八八的一堆东西中，很轻易就摸到了几个铝箔包装。

他的吻忽地停下来。

怀兮疑惑他怎么突然停下了，顺着他的手探入自己包中，也摸到了那几个铝箔包装。

包里的东西她没来得及整理就背了出来，这还是她和他在沪城用剩下的，那天她顺手就扔到包里了。

程宴北拥着她，嘴唇停在她的嘴角，气息也缓下来。他忽然就想起了他们刚分手那会儿，她在他面前，换男友如换衣服。

今天，她又有了新的男朋友。

两个人就这么僵持了一会儿，怀兮伸出手臂要回拥他，这个动作又像是在挣扎。像当年一样，明明是想将他拽回来，最后却将他往外推。

他沉沉的嗓音也落在了她的嘴唇边。他厮磨她的嘴角，低喃道："今晚我是不是打扰你们了，嗯？"

怀兮身子一僵，从他的语气中听出了些许哀怜。她还没说话，他又温柔地吻住了她。

不像最初在地下停车场见面时粗暴的亲吻，也不是刚才一瞬间吻住她的耐心。

这一次的吻温柔又绵长，绵长到要将彼此心中五年的隔阂，一点一点地抚平，一点一点地渡开，直到他们不计前嫌。

可如何才能不计前嫌？谁又能真的做到不计前嫌？

程宴北就这么吻着她，自私地吻着她。

他的气息紊乱又沉重，好像要砸入她的心坎，烙入她的心间，好像这样，她才能永远记住他。

怀兮被他吻得意乱神迷，心"怦怦"地跳。

她单薄的肩膀缩在他的臂弯中，情不自禁地颤抖着。他拥得她很紧，她不能回拥他，只得尽力回吻他。

她微微睁开眼，月光与远处高楼的霓虹一齐映入眼中。

她看到他的神情温柔，紧闭双眸，鸦羽般的睫毛在眼下落下一道阴影，形状像他左眉的那道疤。

接吻的二人如同找到了情绪的宣泄口，又似不够。程宴北觉得无法平息心中的躁意，忽地放开了她。

彼此的唇分离，她的目光仍迷离。光线晦暗，他伸出拇指温柔地摩挲她的下嘴唇，想到那会儿她在停车场是要补妆的，是做好了万全的准备奔赴一场夜宴。

程宴北轻喘着气，扬起下巴的同时，手掐住她的下巴，迫使她仰头直视自己的眼睛。他睨着她，视线如同淬了冰，语气却还算温和。他命令她："涂口红。"

怀兮不明白他的意思，微微皱眉，问："什么？"

"涂。"他又命令道。

怀兮不明白他的用意，但还是顺从了他。

她稍稍躲开他的手，从包里拿出自己的口红，没拿化妆镜。就算拿了，在光线这么昏暗的车里也是看不清的。

她轻快、灵巧地旋开口红，不闪也不躲，直视他，略带微笑，娴熟地、慢条斯理地给自己涂起了口红。膏体抹过被他吻到红肿的唇，有些疼。

程宴北凝视她又变得红润的唇，目光一点一点地深沉下去。

"好了。"

怀兮涂好了口红，还抿了抿唇，脸上的笑容未消，有点儿挑衅的意味。

她正要收手，手腕又被他给抓住了。接着，他驾驶座的座椅迅速地向后退了一点儿，他将她从副驾驶座抱过来，按到自己身前。

怀兮有些反应不过来，下巴支在他的胸前，嗔笑了一句："干什么啊？"

可跟他对视了一眼后,她就从他深沉的眼底读懂了什么。

如在沪城时,他们一进电梯就开始拥吻,她被他抵在电梯里冰冷的横栏上。被他抱稳的一刻,她心底油然而生一种依赖感,也情不自禁地抱住他。

满室黑暗,来不及开灯。两个人靠在门后无休止地厮磨,拥吻,她连鞋子都没来得及脱,他就将她按在门边的墙上,固定于他与墙壁之间。

黑暗将感官无限放大。

一旁的落地窗下,这座曾经见证他与她成长,见证他与她那些互相慰藉的青春的小城,一派温柔璀璨的景象被他们尽收眼底。

他们是否相拥、索取、给予、宣泄、妒忌,如那些年不加任何描摹涂改的单纯心事,统统展示得明明白白。

怀兮感觉自己像是悬在墙面飘摇不定的一个空画框。她只能借由高跟鞋支撑住自己才能在他身前站稳,边与他纠缠,边捧住他的脸,迎合着他时而暴烈,时而又温柔的亲吻。

不知过了多久,他抱着她又辗转到床上,按着她刚趴下,她的手机突然响了。

她的包随意地甩在床上,七七八八的东西凌乱地散在床上。房间里又没开灯,屏幕上一簇光亮起,很显眼。

程宴北忽然想到她之前的号码成了空号,火气更大。

怀兮看了一眼打来电话的人的名字,是陈玺。

她下意识地就要挂断。

程宴北却突然按住了她的手,从身后覆下来,在她耳后说:"接。"

"你干吗?"怀兮笑得娇嗔,"不会打扰你跟我吗?"

"接。"他又低声命令道。

"我不想接。"怀兮没准备接,挣脱他的手腕就要去挂电话。

一个不留神,手指触到屏幕,不小心就接通了。

她准备迎接的可不是电话,但那边传来陈玺温和的一声"喂"。

她全身都跟着僵了僵。

程宴北便在她身后沉沉地笑起来,依然覆在她的后背,细细地亲吻她白皙的肩与漂亮的肩胛骨,有些好笑地说:"接吧。"

怀兮没辙了,拿起手机贴到自己耳旁,有些紧张地出声:"喂?"

"喂?"陈玺好像开着车在路上,显然没听到对面还有别的男人的声音，温和地问怀兮，"我打扰到你了吗？"

"啊……没有。什么事？"怀兮也温声回应，按住身后男人的手，怕他乱来。

程宴北哪里管她，掌心一翻就改为捏住她的手，她根本拗不过。

陈玺说："就是我想问一下巩老师现在在家吗？我爸妈是教育局退下来的，以前跟巩老师是同事，你知道的，说这会儿没什么事想去你家坐坐。"

"嗯……"怀兮压着嗓音，极力克制自己不要发出别的声音，强装淡定地道，"我不太确定她在不在家，要不你们……嗯，打个电话问一下？"

她又去和身后的男人斗争，可还是斗不过。

"啊，那好吧……"陈玺听她那边有些迟疑，怕打扰了她，问，"你真的没什么事吧？我还怕我打电话过来会打扰到你。"

"没事。"怀兮深呼吸一番，道，"我和我朋友在一……起。"

程宴北靠在她的另一只耳朵旁，恶作剧般地纠正道："男朋友。"

怀兮一愣，有些吃惊，不知道他为什么要这么说。

她一回头，借着微弱的光，就看到男人的表情，略带几分散漫，却不像是在跟她开玩笑。

那边陈玺突然紧张起来，问："你没事吧，怎么了？"

"说，跟男朋友在一起。"程宴北又让她说，嘴角淡淡地牵起弧度，好像她不说他今天就不会放过她一样。

她咬咬牙，不知怎么回事，无论如何也说不出口。

他不是有女朋友吗？是了，他有女朋友，她和他却在酒店的床上。

不知什么击垮了她心中一点小小的，好像叫"期待"的东西。

怀兮没说自己跟所谓的"男朋友"在一起，匆匆就将电话挂断。

程宴北看到她挂断电话，一时心火更盛。就像在沪城那一日，无休无止地索取、宣泄、掠夺。

过了一会儿，怀兮都快被折磨得没了力气，手机突然又响了。他抓着她两只手的手腕，高高地提过头顶。手机就在她的手边，铃声不断，振动不休，可他就是不让她接。

来电人又是陈玺。

程宴北看到屏幕上名字，猜到应该是刚才跟怀兮通电话的那个男人，心中仿佛燃起了火。

他真是霸道至极，像是怕她会像以前和蒋燃在一起时那样，不会因为他与任何男人分手。她的头发凌乱地散开在枕头边，后来手机又响了很多次，可无论是谁打来的，他碰都不让她碰一下。

　　不知过了多久，怀兮的意识渐渐迷离，手攀着他的肩膀，在厮磨与宣泄之间听他低喃："我又没有女朋友，你却还是不想让我当你的男朋友。"

　　她微微一愣，意识清明了一些，睁开迷离的水眸，看着他略带哀伤的眼睛，意识到刚才的确是他在说话。

　　他深情地看着她，停下来，开始温柔地亲吻她，如同暴风雨停歇，从暴烈渐渐转为温和。

　　"怀兮，我好像病了。我好像，没办法爱上别人了。"他轻声说，"除了你，我好像丧失了爱上别人的能力。这些年，都是这样。"

　　都是这样。

　　怀兮听他这般说着，心一震，接着便无声地笑了。然后她伸出手臂，紧紧地拥住他。她不像从前那般不成熟地自以为是，想拥回他，却用一次又一次极端的、赌气的方式，屡屡推开他，把他越推越远。

　　察觉到她抱住他，他也回拥她，埋头在她的发间，亲吻她的脖颈。

　　"我也一样。"怀兮将脑袋埋在他的肩窝，嗓音沉闷，"我也是。"

　　我好像，也丧失了爱上别人的能力。

　　总以为这辈子，人生并不是非你不可。

　　到头来却发现，无人像你。

　　无人是你。

　　"我也遇到了很多人，有像你的、不像你的，但他们都不是你。"她又补充道，直直地看着他，紧紧地拥住他，伏在他肩上喃喃道，"当我意识到他们不是你时，我发现，我好像又爱上你了。"

　　程宴北定定地看着她，黑暗中，他的眉眼轮廓变得深刻。

　　"我总自以为是，总跟你赌气。"她笑着，笑容里有几分哀戚。她说，"赌到后来，发现只是在跟自己赌气，是在跟自己过不去。程宴北，对不起，我总是跟你赌气。我总是特别自以为是，总以为你永远不会离开我。对不起。"

　　她以前总觉得，说一句"对不起"是非常难的事。可现在发现，说出来，好像也没什么大不了。

　　没那么难。

怀兮心下霎时间轻松了很多。似乎是怕他不原谅她前前后后的自以为是与任性妄为，她立刻拥得他紧了些。她又轻声说："对不起。"

程宴北动作迟缓地回拥她，似乎在消化着她的歉意。他刚想说话，她却又倏地抬起头，立刻打断他："你别说话，让我来说。"然后她就像只黏人的小狗似的，头埋在他的肩上，紧紧地抱住他不撒手，撒娇似的道，"每次都是你说。"

程宴北便温声笑了笑。

"好，你说。"

两个人如此毫无遮挡地相拥，炽热的肌肤相贴，心与心好像也在同一个频率跳动着。他们本就默契，看似难以消解的千言万语，在他们之间，好像并非什么解不开的难题。

又或许是被时间冲淡了。

程宴北慢慢地侧躺下来，有力的手臂搂住了她的腰，将她拉过来，拥到怀中。

他的下巴抵在她额上，还有着一层残留的薄汗，冰冰凉凉的。她与他肌肤相接的地方却依然滚热。

"你说。"他的嗓音低低的，一副洗耳恭听的样子。

怀兮顺势又往他的怀里钻，抱紧他的脖颈，用沉沉的声音，不太确定地问："你真要听？"

"我现在不听还什么时候听？"他有些好笑地反问她，温和的气息落在她的耳畔，温柔地咬了一下她的耳朵。

好半天，她似乎整理好自己的情绪，这才开口说："我就是觉得自己太幼稚、太任性了。以前总觉得自己一直任性下去，你会一直包容我。你迟早会吃醋、会后悔，可是你没有……而我甚至都没问过你一句，你走是不是有自己的理由。"

程宴北默默地听着，力图将她的一呼一吸，字句之间的顿挫都听入心里。

"我以为是你不爱我了。"她的嗓音渐渐弱下来，肩膀轻轻地抖动，又抱紧他，小心翼翼地倾诉衷肠，"我以为，是你不爱我了……我以为，你把我从你的未来赶走，是你不爱我了。你肯定不懂，你不懂我当时有多难过。你不懂，我以为你不爱我了，有多么难过。"

她连说几遍"你不爱我了"，到最后声音都微微颤抖。

程宴北拥着她的力道也越发紧了。

良久，直到自己的体温好像可以熨入她的心，他才说："其实我也特别自以为是。"他温柔地抚摸她的发，安抚道，"我以为不会伤害到你的，其实到头来是伤你最深的。我也不该瞒你，我也该说对不起。"

怀兮微微仰起头，于黑暗中去寻他眉眼的轮廓。她看不太清，却觉得无比柔软。

他就是这样的男人，暴烈又温柔。

她张了张嘴正准备开口，他像是怕被她打断，拇指摩挲过她的嘴角，继续说："可能是我的自尊心作祟吧。我知道，我一说，你一定会帮我。可是不该是这样的。"他自嘲地笑起来，又说，"说想跟你有以后的是我，说想跟你一起生活的是我，说我们应该有个未来的也是我。可那个时候，什么都给不了你的，还是我。"

他说着，在心里叹气。

万语千言，归根到底，好像都是当年的不成熟。不成熟的因，不成熟的果。

这么翻旧账，着实不像是在揭旧伤疤，反而像是将他们狠狠地拉回到过去，甩过来一个又一个巴掌。现在的他们站在当初的他们面前，说："看，你们以前多幼稚。"

是真的很幼稚，幼稚得简直令人徒生无奈。

怀兮无声地笑了笑，又要开口。这次他却低下头，立刻吻住她。

彼此这么一来一回，好像在争着挨往事的巴掌，争着为过去的不成熟埋单。

他抵着她的嘴角，低声呢喃："过了这么久，再见到你，你说不愿为了我跟蒋燃分手，你说你不爱我了，哪怕我们再亲密都不愿意跟我在一起，我就发现，我还是什么都给不了你。什么都给不了。"他吻着她，继续说，"怀兮，我是不是还是什么都给不了你？"

她迎接着他绵长的吻，两个人在床上这么接吻，如浪潮一般又翻滚了一番。她又趴到他的胸膛上，被他吻得几乎喘不过气来。

如此毫无遮挡地紧密相贴，在厮磨之间，一簇火又从不知名的地方升腾起。

"是不是，嗯？"他吻着她，问着她。怕她不回应，又怕她回应。他说，"我不想听你说对不起，说你觉得自己自以为是。我只想问你，现在的我是不是还是什么都给不了你？"

因为给不了，所以她还是宁愿和别的男人在一起。

她今晚本来是要去见别的男人的。

他们不该在这里，他却还是这么自私地想独占她。

怀兮伏在他身上，边迎接着几乎令她窒息的吻，边伸出手用指腹细细描摹他眉眼的轮廓。

感受着相拥时如同一齐置身水火中一般，一起颤抖着。

她得了空呼吸，不住地道："不是，你给我很多了。很多了。"

是很多了，多到她几乎数不清。

也数不清，从前、现在，她到底为他有过多少次心动。

单挑出一件，好像就在说，活该你爱上这样的男人。

活该你动心。

活该你忘不了他。

活该你现在都在别的男人身上找他的影子。

她稍稍停下吻，埋头在他的肩上，轻声说："你真的给了我很多了。"

说着，她也似讥似嘲地笑起来，她在笑自己。

"程宴北，你不知道，我这段时间就像个神经病，比我们分手的那段时间还神经病。你说你病了，我好像也病得不轻。以前是发了疯一样在你面前跟别人谈恋爱，现在是以为你有了新的女朋友，又疯了一样去翻她的朋友圈，在她拍的照片里找跟你有关的东西，去找有没有你。我看到她拍的早餐旁有你的打火机，都能脑补出你们到底做了什么样的事情。"

程宴北抚摸她头发的动作缓了缓。

她说的，好像是傅瑶。

他的嘴角不自觉地勾起，轻笑一下，还没说话，她立刻抬手，用食指和中指按在他的嘴唇上，将他所有的话堵了回去，继续说："程宴北，我是不是很幼稚？"

他还未给她答案，她已经说："是很幼稚吧。"她继续笑着，下巴抵在他的胸前，抱着他说，"其实我没有男朋友，我撒谎骗你的。陈玺是我妈认识的人介绍给我相亲的。我感觉我简直幼稚到了家，我还跟他说我喜欢留寸头的男人……相亲居然说出这种话，而且我自己都忘了我说过这样的话。我发现，我居然幼稚到在别人身上找你的影子。我也是才发现，我居然还是这么幼稚……这么多年，在爱上你和行动幼稚两方面，居然一点儿长进都没有。我好像又爱上你了。"

听她这语气，好像有点儿不大情愿似的。

程宴北被她这样的说法惹得低笑，心头却有热意涌动，像是开了花。他好笑地问她："不爱我就是有长进吗？"

"是啊。"她还挺认真地点头，自有一套道理，"回头草那么好吃，那大家都去吃回头草好了。"

他不言，只是笑。

他低下头，深深地吻了吻她的额头。

"结果还是我吃回头草。"她说着，吐了口气，说，"'向前看'这种话是我对你说的，结果我发现，当你真的向前看了，我却做不到了。我以前明明能做到的。"

她说着，又埋头到他肩窝，嗔怪道："都怪你。"

"是，都怪我。"他收紧了环着她的手臂，循着她的气息去吻她柔软的唇，哄着她，"我不是也吃回头草了吗？"

她扬了扬声调问："你很不情愿？"

"没有。"他立刻否认。

"真的？"

"嗯。"他低声说，"真的没有。"

"我看到了傅瑶的朋友圈。"她颤抖着声音，手心抚过他的脸说，"你们去猎场了是不是？你们做了很多事，我们没做过的……她还看你训练了。这些我都没看过。"

程宴北故意笑着问她："吃醋了？"

"不行吗……"她抬了抬脖颈，有点儿倔强地道，"我也想。"

他忍不住笑道："你也想？"

"我也想跟你做很多很多事……我想看你训练，想看你比赛……"她说着，闭上眼，赌气似的撒娇，"我都没看过。"

"上次叫你来，你说你不来，结果来了，"他失望地笑起来，道，"然后又走了。"

怀兮咬着下嘴唇，似乎在忽略周身的燥热，还抓了一下他的胳膊，歉疚又尴尬地道："上次有事。"

"什么事？"

"手机坏了，然后，还碰见了一个我很讨厌的男人。"

"很讨厌的男人？"他心下琢磨着，故意问，"是我吗？"

"不是！"

"不讨厌我？"

"不。"

"一点儿都不？"

"嗯。"

"那就是很喜欢我了。"

怀兮重重地掐住他的胳膊，长指甲陷入，意识到自己中了他的话术，愤恨地从嗓子里磨出几个字："你浑蛋。"

他又亲吻她，温柔且深情。

"我想跟你去很多地方，做很多的事，见很多的人……上大学那会儿，你身边的人我都不怎么认识，总觉得错过了很多。"

"你今天的话很多。"他散漫地笑着，吻着她，用这样温柔的方式安抚她，说，"但我特别喜欢听。"

"再多说一点儿。"他说，"多说一些，我想听。"

怀兮拥紧他，又说："我和你在一起时，好像做什么都有瘾，多看你一眼都有瘾。"

她刚说完，他突然伸出长臂，"啪"的一声，打开了一侧的床灯。

满室陡然一亮，光晕落下，落入彼此眼底。她通体雪白，双臂搭在他的肩头，一双潋滟的眸子对上他深沉的眼。

凌乱潮湿的短发在脸侧缭绕，有几缕滑过她的红唇，很诱人。

程宴北收回手的同时，拨过她一侧的短发。

她从少女到如今的蜕变，也不过片刻。

怀兮抿起红唇，露出皓齿，笑吟吟地问："你干什么？"

程宴北的目光更深了。他定定地看她几秒，忽地贴过来，唇贴向她的耳朵，磨人地道："我们开着灯吧。"

"嗯？"

他的喉结滚了一下，抬起眼皮，对上她的眼睛说："看着我。"

怀兮还未反应过来，他倏地覆身而上，吻住了她。

"我也想多看看你，怀兮。"

浪潮汹涌。他凝视着她，目光越发幽深。她的双颊绯红，一双含着雾气的眸子略带痴迷地看着他。

最后他拥抱她睡下前，她打开手机看了一眼时间。

又快三四点了。

他也累到了极致，察觉到她打开手机，伸手就要去夺，还不住地吻她的鬓角，呢喃着："跟他分手……不许再跟别人在一起了，好不好？

不许了。怀兮。"

怀兮轻易躲开了他的手,意识到他是真的累了。

他从背后抱住她,头埋入她的后肩窝,呼吸渐渐深沉。

他还在呢喃:"我看着生气,我好生气,不许接。不要和别人在一起了,好不好,怀兮?

"怀兮?"

怀兮沉默了一会儿,不知道该怎么回答他。她乖乖地靠在他的怀中,等他好像真的睡过去了,才打开手机,准备编个理由跟巩眉说自己今晚不回去了。

但是好奇怪,都这个点了,巩眉也就快零点那会儿给她打了一通电话。然后好像不想打扰她似的,再没打过了。

她又注意到黎佳音的消息,一点多发过来的,问她在干什么,怎么给她打电话也不接。

怀兮正准备打字,手腕上忽然传来一股力道。

一只手有力地抓住了她的手腕,他好像又醒了,探身过来,有点儿可怜地问她:"你真不在乎我生不生气吗?"

"我不管,"他温柔地呢喃,"我不管,怀兮,你听到了吗?"

怀兮拿他没辙,瞥见手机屏幕还亮着,停在黎佳音的对话框上。

"你干吗呢?给你打电话也不接?跟男人混呢?"

"人呢?"

"怀兮?"

怀兮有点儿想跟程宴北作对似的,他不要她碰手机,她就偏偏频频去摸自己的手机,还趁乱回复了黎佳音消息。

"姐妹,先不说了,我那个什么,我……"

她刚发出去,手机又被一只手打落。他捏住她两只手腕高高地举过她的头顶,冷冽的气息散发开来。

"你不是,困了吗……"怀兮干巴巴地笑起来,喊,"喂……"

床侧的灯还亮着。

他微微眯起了眼,笑着说:"但是怎么办,我突然一点儿都不困了。"

整座城市昏暗下来,四周寂静,天地之间,仿佛唯有他们这一处还亮着灯。

他们如此亲密,仿佛再也分不开。

怀兮有一瞬间的失神，好像从未和他分开过，好像这么多年，都和他如此依偎着，在这人世间游走。他永远让她有所依靠，不会让她觉得懵懂，不会在未知的道路上跌跌撞撞。

原来她是这么依赖他。

而这种依赖，不知不觉已经深入骨髓。她后来在任何人的身上都没有尝到过这种感觉，以至于这一刻，热气从眼前缓缓升腾起，模糊了她的视线。她觉得这一刻他们相拥，像是一个不够真实的梦境。

他的眉眼被青白色烟雾遮盖住，有几分漫不经心的意味。

他抽了一会儿烟，轻轻地吐了个烟圈，垂了垂眼，见她在观察自己，便问："想抽？"

怀兮依然用那种直勾勾的眼神看着他，笑着摇摇头道："不抽了。"

他也忍不住笑了，稍稍放下手里的烟，另一只手揉进她的头发里，将烟渡到她的嘴边，深深地吻住她。

只是一个来势汹汹的吻，她有点儿神魂颠倒，扶着他的肩轻喘着气，定了定神说："你挺能管得住自己的。"

他眉眼一扬，问："怎么？"

她看他一眼，微微收回了目光，趴在他的胸膛，靠在他的耳朵说了一句话。

他夹烟的手指顿了顿，才想放在嘴边的动作僵住，忽然看着她笑了，然后微微倾身过来去咬她的唇，说道："没想到你这么坏啊。"

怀兮"咯咯"直笑，躲开他咬她的力道，又被他按到怀中。

怀兮跟程宴北在一起的那几年，年少气盛，做什么都轰轰烈烈的，她却一次招都没中过，得益于他这样的自律。而她在他耳边说完那句话后，这会儿显然有点儿不好意思了。她趴在他的肩膀上，看着他痴痴地笑了很久。其实以前和他在一起，她也想过也许他们以后会有一个家，会有一个属于他们的小朋友。但是谁知道后来就分开了。

他还没说话，她又抬起头，下巴搁在他的胸口，认真地问他："你跟之前交往的女朋友都会这样吗？"

他有点儿明知故问，轻声哂笑道："怎样？"

"就是……"她低下头，暗示意味十足。

"我不喜欢给自己找麻烦。"他回答得很快，在她又抬头去看他，刚问了一句"那我呢"时，他又淡淡地补充，"对你是舍不得。"

舍不得。怀兮心下琢磨这三个字，眨眨眼，还未说话，很快他就摁灭了手里的烟，忽地靠近她。一缕淡淡的烟草气飘近，她下意识地看了一眼旁边的烟盒。

还是他与她以前都很爱抽的七星。

不知道是谁舍不得抛弃这样的习惯，还是因为习惯深入骨髓，如瘾似毒，染上就再也改不掉。

程宴北靠近她，鼻尖扫着她的鼻尖，嘴唇停在她的嘴唇上方，轻轻垂眼，勾起嘴角，反问："你呢？能管住自己吗？嗯？"

"废话。"她白他一眼，却没推拒，与他停在这么暧昧的距离，淡淡地道，"我也不想给自己惹麻烦。"

"哦。"他沉吟了一下，笑容更深了。他说，"那你刚才问我的时候，好像有点儿失望。是想我给你惹麻烦？"

"我有吗？"

"有。"他很肯定地道。

她的胳膊还环着他的脖子，下意识地又紧了些，眼睛一眨不眨地看着他，放缓语气，有点儿孩子气地道："我没有。"

"你明明有。"

"行啊，那就当我有吧。"她立刻败下阵来，扬了扬下巴，突然不想继续这个话题。澡也泡得差不多了，她就说，"我们去睡觉。"

程宴北更感好笑地道："我们？"

这话说得太过自然，她自己都没发现。

怀兮还在喋喋不休："我一晚上没回家，我都不知道怎么跟我妈交代。我在南城又没什么关系特别好的朋友，我总不能说跟你在一起吧？"

程宴北稍稍挪开目光，迎上她偏头从后面看过来的视线问："你妈还管你那么严？"

"嗯，是啊，她今晚还嘱咐我早点儿回去，我以为她会一直打电话催我呢。"这也是她那会儿时不时看一眼手机的原因。她说，"但是只打了一通，她连消息也没给我发一条。"

"你就说，我又是你男朋友了。"他说，"你说你今晚和男朋友在一起。你又不是早恋，怕什么？"

再出来时，怀兮软软地趴在他身上，两个人相拥入眠。

快睡着之前，她的额头抵在他的胸膛上，喃喃道："我以前总想，睡一觉就回到以前了吧。以前虽然也有很多不好，但好在你还在我身边。"

程宴北轻抚着她的脊背，声音沉沉地应道："嗯。"

"慢慢地我发现，会有这种想法其实是想见你。怎么可能一觉就回到以前呢？"她轻声说着，也不顾谁更困一些，"尤其是遇到了很多不开心的事，就想见见你。哪怕见到了，我什么也不说，只抱一抱你，你就什么都懂了。"

程宴北沉默着，吐了口气。他一边拍着她的肩膀安抚她，一边在汹汹袭来的困意中努力听她说什么。

"委屈时想见你，心想，你要是在就好了。"她说，"高兴时也想见你，尤其是我们刚分手那几年，每次我遇到很开心的事、去了一个好玩的地方，就会问自己，如果这个时候你在我身边，我会不会更开心一点儿？我每次有不高兴的事时就喜欢睡觉，觉得睡一觉可能一切都会变好。有时候梦见你，醒来你又不在我身边，就觉得这个'好起来'好像也没那么好。"

她今晚的话异常多，如此说着，又像在沪城的那一夜，陷入负面情绪中挣扎不出来。他立刻吻了她一下，止住了她所有的话。

他们都累到极致了，有的话，以后可以慢慢说。

"睡觉吧，"他吻了她一下就放开了，手臂收紧了些，说，"你明天醒来我肯定在。"

她点点头，依恋地靠在他胸口。

不多时，彼此的呼吸变得有节奏，沉沉地睡了过去。

第二天，他们彻底清醒过来已快正午。

怀兮依稀记得自己八九点的时候醒过一次，那时她还在他怀里，无比安心又安稳地睡了个回笼觉。再醒来时，她身边已经空了。

她听到浴室那边传来动静。

很快他就出来了，穿上昨天的那件白衬衫。她没完全睁开眼都能看见上面有自己的口红印，哼笑一声，同他开玩笑："你要是真有女朋友，今天就遭殃了。"

程宴北低头笑了笑，整理好自己的领口，走过来，坐到她这一侧的床边，俯身亲吻她，说道："先考虑一下你自己今天走不走得动。"

怀兮还记得上回他在她那块儿狠狠地咬了一圈牙印，像是提醒她第一天晚上发生了什么似的。

她依赖地将脑袋枕在他的腿上，抬起头，伸手玩他的衬衫纽扣，直直地看了他一眼问:"你要走?"

"嗯,舅舅打电话给我,让我回家看看奶奶。"他说着给她掩上薄被,又说,"我先回去一趟,你有事给我打电话。"

"我不,"她一努嘴,拒绝了他,"我就在这儿等你。"

他眉毛轻扬道:"赖上我了?"

"我走不动了啊,"她的脸上腾起热意,皱着眉说,"都怪你。"

他心下了然,于是笑了笑道:"那你现在起床,我送你回家。"他又俯身靠近她耳边,暧昧地笑道,"记得回家跟妈妈怎么说吗?"

"记得。"她点头说,"说我被一个浑蛋关在这里一个晚上。"

她说着,朝他伸出手,撒娇道:"现在要浑蛋抱我起床。"

程宴北轻敛眉目,笑意更深。他伸手搂着她的腰,她也顺势抱住他的脖子,他直接将她从床上抱了起来。

临进浴室,他还故意问她:"要不要浑蛋帮你洗?"

"可以啊。"怀兮上上下下打量他完好的穿着,稍稍站定了,搂着他的脖子。

程宴北轻轻一笑,没说什么,直接将她塞进浴室,然后退出来关上门,说:"我在门外等你,地滑,小心点儿。"

"你不进来?"

"我进来了怕你今天都不让我出去了。"

这……也不至于吧?

临近中午,程宴北说不陪她吃午饭了。他家里应该是有一些什么事需要他立即回去。

两个人从酒店出来时,顺便在街边的便利店买了杯热豆浆。然后将她送到家门口,他就匆匆离开了。

怀兮多年都没搬过家,他倒是轻车熟路,路上就问了一句"你家还在以前那里吧",她一个点头他就载着她到了目的地。

怀兮家是栋两层的旧式复式楼,以前怀兴炜还在南城的地方医院工作时,医院给医生家属分配下来的房子。

后来和巩眉离婚,怀兴炜念在这里离巩眉工作的南城七中近,怀兮以后肯定也是要读七中的,就将房子留给她们母女俩。

怀兮拖拖拉拉地走上门前的小台阶,还偷偷在外面透过窗户观察巩眉在不在家。

看着阳台上巩眉在徐老师的"教导"下养的那些花好像都浇了，窗户还开着，她的头皮不由得麻了几分，心中琢磨着进门后该怎么跟巩眉说。

巩眉昨天还在电话里问她，程宴北回来了，他们有没有见过面。

她当时就说没有。

巩眉知道他们分手很久了。

突然这么一夜……

怀兮正想着，门已经开了，面前豁然开朗。家中明显大扫除过，收拾得干干净净，地板拖得整洁如新。

巩眉的披肩大波浪前段时间还是她怂恿着去烫的，拢在肩头，明显打理过。现在她还穿了身深色碎花连衣裙，并化好了妆。

巩眉是教书的，"腹有诗书气自华"不是开玩笑的，年轻时她也是个大美人。如此气质俱佳、风韵犹存的，怀兮的眼珠子都快掉下来了。

平时可没见巩眉这么捯饬过自己。

这……刚才还在大扫除吧？

在家打扫卫生穿得……这么……正式吗？

巩眉拎着两个垃圾袋，正准备出门，见怀兮站在门口，不知怎么的竟有几分尴尬。她眨眨眼，问怀兮："你干吗去了？"

说完又用故作严厉的目光上上下下打量怀兮，穿的还是昨天的衣服。

怀兮手里还捧着一杯豆浆。

刚才程宴北给她买的，怕她又不吃东西，坐上他的车会晕。

她嫌是甜豆浆，刚才在车上只是小小地抿了两口。

她手里还提着塑料袋，里面装着两个包装精致的饭团，还没来得及吃。

巩眉打量着她手里的东西，忽然笑了，又有点儿僵硬地问她："妈妈不在家，没给你做早饭，你出去吃啦？"

巩眉昨晚也不在家吗？

怀兮还没弄明白是怎么一回事，巩眉赶紧打了个哈哈："我怎么看屋子这么乱呢，你不会一点儿都没收拾吧？你这丫头……"巩眉绕过她，去家门口一条小路对面，将手里两个偌大的垃圾袋扔到垃圾桶里，又走回来数落她，"妈妈不在家你也不知道把家里收拾一下！多大的人了，早上起来床上的被子都不叠！"

怀兮被巩眉这么训着，也没敢吭声，只管往里走。

巩眉肯定有什么事，她心里想。

巩眉还在一路念叨她："你那书柜里，你高中的书本啊什么的，有空整理一下。你不在家我也不知道什么该扔什么该留的，有空了收拾收拾，乱糟糟的。"

"还有你那一柜子鞋，你喜欢收集鞋子什么的妈妈不反对，别穿一次就扔那儿了吧。你老说让我精致点儿，你也太精致了点儿。"巩眉又打量怀兮脚上的高跟鞋，说，"出去吃个早饭还穿高跟鞋，几步路啊？这么喜欢走T台呢？！"

怀兮还是没敢说昨晚没回家的事，还装模作样地把饭团放在了餐桌上，跟巩眉说了一句："我给你买的饭团你热一下，吃点儿东西再出门。"

然后她就上楼去了。

怎么回事？

巩眉可没说自己要出门，她心想：她家这个丫头怎么眼睛这么尖呢？

她上上下下打量自己，一身穿戴完好就差一双漂亮的鞋子，妆也化得精致。好像……是挺明显的？

怀兮在自己房间里躺了一会儿，还是有点儿反应不过来。

不知怎么的，好像一瞬间回到了高中。那时有几次巩眉他们教学组在中考、高考后要去外地连夜阅卷，她就跑到程宴北家厮混。

第二天还得赶在巩眉回来之前回家。

她在镜子前走了一遭。

不是从前了，她长个子了，头发短了，也不再穿南城七中那身皱皱巴巴的校服了。

的确不是从前了，她却还跟程宴北在一起。

她想着，就陷入了沉思中。然后打开让巩眉诟病了好几天的，堆满了她上高中时零零碎碎的东西的书柜，整理起来。

巩眉显然也没想给她这么个整天挑食的人准备午饭，过了快半个小时在楼下喊她："怀兮，妈妈出门了，你自己找点儿吃的啊，别饿着了。"

怀兮出来，趴在二楼栏杆边，看了巩眉一眼，问："你去哪儿？"

巩眉还站在客厅镜子前描眉画唇，说："你徐老师的儿子在沪城，妈妈跟徐老师去看看他儿子。"

"你看人家儿子干吗？"怀兮无奈地道，"我以前在沪城那么久，你怎么不来看看你家女儿？"

"就看看，我那阵子不是还没退休吗？"巩眉还抬头问她，"妈妈的眉毛描得怎么样？对称吗？"

怀兮一只手支起下巴，点点头说："嗯，对称。"

"好看吗？"

"好看啊。"怀兮打哈欠。

她见巩眉转来转去的，不死心地问："你不会是要跟徐老师找这个借口出去过二人世界吧？"

"小丫头，问那么多干什么？你还等着我给你一日三餐伺候好啊？"巩眉白她一眼，道，"大人的事小孩儿少操心。"

怀兮哼笑着说："你怎么还把我当小孩儿啊？"

"你在妈妈面前永远是小孩子啊，你本来就长不大，总像个小孩儿一样……"

她刚说完，门铃就响了。

怀兮站在楼上没动，准备等这位能让巩眉几乎性情大变的徐老师进来。心里猜着，巩眉昨晚不会是跟徐老师在一块儿吧。

巩眉也难掩欢欣地放下手里的东西，灵巧地转了一圈，就去开门了。

"来了——"

门一开。

程宴北换了件黑色衬衫，身形颀长高大，跟电线杆子似的立在门外。他先是温和地问候了巩眉一声"老师好"。

然后就瞥到了楼上的怀兮。

这回轮到楼上的怀兮立得跟电线杆子似的了。

巩眉也是讶异，看了看程宴北，又看了怀兮一眼，满脸吃惊。

怀兮僵硬地笑了笑，说："那个……妈……"

程宴北冲她笑了笑，稍稍收回目光，整个人干净又柔和。他对巩眉说："老师好，我来找我的女朋友。"

怀兮："……"

巩眉："……"

这么……直接吗？

第八章
不如重新来过

CHI
CHAN

巩眉听程宴北这么说，一愣，又抬头去看楼梯上方的怀兮。

怀兮站得笔直，眼睛一眨不眨地看着下方的巩眉，又看了看门口的程宴北，就跟以前不交物理作业被老师特意拽到巩眉的办公室罚站似的，浑身紧绷。

半晌，怀兮抿了一下嘴唇，好像是在如此尴尬的氛围之中，默默地接受了她是他女朋友的说法，问他："你怎么来了？"

早上离开酒店他说家中有点儿事，要回去一趟。

"我想起来忘了留电话给你。"程宴北抬头看她，淡淡地说道，"你换了号码。"

怀兮动了一下嘴唇，愣怔地看着他，一时连眼睛都忘了眨。

这会儿轮到巩眉疑惑了。巩眉显然记得昨天怀兮还说她跟程宴北没见过面，于是问："你们什么时候又联系上的？"

这口气真跟质问两个像是被棒打鸳鸯分了手的早恋的学生，什么时候又黏糊到一块儿去了似的。

"呃……"怀兮呛了一下声，立刻看程宴北，嘴皮子动得跟脑子一样快，匆匆地道，"在沪城！"

巩眉皱了一下眉，又看程宴北。

怀兮赶紧对程宴北挤眉弄眼，眼睛瞪得圆圆的，示意他别说漏了嘴。

程宴北散漫地看着怀兮，嘴角虚勾，眼底也泛起笑意。他沉吟一下，有点儿故意恶作剧般说个别的答案。

怀兮看到他的嘴唇动了,立刻猜到了他的心思,跟夯了毛的猫似的竖起尾巴,目光陡然一沉,灼灼地盯着他,换上一脸"你敢瞎说我就生气给你看"的表情。

他终是没说别的,只笑了笑,顺着她的话对巩眉温和地道:"嗯,在沪城。"

之前在沪城怀兮也没提过。

巩眉可是当老师的,执教多年,什么样的学生没见过,知道他们一唱一和地撒谎,却也找不到由头。

心想估计怀兮也是不好意思,之前她跟程宴北分手那会儿巩眉看她心情不好也没多问,现在也只是点点头,在过去教过的学生面前下意识地绷着的表情稍缓,对程宴北说:"进来吧。"

上下两层的复式结构,家不大,但温馨。才打扫过,木地板光洁如新,木质楼梯一级一级也擦得干净。

程宴北进来时还低头留意了一下脚下,巩眉怕他拘谨,说:"没事,一会儿我走了怀兮再打扫一遍。"

怀兮在心里翻白眼,噘嘴,支着胳膊又趴回楼梯上,眼睛一眨不眨地看着程宴北进了门。

巩眉关上门,还问程宴北:"我上届毕业班带的是以前你家邻居的小孩儿,昨天恰好碰见了,听说你回来了。对了,你搬家了吧?"

"嗯,前几年就搬走了。"

"应该没住这附近了吧?也难怪,我都没想到你奶奶之前居然病了那么久,最近好点儿了吗?"

"好多了。"程宴北依然温和地笑,眉间虚拢着一层愁意道,"就是记性不太好。"

"唉。"巩眉叹了一口气说,"前段时间你们高中同学会,好多同学都来啦,也没见你。听说你这些年在外面比赛,应该也很忙。奶奶平时生活上没问题吧?"

"我舅舅、舅妈会照顾,生活上没太大问题。"他说,"前阵子请了阿姨。"

"因为你妹妹快高考了吧?"

"嗯。"

巩眉对程宴北家的情况有所了解,毕竟是她带过的学生。

怀兮跟程宴北谈恋爱的那几年，程宴北奶奶的身体情况还好。他们两家离得也不算远，有时巩眉下班碰见了程奶奶，程奶奶还能跟她打声招呼，问候一句"巩老师好"。

后面巩眉作为省级优秀教师被调去远一点儿的学校，帮忙带了两三年的应届班，常年住在那边的教职工公寓，临退休又调回南城七中，只知道程醒醒还在南城七中读书，却再没碰见过程奶奶。

后来只听说他奶奶病了，然后搬走了，具体怎么回事，巩眉也不太清楚。

两个人聊着天，巩眉的电话就响了，应该是徐老师打来的。她的喜色立即浮于面上，接电话之前还跟怀兮扬了扬下巴，故作严肃地嘱咐道："把你跟你男朋友照顾好，妈妈马上出门了。"好像在叮嘱他们好好留在家里写作业一样。

怀兮又站直了一些，看了一眼正往楼梯上走的程宴北，懒懒地答了一声："知道了。"

然后她迎上他，趁巩眉背过他们去接电话，朝他伸了一下手。

程宴北迈上最后一级台阶的那一刻，伸出手，紧紧回握住她的。

他将她的手攥在温热的手心里，反置于她的腰后，顺势搂着她的腰朝她的房间走去。

他很少来她家，从前也只来过几次。上次来还是上大学那会儿。

一到寒暑假，巩眉也放寒暑假。可能是避讳巩眉是原来的高中班主任这一点，在前班主任眼皮子底下谈恋爱总有点儿别扭，所以基本都是她去他家。

很快，楼下传来巩眉打电话时轻快的声音，好像因为楼上还有自己原来的学生，有点儿放不开似的。

程宴北却没多么放不开。他捏着她的手，拇指在她的手心里挠痒痒。过了楼梯拐角，避开了巩眉的视线，他的臂弯一翻，立刻将她抱了起来。

脚猝不及防离了地，怀兮轻轻地"啊"了一声。

她僵着身子，害怕巩眉听到，终是将自己的尖叫吞下，任他抱着进了自己的房间。

她的脸上不由得飘起了两抹红，小声地问他："你到底来干什么的？你不是回家了吗？"

"我不是说了吗？"他看着她，笑意倦懒，还是刚才那个答案，"我忘了留电话号码给你。你不是换手机号码了？"

"你没回家？"她微微一愣，没想到真是这个原因。

她想起巩眉说他家搬家了。分手后她每每回来南城，会特意避开他家的方位走，怕碰见他，也怕遇见他的家人。甚至怕见到一个比较相熟的人，跟她问起他。

"回去了。"程宴北说，"我奶奶没什么事，就是我一晚上没回去有点儿放心不下她。我舅妈今天没什么事，已经过去了。"

怀兮若有所思地点点头。他已经抱着她进了屋，后脚轻轻地一带，就关上了房门。

她常年在外，之前还在沪城生活了好几年，居无定所的，一年到头都很少回来，房间里还是原先的布置。

白底小碎花的床单被罩，枕头边还扔着几个玩偶。还有她没来得及收拾的旧校服，在床上随意地扔着。

怀兮被程宴北抱着，两个人往床那边去。房子的隔音差，时不时还能听到巩眉打电话的声音。

他来之前她还在房里收拾东西，柜子大敞，零零碎碎的东西摆出来，衣服什么的也扔了一床。

他这么贸然来了，她的房间有点儿乱，她都不太好意思了。她的脸一红，好像也还是原先那副稚气未脱的模样。

程宴北抱着她坐下。

怀兮没想从他身上下来，他好像也没想放开她。两个人就这么面对面坐着，她的手臂随意地搭在他的肩上，任他一只手扶着她的腰，她的双腿支在他的大腿两侧，努了一下嘴说："我的电话号码换了。"

"嗯。"程宴北点了点头，凝视她道，"我知道。"

"就是之前以为你有新女朋友了，不想打扰你。"她说着，搂着他的肩膀，靠在他身上，又有点儿违心地道，"我也没觉得你会打过来。"

其实她心里很想他能打过来。

换了电话号码，她也有过后悔。可想起她没换之前他也没联系过她，就不后悔了。

人真是矛盾，一边拒绝，一边又期待。

"之前训练收了手机。"程宴北说着拿出自己的手机道，"电话号码给我。"

怀兮靠着他的肩膀，抬起头，顺着他流畅的下颌线去看他的眉眼，有点儿狡黠地笑了笑，道："不给。"

165

他顿了一下，微微垂眸，有些警告意味地笑道："那我天天来你家抓你。"

"可以啊。"她直了直身子，伸手为他理了理领口，然后说，"然后你天天告诉我妈，你来找你的女朋友？"

怀兮说着，突然想到了什么，从程宴北身上下来。她拉着他坐到地毯上，刚才整理了一半的东西还堆在那里。

程宴北半屈起一条腿，跟着她坐下。

她拿来了一张毕业照，向后靠着他的肩，鲜红的手指甲灵巧地顺着密密麻麻的人头点过去，又突然停在某处，指着照片对他说："上次我说你穿白衬衫不好看，人模狗样的。"

他垂着头，跟她一起看照片，低头笑了笑，没准备跟她算账。

他拍毕业照那会儿就身姿拔群，站在一群人头之中很显眼。那时他的模样也是有些稚嫩的，跟着班级统一服装，也穿了一件白衬衫。

十年前的照片了，曝光有些过度，人脸也模糊。一眼看过去，他都不一定能发现自己。

可她却精准地找到了他。

她靠在他的肩上，自下而上地看他，还有些不大好意思地道："我那是气话。"

"其实挺好看的。"她笑起来，脸颊有一个浅浅的梨涡，泪痣衬得双眸灵动。怕他不信，她又认真地说，"你穿什么都很好看。"

程宴北眉眼低垂，笑道："真的？"

"嗯。"她又认真地点点头，感觉他还有点儿不信，回想起自己那话有些过分，又继续道歉，"我那真是气话，我在你面前就特别幼稚，总想跟你赌气。"

"赌气？"他的笑意更深。其实他并没放在心上，但面上依然故作不悦。

她咬了一下嘴唇，生硬地解释道："你不相信我的话，总得相信我的眼光吧？我可是模特儿，我走的秀那么多，你穿衣服好不好看，我不会撒谎的。"

"你不是撒谎了？"他笑着说，"说我人模狗样的不是你？"

她看了他一会儿，以为他是真的在意，弱弱地说了一句："对不起……"

他见她真的道歉，又有些于心不忍了。他伸出手，轻轻地箍住她小巧的下巴，也低下了头，沉沉的气息拂过她的额头。

两个人这么一上一下的，她仰着头，定定地看着他，轻轻地咬了咬唇。

他的眸中满是她的倒影，目光从她的眼，扫到她的唇，低缓着嗓音说："不许再说对不起。"

"嗯？"

"说点儿别的。"他沉吟着说，"这句不好听。"

怀兮心下琢磨一番，问："不好听？"

"嗯。"

"那，"她用唇贴了贴他的鼻尖，想了一下，问道，"那你难道要我夸你不穿衣服也好看吗？"

程宴北闻言一笑，故作凶狠地朝她咬了一下。

他半眯起眼，伸出手，不轻不重地弹了一下她的脑门儿，低声警告她："你别勾引我。"

怀兮还不怕死地抬头，轻而快地啄了一下他的嘴角，看着他，无辜地笑起来，说："你不穿衣服是你勾引我，怎么成我勾引你了？"

程宴北见她一副牙尖嘴利的狡黠模样，垂下眼，睨着她，不由得也笑了。

怀兮朝他努了一下嘴，有点儿不满似的。

她突然从他怀中起身，双膝支撑自己跪在地毯上，去一旁的床上拿来那件有点儿皱巴巴的校服。

毕业照上也有她，在离他不远的位置。

拍毕业照那会儿，她还是长头发，近腰际。

她现在几乎都想不起自己留长发的模样了，一眼望过去，在一众稚嫩的面孔中差点儿掠过自己。

而他站在离她很远的位置，因为个子高，处于最后一排，但还是很好找。

拍毕业照时，所有女生穿着半袖白衬衫配红白格子裙的夏季校服。

南城七中的男式夏季校服并不好看，拍毕业照的前一天，巩眉让班上男同学都换了白衬衫。

怀兮在家穿的是轻便的棉质睡裙，这会儿拿着那件夏季校服在自己身上比画着，抬头去看他，笑得依然狡黠。她说："我现在穿这个，才是勾引你。"

程宴北一只手随意地搭在膝盖上，懒懒地看着她，声音喑哑地道：

"昨晚没吃够教训？"

怀兮定定地看着他。

他们依稀还能听到巩眉在楼下走动的脚步声，还有打电话的声音。她当班主任时练就了一副响亮的好嗓子，声音很有穿透力。

怀兮却没顾虑那么多。她这些年也长了些个头，却比以前更单薄纤瘦。半袖白衬衫穿上身，能明显感觉有些小了。

"有点儿小了。"她轻轻地抬头，笑着看他一眼，又去穿那条红白格子裙。

她刚套到腰臀上，还没完全穿好，腰部就传过来一股力道。他灼热的呼吸同时落在她的肩窝里，声音里蒙上一层克制的哑意，认真地问她："真要勾引我？"

这会儿谁不认真呢？

怀兮就像只小狗似的趴在他身上。

她穿好一身稚气的夏季高中校服，双膝就这么支在他的身体两侧，因刚才一脱一穿而显得凌乱的短发拂在脸颊上。

她再抬头看他，双眸水光潋滟，眼下一颗泪痣，显得又纯又欲。

楼下还有脚步声，巩眉是个闲不下来的性子，走来走去，高跟鞋的鞋跟敲击着地板。

怀兮动了动唇，似乎觉得说什么都不比行动来得直接。她扶着他的肩，对上他深沉的目光。

她眼睛湿漉漉的，看着他，然后眼睫轻轻一颤，一缕热热的，带着香气的气息朝他飘了过去。

程宴北按住她纤细的腰身，她的唇挨到他的，他就反客为主，深深地回吻她，然后道："还没吃够教训？是不是？嗯？"

她以前也是个纯真胆怯的姑娘，就是这么被他一点一点地教坏的。

从前还好，她想他，就会说出来，反正她知道，她要什么，他就会给她。

哪怕她没说，他也会不惜一切地去满足她那些可有可无，有则快乐，无也无所谓的虚荣心。

只是后来，大学四年间横着一段贯穿城市的冗长距离，这种可以肆意表达自己诉求的机会就变得少之又少。

她那时也总在想，她其实什么都可以不要的，只要他在就好了。

可是她没来得及说出口，或许是因为自尊不允许，她不能接受他的未来中没有她。

怀兮一边热烈地亲吻着他,一边还迫不及待地将他衬衫的纽扣一颗颗地挑开。她现在似乎也在用这种方式表达自己那种近乎自私、偏执的诉求。

吻了他一会儿,她忽然又停了停,凝视他的双眸。

程宴北一只手扶住她的腰,她渐渐坐回了他的怀中。

"我刚才收拾东西,翻到我之前一个男朋友寄过来的结婚请柬。"她看着他,平静地道,"什么时候我都不记得了。好像是去年的事了,直接寄到了我家。"

程宴北的眉毛轻轻一扬,道:"他想请你去?"

"嗯,是啊,我们都分手好久了。"她点点头,手攀住他的肩膀,又垂了垂眼,若有所思地道,"我那时在想,如果我结婚,一定不会请你来。"

他愣了一下,她又用食指和中指轻缓地摩挲他的嘴唇,目光也落在那里,语气淡淡的,抬头看他,神情认真地道:"不光是那会儿这么想,刚跟你分手那阵子,包括这么多年,我一直都这么想。"

程宴北默默地听着,捏过她摩挲他嘴唇的手指,温柔地亲吻她的指腹,静候下文。

"我特别怕你一出现,我在婚礼上连交杯酒都喝不下去了。"她定定地看着他说,"我很怕我在心底把你和新郎比较,问自己到底谁更好一些。如果你结婚,我也不会祝福你。要我祝福你,我做不到。可能这就是前任的自私心理吧,包括那时看到你跟立夏在一起,我就总在心里暗暗地和她比较,看看我到底差在哪里。过了那么久,我们分手了那么久,我居然还会这么自私地比较。"

"比起祝你跟别人天长地久,我比较想祝你爱而不得,甚至得而不爱。我也是个很自私的人。"她看着他,眯着眼笑起来,继续说,"我甚至一边希望这些年你离开我要好好过,一边希望你过得无比糟糕,某天突然想起我了,会后悔和我分开。"

她这么赤裸裸地表达着自己的自私,仿佛在他面前将自己脱了个干净。

他们之间也不应该再有芥蒂,有话直说比打着"不想伤害你"的旗号而选择欺瞒要好得多。

两个人对视,不约而同地沉默了一会儿。程宴北吻她指尖的动作,也停下片刻。

他看着她说:"我也想过,如果你结婚也不要请我来。"他沉声说,"这些年,身边很多人结婚了,我也收到过很多请柬。总是很害怕,某一天会收到你的。"

她正愣神间,他又抓过她的手指,放在他的唇上轻吻。

"前女友的结婚请柬我也收到过不少,"他看着她轻轻笑道,"我都没有去过。可能是因为太忙,然后就是觉得没什么必要吧。"

"但如果是你,如果是你,我肯定不想去。"他有些无奈地低头一笑,又凝视着她说道,"虽然,最后我一定会去,去看看你到底幸不幸福。"

怀兮看着他,咬了一下嘴唇。

"我不想去,可能是怕看到你身边站着别人。但凡你有一个表情告诉我,你跟他在一起并不是很幸福,"程宴北说着顿了顿,又自嘲地笑起来,然后继续说,"我会想带你走。

"我会想带你走,怀兮。我会想带你走。"

他重复三遍,静静地看着她,轻笑道:"好在,你结婚根本不想请我去。"

怀兮闻言也是一笑,轻轻地趴回他的身上,问:"那你这么多年就没遇到一个特别想结婚,或者她想跟你结婚的人吗?"

"遇见过想跟我结婚的,但是没遇到过我想跟她有个未来的人。"他靠在她的床畔,拥着她单薄的肩膀说,"之前有个女孩子,在我们赛车俱乐部做赛事经理。傅瑶是在她之后来的。她是沪城人,我们交往过。"

"然后呢?"

"一切都很好,你知道吗?一切都特别好。她是我这些年交往时间最长的一个女朋友,我们在一起六个月,好像就差最后一步了。可是,我做不到。"他说着,喟叹一声道,"我不知道我为什么做不到。明明我很喜欢她,她也很喜欢我,但是就感觉差了那么一点儿。"

"那时候我就发现,我好像病了。"他说,"我好像丧失了一种爱上别人的能力,好感有,喜欢有,但是爱不了。"

"爱跟喜欢还是不一样的吧。"她说着,也叹息道。

"是啊,差很多。"他笑了笑,又捧住她的脸,五指揉进她的头发,定定地看着她,嘴角带着笑道,"那时我想起了你,突然就明白了你当时为什么那么恨我。想跟谁有未来这种话不能随便说说,好在我再也没犯过这样的错误。"

她看了他一会儿，又有点儿生气地问："你只是那时才想起我吗？"

"也不是。"他说，"总能梦见。"

"梦见我什么？"

"梦见你当着我的面换男朋友。"他愤恨地咬牙，好似现在也能感受到梦里的愠怒。他说，"所以我就想，我们最好不要碰面。遇见了，你最好也别在我面前跟别人卿卿我我。"

"你也好自私啊，"她嗤笑道，"你们男人是不是都觉得前女友还是自己的女人？"

他倒是不否认："说来也奇怪，好像只有对你是这样。"

怀兮想了一会儿，又靠回他身上。

她从这天早上开始，就变得特别黏他。这种依恋，在沪城的那一夜好像也有过。依赖他，仿佛是再自然不过的事情。

"我也交往过快到谈婚论嫁地步的男人，"她轻声道，"是去年在巴黎碰见的一个儿科大夫。他是个混血，家教很好，也很有钱，对我很好。"

"你想和他结婚？"

"说真的，我想过。我也二十六七岁了吧，怎么着也该考虑这事了。"她说，"但我跟你不一样，我跟别人谈恋爱，基本记不清谁交往的时间长一些，谁比较短一些，就记得他对我挺好的。但他的家人不太喜欢当模特儿的，他比较站他家人那边……我那时就觉得，他好像也没那么好了。"

"你看，人真是奇怪。"她轻笑一声，似讥似嘲地道，"别人对你一百次好，你记不住，他只要不好一次，前面的一百次的好就统统都不作数了。就跟以前我们在一起一样，你对我那么好，但后面你又那么不好，我就觉得，你真是个浑蛋。玩了我那么多年，到头来你要走，把我甩得一干二净，还一点儿也没把我当回事。你要去沪城训练，去伦敦开赛车打比赛，你不要我们的未来了，瞒了我那么久，我居然还是从别人嘴里听说的。"

他听她这么抱怨了一通，箍着她的后脑勺，温柔地吻着她，想说一句"对不起"。一个字才刚出口，她就明白他要说什么。

她立刻回吻住他，如他不想再听她为自己当年的赌气与不成熟表达的歉意一样，她也不想听了。

过去的，好像真的过去了。

"现在呢？现在还作数吗？"他吻着她，低声问她，"还作不作数？嗯？"

"好的作数，不好的就不作数了。"她的吻停了一下，彼此都有点儿衣不蔽体，他前胸那一片文身肆意又张扬。

她定定地看着他，捧住他的脸，满目柔情。

不过片刻，她动了一下嘴唇，说："我们重新开始。"

重新开始。她曾经是那么一个害怕重蹈覆辙的人，这些年见惯了身边的人分分合合，知道分手又复合这种事，若非做好了可能会重蹈覆辙、过去的矛盾无法解决再分开一次的打算，是走不长远的。

她此刻也做好了这样的心理准备。

"如果我们再要分手，我会哄你。"她有些急切地道，似乎是怕未来的不确定先一步打败自己刚树立起来的心理防线。她说，"我来哄你，我不会那么任性了……我也该长大了。"

她后半句几乎是气都不喘地说完的。

程宴北静静地看了她一会儿，看到她露出急切到惴惴不安的表情。

那是一种怕再次失去他的表情。

他深深地平复呼吸，搂着她的腰，将她按回自己身上，让她又维持着刚才的姿势靠着自己。

"你可以任性的。"他抚摸她的头发说，"我现在不是什么都给不了你了。"

她的肩膀颤抖了一下。

"怀兮，你可以跟我任性的。"他低声且温柔地道，"我会哄你。"

"我再任性你也哄我？"她似乎也有些顾虑，迟疑着，又问他，"我们吵架了……你会一直迁就我，哄我？"

"当然了，我总不能让你因为我受委屈。"他笑了笑，又放低声音，佯装警告道，"你只要别拿别的男人气我，我都哄你。"

她也笑了，伸手环住他的脖颈道："我不会了。"

怕他不信似的，她又抱着他撒起娇来，连声说："真的不会了，不会了，以后有什么也会跟你说。"

"说好了。"他拍了拍她的腰，力度中略带警告，说话的声音却变得轻缓，"再敢就打屁股。"

他说着，已经付诸实践了。

他们都忘了巩眉还在家，很快，高跟鞋的声音就在二层响起。

"怀兮——"巩眉在门前站定，与他们隔着一道紧闭的门，放低了声音喊她的名字。

怀兮听着这个声音，抬头去看眼前的男人。

她没问他怎么办，他也没说怎么办，只低垂着眼，一片阳光落在他的眉眼处，温柔得不像话。

阳光一点一点地将这一处光景晃成一个从破碎到完整的梦幻场景。

"妈妈出门了。"巩眉似乎没想打扰房里的他们，只嘱咐道，"家里的冰箱里还有菜，自己做着吃，别老饿肚子减肥，你都那么瘦了。还有啊，你早上带回来的饭团我没吃，一会儿饿了拿微波炉热一下啊。都这么大的孩子了，别老让我操心，还让程宴北照顾你。"

程宴北听到她早上又背着他没吃早饭，低头，恶狠狠地去咬她的嘴唇，沉重的呼吸砸在她颤抖着的唇畔上，低声说："听到了吗？你妈让你多吃点儿。"

怀兮仰起头，迎合着他。她眸中染上一层层雾气，嘴硬地道："听不到。"

过了一会儿，巩眉的脚步声轻了，好像是下了楼，又出了门。

程宴北看到楼下驶来一辆车，停在她家门前。他又抱着她去了床上，说："之后带你去我家吃饭。"

大概四五年前，程奶奶病了，做了手术出院后，程宴北家就搬到了地处南城新开发区的那一头。

他常年在外忙着比赛，不放心请阿姨照顾，舅舅、舅妈生活和工作都在新开发区那边，多年来对奶奶多有照拂，帮了不少忙。

小城市行车并不麻烦，又是工作日，条条大路，从怀兮家这边出发，不出二十分钟就到了。

去陌生的环境见熟悉的人，怀兮总有些紧张。

上高中那会儿，程奶奶待她很好。那时两家离得不算远，前后小区中间隔着一条马路的距离，有时巩眉不在家，她就去程宴北家。

多年后才得知程奶奶生了病，她的心情不由得有些沉重。

程宴北将车开到楼下停好，扬了扬下巴，指着不远处一个楼口说："就在一楼。我怕住得高了，她过两天就把楼层给忘了。"

他笑得有些苦涩。

怀兮置于膝盖上的手指微动，有些惆怅地道："那为什么要搬家呢？住在以前那里不好吗？奶奶应该很熟悉以前的环境吧？"

"我太忙了。"他长长地叹了一口气,有些无奈。

车子熄了火也没动,他侧过身子,手肘支在她副驾驶座的椅背侧面,靠近她,眉眼低垂,也有几分怅然。

他抿了抿唇,对她解释道:"她刚手术那会儿我就有点儿顾不上她。我没毕业的时候一直在港城训练,你知道的,后来毕了业又跟着车队去沪城,在沪城待了一阵子又去伦敦比赛,时间安排得很紧,她动手术那天我就在欧洲赛的赛场上。这些年好多了,我不训练、不比赛就会回来。"

怀兮默默地听他说着,不禁眼睛泛酸。她回头看他,撞入他柔软的视线中。彼此温和地对视之间,好似胜过千言万语。

她伸出手,抚了一下他的手背。他似乎是察觉到她想安抚自己,立刻反握住她的手。

男人的手,结实又有力量。

与当初他牵着她走过的那一个个春夏秋冬相比,这只手依然温热,但比从前更让她有安全感。

怀兮不是一个会表达自己的人,程宴北知道。

他也知道她这么看着他,几番欲言又止是要说什么,却又说不出。他看着她,良久,倾了倾身,去吻她的眼角,然后低声说:"下车,跟我回家。"

于是怀兮被他牵着下了车。

她特意换了身还算乖巧保守的衣服,白T恤搭帆布鞋,清爽又干净。那会儿两个人洗过澡从她家出来前,她还开玩笑自己要不要穿高中的校服去。

据说程奶奶现在还觉得程宴北在读高中,也很惦念她。

现在大概是下午三点多,去吃顿饭不早不晚的,出来前在她家也吃了一些。她害怕添麻烦,进门之前还跟他说:"要不我陪奶奶说说话就好,就不吃饭了。"

话才刚说完,正准备拿钥匙开门的他就睨了她一眼,眼神有点儿凶。

她缩了缩脖子,说:"行吧……都随你。"

他勾起嘴角轻笑一声,打开门,牵着她进去。

程宴北的舅舅、舅妈有自己的店铺,中午那会儿他回来了一趟,舅妈正好在家给奶奶准备饭菜。因为程醒醒上次闹脾气走丢的事,他还请了阿姨。

这会儿舅妈回去了,照顾奶奶的阿姨也不在家。

奶奶好像在屋子里睡觉,整个房间里静悄悄的。

怀兮又有点儿紧张,唯恐自己打扰了别人,把他的手攥得更紧一些。她扶着他,同他一起换鞋。

"去沙发上坐一会儿。"程宴北低声说了句。

怀兮有点儿反应不过来,好像高中那会儿第一次来他家,面对陌生的环境很局促。她抬了一下头,迟钝地"嗯"了一声。

他看着她笑笑,伸手拍了一下她的脑袋,稍稍靠近,放低了声音说:"乖,去坐一会儿。"

她眨了眨眼。他这么靠近她,她不由得有点儿脸红,还像个情窦初开的少女。他猝不及防地离她这么近,她就脸红心跳的。

于是她转身,去了沙发那边坐下。

程宴北则去了厨房的料理台那边。

奶奶又将刀具放到了容易掉下来的位置,他跟照顾奶奶的阿姨和舅妈强调了很多次,但是无用。

他将衬衫袖子层层叠起,整理好,然后拿了水壶接水。

水声一直在响,在静谧异常的房间里显得非常突兀。

怀兮坐在沙发上,双臂微微撑在身体两侧,还是有些拘谨。她抬头打量一番布置。

房子不大,却很温馨。可能是他怕装潢的气味不好,所以没怎么精装。墙壁上用一些编织画装点,阳台上大部分都是花花草草,生机盎然。沙发一侧的地毯边放着毛线团,有织了一半的黑色毛衣。

看起来是织给他的,但明显尺寸小了很多。

以前程奶奶就爱摆摆针线摊什么的。他第一年没参加高考,就是因为在学校里跟人发生冲突,几个坏学生放学后砸了程奶奶的摊子,还去小学门口掀他妹妹的裙子。于是他跟人打了一架,没参加那年的高考。

她又去看他在厨房忙碌的身影。

他穿了一件黑色衬衫和一条黑色长裤,衬得整个人高大修长,是宽肩窄腰的好身材。他比以前真的高了不少。

以前她也想过,能不能跟他有这么一个小家。房子不大,但胜在温馨,不需要很多钱,就能好好过一生。

终归是她太年轻,想得太简单了,也没想到人生的上坡道与下坡道之外,还有很多所谓的"没想到"与"想不到"。

这年头单是一句没钱,就能难倒很多人。

从前她也喜欢这么看着他在房间里忙碌，看着他的背影，就好像过了很长的一生。

她正支着脑袋看他，他已经将热水壶放到了加热器上，然后走了过来。

他的长腿抻开，坐到她身边，背靠着沙发将她的肩揽过来，让她靠在自己的胸前，有点儿沉重地叹了口气，问："很久没来了，不舒服？"

怀兮靠着他，耳朵贴在他的胸口，依稀能听到他的心跳声。她环住了他的腰，很依赖的样子。

"没有。"

"不好意思？"

"嗯。"她点点头说，"就觉得，特别不好意思。"

她和他都知道，当时她如果知道他奶奶病了的事，一定会不遗余力地帮忙。她的父亲和哥哥都是医生，肯定能为奶奶安排最好的就医资源。

但或许，有了之前她背着他让怀兴炜给他安排港城大学奖学金的事，所以在更难的事面前，他的自尊不允许他这么做了。

他说他那时什么都给不了她，他不允许自己再依靠她。

这世上，人人都有各种各样的理由为自己辩驳，为当初自己幼稚的错误辩驳。但回过头来想想，大家的确有各的苦衷，各有各的理由。

每个人都有自己的难处。

她也总在想，如果当时自己不赌气，稍微耐心一点儿，结局又会不会不一样？

如果他能坦荡一点儿，放下一些不必要的坚持，结局会不会少一点儿遗憾？

"别多想。"他说着，拍了拍她单薄的肩膀，又轻缓了力道，好像是怕把她给拍疼了。

她比以前瘦了可不止一点儿。从前她也纤瘦，但不至于像现在这么骨感。

"你饿不饿？"他问她，"要不我们先出去吃点儿东西？"

从她家出来前，她把早上的饭团热了填点肚子。平时还好，今天她真的有点儿扛不住了。在他的勒令与看管之下，她终于吃了东西。

他奶奶还在睡觉，明显不好打扰。

怀兮用脑袋磨蹭他的胸膛，说："等奶奶起来一起吃吧。"

"真不饿？"程宴北不禁一笑，低头去看她，说，"我还没问你，你这么扛饿的功夫是什么时候练出来的？"

"好多年都这样了，习惯了。"她说着，看到一本杂志扔在茶几上。

是她和他拍的那一期《JL》。

杂志是一个星期前发售的，怀兮也收到了样刊。她那会儿还在怄气，扔到港城怀礼的公寓里也没带回来。

这几天巩眉还盘问她到底去沪城干吗了，拍的杂志呢？她都搪塞了过去。

现在纸媒刊物没落，小时候小区门口、学校旁边的报刊亭都陆续消失了。如果不细心留意，平常根本不会注意。

杂志封面上，外滩边的她一身湿透，妆容却依然明艳，被他从身后环于身前。两个人这么紧紧依偎着，一起靠着那辆与他的SF100近乎1∶1比例的红白相间的赛车模型。

他也几乎浑身湿透，一件白色衬衫勾出极具张力的轮廓。

他们如此相依，好似在抱团取暖。

拍摄那会儿就有人夸他的表现力出奇的好，现在看来的确如此。他身上有一种很明显的侵略感。

至少她见到他的第一眼，就有些移不开目光，觉得他很危险，又不由自主想多看两眼。

"你知道我见你的第一眼，就是你突然空降我们班，我的第一感觉是什么吗？"怀兮与杂志封面上的他对视，问身边的他。

程宴北一敛眸，低头看她，问："什么？"

她抬起头，笑意盈盈地道："我第一眼见到你，心里想，你肯定不是什么好东西。"

程宴北轻笑一声，搂着她腰的手狠狠地捏了一下她腰上的肉。她一天都腰酸腿软的，被他这么一捏，又软软地趴回他身上。

他笑着说："我是不是好东西，不是只有你最清楚？"

怀兮懒得跟他开玩笑，一只手置于他肩膀附近，隔着一层衣料去摩挲他胸口的文身，又问他："你这块儿，什么时候文的？"

"车队刚成立那会儿，三年前吧。"

"你们车队的名字也跟文身有关系？"

"不知道。"他沉思了一下，笑道，"车队名字不是我取的，但我去文身时，脑子里冒出来的就是这句话。"

还是忘不了。

怀兮轻哼一声,明白了他的意思,又有点儿任性地往他怀里钻。

"也总有人问我的文身哪里来的。"

"你怎么说?"

"我说,"她的手钻进他的衬衫下摆,将落不落的。她说,"我和我前男友一起文的,我和他的文身是一对。"

程宴北一笑,道:"那他们问你的前男友那块儿文在哪儿,你怎么说?"

"我说他文在屁股上了。"

"屁股上?"他觉得好笑。

"是啊,然后他们说,'你的前男友真没品位,分得好'。"

程宴北拥得她更紧了些。

怀兮的手指捻着他衬衫最下方的一颗纽扣,又若有所思地道:"不过我说,"她抬起头,直直地看着他,对上他深沉的视线,说,"是我让他文在那里的。"

他默默地看着她,静候下文。

"我知道就算我真的让他文到屁股上,他也会这么做。哪怕会被以后的女朋友嘲讽没品位,甚至可能以后结婚了,还觉得跟前女友的文身很羞耻,想去洗掉。"她定定地看着他,继续说道,"但我知道,不管以后怎么样,他当时肯定会答应我。他总是顺着我,就真的是个在我这里很没有底线的人。"

"但我在他那里也很没有底线。"她说着又趴回去,"你说,如果我结婚,你来参加我的婚礼,可能你会想带我走。但我总在想,但凡你看我一眼,你的眼神中有一丝后悔,我可能都会想跟你走。"

程宴北抚着她单薄的肩,低下头,吻了一下她的发际线。

两个人这么沉默着相拥了一会儿,卧室那边突然传来动静。程奶奶睡醒了。

紧接着,传来温和的一声:"小北啊,回来啦?"

"我过去一下。"

程宴北说着,松开了怀兮,起身去扶着奶奶出来。

几年没见,程奶奶明显老了许多,但这几年调养得好,气色还算不错,人跟从前一样依然精瘦。

她被程宴北这么扶着,倒有点儿不服老似的,喋喋不休地道:"哎呀，我跟你说了别扶我了，我自己又不是不能走。你不是还要上学吗？快高考了，操心点儿你自己的事。放开，放开，我要喝水。家里有水的吧？"

"嗯，有。"程宴北说着，绕到料理台那边将烧好的水拿过来，掺了点儿凉白开，用手反复试杯壁的温度，觉得差不多了才递过去。

怀兮此时也站了起来。

程奶奶正准备接过水，突然注意到了客厅里的怀兮。她从前一双清明的眼略有些混沌，虽气色尚佳，但依然掩不住几分糟糕的记性造成的颓靡神色，以及大病痊愈后的耄耋之态。

她眨了眨眼，看了看怀兮，又看了看一旁的程宴北，迟疑着问："这是谁呀？"

程宴北极力想装出自然的神态，眉心却情不自禁地轻轻拢着。

他深深地看了怀兮一眼，对奶奶说："是怀兮。"

"怀兮？"奶奶似乎不怎么熟悉这个名字，半晌才反应过来，问："是……小兮吧？"

她匆匆看向怀兮，急于求证。

"是小兮吧？小兮？"

怀兮忍了忍鼻酸，点点头道："奶奶，是我。"

"哎呀……你都好久没来家里啦。"奶奶说着放下水杯，想靠近她，又有点儿不敢靠近她，好像对一头利落短发的她非常陌生，"你的头发呢？头发怎么剪短了？

"你是来等小北一起去晚自习的吧？唉……多好看的头发，怎么就没了呢……"

奶奶这么唠叨着，怀兮已经红了眼眶。

奶奶又去看程宴北，有点儿严肃地道："你们之前是不是吵架啦……怎么小兮最近都不来家里了，来了头发就成这样子了，是不是吵架了？"

怀兮还没说话，程宴北已淡声接过了奶奶的话，说："嗯，但我们已经和好了。没事了。"

"真没事啦？"奶奶还是有点儿不放心。

"没事了。"他强调，"真没事了。"

"没事就好。"奶奶这才放心下来，重新拿起杯子，慢吞吞地对他说，"你是男孩子，要多让着小兮一些啊。不要总跟她吵架，欺负人。"

程宴北看了怀兮一眼，他的眼眶也泛红了。

他点点头,应道:"嗯,我知道。"

怀兮跟程宴北分手的那几年,从没听说过他家搬走的事。

从前他们两家的小区就隔着一条马路,前后关系,离得很近。分手的那些年,怀兮甚少回南城,渐渐就遇不到程奶奶了。

那天下午,程奶奶拉着怀兮聊了很久。

怀兮是没有小名的,从小到大父母和哥哥只会叫她"怀兮",只有程宴北的奶奶叫她"小兮"。高中时她第一次去他家介绍自己,程奶奶就这么叫她了,亲昵又独特。

程奶奶的记性总是时好时坏。

日常生活中的事,多提醒几遍她也能记住一些,但就是只记得程宴北和怀兮还在读高三,念叨着他们还在一起,她"最近"不来家里玩了,一定是他惹她不高兴了。

他们不知该哭还是该笑。

在奶奶那里吃过晚饭,程宴北就送怀兮回了家。

从开发区驶到她家附近,天都黑了。

华灯如炬,街景万分熟悉亲切,几家傍着学校的本地小饭馆从他们小时候一直开到现在。路过南城七中校门前,两丛梧桐行道树夹着一条宽敞的林荫道,绵延至不知名的远方。

很熟悉。

怀兮一直盯着车窗外出神,若有所思,一路上话也少了些。

送她到了门口,两个人不约而同地沉默,谁也没有下车。

小半天的沉默过后,是她先对他张开了怀抱。

他只愣了一瞬,然后深深地吐了口气,仿佛卸下了什么重担,伸出双臂,紧紧地回拥她。

就像那些年,彼此慰藉的青春。

她偏偏让他在她家赖着,两个人过了几天同居生活。

南城的夏季来势汹汹,气温一天比一天高,白天两个人在家吹空调、看电影、一起做饭。临近比赛,他要开始做一些必要的体能训练,傍晚两个人就一起去健身房锻炼身体,结束后手牵手在江堤附近散散步,回了家洗漱干净,相拥而眠。

人年少时总羡慕轰轰烈烈的感情,爱就爱到极致,恨也恨到骨子里。最好永远铭记彼此,在过后那些平平无奇的日子里,想起对方都会惴惴不安,依然心有余悸。

可轰轰烈烈到了头,发现所有故事的结局都会趋于这样的平淡安稳。

也许彼此不再相遇,各自过好平淡的人生;也许彼此再相遇,对过往种种不计前嫌,平淡地打一声招呼,短暂的交集后,再匆匆告别。

他和她却是第三种结局。

过了几天,怀兮要去一趟港城。程宴北送她去的高铁站。

ESSE 有个商业秀展。怀兮还以为是个大型活动,结果才一下午就结束了,连网络路透图都没几张。

她离开 ESSE 一年半的时间,新人旧人出类拔萃的不少。ESSE 虽然在重新签她时开出的条件还不错,但不能一下就将她捧高,这样不能服众,所以只能一点一点地来。

月底,ESSE 还定了她去当程宴北他们欧洲赛的赛车宝贝,这么大的国际赛事,算是在重新捧她了。

在港城,怀兮就跟怀礼打了一声招呼,说自己有工作来了一趟,住的酒店。

怀兴炜那边她也没去,就逗留了两天一夜,就又回了南城。

怀兴炜还挺生气,问她回去那么快是不是赶着去相亲。他应该是听巩眉说起她前阵子在相亲的事。

巩眉居然能跟怀兴炜一句不吵地打一通电话聊起她的情况,也不知两个人是什么时候联络上的。

不过算是个好现象,她也乐意被怀兴炜多念叨几句,然后解释说她不相亲了,她的男朋友在南城。

怀兴炜紧接着问她:"哪里的男朋友?是不是相亲对象发展来的?"

"不是,"怀兮看了看自己新做的指甲,说,"是程宴北。"

"程宴北?"怀兴炜想了半天,想起是她在大学时交往的那个男孩子,有些惊讶地道,"那孩子,我记得他现在在开赛车吧?挺厉害的了,你们怎么又凑一块儿去啦?"

"我们还真就好一块儿去了。"怀兮听着心烦,顶嘴道,"你有空别老操心我的事。还有,我还说呢,你跟我妈打电话少吵架,她跟你吵你也别跟她急,她就那脾气。"

"别了,我跟她都不一块儿过了还容忍她的脾气?"怀兴炜说,"再说了,我们都好久没吵架了。"

巩眉的确跟徐老师出去游玩了，怀兮猜得没错，去沪城看人家儿子根本就是个借口，别说沪城了，云南丽江都游了一遭。

一同前去的还有跟他们一块儿退休的几个老教师，估计是巩眉抹不开面子跟徐老师单独去，于是就组织了这么一群人。

巩眉在朋友圈晒的合影都是一群人一起拍的，平日雷厉风行的她站在气质温厚儒雅的徐老师身旁，居然有几分娇羞和局促。

怀兴炜还在底下点了赞，真是人间奇事，看起来两个人的确不吵架了。

巩眉这些年气不过归气不过，其实过去这么久了，也多少能想通一些。怀兮上次一番苦口婆心的劝说，她明显也听进去了。

怀兮最开始上大学那两年，巩眉连怀兴炜的社交账号都不屑加，后来为了掌握她的情况硬着头皮加了，一聊天也都是争吵。

去年快退休那会儿，巩眉在朋友圈分享什么优秀教师的链接，怀兴炜也点了赞。

怀兮那时还以为是自己看错了，仔细看的确是，她暗自琢磨着，或许巩眉就是嘴硬，心气太高，其实与怀兴炜之间私下关系也有缓和。

前段时间她去港城给怀兴炜过生日那件事，她撒了谎，那几天发朋友圈都不敢带定位。

每年一到怀兴炜生日巩眉就极其敏感多疑，这次也没多问她，估计睁一只眼闭一只眼，不跟她计较了。

成年人总是在用他们自己的方式和解。

回来的那天，程宴北来高铁站接她。

到站大概是下午四点多，五月的南城有阵阵潮热。怀兮从港城过来还穿了件薄外套，临出来前去卫生间补了个精致的妆，外套也脱了，只穿一件吊带红裙，艳光逼人。

程宴北靠在车旁抽烟，见她出来，眉眼一扬，露出了笑容。

他半抱着手臂，倚着车门，先是抬头凝视她几秒，嘴角的笑意越发深了。

几日不见如隔三秋，不像那时在沪城重逢，他们之间仿佛横亘着一道厚重的墙，只露出一道缝隙得以窥见彼此。谁多看谁一眼，都是暴露与认输。

程宴北毫不避讳地打量她，没了芥蒂与隔阂，怀兮也扬起笑容，迈开步子朝他走过来。

他向前走了几步，顺手接过她手里的行李，再搂着她纤细的腰。

她顺势接过他的烟，放在自己嘴里吸了一口，等烟蒂沾惹上她的红唇印，又放回他的嘴里。

程宴北为了方便她把烟放回来，还倾了倾身，咬回烟，睨她一眼，笑了笑，带她上了车就直奔市区。

程宴北今天在他家的旧房子里整理旧物。

他本想直接送她回家休息，她却赖着不走。他强势地把她送到家门口，她却抱着他的脖子死活不肯下车，非要跟他一起过去。

于是他只得顺从她。

程奶奶在开发区的新家住习惯了，之前程宴北本来不想搬的，更换居所对得了阿尔茨海默记性不好的老人不算是什么好事。

奶奶做完手术刚恢复的那阵子，恰逢他在国内外比赛，正是比赛如火如荼之际。为了方便舅舅一家照应奶奶，加之开发区那边的气候环境比老城区要好很多，所以就搬过去了。

程宴北家的旧房子现在准备卖掉了。

这房子是程宴北爷爷辈留下来的，跟怀兮家是相邻的小区，两家房屋结构很像，也是一栋两层的小复式。

不过二楼没有怀兮家那么宽敞，只有一个不算宽敞的小阁楼，以前是他的房间。

房间里还放着他以前上学时的书本和衣服，之前他没跟奶奶一起搬到开发区那边，偶尔回南城不想打扰奶奶休息的时候，就会来这边住。

客厅还算空旷，东西基本上都搬没了。阁楼上跟上高中那会儿比却没什么变化，怀兮一进去，还以为自己穿越了。

她上上下下溜达了一圈，似乎被勾起了回忆。她从阁楼沿楼梯下来，程宴北已脱了外套，上身穿一件黑色背心，蹲在地板上整理东西。

怀兮问："你家这个房子卖了，你住哪儿？你就算打比赛很少回来，回来了也总得有住的地方吧？还跟奶奶一起住？"

"住奶奶那边也可以。"他说着，站起身，手抚了一下自己的后脑勺，活动着肩膀，看着她。

半晌，他突然问了一句："或者，你想住哪儿？"

怀兮一愣，顿在楼梯上。

彼此对视之间，有一种对过往旧事的不甘与惊惶。

尤其是她。从前他也问过她这个问题,她跟他说毕了业想留在港城。她很喜欢那座城市,他说那他也留在港城。

他们一起工作,一起生活。

她知道他有多么不喜欢那座城市,最开始报志愿时他都没考虑过那里。港城是他母亲将年纪尚小的他和妹妹抛弃的地方,后来也成了他和她分手的地方。

她这些年,甚至前些日子,总在想当初是他们渐行渐远,对彼此不坦荡,将隐瞒当成一种不想伤害对方的方式,所以才造成了那样的后果。

后来她总在想,是否从他的角度来说,是她抛弃了他呢?

他是一个那么厌恶别人抛弃自己的人。

从最开始看他的第一眼,到他们在一起,每次亲吻,每次缠绵,她都能感觉到他内心深处的孤独。

他需要她的慰藉。

而他现在如此看着她,竟目露不安。

或许是因为曾经草率地定下约定,到后来爽约,犯下那些年少时自以为是的错误,不敢与她谈更远的未来。

怀兮看了他一会儿,笑了笑,有些认真地道:"我还没想好。"

她不像有怯意,回答得一板一眼。

程宴北的眉眼舒展开,半开玩笑地问:"是真没想好,还是不想去想了?"

"真的啊。"她朝他撒娇,伸出了手臂。

他上前从楼梯上将她抱下,她抱着他的肩膀站定,定定地看着他,对他解释道:"就是没想好。你跟我的工作都是常年在外,少说也得再在外面居无定所地跑个七八年的样子吧?南城有你和我的家人,但这座城市太小了,这几年气候不好,老有雾霾,对奶奶的身体也不好。港城吧,好像也没那么好了。沪城的话,节奏太快了点儿……所以,就还没想好。"

她说得头头是道,他倒是听得挺认真,认为她说的话有几分道理,沉吟一下后看着她,笑道:"那你想好了告诉我。"

"嗯?"她一愣,问,"你都不考虑自己的吗?全凭我的感受?"

"我听你的。"他说。

怀兮的心颤抖了一下,四目相对之间,她的眼中也泛起温柔。

"那我说我们别找地方定居了,就现在这样挺好,我们环游世界得了,你也听我的?"

环游世界,多么幼稚的建议。

仿佛小时候写在同学录上的"未来的梦想"一栏的话,幼稚又空泛,不知未来会被多少外界因素所支配。

"可以。"他点点头,嘴角半勾起,表情依然认真地道,"你想就可以。"

"天哪,你这样真不怕惯坏了我吗?"怀兮讶然笑道,"你跟我都这么忙,你还要比赛,我的工作行程也不固定,哪有时间出去玩?"

她说着,推了推他。

她倒是没有不信任他,只是觉得他无限纵容自己这样有点儿无厘头的建议,让她觉得自己跟没长大似的。

她正这么想,又被他猝不及防地搂住腰。

他将她按在自己身前,一只手捧住她的脸,温柔地吻了一下她的额头。

她正不知所以,一抬头,对上他温柔的眼睛。他说:"当然要惯坏你了。"

怀兮抿了一下嘴唇,嘴角忍不住扬起一个弧度,看着他,轻轻地笑起来。

等他们收拾得差不多时已经快晚上七点了。

怀兮从港城奔波到南城,这会儿早累得没有力气了,背靠着楼下的沙发,不知不觉就睡着了。

睡梦中,她依稀感觉到他抱着自己上了楼,呼吸和心跳一样沉稳。

再醒来,她躺在他阁楼的床上,身上掩着一条薄被,楼下飘来饭菜香。

怀兮从床上坐起,打量四周的陈设,的确是他阁楼的房间。

衣柜门半敞着,挂着他各式各样的衣服,衬衫、T恤,多数以黑白灰为主,还有一部分挂在角落里的是他从前上学时穿过的,尺码明显小了许多。

校服的衣摆随着从窗棂吹进来的风飘飘扬扬的。

她下了楼,见他在厨房那边忙碌。他上身还穿着那件黑色背心,肌理线条流畅,身形健硕,肩宽腰窄。没了衬衫下摆的遮掩,他的双腿更显修长。

程宴北在她睡着的时候出去买了东西回来,炒了两个简单的菜,盛出来摆放到一旁。他刚将盘子放好,腰上就多了一双手。

两只白皙的手,十指指尖一圈鲜艳的樱桃红。

她从后面抱着他,温热的脸颊贴在他宽阔结实的背上,好像没睡醒似的。她问他:"我睡了多久?"

程宴北放下手里的东西,握住她的手说:"没多久。"然后他抚摸着她的手,转过身去。

他倚在料理台边沿,两条腿半抻开。

她不撒手,任他在臂弯这么转了一圈,转过来,她又将脸颊贴在他的胸口。

他伸手轻抚她的头发,凝视她低垂的眼睫,问她:"饿了?"

"有点儿吧。"她点点头。

时候不早了,外面天都黑了。

他看了一眼天色,拍了拍她的后腰,让她松开自己,他去将菜端上餐桌。他说:"我们去吃饭。"

她却还是不肯撒手,撒娇似的将他环得更紧了一些,手臂一收再收,就是不松开。

"怎么了?"程宴北低头一笑,看着她这副撒娇的模样,语气都温和了几分。他问,"不是饿了?"

"就一点儿。"似梦似醒的呢喃,她又在撒娇了,"我能扛。"

"你能扛?"他好笑地道。以前她跟他在一块儿时都没这么害怕吃饭,现在吃一口饭就要计一口饭的热量。

他不禁心疼她。

他知道她这些年当模特儿,苛刻地管理身材是必须的。他宽大温热的手掌抚着她T恤下摆露出的一截皮肤,若有所思片刻,然后温声道:"在我面前就别扛了,乖,吃饭。"

怀兮其实是想跟他好好吃顿饭的,他们有很多年没有这样的机会可以这么坐下来好好地吃一顿饭了。

这段时间的朝夕相处,仿佛在弥补着过去那些遗憾。

而她在他面前是任性的,孩子气的。她就是抱着他不撒手,要他哄她。

"听话,吃饭了。"他就这么抱着她,哄着她,两个人推推搡搡地到了餐桌那边。

好不容易将牛皮糖一样黏人的她从身上扒拉开,再给她按着坐好了,她又仰起头,娇嗔地道:"我今晚不想回家了。"

程宴北垂下头，凝视她，又抬手将她脸颊的头发拨开，低声问："住我这里？"

"嗯。"

前段时间他都是住在她家的。

"好。"他又伸手抚摸她的脸颊，拇指摩挲她柔软的唇说，"但是先吃饭，好不好？"

她点点头，答应了他："好。"

"手机我没收了，别吃一口算一口热量。"他转身回料理台那边，回头瞥了她一眼。

她支着脑袋看着他的方向，好笑地问："我们公司可是要定期检查体重的，我如果失业了怎么办？"

她说得有点儿夸张，顿了顿，又继续问："我本来才回去没多久，身材管理是职业素养，我丢了工作你养我啊？"

"可以啊。"他一边回应着她，一边回头对她一笑，嘴唇勾起，眉宇之间没了从前的倨傲。他说，"我养你。"

怀兮看着他的背影，瞬间沉默下来。

他不像是在开玩笑，话语随性，却不似当年对她说"我想我们有个未来"时那般轻狂、不成熟了。

她望着他，若有所思。

有一种感觉这些天一直在她心里萦绕，好像有什么变了，变得天翻地覆。

但好像又有什么一直没变过。

"你听我的话，乖乖吃饭，我就养你。"他依然随性地说着，半开玩笑的话语中却能听出几分真心。他又说，"对了，刚才还有人给你打电话。"

"嗯？"怀兮回神，去看手边的手机。

她睡着之前随手将手机扔在楼下的沙发上了。

她翻了一下通话记录，是孟旌尧打来的。

程宴北还接了。

连带着还有几条没来得及回复的微信消息，一长串下来，全是未读的小红点。她从高铁下来再到他家，都没怎么看过手机。

她翻了翻消息，顺手点开一条，恰好是孟旌尧的消息。

是他在港城做调酒师的那家酒吧拍的照片。

灯火昏暗的环境，觥筹交错，形形色色的男男女女。

明显是他拍的，拍摄的酒吧环境，孟旌尧穿着调酒师的西装制服，站在酒架前调酒。只是一道剪影，看不清他的眉眼，只能依稀通过利落干净的寸头分辨出是他。

轮廓与程宴北很像。

孟旌尧应该是看到了她昨天在港城发的朋友圈，带了定位，问她有空要不要和男朋友去他们店里坐坐，好久没见她了。

估计他打电话过来，程宴北接起，他也是这番说辞。

她不知程宴北跟孟旌尧说了些什么。这时，身后突然传来一道气息。

"看他干什么？看我。"他嗓音沉沉地拂过她的头顶。

怀兮一抬头，正对上他的视线。

程宴北支着两条手臂在桌子上，将坐在餐桌前的她环于身前，看了看她，又扫了一眼微信上孟旌尧发来的照片。

备注和来电人姓名一样。

"哪儿来的？"他问她，"我还以为是你的工作电话。"

"之前喝酒认识的。"她老实地回答，放下手机，扬起头来，有点儿挑衅地道，"跟你很像是不是？是不是有危机感了？"

他凝视她，表情带点儿警告的意思，然后哼笑一声，吻在她的额头上，说："晚点儿收拾你。吃饭。"

第九章
爱了很久的我们

CHI
CHAN

　　Firer 与 Hunter 两支对家车队在上月沪城几家赛车俱乐部联合举办的练习赛打过照面后，即将在这个月月底的欧洲赛上再度碰面。

　　蒋燃在沪城练习赛后空降成为 Firer 的队长，带领车队在伦敦封闭训练了半个月，又返回沪城训练了近一个多星期的时间，才终于有空休息。

　　Firer 不比从前他在 MC 的 Neptune，Firer 在赛场上战果平平，队员多年来散漫成性，左烨这个退居二线的前队长也吊儿郎当的。

　　蒋燃当队长的经验比左烨丰富，又是以"魔鬼训练"著称的 MC 俱乐部出身，还是前热门车队 Neptune 的实力队员，在好几项国际赛事上成绩斐然。他一来，队员们都不敢偷懒了，近一个月的时间，在他的带领下，大家训练都相当刻苦。

　　他们的对手不再是往常赛场上那些水平一般的虾兵蟹将，而是在上月的沪城练习赛后进行了精英选拔重组，实力更为强劲、炙手可热的冠军车队 Hunter。

　　人人都有了危机感。

　　况且他们都清楚，蒋燃放弃了作为精英车手加入 Hunter 的机会，与 MC 俱乐部解约来到他们 Firer，可不单单是看在左烨的面子上。

　　跟过去的老东家，过去亦敌亦友的老队员、老朋友们在赛场相见，他是想赢的。

蒋燃这天终于得空休息，傍晚在赛车场收了车，晚上被左烨叫出去与队员们融洽关系，找了个地方喝酒。

　　他来时，左烨他们一群人已经喝了几轮。

　　左烨看到他来，举起酒杯示意，迎着他过来，大大咧咧地跟旁人开他的玩笑："我还以为你上哪儿泡妞去了，不来了呢。"

　　众人哄笑。

　　蒋燃找了个地方坐下。他穿一身休闲装，天气渐热，沪城的气候也潮了不少，他将手臂搭在身后的椅背上，随意地点了支烟。

　　青白色烟雾将他的眉眼遮住，有几分说不出的低沉。

　　左烨凑过去揉了揉他，推过来一杯酒，说："怎么了？船二代，心情不好？"

　　蒋燃家在港城是开船厂的，是个家底殷实的富二代。家中本就对他不着家地开赛车到处比赛颇有微词。前段时间他好像又跟家里人闹了矛盾，挺不愉快的。

　　蒋燃瞥了左烨一眼，没说话，手随意地滑动手机，若有所思。

　　Neptune 的路一鸣当时跟着蒋燃一起退队来了 Firer，他跟程宴北的那些八卦左烨私下也听说了。

　　听闻他跟程宴北前女友在沪城那段时间有点儿暧昧，回沪城都快半个月时间了，也没见他这么一个以前身边少了女人就不行的人跟谁厮混。

　　左烨问他："你跟那个造型师没联系了？"

　　蒋燃的手指按着太阳穴揉了揉，眼皮耷拉着，透着点倦意道："回沪城见了一面。"

　　他顿了顿，一旁的左烨静候下文。

　　他却没往下说，有些烦躁地将手机关掉，扔到一旁，随手将左烨刚推过来的那杯酒端到手中，浇愁似的仰头喝下大半杯。

　　"没了？"左烨失望地问。平日里他们一群人聊起女人来一句接着一句，到蒋燃这里很快就熄了火，没了下文。

　　"没了。"蒋燃淡淡地道，深深地吐了一口烟，继续说，"没联系了。"

　　"你不联系她，还是她不联系你了？"左烨调笑道，"除了怀兮你也没在女人身上栽过跟头吧？"

　　左烨说着拿出手机，随意地翻了一下朋友圈，翻到怀兮前阵子发到朋友圈里她跟程宴北一起健身的照片。

　　两个人运动一番后大汗淋漓，都穿着轻便简单的运动服，站在落地镜前拍照。

一张是怀兮短发凌乱地贴在脸上，程宴北站在她身后，一只手搂在她的腰上。她的马甲线隐隐约约，说不出的好身材。

另一张是她直接被他架到了肩头，身下的男人身形健硕有力，看起来毫不费力。她纤细的双腿环在他的身前，低下头去吻他的侧脸。

左烨心想：蒋燃估计也看过了怀兮的朋友圈。

蒋燃瞥了一眼左烨的手机屏幕，不动声色地移开目光，没说话。

"你看过了吧？说起来，前几天我看到怀兮朋友圈还挺惊奇的。就那几天我听在Hunter的朋友说他们队长找了个新嫂子，我猜是怀兮，没好问，结果就见她发朋友圈了。他们复合了你知道吗？"左烨状似随意地说着，实则有点儿试探的意味。

"知道。"蒋燃回答得毫无波澜。

"没什么想法？"

"没有。"蒋燃吐了个烟圈，有点儿自嘲地笑道，"我能有什么想法？"

"那你就是对那个造型师有想法。"左烨打趣道，见蒋燃笑了，似乎心情和缓了些，又揉了揉他，问，"到底怎么回事？你们不联系？"

蒋燃掸了掸烟灰，整理好思绪，淡淡地道："回沪城我们只见了一面我就训练去了，那几天天天训练到深夜，没时间联系她。"

"她生气了？"

"不知道。"蒋燃迟疑地道，"反正她没联系我了。"

"那就是生气了。"左烨下了结论，"你没打电话问她吗？也不能总等女人联系你吧？"

"没打通，停机好几天了。"蒋燃苦笑着说，"问她公司的人，说她辞职了，好像是被另一家公司挖走了。"

"啊，停机了啊？"左烨也百思不得其解，"怎么回事？"

蒋燃也不知道是怎么回事。

好几天都联系不上立夏，他也惴惴不安地想过自己是不是做了什么，说了什么惹了她不高兴。

她不算是个烈性子的女人，比起怀兮的直脾气倒是要平和稳重得多，这么不告而别也实在不像她的风格。

就算是换了电话号码，消息总不该不回吧？

蒋燃这么想着，又拿出手机，在立夏的聊天框上停留。

他的头像还是钢铁侠。

《复仇者联盟》系列重映了一个多月热度都未减，之前在沪城他们去看了第一部，那天晚上太累了就一起回了酒店休息，没看午夜场的第二部。

　　他还想约她看电影的。

　　以前找女朋友，出去看电影这种事，都是对方喜欢什么他就跟着一起看。大多是他不感兴趣的题材，不过只是一件小事情，他倒也不计较，由着女人去。

　　但和立夏在一起，好像没有谁顺着谁。

　　他们都喜欢，就一起去看了，是水到渠成。就是演到无趣的情节他们也并不觉得无趣，还能聊几句有的没的，丝毫不觉得枯燥或是败了谁的兴致。

　　"可能人家就是跟你玩玩。"左烨见蒋燃一直盯着手机屏幕，宽慰道，"你也没怎么为女人的事犯过愁吧？女朋友没了再找就是，喝酒喝酒。"

　　左烨举杯碰了蒋燃的杯子，他顿了顿，也回碰左烨的，然后仰头喝了下去。

　　他喝完依然觉得郁结难消。

　　是的，他以前都没这么在意过谁。

　　喉中的热辣漫延开来，左烨提起："哦，对了，我想起一件事。"

　　"什么事？"蒋燃看他。

　　"马上比赛了，FH赛车俱乐部派的我们车队，他们MC那边是Hunter，有点事需要你跟Hunter那边在赛前交涉一下。每次都这样，你知道的，这是必须要做的。"左烨也知道蒋燃以前跟程宴北的关系还算不错，近来好像是因为怀兮闹得不太愉快了。

　　"要不，我帮你给程宴北打个电话？"左烨试探着，还半开玩笑地道，"顺便帮你问问有没有他前女友的消息？万一他们又私下联系上了呢？"

　　一般爱玩的男人眼里都没几个好女人，蒋燃听左烨调笑，有些不悦地皱了皱眉，然后拒绝了："不用。"

　　左烨一愣，问："怎么了？"

　　"我给他打电话。"蒋燃似乎也是被左烨提醒了，连忙从座位上起身。

　　"给谁？程宴北？"

　　"嗯。"

　　"你给程宴北打电话？"左烨下巴都快惊掉了，连忙说，"喂，蒋燃，我刚才就是开个玩笑,没说立夏联系他,你还真打过去问他们有没有联系啊?"

蒋燃已拿着手机朝一侧走去。

"喂——喂!"左烨连喊好几声都没叫住他。

他这真是着了魔啊。

晚上十点多,怀兮靠着程宴北,窝在沙发上看电视。

放的是某部知名的丧尸电影,过一会儿就有血盆大口和胀得发紫的眼球糊了一屏幕,伴随着阵阵尖利的叫喊声,刺人耳膜。

怀兮看得打瞌睡,打着哈欠翻了个身,把脑袋埋在他胸前。

片子是她选的,程宴北平时不怎么看这种电影,有点儿心惊肉跳,刚才就说让她把音量调小点儿。

没想到她直接把遥控器给藏了起来,这会儿自己却像只打瞌睡的小猫似的缩在他怀里,背对着电视屏幕上血腥的画面。

程宴北一只手支着脑袋,另一只手搂着她,想把电视给关了。但她把遥控器藏起来了,他只得硬着头皮看。

过了一会儿,一个丧尸甩着肠子朝主角冲过去,几乎要冲出屏幕。他嫌恶地皱了皱眉,正要闭眼回避,一低头,对上她笑靥如花的脸。她问:"怎么,害怕了?"

他皱起的眉头渐渐舒展开来,没回答,反而笑着问她:"你困了?"

"没有。"她娇俏地笑起来,说,"我让你自己看,练练胆量。别什么都要我陪你,好吧?"

程宴北看了她几秒,被她这副模样逗笑,笑意久久未消。他应道:"好。"

他知道她是有些困的。

在他家住了三五天,她跟着他养成早起的习惯,不赖床了。晚上吃过饭两个人又一起去健身房,回来怎么可能不累。

他早已习惯了这样的生活节奏,这会儿也被她选的丧尸片吓得困意全无,硬着头皮陪她看,心想或许她睡了就能关电视了。于是他拍了拍她的背,说:"困了就睡。"

"我不困。"她嘟囔了一句。

"怎么了?"他笑起来,低了低头,嗓音飘到她的耳畔,"你还要等我看完啊?"

"是啊。"她眯眼朝他笑,有几分暧昧。

他伸手捏了捏她柔软的脸颊道："非要吓唬我。"

她真没忘了他以前连鬼屋都不敢陪她去，这会儿被他的力道拽得脑袋一晃一晃的，还不怕死地对他笑道："你怎么这么聪明？"

她一双水光潋滟的眼睛一眨不眨地看着他。

"怕你困。"她依然认真地回答他。

程宴北眯了眯眼，眼中掠过一丝危险之色，和她对视着。

怀兮依然用那种万分无辜的眼神看着他。好像自己只是在洗完澡后换了一套无比普通的内衣而已。

两个人对视之间，目光渐渐迷离。

双方都在试探着，期待着，到底是谁先主动。最后也分不清是谁先主动，在她一只手搂上他脖颈的同时，他一个翻身将她压在身下。

电视上的丧尸电影正进行到白热化，他的手机突然就响了。

有点儿扫兴。

本来他没想管的，可电视里的声音越来越大，手机在茶几玻璃上发出的动静也越发喧嚣。

一遍又一遍地催促着他。

怀兮在他身下，推了推他的胸膛，轻轻喘着气说："你去接一下吧。"

他也深呼吸了一下，盯着身下的她问："这么舍得我？"

"舍不得啊。"她说着，手指在他的锁骨附近画着圈道，"这么晚了，可能是有什么急事吧，都响了好几次了。"

他思忖了一会儿，迎着手机铃声，从她身上慢慢地起来。

她支着脑袋，然后看着他拿起了手机。

程宴北正准备接，看到屏幕上的"蒋燃"二字，顿了顿，最终还是接了。

"喂。"他发出清冷的一声。

自蒋燃离开 MC 后，他们就没了联系。他也听说在蒋燃的带领下，Firer 从伦敦离开后，又回沪城加班加点地训练了十来天。

的确是蒋燃的风格。

他们也是在 MC 一路走过来的，蒋燃是他的大学学长，也是他在 MC 的同门师兄，在赛场上争得头破血流，难分伯仲，亦敌亦友，关系倒也还算可以。

就是此刻有些疏离了。

"喂？"蒋燃那边迟疑了一下，似乎在组织语言。他尴尬地酝酿了小半天，深深地提了一口气，开门见山道，"程宴北，你最近有跟立夏联系吗？"

程宴北听蒋燃问起立夏，顿了片刻。

蒋燃也在这片刻的沉默中，忽然意识到自己打电话一开口就是问立夏，有些过于唐突了。他尴尬地解释道："我联系不上她，电话打不通，消息也没回我，都好几天了。我就想问一下，你们有没有联系？我听说，你是从伦敦回的港城。"

MC 赛车俱乐部的分部在港城。按理说，程宴北他们封闭训练结束后是要去港城一趟的。

这是车队的老规矩了，蒋燃如此猜测。

他怎么解释都有些尴尬，好像之前他多疑怀兮和程宴北一样，这会儿又在多疑程宴北和立夏。

程宴北在电话这头又沉默了片刻。

这时，怀兮又调整了一下姿势，趴到沙发扶手上，翻了个身，小腹置于他的腿上。

她显然不知道是谁给他打电话，也来了些许兴趣，偏着脑袋，像只猫似的趴着，观察他。

她看他一眼，就不自觉地动一下双腿，似是有意无意地撩拨。

程宴北的目光沉了沉，看着她。忽然想起一个多月前他们在沪城重逢，是因为拿错房卡闹的一场乌龙。

那天晚上，她穿了一身鲜艳的裙子，那套比这套更大胆。

那晚她是去找蒋燃的。

"我也没别的认识她的人了。"蒋燃在电话那头深深地叹了口气，嗓音也跟着低下来，好似在抽着烟，吞云吐雾，愁绪万千。

要不是实在没办法，他也不会联系程宴北。

从怀兮的角度看，昏黄的光落下，他鸦羽似的睫毛几乎根根可数。

他慢条斯理地从她脸上收回视线，淡淡地回答蒋燃："她没联系过我。"

蒋燃又是深深地吸了一口气，然后沉默下来。

他有点儿后悔一着急就打电话给程宴北了。

左烨那会儿说的，明明是让他这个当队长的代替他们 Firer 车队跟 Hunter 进行赛前的一些既定交涉。

可他一开口，问的却是立夏。

他魔怔了。

"那算了。"蒋燃说,"我还想问一下你有没有她别的我不知道的电话号码什么的,我确实有一阵子没见到她了。"

这时候诉说这些着实尴尬,他最后简单地交代了一下左烨交给他的关于两支车队的事,就准备挂电话了。

程宴北耐心地听完,沉吟了一下,在蒋燃挂电话之前突然说:"我没回港城。"

"嗯?"蒋燃愣了愣。

"我们分手后就没联系了。"程宴北暗自忖度,心里总有些愧疚,顿了顿,又开口道,"不过,她应该还有个手机号。"

那个手机号大概是他与立夏刚在国外认识时交换的第一个号码。她那段时间常在国外,那个号码多数情况用来跟国外的工作联系。

后来她回国后,就不怎么用那个手机号了。

"我只有一个她的号码。"蒋燃叹了口气,不知是一瞬的失落还是什么。沉默了半秒,他不好意思地道,"方便发给我吗?"

程宴北顿了一下,还没说话,蒋燃又开口道:"在沪城喝酒那晚,是我先在你的车里吻的她。"

"我在赛车场上见她的第一眼,就觉得挺投缘的。她是我喜欢的那种类型,那晚我喝醉了,一开始,我以为是怀兮。"蒋燃说着,情绪跟着声音一同低落下去,"我没醉彻底,后来发现不是怀兮。"

他也没停下。

立夏一开始推他了,但他没有停下。

蒋燃思考着对面程宴北的情绪,继续说:"我思考了很久,我对怀兮到底是一种什么样的感情。是以前看到你们在一起,你们分手了,我和她却还是没有下文的不甘心,还是我真的喜欢她?"

"后来我发现,喜欢是喜欢的,只不过,好像隔了四五年,不甘心更多一些。"蒋燃说着,自嘲地笑了笑,嗓音低哑,像是抽多了烟一样。他说,"我之前是喜欢她的,喜欢到你多看她一眼,我就想冲上去跟你打一架;喜欢到她明明是走错了房间,任楠也说房卡给错了,我都打电话问过酒店前台,说她那天晚上没待多久就走了,我却还是怀疑你们之间有什么……"

"我心想,只要她是我的女朋友就好,反正你们的事早就过去了。但是我后来发现,她看你的表情不一样了,眼神也不一样了,她那段时间为了你的事好几次跟我撒谎。"蒋燃顿了顿,似乎在梳理情绪,幽幽地叹着气说,"我慢慢地意识到,她好像又重新爱上你了。只不过她自己意识不到,而我那时候也没意识到。我对她,是不甘心大于喜欢。我不知道你有没有被这种患得患失折磨过,因为觉得自己本不该得到,所以最后什么都变成委曲求全。她为了躲你跟我委曲求全,我为了那一点儿自私、不甘心,也在委曲求全。我对立夏,最开始是觉得她这种类型是我喜欢的,后来就是为了报复你——你都抢了我的女朋友了,是吧?我不是个喜欢吃亏的人,我也有好胜心。可后来我发现,我和她莫名很合拍。直到现在,她不跟我联系了,可能觉得我跟她就是玩玩而已,一拍两散了。但我就是特别想要个答案,想听听她到底会怎么说。"

"你以前没好好听她说过话吧?听说你们分手都很仓促。"蒋燃笑了笑,不知是在嘲讽谁,"你好像对怀兮之外的女人都不大在意呢。"

"但是程宴北,我很在乎她。你不想听的,我愿意听。我也说不上对她是不是喜欢,但我非常在意。你这些年从来没有像当年对怀兮一样对哪个女人上过心,我也从没有跟哪个女人断了联系后这么在意过,这么想问她要个答案,连怀兮都没有过。"

蒋燃沉默片刻,闭了闭眼,手里的烟早就灭了个干净。

从沪城这座高楼的落地窗眺望下去,整座城市的繁华尽收眼底。

满世界喧嚣,他却仿佛置身事外。

而程宴北那边一直沉默着,沉默到让他几乎以为对方已经挂断电话。

不知程宴北是不是漫不经心地听他说这些,觉得他仿佛是凶手犯罪后说出来的一通乱七八糟、语无伦次,为自己辩护却徒劳无功的证词,还是觉得他们又回到了从前赛场上是敌人,赛场下是朋友的身份,可以借着酒话,谈一谈那些与风月有关无关的糟糕心事。

程宴北虽然没挂电话,但他也几乎一直在唱独角戏。

"我总在想,是不是很多事一开始就是错位的?如果我能早点儿遇见怀兮,或者早点儿遇见立夏,遇见她们当中的任何一个都好,只要比你早,就好。如果你跟怀兮没再遇到——我甚至在最初,都自私地没告诉她我跟你认识,这样我和她是不是会好好地在一起?最起码不会像现在这样,这么难以收场。"

说了一通,蒋燃越发觉得自己这样的宣泄与倾诉有些可笑。

刚才左烨都说了,程宴北都跟怀兮复合了,朋友圈还发了照片。他也看到了。以前她跟他在一起的时候,都没怎么发过朋友圈。

他们的朋友圈子也没什么交集,他看到都没什么感觉了。

蒋燃的倾诉告一段落，怀兮在一旁看起来有点儿急了，不知道他在跟谁打电话打这么久，对面的人好像说了一大堆，他就这么举着电话听着。

她多动症似的旋转了一百八十度，不安分地将脑袋枕到他的腿上，视线由下至上，直直地看着他。

她做口型说："打这么久，我要生气了。"

程宴北无意识地勾了一下嘴角，看到她这些天总是欣喜的，有些开心。他又忽然觉得自己现在笑，似乎有些不合时宜。

蒋燃还没挂电话。

程宴北能感受到，他说了一通，到头来就是想要立夏的另一个联系方式。

他们以前的关系算不错，在车队这么多年，风风雨雨，历经了Hunter建队重组，Neptune鼎盛式微，三五载过来，说彼此了解也不为过。

蒋燃说完，心情也畅快多了，心想他应该是跟怀兮在一起，所以大概有的话是不方便多说的。他们的关系现在也着实尴尬，也许再也不能像从前一般坐下来借着酒意聊天了。

"车队的事，我知道了。"

程宴北睨了怀兮一眼，伸手抚摸她的发。她这般仰视着他，头发向后垂去，饱满光洁的额头露出来，很像从前她还留长发的模样。

她迎上他温柔的视线，抿了抿唇，也笑了。

她伸手，有点儿调皮地去玩他T恤的下摆。

蒋燃听程宴北如此收尾，更确定怀兮应该是在的。他一时不知该说些什么了。

"电话号码我一会儿发给你。"程宴北淡淡地说着，稍稍扬了扬下巴，靠稳沙发。

电视屏幕上，丧尸电影演到白热化阶段，一群丧尸互相撕咬着、追赶着以主角为首的幸存者们，血腥又吓人。

他嫌恶地皱紧眉头，一把捏住怀兮不安分的手，用眼神示意她把遥控器给他。

怀兮偏偏跟他作对，就是不给他。她从沙发上翻身起来，不安分地又用双手搂住他的肩膀，偎依看他，终于忍不住问了一句："你还没打完吗？"

蒋燃也听到了，正准备挂电话，突然犹豫了一下，想到程宴北说他没回港城，于是问："你直接回家了？没去港城？"

"嗯。"程宴北应着，"任楠说那边没什么事，我就直接回来了。"

如此一问一答，聊起公事自然了不少，好像又回到了从前一支车队的时光。

"你们训练的情况还好吧？"

蒋燃好似是想过滤自己刚才找程宴北要立夏电话的不自在，一时也不在意怀兮在不在他身边了，立刻说了两句："我可没想打听你们，你别多想。我几个以前 Neptune 的老队员去了你们 Hunter，问问罢了。"

"还好。"程宴北淡淡地回答。

"那就好，我跟你说，申创可是黄金替补，关键时刻很有用的。"

虽然蒋燃与立夏在车里那事还是申创撞见的，估计之后也是他传开的，提醒程宴北去看的行车记录仪。

"你可千万别让替补上场，不然我们 Firer 可能就赢不了了。"蒋燃继续说，多了些打趣的意味，好似还在 MC 赛车俱乐部与程宴北他们 Hunter 的人一起训练时一样。

说起来，他还有些后悔。

Firer 懒散惯了，也就这一个月在他这个队长的带领下刻苦训练了一阵子，队内的气氛远远不如 Neptune 与 Hunter，训练节奏和强度也跟不上，他也适应了很久。

但他相信自己能当个好队长。这些日子大家渐渐重整旗鼓，因为他这个队长要跟过去的老东家的王牌车队 Hunter 打照面，大家也慢慢有了胜负欲，这几天都训练到很晚，加班加点的。

毕竟扫谁的面子也不能打自家队长的脸，他也算是车手圈子里鼎鼎有名的车手了。

说到底，还是他胜负欲太重，不甘心待在 Hunter 当个副队长，落于晋升队长的程宴北一头。他可是从 Neptune 的队长过去的，但赛场上他屡屡被压制，离冠军永远有一步之遥。

曾经鼎盛一时的 Neptune 在 MC 赛车俱乐部糟糕的运营策略下瓦解了，Hunter 的殊荣也不是他的殊荣。

蒋燃心想自己可能是喝了酒，所以话格外多，又说了一句就准备挂了："多的话不说了，我们赛场见吧。"

程宴北听他这么说，低头笑道："好，赛场见。"

"你别让着我，别让我觉得你可怜我。"蒋燃还在为今晚程宴北给他立夏电话号码的事耿耿于怀。

"不会。"程宴北嗓音低沉地道。

"那就好。"蒋燃松了口气，说，"挂了。"

"嗯。"

一通冗长的电话打完，程宴北放下手机的同时，将立夏的另一个电话号码发到了蒋燃的手机上。

他们也很久没聊过天了。

他想起蒋燃说，他以前都没好好地听立夏说话，按下发送键的同时，思绪滞了滞。

他的手机振动了一下，蒋燃很快回复了一个"OK"。

说谢谢不仅疏离，而且蒋燃也没什么要感谢他的必要，不恨他就不错了。

怀兮注意到了程宴北手机的聊天界面，她依偎着他，手还搂着他的脖颈，有点儿惊讶，又有几分尴尬地道："你刚才在跟蒋燃打电话啊？"

"说了点车队的事。"程宴北垂下头，慢条斯理地睨了她一眼，然后伸手要去她身后摸遥控器。他故意露出几分凶相，问，"遥控器藏哪儿了，嗯？"

他趁势压了过来。

她还没从他刚才那个冗长的，是否真的只跟蒋燃聊了车队的事的电话中反应过来，就被他死死地压在了沙发上。

她脸上升起两抹酡红，明明刚才肆意撩拨的人是她，这会儿红了脸的人也是她。

她轻轻地抬起头，枕在他的掌心，轻眨着眼对上他幽深的眼睛，问："你们到底聊什么了？"

程宴北两条手臂横在她的身体两侧，支撑住自己，由上而下凝视她，问："想知道？"

怀兮点点头。

"为什么想知道？"他又问。

她微微别开视线，咬了一下嘴唇，道："就是想知道。"

他沉默了一下。

她又将目光转回来，定定地看着他，咬住的下嘴唇渐渐松开，上面一个很浅的牙印。

她说："有时候不知道自己做的事情到底是错还是对。"

程宴北依然凝视着她,目光沉沉,嗓音低沉地应了一声:"嗯。"表示他在听,她可以继续说。

"如果要做一百件错事才能跟你在一起,我可能还是会像以前那样,轰轰烈烈地一股脑儿全做了。如果做到第九十九件,我才知道我从最开始就错了,那我也认了。"

她伸手替他整理领口,视线游离着,有几分愧疚,还有几分闪躲。

"我这样是不是太任性了?太赌气了?"她说着,眼睫轻轻一动,又看他。发现他依然用那种深沉的目光凝视着她,她的心跳陡然漏了一拍。

她迎上他静候下文的温柔目光,继续说:"我好像一直没长大似的,就总是挺任性的,像个小孩,想做什么就做什么。"

就连今晚他和她健身回来应该都很累了,还趁着他去洗澡,偷偷换了套别样的内衣穿在睡裙下,还缠着他让他跟她一起看丧尸片。

他好像都照单全收了,他总是这么惯着她。

她多少觉得他该有点儿脾气的,至少别次次这么顺着她。而她都已经二十七岁了,在他面前还这么孩子气,怪好笑的。

她顿了顿,像给自己辩解似的,又移开了目光说:"我对之前的男朋友也没这样过啊……怎么一到你这儿……"

怀兮意识到自己用胳膊搂着他的肩膀,耍赖似的赶忙将腿和手都收了回去,小声地道:"我也太黏你了吧?"

程宴北目睹她这么收了手脚,终是绷不住了,低低地笑出声,温柔的气息朝她飘拂过去。他俯身靠近她,半眯起眼,鼻尖轻扫过她的,嗓音低沉,富有磁性。他说:"我喜欢你黏着我。"

"嗯?"怀兮收回视线,有点儿吃惊。

他将她的手抓起,让她一条胳膊重新环上自己的肩膀,附带着拍了拍她的手臂,示意她扶稳了。

然后他一个起身,手托着她的腰,直接将她从沙发上抱起来。

怀兮猝不及防被一抱,一声尖叫卡在了嗓子眼。她已经被他抱着在空中转了半个圈。

她的求生欲挺强,生怕自己一个不留神被他给扔出去,赶紧抓稳了,任他稳稳地抱住自己。

程宴北抱她去了厨房里,直接将她按在餐桌上。

然后他双臂交叉,将T恤下摆拉起,紧实的腰线与腹肌轮廓在她眼

201

前展露无遗，他将上衣脱掉了。

怀兮由下至上看着他的动作，不知为什么，明明刻意穿得惹火的人是她，现在她反而紧张起来，问："你干吗？"

程宴北直接将她给拖了过来，然后俯下身，温柔地瞥她一眼，靠在她耳边轻声说："你说我要干吗？"

怀兮刚要为自己争辩，就被他吻住嘴巴，渐渐沉溺于他吻她的节奏之中。

电视里还在播丧尸片，声响剧烈。

"蒋燃说，我只在意你一个人。"程宴北沉声说，"他说我对别人都没对你这么在意。"

她依偎着他，偏头想去看他，忽然又迎上了他的吻。

他吻着她的嘴角，带着点儿发泄的意味。不多时，他的气息渐渐低缓下来，借着床头一盏小灯昏暗的光，对上她的眼睛。

多么好看的一双眼睛啊，他第一次见到她，就想说，她有一双如此漂亮的眼睛。

程宴北微微一笑，问她："是不是？"

怀兮觉得好笑，道："这不是只有你知道吗……你现在问我？"

"我说是。"程宴北又去吻她，微微闭上眼，整个人干净又温柔。他喃喃道，"我说是。我是个浑蛋，对别人很糟糕，就只在乎你。"

怀兮迎合他的吻，转过去贴着他的胸膛，环住他的脉子问："真的吗？"

"嗯。"他闷声应道，吻着她说，"你那会儿说，如果做一百件错事才能跟我在一起，你做到九十九件发现是错的，你也认了。"

"嗯。"她点点头。

"那我可能还没开始做第一件事，就知道是错的了。"他说，"你说得对，我的确是个浑蛋。怀兮，我认了，什么我都认了。可能到很久很久以后，你都会是我最忘不了的人。我以为我忘得了，实际上不是这样的。如果没再遇到你，这辈子都忘不了了，我也认了。"

他们不记得昨晚聊了多少，从这些年分开的点点滴滴，聊到已经成为过去的事，两个人不知不觉地相拥在一起睡了过去。程宴北只记得怀兮说了一会儿蒋燃，他好像也说了一会儿立夏。

他们说了很多，不记得是说完哪句话睡过去的，也不记得是谁先困顿,投了降,大呼很多事以后还有很长时间可以慢慢说,然后就睡了过去。

这天一早,程宴北是先醒来的人。他是被手机铃声吵醒的。

他很久没有睡过懒觉了,不知是不是昨晚太累,他听到手机铃声,眼睛都没睁开,只下意识地将怀兮往自己怀中搂了搂,然后手在枕头下和枕头边盲摸一圈,摸到了手机。

他的眼睛都没完全睁开,就顺手一划屏幕,发出慵懒低沉的一声"喂"。

"怀兮啊,妈妈回来了,没带钥匙,你给我开一下门啊——"

巩眉的嘴皮子动得比脑子快,意识到对面是男声还愣了一下。她拿下手机,确认了一下,的确是怀兮的电话号码。

程宴北一个激灵从床上坐起来,彻底醒了。

电话两边在同一时刻陷入一片死寂。

怀兮还睡得踏实,迷糊中只觉得自己的怀里空了,没东西抱了,不安地侧身,又循着他的方向蹭过去,再次抱住了他的腰。她还没醒。

程宴北举着手机的手微微一僵,他的手机明晃晃地在枕头另一侧。

他拿错手机了。

巩眉在那边干咳了一声,意识到怀兮可能不在家,有点儿严肃地交代道:"叫怀兮起来给我送钥匙。"

然后就挂断了电话。

四周静得能听到窗外清丽婉转的鸟叫声,微风从窗棂缓缓流泻入室。

程宴北缓缓放下手机,低头,再次确认,手机的确是怀兮的。

她的桌面背景还是她和他上回去健身房拍的那张照片。她坐在他的肩头,低下头亲吻他,而他稍稍抬头迎接她的吻,手机举在镜子前拍下的照片。

他手机的屏保是那天拍的另一张。她依偎在他身旁,他一只手搂着她的腰,她举着手机拍下的。

这会儿她睡得十分安稳,双臂环着他,一丝一毫都不放松。

但巩眉大早上打电话来说没带钥匙,应该挺着急的。程宴北虽然还想让她再睡一会儿,但出于无奈,只得拍了拍她的肩膀,轻声地喊:"起床。"

她毫无反应。

"起床了。"

203

她还是没反应。

程宴北放弃了，改用手指轻轻地刮她小巧玲珑的鼻尖。一开始她没反应，后来他动她一下，她就皱一下眉。

他这么逗弄着她，像是在逗一只小猫似的。他的嘴角泛起笑容，她紧闭着的眼睫终于颤了颤，睁开惺忪的睡眼，嘟囔道："你干什么啊？"

她撒着娇去躲他的手，又蹭过去抱他，嘴唇一张一合地道："再让我睡一会儿。"

程宴北低头看着她笑，伸手去抚她柔软的头发，说："你妈给你打电话了。"

"哦。"怀兮迷迷糊糊地应，"我一会儿回给她。"

"一会儿，多久？"

"等我睡醒吧……"她嘟嘟囔囔，有点儿烦躁地道，"你别吵我了，大早上的，好烦。"

程宴北笑了笑，伸出一条手臂去床头柜那边摸烟盒，敲出一支咬在嘴里，没点。

他的嗓音低沉了一些："但她说她没带钥匙，好像很着急。"

他慢条斯理地点了烟，把刚才接到电话时的紧张跟着烟雾一起吐出来，瞬间轻松了不少。

"这会儿……应该就在你家门口吧。"

怀兮反应了几秒。

然后她一下翻起来，薄被从她不着寸缕的上半身滑下。

她顾不上去捡被子，刚才还惺忪的睡眼一时瞪得圆圆的，困意全无。她看着他的眼睛问："她跟你说的？"

他用大拇指与食指拿下烟，轻轻地吐了口气，半眯着眼睛点了点头。

"你接电话了？"她问。

他点了点头。

"你……接的？"她又问。

他继续点头。

"就刚才？"她再问。

"嗯。"他依然点头，嘴角勾起一抹无奈的笑。

怀兮的头皮一麻，翻身就要跳下床，没准备像往常一样再跟他在床上赖一会儿。

她衣服都来不及穿就冲出门去，打算去一楼的洗漱间。

程宴北皱了一下眉,喊了一声"下楼别摔了",然后就灭了烟,也跟着她起来。

怀兮五天前从港城出差回来就没回过自己家,一直在他家住着,洗漱用品什么的也全在他家放着。

他家这栋旧房子本来是准备在他搬空以后就卖掉的,她住了过来,他也就搁置了。本要收拾的东西也没收拾多少,反倒是她的衣服、鞋子又塞满了他的衣柜。

怀兮简单地冲澡,过一会儿他也进来了,跟她一起洗。

怀兮挤了洗面奶给自己涂好后,又伸出手要给他涂。她喊:"弯腰。"

程宴北笑了笑,弯了弯腰,将脸埋入她的手心,顺着泡沫滑腻的触感温顺地蹭着她的手心,任她一圈一圈地给他涂了满脸。

"我妈这个时候给我打电话你就别接了呀,你还帮我接了。"

怀兮不禁加大了力道,有点儿责备似的,手摁着他的脸,一圈一圈地揉捏。

他是个极爱干净的男人,下巴上的胡楂都剃得很干净,几乎摸不到。

他温顺极了,任她揉搓,脑袋也跟着她的动作一晃一晃的。他闭着眼睛,笑着说:"我拿错手机了。"

"拿错了?"怀兮听到,不禁一笑,说道,"你也有这么不小心的时候啊。"

她说着,拿来花洒,调到合适的水温,把自己和他脸上的洗面奶都冲干净。

她又问:"那你吓坏了吧?"

"我吓什么?"

"那可是我妈,你的高中班主任。"她说着,将花洒对准了他胸口的那片文身,用手帮他冲洗着皮肤,还扬了扬下巴笑道,"不害怕吗?"

他慢慢地睁开眼睛,睫毛湿了一片,眉眼温柔地看着她笑道:"要找我算账,有点儿晚了吧?"

怀兮没好气地翻了个白眼,却是笑着躲过他那般赤裸炽热的眼神。

迎着温热的水流,她边踮起脚,边吻他的耳垂,轻声说:"你知不知道,就是你把我教坏的。"

程宴北低敛着眉眼,只是笑,任她这么抱着,把自己和她身上一点一点地冲干净。他们毫无遮挡地拥抱着,渐渐有热意从彼此周身漫延。

她还没忘巩眉没带钥匙在家门口等着,匆匆洗完就离开了浴室,留他一个人在里面。

磨砂玻璃门在身后关闭，程宴北好像也没反应过来，拍了拍门，低声喊："你干什么去？"

"给我妈送钥匙啊。"她确实有点儿坏心眼，刚挑起一把火就抽身离开，站在镜子前气定神闲地刷起了牙，还说，"你就别去了，我怕你看到她紧张。"

"我紧张什么？"他气笑了，说道，"不就是我的高中班主任吗？我不都说了你是我的女朋友了吗？"

"那也怪不好意思的啊。"怀兮说，"我去就行了，你洗完澡再睡一会儿吧。下午我给你打电话。"

"我再睡一会儿？"他情不自禁地扬了一下声调，顿了几秒，似乎是上下打量了一下自己，没好气地问她，"你走了我怎么睡？"

"哦？"怀兮听他这么说，更觉好笑，迅速地漱了口说，"你也这么黏我了吗？"

程宴北暗自咬了一下牙。

"我去就行了。"怀兮说着又拉开了玻璃门。她身上围着浴巾，显然没想再进来洗，只是微微探了探身，吻上他的唇。

她的眼睫轻垂，又抬头看着他，彼此对视一眼，混着浴室的热气，气氛都暧昧了些。

她温柔地笑道："我突然觉得，我们这样很不错。"

他扬了一下眉。

"就是，一起生活挺不错的。"她又补充道。

他微微眯了眯眼。

这语气好像要立刻给他发"好人卡"，说一句"但是我们不适合"似的。

但显然是他想多了。

她只是吻了吻他，最后说了一句："我先走了，你等我的电话。"

然后她就离开了。

磨砂门又关上，程宴北一个人站在浴室里，听她的脚步声快速远去，伸手抚了一下自己的后脑勺，还有点儿没从她那句话里反应过来似的。

他抬头看了一眼头顶的花洒，头轻仰着，似乎在消化着她的话。

半晌，他的嘴角露出笑容，心里仿佛随着她的话绽开了一朵花。

他将水温调到最低，冲了个凉水澡，将一身燥热冲去。

怀兮回到阁楼上，穿好自己的衣服就准备出门。

程宴北也跟上来，跟着她一起穿起了衣服。

怀兮狐疑地瞥他一眼，问："你干什么去？"

他搂了一下她的腰，与她一齐往楼下走。

"跟你一起去。"

怀兮不解，她就是怕他尴尬所以才不让他跟着去啊。

那个电话好死不死是他接的。照巩眉那脾气，估计能给她和他一块儿教训一顿。他还曾经是巩眉的学生，教训起来再顺口不过了。

"开车比较快。"他说着就带着她下了楼。

怀兮本来不是特别紧张，觉得事情已经发生了，那就面对好了。

她又不是高中生了，就这种跟男朋友出去过夜的小事，估计巩眉也就是教育她几句保护好自己，顶多再骂她两句罢了。

程宴北还非要陪她一起挨骂。

这会儿她觉得他们像是早恋被抓包了似的，她要去班主任办公室挨骂，他还不忍心她一个人受罪，非要跟着她一起。

于是她更紧张了。

从他家到她家开车不过五分钟的路程，就前后小区中间有一条马路隔开而已。距离巩眉打那个电话到他们洗好澡穿好衣开车过来，也就二十多分钟。

快到目的地了，怀兮远远地看到她家那栋小二层的复式楼门口，巩眉脚边放着一大一小两个旅行箱。

看起来她等了很久了。

怀兮和程宴北都硬着头皮准备下去挨骂了，突然发现家门口停着一辆深蓝色的越野车。不止巩眉，还有一个五十多岁，儒雅温和的中年男人。

徐老师也在。

显然是他们出去旅行回来，徐老师送巩眉回的家。

怀兮和程宴北的紧张感并没有因此减少。

车未到声先至，巩眉和徐老师交谈时轻快的笑声徐徐地飘入车内。徐老师以前也带过程宴北跟怀兮。

这么一想，怀兮就更紧张了。

车停下，怀兮匆匆打开门下去，着急到包都忘了拿。她踩着小高跟鞋一路过去，先问候了一声："徐老师好。"然后又喊巩眉："妈。"

"怀兮，好久不见。"徐老师扶了扶眼镜框，温和地对她微笑。他

207

跟巩眉站在一块儿倒是不尴尬，仿佛只是同事之间在闲谈。

怀兮点点头："嗯。"

在巩眉的目光落过来时，她咽了一口口水。

巩眉与徐老师的交谈停下，面上笑容未消地问："回来了？"然后她自然地瞥了一眼从车上跟下来的程宴北，脸上一时也没别的表情，只是问怀兮，"钥匙呢？"

怀兮匆匆摸了一下口袋，没有，然后下意识地扶肩头的包，才发现包落在程宴北车上了。

她赶忙回头。

程宴北已经拿着她的包走过来，神色自然地递给她，然后也略尴尬地跟巩眉和徐老师问好："老师好。"

巩眉以前可是南城七中出了名严厉的教师，程宴北上学那会儿没怕过她，这会儿却有点紧张。

尤其是想起早上那个错接的电话。

"嗯，还过来得挺快的。"巩眉没什么情绪地说了一句，接过怀兮递过来的钥匙就要去开门。

怀兮赶紧抢先一步去开门。

程宴北也赶忙帮巩眉提箱子。

一个比一个殷切。

徐老师最开始没认出是程宴北，上上下下仔细地打量了一遍，才惊讶地对巩眉说："这就是程宴北吧？变化真大，我差点儿没认出来。"

"变化不大吧。"巩眉恢复笑容，语气也没刚才刻板了，见程宴北忙着帮她搬箱子，笑了笑，说，"我感觉就比以前高了点儿，也结实了。"

"帅了很多呢，差点儿都认不出了。那时候我就记得这孩子上课总睡觉，学习好像没太认真，但每次考试倒是不怎么掉链子。他平时不爱说话，也不搭理人，变化真的挺大的。"徐老师夸赞着程宴北，笑呵呵地道，"你前几天跟我说他跟怀兮在一起了，我都很吃惊呢。我对他的印象还停留在他上高三那会儿。"

怀兮开了门，看着程宴北提着巩眉的箱子进来。两个人对视一眼，有点儿无奈地一笑。

她伸手指挥他将箱子放到客厅那边，也要过来帮忙。他却躲开了她的手，低声说："我来就好。"

她便作罢，但还是紧紧地跟在他身后，跟着他忙碌。

巩眉跟徐老师边往里走，边不停地数落："我们怀兮整天不让我省心，大早上我没带钥匙给这孩子打电话也不接。她要是再多睡一会儿，我估计我今天中午都进不了门。"

怀兮的嘴皮子动了一下，想争辩，明明是巩眉自己出门不带钥匙。但想来自己也没什么理，于是她乖乖地闭上了嘴，在心里腹诽。

她一抬头，程宴北低着头，目睹了她表情变化的全过程，只看着她笑。

怀兮与他对视一眼，不禁也笑了笑，然后帮他将箱子都拿进来放到客厅里。

怀兮请徐老师坐到沙发上，她去厨房那边烧开水。

程宴北也被她按着坐到了沙发上，他要帮她，她不由分说地按着他的肩膀，又给他按了回去。

徐老师对着程宴北笑笑，他也只得回以尴尬而不失礼貌的微笑。

"怀兮啊，妈妈就出去这么十来天，你看看你给家里造的，一点儿都没收拾啊？"巩眉在客厅里走了一圈。

巩眉刚走那两天，怀兮跟程宴北在她家赖着。后来他要回去收拾他家的旧房子，她也临时有事去了一趟港城，再回来就一直待在他那边没回来，家里自然也是没收拾的。

"我来。"程宴北闻言，立刻从沙发上站起来。

他帮忙将怀兮之前七七八八扔在沙发上的衣服收拾了，抱起来，准备放到她楼上的房间去。

巩眉还有点儿不好意思地道："程宴北，你放那儿，让怀兮自己收拾。"

徐老师看着程宴北的目光越发赞赏，直到程宴北一件一件收好了，去了楼上，又悄声问怀兮："我听你妈妈说，小程现在在开赛车？"

怀兮在料理台边清洗着杯子，准备泡茶，点点头，笑着应道："嗯。"

"那很厉害呀，以前我可没想到他会去开赛车呢。"徐老师乐呵呵地道，"我上次听说你在相亲，还想把我儿子介绍给你。这次出去你妈却突然跟我说，你跟程宴北在一块儿了，还好着呢，我挺吃惊的。你们之前分手了吗？"

怀兮顿了一下，若有所思地点头道："嗯，分过一阵子。"

"多久呀？"

"五年多吧。"

"这么久啊？"徐老师感叹着。或许因为他是教语文的，总有点儿

209

多愁善感。他说,"那很不容易,又在一起了。"

怀兮又点点头,她才发现自己的嘴有多笨。

自己不觉得多感伤,别人一说就有点儿感慨万千,千言万语堆积在心头,却什么话也说不出,如同得了失语症。

"你们年纪也不小了,要好好在一起呀。可不能再像年轻那会儿那么冲动,说分就分了。如果现在还是没在一起,以后想起来该多可惜啊。"徐老师劝道。

怀兮只得一直点头,眼睛酸酸的。

过了一会儿,巩眉又从阳台那边踱步过来,显然没听到徐老师和怀兮刚才的对话,还沉浸在怀兮没在她离开的时候将房子照料好的不悦中。

巩眉在徐老师的熏陶下,开始学着摆弄花花草草。怀兮这段时间没在家,花虽没蔫也没败,但总有点儿颓了。

于是她又数落起怀兮来:"我这花你都没照顾好啊,看看,这叶子都黄了,营养素也没用。"

徐老师善于摆弄这些,于是从沙发上起来,说:"搬去外面台阶上晒晒太阳,你再给它浇点儿水,打点儿营养液就行啦。这花好养活,没那么娇贵。"说着就要过来帮巩眉。

"这花盆这么重,好几大盆呢,你的腰不好,就别搬了。"巩眉想劝阻徐老师让怀兮过来帮忙,转头瞥见程宴北从楼上下来了。

程宴北看到他们要搬花,就要过来要帮忙。

怀兮知道自己的斤两,肯定搬不动,这会儿好像是想给程宴北在两位曾经的老师面前增加印象分似的,赶忙拉了一下他的胳膊,挽着他一起过来,还说:"徐老师腰不好,你别让他动那花盆了,我和程宴北的腰好,我们来。"

气氛尴尬了一秒。

怀兮眨了眨眼,还紧张地强调了一遍:"真的,他腰好,特别好。"

就在这样有点儿怪的气氛之中,程宴北低笑一声,率先打破了沉默。

他拍了拍她的腰,让她和徐老师还有巩眉都去沙发那边坐着,他帮忙将那几盆花搬到门口的台阶上去了。

巩眉一直没因为早上的事数落怀兮,对程宴北的态度也一直挺温和,不住地夸赞他,一会儿问他累不累,累的话就不要搬了。

对怀兮都没这么温柔过。

中午十一点，快到午饭时间，巩眉还极力挽留程宴北在家吃饭，他却说得去奶奶那边一趟，这几天都没过去，于是就这么走了。

怀兮暗自忖度，是不是她有些过于紧张了。

徐老师留在家吃过午饭，也回去了。

饭桌上，巩眉与他相处起来非常自然。

怀兮之前还担心巩眉放不开，不好意思接受这"第二春"。现在看来，一次联谊旅行让两个人亲近了不少，她之前就经常跟他搭档带毕业班，饭桌上的气氛简直无比和谐。

徐老师走之前还说晚饭后来找巩眉去森林公园那边散步，顺便帮她将门口台阶上的花搬回去，然后又跟怀兮说了再见。

也带了点儿试探，怀兮作为巩眉的女儿会不会接受他。

怀兮对徐老师简直是一百个满意，她"啧啧"感叹巩眉怎么没早几年开窍，他也太温柔了。

她上学那会儿就记得，徐老师简直一点儿脾气都没有。同学们都很喜欢他。

下午怀兮在家睡了一觉，醒来已快傍晚。巩眉在楼下忙活，应该是在做晚饭。

她跟程宴北约好晚上一起去健身。她的很多东西还在他家，他说晚上连带着箱子一块儿给她送过来。

她还跟他撒娇，开玩笑："所以你的意思是不让我过去了，是不是？"

他很快回复她："那也得你妈同意。"

"你偷偷过来不行吗？"

"不行。"

"为什么？"

"我们是光明正大地谈恋爱，既不是早恋，也不是偷情。"

行，说得一板一眼的。

她慵懒地在床上又翻了个身，伸了个懒腰，有些倦了，于是将手机扔到一旁去。忽然发现他早上给她收拾到楼上的衣服都一件一件叠好了。

十分钟后，楼下传来汽车引擎的声音。

怀兮的电话也跟着响了。

她一接起，就传来一道低沉而富有磁性的男声："下楼。"

"干吗？"

"偷情，不是你说的吗？"

"真去啊？"

怀兮赖在床上，困倦感未消，声音都懒洋洋的。

"不然呢？"隔着电话，程宴北的笑声越发明朗，"你别等我上去抓你下来。"

"不用你抓我，我自己投怀送抱。"怀兮也笑了两声，慢条斯理地道，"那你等等我啊，我就下来了。"

"好。"

她从床上爬起来，同时朝楼下瞟了一眼。

他的车的确在楼下。

程宴北也挂了电话，从驾驶座下来，靠在车门边。

他穿一件深灰色运动T恤，下身是黑色运动短裤，双腿线条修长，整个人立在车门边，身姿挺拔。他从口袋里摸出烟盒，稍稍一抬头，看见她在二楼的窗口正往下看。

突然就好像回到了从前。

他咬着烟，往车门上靠了靠，一双长腿疏懒地抻开，眉眼轻抬，带着笑意。

怀兮同他对视了一会儿，总觉得有几分不舍，半天才离开窗口，快速收拾了一下，迎着一阵饭香下了楼。

巩眉听见楼梯的动静，看怀兮背着个健身包，长腿迈下楼就要出门，于是问："不吃饭了？"

"不吃了。"怀兮的脚步停了停，准备往门边走，然后又折了回来。

巩眉还在唠叨她："你就整天不好好吃饭，我都怕我不在那几天你在家给自己饿死了。你要是上高三那儿有这种自制力，早就上名校了。"

话音才落，巩眉从热腾腾的锅里一抬头，就见怀兮直直地盯着自己。

"你看着我干什么？"巩眉问。

怀兮盯着巩眉新涂的口红，几秒后，意味深长地笑了笑，说："徐老师这还没来呢，你饭也还没吃，妆就化好了？一会儿口红花了再涂一遍，不嫌麻烦啊？"

"你以为我跟你似的，不吃饭就不怕口红花啊。"巩眉躲躲闪闪地瞪怀兮一眼，转过身去嘀嘀咕咕的，"我可怕饿呢。"

偷换概念。

怀兮笑了一声，也赖着不走了，想起那天看到怀兴炜点赞了巩眉发的朋友圈，状似无意地问了一句："你跟我爸最近联系了吗？"

"我跟他有什么好联系的。"巩眉去架子上拿了个小瓷碗，放在水龙头下冲洗。

"我看到他前段时间点赞你的朋友圈了。"怀兮直言直语，怕巩眉炸毛，又缓了语气试探，"你们最近不吵架啦？"

"没什么可吵的啊。"巩眉漫不经心地说着。的确不像从前一提起怀兴炜就气不打一处来，跟个鼓着几乎要爆炸的炸药包似的。她说，"他过他的，我们过我们的呗。嗯，对了，我听说怀礼要结婚了，你知道这件事吗？"

怀兮心想这个"听说"除了在她这里"听说"，估计就是从怀兴炜那里"听说"的了。

她估计巩眉就是不爱提怀兴炜，所以转移了话题，也没说什么，随口答："是吧，对方不是个海归高知吗？"

巩眉听她这般平淡的语气，语调一转，质疑道："'是吧'？你一点儿都不关心你哥的事？"

"我关心他？"怀兮不大在意地笑了笑，拿来杯子给自己倒水，漫不经心地道，"我都没打算结婚呢，我操心他干吗？他从小就比同龄人有主意，初高中那会儿不还自己跑去北城上了几年学吗？"

"是去北城上学了，那也是在别人家住着，又不是他一个人。"巩眉叹了口气，还是有些放心不下，怂恿怀兮，"你有空给你哥打个电话问问，到底什么情况。他年纪也不小了，就结婚这事，他再有主意，我也得知道是怎么回事吧？有什么事他又不跟他爸说。"

"我怎么觉得他还没玩够呢？没那么容易就考虑结婚的事吧？"怀兮笑起来，也安抚起了巩眉，"你就别操心他了。再说了，你是他妈，别好像他跟我爸走了，你给他打个电话都不好意思似的。"

"也没不好意思啊。"巩眉叹气，又说，"就是因为他什么都不让我操心，我才操心他。他真有什么事，肯定也不会跟我说。我总不能一个电话过去，'喂，怀礼，最近遇到什么事没有？'多奇怪啊。他肯定也会说没什么事，聊起来来回就几句话，没别的。你说，是个孩子总有点儿锋芒吧……都是我生的，怀礼怎么一点儿锋芒都没有呢？我还挺好奇他会喜欢什么样的女孩子呢。"

"你别，我可没觉得他没锋芒。"怀兮把手搭在玻璃杯边沿，喝了口水，淡淡地道，"他和我爸不冷了好几年吗？也就最近好点儿。前段

213

时间我爸过生日,他还打电话问我回不回港城。虽然他没说是爸爸生日,但我觉得这个时间点也太微妙了。"

"他跟你爸关系好点儿了?"

"可能吧。我也不知道,我去了没问。"怀兮说着,咬了一下舌头。

她之前去港城给怀兴炜过生日巩眉可不知道,也没说自己是从港城回的南城,但这一不留神就说漏嘴了。

果然,巩眉的脸黑了,问:"你什么时候去的港城?"

怀兮赶紧放下水杯,说:"我先走了。"然后就往门边撤。

"哎——你干吗去?"巩眉扬声喊。

"健身啊。"怀兮忙不迭地道,"我的男朋友在门口等我呢。"

怀兮出了门,程宴北在台阶下等她。他捻灭烟,向前一步,朝她张开双臂,接住了几乎蹦蹦跳跳一般下台阶的她。

"怎么才出来?不想见我?"他低头吻了吻她的耳郭,嗓音被烟过滤了一遭,极富有磁性。

"哪有?"怀兮搂着他的脖颈要撒娇,像只树袋熊似的几乎都要挂到他身上去了。

这时巩眉却开门出来了,朝抱在一块儿的他们喊了一声:"哎——手机没带。"

怀兮转身正要去接,程宴北却没松开她,抱着她,然后伸出手臂,从巩眉手里接过了她的手机。他还对着巩眉轻轻一笑,顺带着打了声招呼。

抱在一块儿的人不尴尬,巩眉这个曾经的班主任倒是有点尴尬。她咳嗽了一声,跟程宴北交代道:"你们晚上早点儿回来。"

程宴北点点头,微笑道:"好。"

"不回来就给句准话,自己的事自己注意,别这么大了还让我操心。"巩眉又对怀兮念叨,"也就是程宴北我还比较放心。"

说是让怀兮注意点儿,其实也是让程宴北注意点儿。这老师的威严倒是一分没少。

怀兮也听明白了,还腻腻歪歪地抱着程宴北不肯撒手,对巩眉道:"那别人你就不放心了?"

"最起码程宴北是我带过的学生吧,我如果不放心他就继续让你相亲去了。"巩眉白她一眼,也懒得多说了,"你们去吧,我一会儿也出门了。"

说着，巩眉就回到了屋内。

她其实懒得看他们，平时在学校里抓早恋的职业病犯了，本来想送个手机就完事，早上那事估计程宴北也挺尴尬的。但她没忍住，就多说了两句。

怀兮接过自己的手机，找了一圈，发现身上没口袋，就顺手将手机放到程宴北短裤的口袋里。他的口袋有点儿紧，她弄了好久才将手机塞进去。

然后就听他低声笑道："你乱摸什么？不怕你妈看到？"

怀兮将手机放好，扬起下巴，有点儿挑衅地道："那你刚才抱着我不撒手干吗？不早就被我妈看到了？"

他抿唇笑了笑，食指和中指交错着弹了一下她的脑门儿，说："上车。"

怀兮笑着白他一眼，便乖乖拉开车门，坐到了副驾驶座上。

路上，程宴北突然提了一句："你妈刚才那话的意思是，如果我们没在一块儿，就准备一直让你相亲吗？"

怀兮正跟黎佳音发消息。她顺带着还点出去，看了一眼怀礼有没有回她消息。

没有。

"是啊，之前我就一直在相亲。"怀兮放下手机，侧了侧身，半趴在座椅靠背上去看他的侧脸，半开玩笑地道，"还差点儿成了一个。"

程宴北瞥她一眼，莫名有些紧张，眉心一拢，问道："跟谁成了？"

"就上次我们碰见的时候看见的那个。"怀兮提醒道。

"哦，"他心里有点儿酸溜溜的，刻意咬重了字音，"你那个'男朋友'。"

"对啊，你不来，他那天差不多就成我男朋友了。"怀兮笑他还在吃醋，却不免有些惆怅。

她这些年交往的男人里，各种各样性格的都有。唯一不太感冒的，还是那种特别温柔的，一点儿锋芒没有的男人。

温柔的人谁都喜欢，她所谓的"不感冒"不过就是不动心罢了。

想到刚才巩眉还说怀礼是个没锋芒的人，她思忖一番，看起来，好像是这样的。

怀兮的爷爷是个军医，有个革命时期一起过来的军医老战友，常居北城。怀礼初高中都是被怀兴炜送去北城读的，在北城大院里待了那么五六年，受到的教育自然也是不一样的。

215

他表面看着高冷，但行为举止一向从容，彬彬有礼，做事沉稳，长辈们没有不夸他的。他工作上也非常省心，让人很有安全感。

这样的男人当然也很招女人喜欢，黎佳音曾经就追他追得轰轰烈烈。

但巩眉是出于亲生父母的角度，觉得天下没有不让人操心的孩子，怀礼越不让人操心，她就越操心。

就是让怀兮这个久经情场，自认为很懂这个哥哥的妹妹去分析，也不知道怀礼这样的男人会喜欢什么样的女人。

她帮巩眉打听，也没音信。她和怀礼，这么多年好像也有了距离。

健身房离得不远，很快就到了。

刚才那个话题终了，程宴北就没说话了。

临下车，怀兮有点儿冷，车一停下她就黏着他，跟挂在他身上似的，好笑地问一句："如果那天晚上你碰见我，我真有男朋友了怎么办？"

程宴北解安全带的动作停下来，眉眼一垂，睨着她："你问我？"

"嗯。"她认真地点点头。

他鼻息微动，低笑了声，好整以暇地看了她一会儿，认真地回答她："那天晚上没吃够亏？"

怀兮又笑着抱紧他，不肯撒手了。

两个人就在车里这么赖着。她穿得少，上身就一件运动T恤，下身一条运动短裤。一路过来有些冷，她就这么抱着他与他依偎取暖。

她的上衣下摆蹿上去一截，露出后腰一片细嫩白皙的皮肤。那与他一起文的玫瑰文身显露出一半，张扬又热烈。

程宴北情不自禁地抱得她紧了点儿。

两个人谁都没想下车。

她最近简直一天比一天黏他，不像小猫，像只小狗，随时都能贴过来，钻进他怀里，黏着他不撒手。

他低头吻了吻她的发际线，低声说："你再敢去相亲……"

"你就怎样？"她明知故问，笑着接过话问他。

"我就生气啊，"他想说些强硬的话，却还是略带无奈地笑笑，说道，"我还能怎样？"

她靠着他，闷声笑道："我不会啊。"

怕他不信似的，她又抬起头，认真地望入他眼里，说道："反正你如果要生气也行。"

他垂眸。

"你要生气的话我就哄你。"她扬起笑容,信誓旦旦地道,"真的,我会哄你。"

程宴北看着她这般认真的表情,终是一笑。

"我没生气。"他说,"再说了,什么时候轮到你哄我了?下车吧。"

怀兮却加重了抱他的力道,说:"我冷,再抱会儿吧。"

"好。"

怀兮跟程宴北住的那段时间,两个人晚上都会简单地吃个饭才去健身房。她在他身边的时候倒是方便他监督,她再对自己苛刻,在他的眼皮子底下,无论如何也得吃点儿东西。

何况他的厨艺的确不错,她因为常年克制身材变得浅淡的食欲,最近也一天一天地好了起来。

怀兮这晚出门没吃饭可是被程宴北逮到了,去健身前,他先带她在健身房负一层的餐厅吃了顿健身餐,才上楼锻炼。

一个半小时后,一身大汗淋漓地结束锻炼,再去冲个澡,只觉浑身畅快。

怀兮洗得慢了点儿,去休息厅时,程宴北已端端正正地坐在那儿了。他的长腿大大咧咧地敞开,手指滑动着手机屏幕,没注意到她出来了。

她的手机在他面前的桌面放着,那会儿她塞到他的短裤口袋里就没管了。

怀兮的头发吹了个半干,小心翼翼地过去,忽然自他身后轻轻地攀住了他的肩,湿漉漉的头发带着一阵潮气飘散过去。

"你看什么呢?"

她猝不及防出现,程宴北却没被她吓到。他任由她攀着自己,单手打字,丝毫不介意她看自己的手机。他的视线落在屏幕上,淡淡地勾起嘴角问道:"洗完了?"

"嗯。"怀兮应道,瞥了一眼他的手机。

他正在跟他的队友聊天,说的也是车队的事。

她起身,将肩头的毛巾摘了,罩到他的脑袋上,慢条斯理、装模作样地给他擦起了头发,然后问:"你等我多久了?"

"没多久。"他的脑袋随着她的力道轻轻地晃了两圈,笑着挡了一下她的手,"我头发这么短,早就干了,有什么可擦的。"

"我知道啊。"她漫不经心地一笑,说,"但我就是想帮你擦。"

他笑了笑，还是放下手，任她摆弄。

他处理完自己的事情，将手机放回面前的桌上，和她的并排放着。

他和她的手机牌子不同，大小却差不了多少，难怪他早上一着急会拿错。

怀兮也想到早上的事，说："我妈今天也没说什么，好奇怪，我以为她至少要骂我几句呢。"

程宴北笑着抬头说道："你都二十七岁了，你妈还管你那么严？"

"也不是吧，"怀兮的动作停了一下，对上他的眼睛，有点儿狡黠地道，"可能因为是你，所以才管我管得严。"

程宴北听她这般挑衅，眉眼轻抬，只是笑："你胡说，刚才出门那会儿你妈明明说很放心我。"

"那是她知人知面不知心。"她哼笑一声，跟他斗嘴。

程宴北笑着看她，突然伸手，轻轻地抓住她的手腕，然后拽着她，让她直接从后栽到他的身上。

她的心狂跳，整个人却往下沉，半个身子都趴到了他的背上。

他稍稍偏了一下头，看着她，嘴角的笑意未消，暧昧地道："真的？"

离得这么近，怀兮脸上不知不觉浮起了热意。她轻轻眨着眼看他，努了下嘴，正要说话，放在桌面的她的手机突然振动一下。

屏幕也亮了。

程宴北扫了一眼，注意到她换了手机壁纸。早上他看的时候，还是那天他们在健身房拍的照片。

但他注意到那张照片有点儿不对劲，轻轻地皱了一下眉，伸手就要去拿。

"哎——"怀兮的脸更红了，也伸手去夺。

可她的动作没他快，被他抢先一步拿了过去。

手机壁纸还是她和他。

都被他看到了，她只得悻悻地收了手。

气氛尴尬了几秒，程宴北的视线终于从她的手机屏幕上移开，双眸半抬，对她笑道："你挺野啊，宝贝。"

"你换这个当壁纸不怕你妈看到？"他半眯着眼看着她，似乎还在记仇她那句"知人知面不知心"。

怀兮横他一眼，就将自己的手机夺过来，说："看到又怎么了？光明正大地谈恋爱好吗？"

想想之前在沪城,她还挑衅地问过他自己那晚误打误撞进了他房间穿的那套内衣怎么样。他挺冷漠地评头论足一番,说款式够野,但他不喜欢。

她可真没发现他不喜欢。

黎佳音在内衣公司工作,逢年过节就爱给她送点儿这种东西,她头一回穿着去见他的那套还是黎佳音送的。之前帮《JL》拍电子刊,他们公司作为广告商还送了她好几套。

当然,他现在也没表现出不喜欢。

在他面前,一切都是她喜欢就好。等她又晾了一会儿头发,也晾了一会儿脾气,他便带着她从座位上起来。正准备走,他的手机突然又响了。

怀兮瞥了一眼他的手机屏幕,还是之前他们一起在健身房拍的那张。她看他一眼,那表情好像是说:有本事你也跟我换个同款啊。

程宴北读到她赌气的意思,伸手摸了一下她的头发,笑着安抚她,顺便试一下她头发的湿度。

他晃了晃手机说:"你再坐一会儿,头发还没干。我去接个电话。"

她的气还没消,故意问:"哪个小姑娘打给你的?不敢当着我的面接?"

程宴北轻笑着,给她看自己的屏幕,解释道:"是任楠。这里信号不好。"

的确是任楠。

怀兮想多说两句什么顶嘴,他就使劲地揉她的头发,带着点儿警告的意味说:"这里不会吹冷风,外面太凉了,你坐这里待一会儿,不然要感冒了。我马上回来。"

她被他按着,一直点头,满口答应:"你去吧,我去吧台找点儿水喝。"

他最后看她一眼,转身就从休息厅出去了。

他就站在外面,没走太远,与她隔着一扇玻璃。

怀兮有点儿口渴,去吧台买了两瓶水,留一瓶等他回来给他。

这个休息厅连着男宾女宾浴室,估计也是怕把顾客吹感冒了,跟外面的中央空调是隔断的。

她慢慢有些热了,用手轻轻地在耳边扇风。

她用手机扫码付了钱,信号的确不大好,转了几圈才显示支付成功。

她顺手退出去，刚才是黎佳音给她发来消息。

黎佳音最近挺忙的，去日本出差了大半个月才回沪城，没待几天又去了东南亚。她们也有一阵子没好好聊天了。

怀兮随手回复一句，正准备走，身后突然有人喊她一声，还带着点儿迟疑。

"怀兮？"

怀兮一开始以为自己听错了。但她这个姓氏也不算常见，于是抬起头来，发现面前是个穿着健身房工作人员服装的女人。

对方的长卷发高高束起，瓜子脸，脸颊带点婴儿肥，诧异地看着她。怀兮先一步认出来，这是她上高中时隔壁班的尚晚，以前跟她算是不错的朋友。

对方见她回过头，有点儿惊惶，似乎也不确定自己是否认对了人，上上下下打量她一番，才说："真的是你啊？"

怀兮皱了一下眉，突然有点后悔转过来了。

"我听说你当模特儿去了，看起来是真的？身材变得这么好。"尚晚夸赞着她，视线毫不避讳地在她周身上下扫过，"你剪了短头发我都没敢认，你一直在我们店健身吗？"

怀兮沉了一下气，没说话，转身要走。

尚晚却不依不饶地跟上来，与她攀谈："我最近有事没来店里，不然你天天来的话，我肯定早就认出你了。"

怀兮坐回自己的座位，尚晚也跟着坐下，丝毫没注意到她变了脸色，还在继续说："上个月不是我们七中校庆吗？好多人都回南城去看巩老师，我也去了。巩老师还是那么精神，感觉还变漂亮了不少。"

怀兮的双腿交叠着，足尖漫不经心地轻晃着。

听尚晚在一旁聒噪地说着话，她有些心烦，往程宴北刚才去的方向看了一眼。他背对她，趴在外侧栏杆上，望着楼下，还在打电话。

"我之前听人说你大学考到港城，毕业也没回来。那次大家去看巩老师，我还想能不能碰见你呢，结果也没有。校庆你也没参加，你们班的同学会你也没去吧？"

怀兮收回视线，拧开瓶盖喝了一口水，答非所问地一笑，说道："你坐这儿跟我说这些，不会最后是要推荐我办什么卡吧？"

"怎么会呢？"尚晚有点儿尴尬，笑了笑，说，"就好久没见到你了，跟你聊聊——算算从高中毕业有八九年了，我们也这么久没见了。"

怀夕有点儿心烦地用手抻了抻还带着丝丝潮气的短发，嘴角虚勾，似笑非笑。

她没说话。尚晚见她这副冷漠疏离的态度，一时也不好"叙旧"了，有点儿局促地看她一眼，见她脸色好像也不是特别差，才又小心翼翼地道："以前那件事，对不起啊。"

怀夕在心底一笑，嘴角也缓缓勾起。她慢条斯理地看着尚晚，有点儿无辜地问："什么事啊？"

她明摆着是明知故问。

尚晚知道她摆明了要让自己尴尬，却依然用恳切的语气说："我那时……也没想跟她们一起针对你……但你知道的，我在那个班也没什么朋友……好不容易她们能带着我一起玩，我很怕……被她们孤立。"尚晚说着，还抬头观察怀夕的表情，然后咬了咬唇，继续道歉，"真的很对不起。我知道……现在说什么可能都没用了。但真的很对不起。"

除了对不起，就是对不起。

怀夕第一次发现，用语言来表达对于过往伤害的惭愧，居然能匮乏到如此程度。

怀夕勾着嘴角，良久都未说话。她下意识地朝程宴北那边晃了一眼，他还在打电话。

她目光深远，只是看着他，看着他的背影。

尚晚还在喋喋不休，一桩桩往事数过去，对她说了很多句对不起。

"我也不想的。"

"我也怕被她们孤立。"

"我现在想起来都觉得很对不起你。"

"你原来把我当成那么好的朋友，我却反过头来和别人一起欺负你。"

"真的很对你不起。"

……

怀夕只觉得聒噪，目光还看着他的方向。

此刻，仿佛有一股力道，拼命要将她拖入充满了不愉快的回忆，拖入那现在想起都是噩梦的深渊之中，只有看着他，她才有一线生机。

"真的很对不起……"尚晚说着，突然哭了起来，眼泪大颗大颗地落下。她说，"其实我好几天都见到了你，但一直不敢跟你说……"

她其实撒谎了。她注意到怀夕很多天都来店里健身，但一直不敢搭话。

因为程宴北一直在怀兮左右,就像以前一样。

她不敢。她知道这句"对不起"晚到了很多年,也知道不管早或晚,都只是徒劳。

所以她只得语无伦次地道着歉。

怀兮慢慢地收回视线,目光淡淡地落在尚晚的脸上,轻笑一声说:"你怕被孤立,我就不怕吗?"

"对不起……对不起……"尚晚啜泣着,不住地道歉。

"你现在才知道说'对不起',在此之前,可能一直在跟别人炫耀你上学的时候有多威风吧。"怀兮漫不经心地笑着,指尖钩着自己的头发,又说,"难为你还记得我们曾经是朋友,都过了这么久了,你最应该做的,就是见到我躲着走,而不是跑过来跟我说这些。你知不知道,你真的挺可笑的。"

"对不起,对不起……"尚晚还是道歉。

"你来找我说这些有什么意义吗?"怀兮笑了笑,眼中却充满寒意。她说,"是要我原谅你?还是让我同情你,你也挺可怜的?你是不得已?"

"不是……"尚晚想争辩,咬了咬唇,却还是低下头,小声说,"不是的……怀兮,真的很对不起。"

怀兮已经听烦了,起身拿起包准备离开。

"以后别去看我妈了,她什么都知道,估计看到你心里也挺硌硬的。"

此时程宴北也打完电话回来了。

他抬头,正疑惑怀兮坐在那儿跟谁说话,然后就认出是尚晚。

他皱了皱眉。

"怀兮——"尚晚跟着怀兮站起来,似乎还有话说。

怀兮却没理她,自顾自地挎着包,朝着程宴北走过去,自然地挽住他的手臂,扬起笑容说道:"我的头发干了,我们走吧。"

程宴北的眉心一拢,想说两句什么,她却不由分说地拽着他转身。

她需要他为她出头吗?需要他为她声张吗?需要他此时此刻为她做什么吗?就跟那些对不起一样。

很多事、很多话,真的已经没必要了。

怀兮好不容易拉着他转了个身,他又半侧身子回去。她被他带着,整个人也转了半圈。

"哎……"

尚晚已经没哭了，对上面前高大男人淡漠的眼睛，心底徒生不安。程宴北刚空降到他们年级时，所有人都很怕他。

隔了这么多年，男人的气场依旧强大，尚晚还是惧怕他。

他看她一眼，她就硬生生地把眼泪憋了回去，任泪水在眼眶里打转，一句话都不敢多说了。

程宴北的眼神冷冷地睨着尚晚，嘴唇抿着。

怀兮依偎在他身边。

他最后冷冷地看了尚晚一眼，给了她一个警告的眼神，就搂着怀兮转身走了。

两个人一路出去上了车，车门一关，他突然叹了口气，将她拉到怀中，紧紧地拥住。

她的头发上还有一丝潮气，他按着她的后脑勺，让她把脸埋在自己的肩窝。

良久，他问她："今晚回去还会不会做噩梦？"

是了。她在沪城做过噩梦，梦见以前的事。她梦见被尚晚等人反锁在学校厕所里，一次又一次。

她其实没那么脆弱的。

她温顺地趴在他的肩上，没喋喋不休地跟他抱怨一遭，也没哭。长大后她才知道，眼泪是最不值钱的东西。

何况已经过了那么多年。

说了也不过就是让好好的一个夜晚徒增一丝不快而已。

他却明显比她紧张多了，也比她在意多了。

她任他抱着，过了一会儿才说："不会了。"

"不会了？"他犹疑地问。

"嗯，不会了。"她说着，又往他怀里挪了挪，说，"有你我怕什么？！"

回去的路上倒是气氛愉悦。事情已经过去那么久了，怀兮不健忘，但脾气来得快，去得也快。两个人开车去江岸边散了一会儿步，程宴北就送她回家。

晚上十一点多，时候不早了，沿着她家前面的那条小路驶去，遥遥一望，窗口亮着灯。

巩眉已经回来了。

车开到门口停下，怀兮吻了吻他，同他告别。正要下车的时候，他的手机忽然响了。他顺带拉了一下她的手腕，又把她拽了回来，不让她下车。

来电人还是任楠。

距离比赛还有两周时间。这次赛制有点小变动，任楠那会儿打电话过来跟他交代了一些赛前事宜，落了些要说的，这会儿又打来了。

"你干吗？"怀兮轻笑道，"还要我陪你打电话？"

他随意应了一声，嘴角也泛起笑意。他抓着她手腕的力道渐渐下移，修长干净的五指一根一根地穿过她的，与她十指相扣。

他就这么拉着她，接起了电话，

怀兮还在旁边笑话他："程宴北，你现在怎么这么黏人啊？"

任楠知道程宴北跟怀兮在一块儿，车队的人这阵子都听说了。

他本想长话短说不打扰他们，怀兮如此一句，声音不大不小，让他霎时间摸不着头脑了。

任楠无法想象程宴北这么一个一米八八的大男人黏起人来是个什么模样。他半天才把话跟程宴北说完整，又忍不住在心里发笑，末了还说："哥，你过几天来港城，顺便把怀兮也带上呗。"

晚上车队的人在一块儿喝酒，听任楠这么一说，便开始起哄。

"我说队长怎么回了家就没什么动静了，原来是天天陪嫂子没空搭理我们。"

"怎么？人家谈个恋爱还天天给你直播啊？"

"不是，我说，程宴北以前谈恋爱也没这样吧？他们一天二十四个小时都黏一块儿呢吧？前天我给他发消息说我的新车装好了登记好了，他今天才回我。"

程宴北听着对面吵吵闹闹的，只笑了笑，公事公办，简单地安排了一下车队事宜，就准备挂电话。

任楠也不想打扰他们了，不过临挂断时，突然又想起什么似的叫道："哎，哥。"

"怎么了？"程宴北应着，正要挂电话的动作停下。

"蒋燃来港城了。"

程宴北沉吟了一下，说："我知道。"

"你知道？"任楠讶异，以为他们好久都没联系了。

程宴北昨晚给了蒋燃立夏的另一个电话号码，今天在朋友圈看到立

224

夏发了一条她爷爷生病去世的讣告。

他猜想，蒋燃应该直奔港城了。

"嗯，我知道。"他淡淡地回应任楠。

"我还疑惑他怎么回港城了呢。FH在沪城，他们Firer也一直在沪城活动的……"任楠知道蒋燃此行的理由，心想程宴北应该也是知道的，不便多说，又小心翼翼地问一句，"那个……你们还好吧？你跟蒋燃。"

"还好。"程宴北说。

"嗯，那就好。"任楠长吁一口气，他们的事他也没立场过多评判，只说，"你们都好好的。不管怎么说，大家私下也还是朋友。"然后他就挂了电话。

程宴北的视线落在屏幕片刻，怀兮听他打了这么半天电话，也听明白了些门道，问他："你过段时间要去港城？"

这些他之前都没跟她提过，看起来是计划外的事。

但程宴北是今天才接到任楠的通知，车队那边让他赛前去一趟港城。

南城也有机场，不过他们这个中小城市没有国际航班。程宴北每次出国比赛，都要从港城或者北城、沪城飞。

"嗯。"他点了点头，收了手机，手臂半搭着车门，从烟盒里拿了支烟，手掌虚拢着火点燃。

他还没开口问她要不要和他一起去，她忽然作出了非常理解他，又非常懂事的模样，对他说："那你去吧。"

程宴北眉眼一扬，轻笑着反问："你不去？"

怀兮眨眨眼，手臂搭在他的肩膀上，有一下没一下地碰他的下巴，开玩笑道："你应该挺忙的吧？车队的事。我去不会打扰你吗？你这么黏我。"

而且毕竟是计划外的事，他先前说要在南城与她一起待到比赛前再出发的。

"不会，一点儿小事。"程宴北半眯着眼睛，笑着看她，说，"我肯定想带你一起去的，就看你有没有别的事了。"

他顿了顿，想起MC赛车俱乐部之前还联系了ESSE，想请几个模特儿去比赛现场当赛车宝贝。

这事之前还是傅瑶负责的，后面他回了国，就没怎么关注了。

他又问："我们车队之前联系了你们公司，要请几个模特儿，你不来吗？"

"这个事啊……"怀兮触碰他下巴的动作缓缓地停下。

"这个事？"他的语气一转，瞥她，勾起嘴角，静候她的下文。

怀兮躲开他的视线，有点儿不好意思地道："我给推了。"

"推了？"

"啊，就是，"她有点儿不好意思承认，慢吞吞地道，"就是之前有点儿吃醋……生你的气，很不想见到你，就推……"

她的话还没说完，脸就被他捏住，最后一个字哽在了喉咙里。

烟雾在他的嘴边缓缓散开，他捏着她的脸颊，双眸半眯，带着些许笑意，重复道："不想见到我？"

"是之前啊，之前，"怀兮揉开他的手，争辩道，"我之前以为你跟你们车队的人谈恋爱了啊，我还跑去见你干吗……"

程宴北见她这副据理力争的模样，不由得低笑出声，他也松了手，朝车窗外吞吐着烟雾。

忽然，他又听她失望地道："但我好后悔。"

"后悔？"程宴北回头，眉毛一挑。

"是啊。"怀兮将下巴抵在他的肩头，直直地看着他。

迎着外面路灯的光线，一片柔和的笑意在她的眼底潺潺流动。她就这么看着他，眼睛一眨不眨，眼下一颗泪痣漂亮又动人。她缓缓说道："如果我去做赛车宝贝，你比赛一结束，不是一眼就能看到我了？"

程宴北微微垂着头，与她对视。他的眉目间亦是温柔。

就这么彼此看了片刻后，她偏头说："是我太任性了，是……吧？"

她还未来得及移开视线，一道柔和的、夹着清冽烟草味道的气息，忽地朝她飘拂过去。

她的唇上蓦地落下一片柔软。

他低下头，轻轻地吻她，吻得绵长柔软，又富有感情。

怀兮的眼睫颤抖了一下，微微闭上眼，手臂揽住他的肩，迎合他。

不知何时他手里的烟已经捻灭了，他用手臂箍紧她的肩膀，将她按入怀中。

就这么神魂颠倒地吻了一会儿，他才稍稍离开她的唇，低声说："你如果来看我比赛，我肯定一眼就能看到你。"

他们之间，错过的不仅仅是这些年。

他大四那年刚开始接触赛车，因为他们的学校离得远，临近毕业季彼此也都忙，她几乎没去看过他训练，更别说后面的比赛了。

而他作为赛车手正式站上赛场时,他们已经分手了。

其实他并非觉得必须要同她分享某一份荣耀,只是想她参与自己人生的每时每刻。

"真的?"怀兮看着他,轻轻地笑了,说,"那么多人,你一眼就能看到我?"

她想了想,没等他回答,自己先想了办法,调笑道:"要不要我穿得鲜艳点儿,或者拉条横幅,上面写'程宴北我爱你'?"

"我爱你"三个简单的字从她嘴里滑过,无比自然、轻快、温柔。

以至于她的话音一落,与他同时一愣。

"你说什么?"他笑着问她。

年少时,人们总将所有感情都渲染得轰轰烈烈。爱很热烈,恨也很热烈。

长大成人后,见惯了聚散离合,不敢将表白的话挂在嘴边,总认为那是小孩子才做的事,不成熟,太幼稚。

说到底,是怕失望,怕付出与回报不对等,怕到头来空欢喜一场。

长大了,计较得多了,胆子就小了。她失望过,也逃避过。

一句表白的话,斟酌斟酌再斟酌,几次话到嘴边都咽了回去,就算说出口也不敢说太满,不敢用情太深。

这些日子以来,她并不觉得这是一句必须说的话。

她以为她爱他,已经是无须告白的事。

他们是默契的。很多时候,包括今晚,她一个动作、一个表情、一个眼神,他就懂她。

可她从前就是太过依赖这种默契,几度缄口,他们才会越走越远。

一句简单的告白,如今无比自然,无比顺畅地自她口中说了出来,他与她都有所动容。

彼此对视的目光也在一瞬间变得更加柔软。

程宴北的唇依然勾着,淡淡地凝视她,双眸透着深情。在她沉默时,他又说:"再说一遍。"

怀兮被他看得有点儿不好意思,脸颊泛起热意,感觉自己又回到了少女时代,跟喜欢的人对视一眼都会脸红。

她不擅表达,几番酝酿都有点儿羞赧,最后嘴硬地说了一句:"我才不说,你让我说我就说啊……"

她一边说着,一边却伸出手臂环住他的肩膀,主动凑过去亲吻他,

227

像是在用行动表达。

程宴北低声笑了笑，不知是笑她的任性还是嘴硬。他也并不失望，在她吻上来的同时，他也轻轻地带过她的肩回吻她。

"你今天不说，就别回家了。"他略带警告地道。

"不回就不回，那你就等着我妈明天找你麻烦吧。"怀兮回应着他，撒娇道，"我还不想回去呢。"

她家亮着灯。时候不早了，他不放她走，她也不想离开。

他又将车往一处僻静的林荫道开了一段，车一停，怀兮迷离着眼睛看着他，认真地道："我说，我好爱你。程宴北，我好爱你。好爱好爱你。"

不是我爱你，是我好爱你。

不是求饶，而是告白。

程宴北轻轻地抬头，静静地看了她几秒，目光也越发深沉。

她似乎怕他不信，吸了口气，又说："程宴北……我如果要拉着横幅去看你比赛，你在看台上找我，你会看到上面写的一定不是'程宴北，我爱你'，而是'程宴北，我好爱你，特别爱你'。"她的嗓音温柔，凝视着他，轻轻地笑起来，又说，"我不是个会表达的人，总是任性，总是跟你赌气，你是知道的。但你肯定也知道，我真的特别，特别，特别爱你，比以前还要爱你。真的，我比任何时候都要爱你。"

眼见他凝视她的目光一点一点变得柔软，她才明白，原来人是需要告白，需要表达的。

而她所谓的"不会表达"，好像在不经意时表达了很多。

她好像也不怕失望了，不怕将这三个字掏心掏肺地拿出来给他看。

程宴北细细回味着她的话，凝视着她，好似有些说不出话来。

过了好一会儿，他轻轻一笑，温声说："我也是。"

她微微睁大了眼。他说他也是。

其实他也有很多年没有这么表达过自己了。

"我也好爱你。"他看着她说，"我也比以前，比任何时候都爱你。以前总觉得你是我的遗憾，现在才发现，其实你是我的起点与终点。"

"怀兮，我们在一起久一点儿吧。"他说着，又去吻她的唇，低喃着，"我还有很多想跟你一起做的事，想跟你去很多地方，想跟你在一起很久。不仅仅是想你来看我的比赛，我还想我们有个以后。想你跟我一起，去我们的未来。好不好？"

我们的未来。

她的目光颤抖了一下,还未说话,见他又抬头,认真地看着她,目光温柔又坚定地道:"这次我不会食言了。"

似乎怕她不信他,毕竟他从前让她失望过。他像只温顺的小兽,用一双黢黑的眼睛看着她,轻声问:"好不好?"

怀兮看了他片刻,手心迎着他的吻,轻轻地捧住他的脸。

她点点头,笑着说:"当然好。"

尾声

CHI
CHAN

　　程宴北去港城这事真不是太着急。出乎怀兮的预料，一个星期后他们才磨磨蹭蹭地开始收拾东西，订机票。
　　怀兮之前一直在外奔忙，许久都不回南城一趟。这次跟程宴北去比赛，以她这种爱玩的性子，还不知道什么时候才回来。
　　她回了ESSE，未来工作肯定是一个接一个地来，于是就在南城多陪了巩眉一阵子。
　　一个星期后，他们出发去港城，巩眉去机场送他们。
　　怀兮办好登机牌，还没进安检口，就将行李扔到一旁，去了趟洗手间，顺便给黎佳音打了一通电话。
　　黎佳音不知从哪个熟人的熟人那里听说怀礼真有未婚妻了，打来电话闲聊的同时，跟怀兮求证。
　　之前怀兮就跟黎佳音说过这事，她一直没放在心上。
　　正好最近巩眉挺关心怀礼这事，还因此破天荒地给怀兴炜打了一通电话，意外地没吵架，而是就儿子的人生大事好好地谈了谈。
　　于是怀兮表示："真的，是真的。"
　　黎佳音好像要晕过去似的，心痛得要命："你哥才二十九岁就'英年早婚'啊，一点机会都不给我了？"
　　怀兮无奈地道："你不是找了个新男朋友吗？老惦记他干吗？"
　　黎佳音前段时间去日本出差，顺便散心，认识了个对手公司的运营主管，跟她一样，常居沪城，刚过三十岁，据说人温柔又稳重，比她以前那个同居男友好了不止那么一点。

这相杀的戏码还没上演，在日本两家公司联谊开了个温泉聚会，两个人就暧昧上了。

听说那个运营主管也是个不婚主义，跟黎佳音简直一拍即合。

"白月光好吗？白月光，你如果没跟程宴北复合，那几年你们还有联系的话，我不信你会不关注他每任女朋友什么样。"

"得，有了下一春，口气都不一样了。"怀兮哼笑道，"那你那个前男友呢？回沪城再没见过？你不是因为跟他分手觉得难受还去日本散心去了吗？"

"我跟他在一起最起码有两年多吧，没爱情了情分总会有，我难受一下还不行？再说了，我那是出差，好吗？出差！"

"那你这个差出得还真值，运营主管都钓到了。"

"那是。"

两个人互呛了一会儿，回归正题。黎佳音问："那你这次跟程宴北去港城，就直接转机去伦敦了？"

"嗯。"

"什么时候回来？我好久没见你了，ESSE最近没工作给你啊？"

"有工作的话我肯定去沪城啊。"怀兮看了看自己的手指甲，站在盥洗台前观察镜中自己的同时说道，"之前不是去港城走了个秀吗？然后这半个月都比较闲。"

"我看是你们公司给你散养了。"黎佳音说，"签约的时候不是开的条件很好吗？又不搭理你了？"

"也不是，我毕竟是个'插班生'。"怀兮将手机夹在肩头，从包里拿出口红，边涂边说，"条件开得挺好，但现在ESSE的好模特儿也不少，轮着轮着就到我了。"

"你现在还真是佛系。"

"不佛也没办法，过了年轻气盛的时候了。"

"也是。"黎佳音回味一番怀兮的话，忽然觉得不太对劲，忙说，"等等，我听你这口气，怎么感觉你是想安定下来了？不打拼事业了？想结婚了？"

"你哪句话听我说我想结婚了？"怀兮笑了笑，回应着黎佳音，又一转语气说道，"不过，我是真觉得现在挺好的。"

"什么好？"

"就是，跟程宴北在一起挺好的。"怀兮说着，抿了抿唇，用指腹将口红晕开，然后收回包里。

"他考虑结婚的事吗？"

"他没这么说，但他那天跟我说，想跟我有个未来。"怀兮轻笑起来，声音温柔，有点儿惆怅地道，"有时候真觉得我挺没出息的，这么大了，还是会被男人的这种话打动，像个小姑娘似的。"

"得了吧。"黎佳音不客气地吐槽，"换别的男人看看你会不会被打动，就是因为是程宴北，你才总跟个小姑娘一样。"

"行吧。"怀兮继续说，"我宁愿一辈子都是个小姑娘。"

"啊，你现在真的好肉麻啊，我鸡皮疙瘩都要起来了。"黎佳音赶紧让她打住，又说，"你以前也没这么肉麻吧？我还没问你呢，你回ESSE了，季明琅再骚扰过你没有？"

"没有啊。"怀兮漫不经心地说着，将墨镜别在胸口，收了东西朝卫生间外走。她说，"就前段时间我去港城走秀，还碰见他了，我没搭理他。最近听说他又调去国外的分公司了，而且我现在有男朋友了，我也不怕他。"

"之前出事那会儿你不是也有男朋友吗？"

怀兮优雅地拢了拢头发，说道："程宴北跟他可不一样。"

"看看你这得意又骄傲的样子。"黎佳音轻笑。她也知道，程宴北是真的对怀兮好，也不揶揄了，只说，"那你回国记得跟我说，你不来沪城的话，说不定你去港城了我正好也有空过去跟你聚一聚，顺便看一眼你哥。"

"你可别惦记我哥了。"怀兮知道黎佳音在开玩笑，但还是无奈地笑道，"跟你男朋友好好的吧。还有，我可跟你说，你这次别再被男人骗了，弄清楚他到底真的不想结婚还是骗你的，搞清楚之前别跟人家同居。"

"哟，怀兮现在都开始教训我了啊。"黎佳音笑起来，又说，"我不跟你开玩笑了，你说的这些我都懂，放心，我又不是小姑娘了。"

"我倒希望你是个小姑娘，每天开开心心的。"怀兮叹了口气说。

黎佳音沉默了。

"就是希望你高兴点儿，真的，不管怎么样，自己开心最重要。"怀兮说，"我就喜欢你这几天给我发消息或者发朋友圈，全是秀恩爱什么的。我看得真的很开心。"

黎佳音不想结婚，在目前这个社会，是不会被大多数人所接纳的。找个跟她观念合拍的男人谈恋爱，简直是难上加难。

"希望你别陷得太深，但也别太胆怯。"怀夕轻声道，"你以后受了委屈或者不高兴了，你打电话给我，我肯定在的。"

说起来，她跟黎佳音认识这么多年，她和程宴北分手时那段最难过的日子，是黎佳音陪她熬过来的。黎佳音之前没追到怀礼，后来又因为观念不和分了几任用情很深的男友，也是她陪着黎佳音过来的。

尚晚那天遇见怀夕，一直在提醒她，自己曾是她的朋友。

但怀夕后来回想起高中的事，最庆幸的不仅仅是那时就遇见了程宴北，还总会在心里想，如果那时认识黎佳音就好了。

她不是个擅于表达的人，因为个性尖锐，性情外露，从小到大很难交到特别好的朋友，或者在后来的岁月中，不知不觉就散了。

黎佳音是唯一一个维持了这么多年的朋友。

"你怎么现在这么会说话了？"黎佳音回味着她的话，顺便调笑，"听得我好感动哦，都想抛下我的运营主管高富帅飞过来亲你一口了。"

"肉麻的人明明是你吧。"怀夕哼了一声，笑起来，说，"我也不是会说话，现在谁说谁'会说话'是骂人的话，说这个人两面三刀，你别骂我。"

"我没骂你，我是说你真的变化很大，就是感觉会说自己心里的话了。"黎佳音笑道，"看来的确是男朋友调教得好。"

怀夕又笑着骂了黎佳音两句，就挂了电话。怀夕保证到时候去一趟沪城，跟她见一面。

另一边，程宴北将怀夕和他的行李办好托运，也回来了。

距离飞机起飞还有一个多小时，不用赶着进安检，巩眉拿手机跟怀兴炜聊了一会儿怀礼的事，一抬头看到程宴北过来，招呼他："怀夕还没回来吗？"

程宴北四处张望一下，没见怀夕出来。

"她去卫生间了。"

"唉，这孩子，真让人操心。"巩眉情不自禁地唠叨着，"这要是还有半小时或二十分钟登机，她这么久不回来，等着广播到处找啊。"

程宴北坐下来，低声笑了笑，说："我会去找她。"

"你找不到她也不上飞机了？"巩眉有点儿好笑地问。

233

"我不会扔下她一个人走。"程宴北答得挺认真,倒真有点儿在老师面前一板一眼回答问题的模样。

巩眉其实挺喜欢程宴北的。

她当教师很多年,不会轻易对学校里那些刺头学生抱有偏见。正值叛逆期的孩子,一个比一个有个性,其实他们的本性并不坏。

程宴北上高中那会儿,虽然因为打了一场惊天动地的架,把人打进了医院,留了级,没能参加第一年高考。

同年级很多老师都不敢将他收到自己班上,怕他给班上的同学们造成不良影响。而巩眉作为那一届资历最高、最有经验的老师,接纳了他,让他来到自己教的班级。

但他也只是声名在外。巩眉发现,他平时其实是个挺低调的孩子。

后来得知了他的家庭情况,巩眉就觉得,可能是因为这些缘故,所以他比同龄的孩子看起来要成熟稳重一些。

"你就让着她吧,也就你能包容她这脾气了。"巩眉笑呵呵的,却忽然有些惆怅地道,"这孩子脾气太躁,你看她高中那会儿也没少招惹是非。我啊,就总发愁她这种个性,以后到社会上该怎么办。倒不是觉得她尖锐,可能也是因为从小我又当老师又当妈的,太严厉了,总压抑着她。我怕她不会表达自己,又锋芒毕露。她这种性格其实很容易吃亏,她那几年在外面混,我总是提心吊胆的,给她电话打多了,她还嫌我烦。"

程宴北没说话。

"就她上高中那会儿被人欺负,我现在想起来还是挺难过的。"巩眉说,"但我这个当老师的,其实在学校,有的事并不好做。我看到的地方还好,别人知道我是老师,是她的妈妈,也不敢欺负她。可是我看不到的呢?其实很多老师的孩子在学校是最容易被人针对的,有的事老师约束没用,反而会让那些人变本加厉。"

怀兮高三那年遇到的事,巩眉基本上能察觉到。

或许也是因为她作为母亲,不会表达的个性遗传给了怀兮。怀兮闷着不说,她也只用自以为那些是"为了孩子好,为了学生好"的话和行为,让怀兮受到双向伤害。

以前巩眉没意识到,但随着年龄渐长,慢慢地,有的事回想起来,才发现是一种无形的伤害。

老师并不好当。面对校园霸凌这种事,老师一出手,那些霸凌者几乎都会变本加厉。

她当时能做的，就是在她能插手管束的地方对怀兮加以保护。比如在大课间叫怀兮来她的办公室写作业，不开会也不忙的时候，带着怀兮上下班。

怀兮那时正值叛逆期，跟她也有隔阂，很多情况下都是不愿意的。

她宁愿跟在程宴北身边。

"其实怀兮什么都明白。"程宴北说。

巩眉看着他。

程宴北淡淡一笑，摩挲了一下自己的手掌，整理思绪说道："她当时也跟我说过，你总叫她去办公室'罚站'啊，背公式、背单词什么的，她知道你是为了保护她。她后来也说，自己当时就是太叛逆了，你不理解她，她就只能跟你对着干。"

巩眉无奈地一笑，问道："她真这么说？"

"嗯。"程宴北应着，"她还说，你是个特别好的妈妈。"

巩眉微微讶异。

"她说你跟她爸爸离婚早，当时是法院把她和她哥哥都判给了她爸爸，是你留下了她。她说过，以她当年的个性，肯定接受不了父母再婚，跟着爸爸走，肯定不会太开心。这么多年你为她做的，她心里都有数。你对她的好，她也都明白。"

巩眉心下柔软，细细回味了程宴北的话，能想象怀兮同他说这些时是一副什么样的表情和语气了。

她笑了笑，对程宴北道："你比我懂她。"

程宴北也笑道："也不是，我也有不够懂她的时候。"

"别谦虚啦，不成熟的时候肯定是有的，没有人生来就成熟、面面俱到。这不代表你们不懂对方，不然也不会现在又在一块儿了啊。"巩眉笑着说。远远一望，怀兮往这边来了。

巩眉又随意地问程宴北："你也不小了吧？你家里之前让你相亲了吗？你不能只比赛什么的，不顾自己的事吧？"

"我奶奶不管这些事。"程宴北温和地说着，轻抬眉眼，也望着怀兮的方向。

她也注意到了他，扬起笑容，加快脚步。

巩眉想到他家里的情况，也表示理解，又试探着问："那你跟怀兮就没考虑过结婚的事？她爱玩，你总不能一直陪着她玩吧？"

程宴北望着怀兮的方向，脸上泛起淡淡的笑意，说道："她愿意我当然可以。"

"我看她倒是差不多。"巩眉笑着说，"我这些年也没少催过她，她就顾着自己玩。结果呢，兜兜转转还是到你这儿收心了。你比我管用多了。"

程宴北只是笑。

怀兮踩着小高跟一路过来，刚才就见程宴北跟巩眉好像聊得挺不错。她上前时还小心翼翼地瞟了他们一眼，见没什么异色，才说："我们得过安检了吧？飞机提前入港了。"

巩眉眼睛一横，白她一眼，说："就这么想甩掉我这个妈？"

"哪有。"怀兮表示无奈，指着机场大厅不远处的大屏幕说，"你看，刚才就播报了，提前入港了啊。"

"还跟长不大似的。"巩眉起身，对怀兮说，"路上好好照顾自己，别老让程宴北照顾你。"

程宴北也跟着起来，笑道："我会照顾她。"

怀兮有点儿得意，朝巩眉哼了哼，自然地依偎到他身边去。

"听见了吗？有人照顾我。"

巩眉恨铁不成钢地道："你哥是一点儿不让我操心，你呢？这么大了，还让我这么操心。人家说两句，说要照顾你，你还来劲了。"

"那你操心我哥你就跟我们一起去港城啊。"怀兮扬了扬下巴，手已紧紧地牵住了程宴北，斗嘴仿佛都有了底气。

"我跟你徐老师报了个书法班，还没结课呢，去什么去？"巩眉说，"我一个以前当老师的，现在一把年纪了换个身份做学生还逃课啊？"

"那你还是不够操心我哥，你只操心徐老师。"怀兮暧昧地笑笑，揶揄道，"那你到时候跟徐老师一起去港城看我哥，顺便把我爸叫出来，跟他秀秀你的第二春。"

"死丫头——"

巩眉扬手拍她的胳膊一下，她立刻往程宴北那里躲。

程宴北见她们母女打打闹闹，夹在中间低笑连连，手臂却还是护着她。

"你看程宴北多护着你啊，你妈打你他都心疼。"巩眉脸上有了笑意，对怀兮说，"这次玩完回来就好好考虑考虑你的人生大事，别成天在外面野了。"

"那我得在外面多野一阵子，省得回来听你念叨我，头疼。"怀兮嘴硬地顶嘴，又笑着抬头看一旁的程宴北，问："是不是？"

程宴北眼睫半垂，看着她，视线淡淡的。

他缓缓地抬手，拇指指腹轻柔地蹭了一下她的嘴角，把一点儿有些出格的口红给蹭掉了。

怀兮抿着嘴唇对他笑。

巩眉看这两个自己曾经的学生在眼前晃悠腻歪，职业病又快犯了，听广播已经在催促他们这趟航班的旅客过安检登机。她提起自己的包，准备走了，最后还不忘嘱咐他们："路上注意安全，落地港城和伦敦都跟我说一声。"然后她特意转向程宴北，说："怀兮下次跟你闹矛盾可以找我说，我来收拾她。"

"不行，我们的事自己解决，你掺和什么啊？！"怀兮赶紧拒绝，又掐了程宴北的手心，对他说："你别听我妈的。"

"别听我的？"巩眉傲慢地瞥程宴北一眼，说，"指不定人家下次回来就管我叫妈了，我不掺和也不行了。"

程宴北反捏住怀兮的手，力道很温柔，听到这话笑了笑。夹在中间，他倒也不难堪。

他和怀兮又将巩眉朝机场出口那边送了一段，看着她上了门口的出租车，两个人才折回反方向，往安检口那边走去。

怀兮的心情挺不错，路上同他聊起来："你不知道我昨天听我妈说她也准备去趟港城，我有多高兴。"

"你高兴？"程宴北的嗓音低沉，笑着问她，"高兴什么？"

"可能是从前太爱我爸了，我爸跟她离婚后立刻找了别的阿姨结婚，跟闪婚似的，我妈那些年一直怀疑我爸跟她离婚前就出轨了。"怀兮任他牵着走，说，"可能恨屋及乌吧，她之前很讨厌港城这个地方。我高考完报志愿那会儿，她都不愿意让我去港城。"

程宴北知道这事，应了一声："嗯。"

"我就觉得，她总在逃避。我上大学那几年，她都没来港城看过我。我哥跟我爸走了那么多年，她没去看过我哥，也难怪我哥有什么事都不跟她讲。"怀兮吐了口气，倒没有责备巩眉的意思，只是说，"现在她突然说她想去港城了，我就觉得挺好的。最起码，她不逃避了。"

程宴北沉吟了一下，还未开口，她的脚步突然慢下来，说："其实我也逃避过。"

他的脚步也慢下来，直至完全停住。

她看着他，对上他温柔的眼，整理了一下思绪，说："我可能因为父母离过婚，一直以来，对于安定，对于婚姻的态度，都很消极。以前自以为是不屑，觉得结婚有什么好，把自己下半辈子捆绑在一个男人身上，真的很没意思。后来才发现，原来是我没遇到让我特别想安定下来的人，我只是在逃避。"

程宴北静静地注视她的眼睛，目光柔和。

"我对你也逃避过。"她吸了一口气，说，"其实对前任再动心，之前对于我来说是一件很丢脸的事。可能也是我自己不够坦荡、磊落，总爱钻牛角尖，所以我在沪城的那段时间，一直在逃避你。以至于后来我发现我对你又动心了的时候，我特别惊慌，觉得特别不可思议。"

"但我就是动心了啊。"她说着，扬起娇俏的脸，五指贴住他的手掌，与他十指相扣的力道紧了又紧，"我也不想再逃避了。能对你重新动心，重新爱上你，真的太好了。"

真的太好了。她在心底又默念了一遍。

程宴北听她如此说，嘴角也牵起温柔的笑意。

"怎么好？"

"就是什么都好。"她说着，用一只手去环他的腰，靠在他胸口，静静地道，"认识你特别好，遇见你也特别好。能重新再遇见你，重新再认识你，也特别特别好。"

程宴北揽住她的肩膀，抚摸她的短发，声音沉沉地道："嗯，我也是。"

"以前就觉得，跟你安定下来是个不错的选择。虽然这么多年过去了，我还是觉得，这是一件很不错的事。"她依偎着他，如此说着，一抬头，就撞上他温柔的目光。

她迎上他这样柔软的目光，笑着反问他："你觉得呢？"

程宴北眉眼轻垂，凝视她，声音低缓地道："我上次说，想跟你在一起久一点儿。"

"嗯。"她点点头。

"现在，我想改口了。"

"嗯？"

他看着她，语气温和又坚定，说："我想一直，一直，一直，跟你在一起。我希望这个期限，是没有期限。"

我希望，我的起点与终点，一直是你。

怀兮其实并不在意赛场上他经过百转千回，最后冲过终点线，下了车，第一眼看到的人是否会是她。

但她知道，这一刻，以及以后、未来，他满心满眼都会是她。

不知道为什么，只要他在她眼前，她就无比笃定、无比相信他，且毫无顾虑。

此刻，怀兮轻轻地笑起来，问："那我妈说的那事，你考虑一下吗？"

"不用考虑，回来就办。"程宴北笑着说，然后牵着她，继续往前走。

南城的夏日阳光和煦，一束光静静地流淌，在眼前铺开成一条布满阳光的坦途大道。

无论是九曲十八弯，抑或百转千回，他们都知道终点在何方。

"不过，我这次比完赛可能会休假两三个月。我们还没有一起好好出去玩过，你有想去的地方吗？"程宴北问她，"或者，你着不着急回来？"

"我不着急。"怀兮扬起笑容说，"只要和你在一起，去哪里都可以。"

（正文完）

番外一
年少旧约

CHI
CHAN

"在哪儿?"

手机振动,黎佳音的短信发来了。

怀兮垂下头,漫不经心地一瞥,仍旧支着脑袋,没回复。

"到底怎么回事,你莫名其妙地打周焱干吗?社团的人告状都告到我这儿了!你人呢?打完人家就跑啊?你到底去哪儿了?寝室也不在!你今晚回不回来了?不回来给个准话!晚上查寝我好跟人家说!看到了回短信!"

连续五条短信,黎佳音显然急疯了。

怀兮握着质感坚硬的手机,往身后的椅背一靠,拇指在键盘按键上按了两下。狭小的屏幕上,黎佳音那几个感叹号扎眼得很。

她的手心还有那会儿那一巴掌扇过去的触感,她的皮肉都感觉火辣辣的。

怀兮盯着屏幕,始终不知该如何回复。

"你打周焱一耳光的事学生处的老师差点儿都知道了,还是我跟人家说先别跟老师说,有事好好解决。怀兮,你再不回我,跟我解释清楚,就当我白给你扛事了,我们朋友白做了!"

最后一条信息发过来,密密麻麻全是怒气。

怀兮深吸一口气,回复:"我在外面等我哥。"

她想了想,正准备追加一句"晚上回去跟你解释"。

蓦地，一道清冷的男声从她的头顶落下："来了多久了？"

怀兮迅速打完字收了手机，抬起头。

怀礼的臂弯搭着一件深灰色西装外套，坐在她的对面。

他穿了一件干净清爽的白衬衫，领口一丝不苟地竖起。他的脖颈修长，喉结一侧的痣紧贴着领口边沿。

六月的港城，这样热的天气，他的纽扣仍严谨地扣到最上面一颗。

"半个多小时了吧。"怀兮老实回答。

怀礼将西装外套搭在一旁，听怀兮如此说，抬头看她一眼，眉眼淡淡的。

他慢条斯理地解袖扣，动作没停，嗓音依旧疏冷："那很早。"

怀兮沉着脸，情绪很低落地道："你说你下飞机我就出校门了。"

怀礼没说话，将袖扣解开，一层一层仔细地翻叠上去，露出一截线条流畅的小臂，依然那么一丝不苟。

"你没直接回家？"怀兮抬头打量他。他显然是换了衣服来的。

"没有。"

"哦，住酒店吗？"

"嗯。"

回港城不回家住酒店，也就只有怀礼能做得出来。

要他回怀兴炜那里也不是不可能，但肯定也待不了太久。他与怀兴炜父子交恶也并非一两年的事了。这几年他在英国读大学，每每回国，要么直接去北城，要么回港城没等屁股坐热就又走了。

怀兮不问也知道。

"爸不知道你回来？"

"不。"

"你这次待多久。"

"明天就走。"

"去北城？"

"嗯。"

怀兮在心里叹气。怀礼已在回应她的过程中将菜单递了过来，示意她点餐。

他的表情冷冷淡淡的。

怀兮接过菜单翻看起来，忍不住说："我听说怀野快过生日了，该上初中了吧？你也不在港城多留几天？这次要不是我给你打电话，你估计回国就直接去北城见晏爷爷了吧?"

"嗡嗡嗡——"

怀兮正说着话,旁边的手机就振动起来。

怀兮的话才说了一半,犹豫着该不该说下去。

她抬头观察了一下怀礼的表情,他面上没什么表情,也没愠色,一开口是答非所问:"你手机在响。"

他轻描淡写地打断了她,都没理她刚才说了些什么。

怀兮只得乖乖地闭嘴。修复他们父子关系的事,她也只能做到如此了。他不愿回,谁也没辙。

她叹气,拿过手机看了一眼,黎佳音发短信回复了她:"你居然还有个哥哥?"

怀兮跟黎佳音也就做了大一这么一年不到的同学、室友兼朋友,她家情况又那么复杂,也没跟人提起过。

黎佳音也很快意识到自己的关注点错了,又发来短信:"那行,晚上等你回来跟我解释。周焱估计还没消气,你这几天别往社团跑。"

"男朋友?"怀礼见她久不抬头,淡淡地问了一句。

怀兮听到这三个字,若有所思,打过周焱一巴掌的手心仿佛还残留着触感。

她握了握空拳,不知该如何回应。

怀礼微微抬起手腕,晃了晃手里的杯子,杯中的冰块撞击传来细小的动静,如他那一丝稍纵即逝的难得的笑意。

"分手了?"

"没有。"怀兮抬头,嗓音跟着拔高,眼睛也瞪得溜圆,眼眶还泛起了红。

蓦地,她对上对面男人的眼睛。

怀礼的嘴角勾着,饶有兴味地看着她。

怀兮在他脸上甚少看到笑容,总感觉有些阴恻恻的,仿佛在看她的笑话。

她最讨厌被人看笑话了,于是扬声争辩:"没分手!我们的感情好得不得了!你别瞎猜!"

怀礼见她这欲盖弥彰的架势,笑意更深了。

也不知她激动什么,但他脸上终是有了笑意——若是不提家事,越过怀兴炜这层,他脸上的笑容还是不难见的。

他的声音温和了许多,注意力又落到她手下的菜单上。
"点好了吗？"
"没,有！"怀兮一字一字地答。她有些心烦,看了一圈都不知道点什么,于是把菜单递回给他,说,"算了,你点吧,我随便。"
怀礼没说什么,接过菜单,说道："不能吃什么趁早说。"
"胡说,我什么都能吃——"怀兮白他一眼,心情稍明朗一些。
怀礼似笑非笑地看她一眼,低头翻起了菜单。
倒也不全是他做主,他还是体贴地问了怀兮的偏好。
怀兮随口应着,看了他一会儿,倾了倾身,又凑近,忽然问了一句："我还没问你呢,在国外谈女朋友了吗？"
"谈了。"他答得漫不经心。
"漂亮吗？"
"嗯。"
"外国人还是一起留学的华人啊？"
"都有。"
"都有？"怀兮琢磨着他模棱两可的回答,不禁疑惑道,"是同时有……还是分别有？"
怀礼看她一眼,目光淡淡的,没回答。
"就是那种,是先后关系,还是并存关系？"怀兮手舞足蹈地比画着解释,有点儿夸张。
"你是一个一个地好,还是一起好？你不会在国外也那么花心吧？"
怀兮最终下了结论,差点儿咬到自己的舌头。
怀礼已点好菜,下巴微抬,瞥她一眼,然后将菜单交给服务生。
他没给她答案。
这是一家外国人开的西餐厅,来往顾客与服务生也多半都是异国面孔。
怀礼叫住一个犹太长相,眉眼幽深的女服务生。对方显然是新来的,见到中国顾客还有些许怯意。听到怀礼叫服务员,立刻过来,刚过来,手中做记录的笔不留神落到了怀礼的脚边。
怀兮跟着一低头,忽然注意到怀礼穿着一双皮质高档的真皮皮鞋。边沿一圈儿U形线扎得紧实,低调的黑褐色,分分寸寸都是一丝不苟。
在她的印象中,这是大人才穿的款式,却意外很衬他。
她想起他这次回国,好像还是作为校级优秀学子,跟着他的爱尔兰

243

籍导师代表学校来北城参加一个研讨会。

她却还穿着洗得发白的帆布鞋在学校社团里风风火火，招惹事端。

不知何时，他好像先她一步争分夺秒地长大了。等她注意到时，他已然是这么一副成熟稳重的打扮。

他也只比她大两岁十个月而已，才过二十二岁的生日。

怀礼一躬身，顺手捡起了那支笔，递到对方手中。

女服务生手忙脚乱地接过来，立即用英文道了谢。

但她似乎意识到应该用中文交流，又用蹩脚的中文，毕恭毕敬地为自己在顾客面前的失态向怀礼与怀兮分别道了歉。

怀兮尴尬地挥挥手，正思考着该怎么用英语回复对方，怀礼已直接用英文同女服务生交流起来。

他先是微笑着说了句没关系，然后向她询问一道法餐的名字，问餐厅今日是否供应。

他的英式发音纯正优雅，腔调抑扬。女服务生惊讶于他的口音，一开始还有点儿紧张，但很快便放松了下来。

面前的男人绅士体贴，那道餐食的词组也很绕口复杂，若他直接用中文译名表示，她不一定能听得懂。

两个人交流得很顺畅，交代到最后，怀兮大概还听出怀礼说，某个菜品里不要放杧果，她对杧果过敏。

刚才她都忘了说。

女服务生看着怀兮点了点头，手下做着记录，又时不时地抬头观察怀礼。从刚才起，她的目光大多就是在他身上停留。

优雅绅士，长相斯文俊朗的男人，总是吸引人的。

女服务生临走都未收回视线。

服务生走后，怀兮望着她的背影"啧"了一声，揶揄道："你再跟她说两句，人家说不定以为你想跟她谈恋爱。"

怀礼笑了一声，脸上却没多少笑容。他反问："有吗？"

"有啊，"怀兮双手捧着脸，意味深长地看着他说，"你坐那儿不说话都很讨女人喜欢，你自己不知道？"

怀礼的嘴角虚勾，没说话。片刻后他起身，去了趟洗手间。

他刚回来，一道精致的食物也盛盘端了上来。还是那位漂亮的外国女服务生送过来的，见到怀礼，笑容比刚才灿烂许多。

那模样，仿佛不是工作时间，报出菜名的下一刻，她就会立即跟他要个联系方式。

怀礼却一改那会儿的温和态度,此时冷冷淡淡的,都未拿正眼看过对方。

人走后,怀兮还扬起下巴指女服务生的背影,嬉皮笑脸地示意:"你看吧。"

怀礼掏出一条真丝手帕,将双手未沥干的水渍拭干净,最终轻笑着打断怀兮:"吃饭。"

怀礼开车送怀兮回学校的路上,黎佳音又开始着急,说是周焱要她在明天社团的周例会上公开向他道歉,不然这事没完。他会上报给学生处老师,说她校园霸凌,以暴力手段对同学大打出手。

港城财经大学校风严苛,尤其他们这届还摊上个爱斤斤计较的学生处主任,如果被知道了,别说怀兮这学期的奖学金甭想申报了,严重点可能还会受处分,被全校通报,最终档案留底。

加上她一到星期六、星期天就逃寝去港东的港城大学找她的男朋友晚上常常不回寝室的事,许多人都知道。平时也都是黎佳音这个学生会自律委的"自己人"帮着她瞒着,许多人也都知道。若是此事不平,再被人阴一把,让学生处连这笔账一起算了,黎佳音和她都得吃不了兜着走。

怀兮跟怀礼吃了顿晚饭,心情畅快不少,这会儿接了黎佳音的电话,心情又低落下来。

黎佳音是个急性子,当即说要来校门口抓她,怕她跑了似的。果不其然,怀礼的车一到,她就看见黎佳音在门口站着。

黎佳音是土生土长的沪城姑娘,生得高挑纤长,在一群来来往往的北方学生中挺打眼。借着光,她也一眼看到了从车上下来的怀兮,然后立刻杀了过来。

"怎么才来?"黎佳音心急如焚地道,"周焱都给我打好几个电话问我你回没回来了。"

"他怎么不打给我?"怀兮在心里翻白眼,不悦地道,"打他的人是我,又不是你,冤有头债有主,找你干吗?他没胆子打给我吗?"

"说得也是啊!动手的是你,那你怎么现在说话还那么嚣张啊?"黎佳音简直气得牙痒痒,又说,"我告诉你,你见到他对他可别这种态度,是你得罪了人家,人家准备去学生处……"

245

"怀兮。"

黎佳音才拔高的音调立刻被一道如夜风般冰冷的男声给浇灭了。

怀礼的车刚发动，又停了下来。

他驾驶座那一侧的车窗朝着怀兮与黎佳音徐徐地降下。

迎着校门口略显惨白的光，他的眉眼轮廓都冷漠了不少，皮肤白皙，五官被光线勾勒得越发深邃。

随着那声落下，窗口跟着伸出一截手腕。衬衫袖子早拉下去了，袖扣复位，袖口十分干净。

怀礼戴着黑色皮革作腕带的机械腕表，五指修长，指甲修剪得分寸利落，正捏着怀兮那部红色的翻盖手机。他淡声示意她："你忘了拿。"

怀兮一愣，正准备接，离车门更近的黎佳音却先行伸手，替她接了过去。

三个人都是一愣。

黎佳音也跟魔怔了似的，一直看着怀礼，还替怀兮道了谢："谢谢。"

怀礼慢条斯理地瞥了黎佳音一眼，眉毛微扬，有些意外。

他的目光很快又落在怀兮身上，交代道："有事给我打电话。"

"啊，好。"怀兮立刻点头，同他告别。

车开走了，怀兮将自己的手机从黎佳音手里拿回来，和她边走边说："他给你打电话你就不要接了，我又不是没手机，他也不是没我的电话号码。再说了，他没告诉你们我为什么打他吗？"

黎佳音刚才的聒噪没了，三步一回头地看怀礼扬长而去的方向。直到看不到了，她才问怀兮："刚才那个，是你哥？"

这答非所问的，话题跳转得也太快了点儿。

怀兮也瞥了那个方向一眼，车子早就看不到影儿了，一回头见黎佳音脸都红了，她了然一笑，揶揄起来："怎么？看上我哥了？"

"谁说的？没有。"黎佳音的目光闪躲了一下，立刻否认。

港城财经大学建在半山腰，从校门口到校内宿舍，要沿着一条大长坡走上去。

黎佳音路上又跟怀兮聊起了前话，对策没商量两句，又不死心地问怀兮："你哥干什么的？"

怀兮也看出她那些小九九了，跟她在操场旁找了个地方坐下，然后回答："还在读大学。"

"大学生？"

"对啊。"

"大你几岁？"

"快三岁，准确来说两岁十个月。"

黎佳音难以置信地道："我怎么不信？他看着成熟多了。"

"啊，是挺老成的。"怀兮随口答。

"不是老成，老男人跟成熟男人可不一样，提到老男人我只能想到啤酒肚跟谢顶好吗？"黎佳音纠正她，"你哥是那种成熟的帅哥。"

"哦，"怀兮眯了眯眼，看着黎佳音问，"你真看上我哥了？"

"跟看上有关系吗？谁不喜欢帅哥？再说了，看上了又怎么样？"黎佳音哼哼唧唧的，又不聊这个了，言归正传道，"我还没问你，你跟周焱到底怎么了？你干吗打他？总得有个前因后果吧？"

怀兮刚扬起的笑容蓦地落下去。她的双脚踩在操场旁的大台阶边沿，回过头，脸颊埋在双膝之间，皮肤感到凉丝丝的。

"到底怎么了？"黎佳音着急了，说她，"你别不说话。"

"喂，人是你打的，总得有个理由给我吧？你打人的时候那么嚣张，现在跟我尿什么？"

黎佳音好言好语一番劝，怀兮也跟着长长地叹了口气，闷声道："程宴北骗我。"

"什么？"黎佳音没听清。

怀兮闭上眼，脑海中都是周焱在下午的社团活动上，嬉皮笑脸地过来对她说："怀兮，你的男朋友是在港东的港城大学读理科系吧？我的女朋友也是港城大学的，昨晚我去港东找她玩，碰见你的男朋友了。之前见过一次，他挺高挺帅的，我有印象。我昨天和我女朋友一起吃饭，碰见他在烧烤店帮忙搬啤酒呢。我心想，我之前也见过他，就叫他过来喝酒，但他可是一点儿面子都不给，我喊了好几次他都不来，这可不怪我。哎，问你一句，他是不是挺穷的？你之前不是说你那条挺贵的项链是他送的生日礼物吗？我还以为他挺有钱呢。哎，我记得你爸不是当牙医的吗？你家挺有钱，买得起……你不会是撒谎了吧？那条项链不是你男朋友送的吧？你男朋友这人吧，我挺看不惯的，他挺贱的，你说我就喊他来喝个酒，他臭着脸……"

他的话还没说完，怀兮就给了他一巴掌。

那时她浑身颤抖，止不住地道："你懂什么？！你懂什么？！你懂什么……"

"到底怎么了？程宴北怎么了？"黎佳音更着急了，晃着怀兮的胳膊说，"你把话说清楚啊，说话说一半急死人啊！"

"他骗我……"怀兮再出声时已有些哽咽。

"什么？"

"他骗我……"怀兮的肩膀都跟着颤抖起来。

"谁骗你？"

她破碎的呜咽转为了哽咽，直到她用双手捂住了脸，强压了一下午的情绪，终于在这个夜晚，跟眼泪一齐决堤。

她放声大哭起来，边哭边说："黎佳音，他骗我……程宴北骗我……"怀兮从小到大都不是爱哭的孩子，哭过的次数屈指可数。

巩眉和怀兴炜离婚那年，一家人瞒着她两个多月，终于瞒不住了，被她发现了，她没哭过。黎佳音跟她认识快一年，从学生会混到各个社团，让人不爽的事经历过许多，委屈受过不少，她也一次都没掉眼泪。

可下午周焱那一巴掌的时候和现在，她特别想哭。

她一闭上眼，满脑子都是周焱下午在社团说的话。

那些话不是当着其他人面说的，也并非完全是讥笑与讽刺，听在她耳朵里却那么刺耳。

怀兮的眼泪不住地往下掉，哭得抽抽噎噎的。黎佳音未曾见她这么哭过，忙搂过她。她哭了老半天，黎佳音的领口都被浸湿了一大块。

台阶下方夜跑的学生们来来往往的，听到动静，频频投来视线。

"他怎么骗你了？你们不是好好的吗？"黎佳音拍拍她的肩膀，温声问，"你们吵架了？分手了？怀兮，你别哭了，他到底骗你什么了？就算是骗了你，你打周焱干什么啊？这八竿子都打不着的，你倒是把人家给打了。"

黎佳音一句句的追问，都被怀兮的哭声盖过去。

怀兮也不知该如何启齿。

半晌她才止住哭声，从黎佳音怀里坐起来，囫囵抹了把眼泪，看着黎佳音，几番动唇，却始终没说出话。

黎佳音见她一副欲言又止的模样，心下叹气，也不追问了，只说："所以你们是分手了吗？"

怀兮摇头。

"那是……吵架了？"

怀兮还是摇头。

"给他打电话了吗？"

怀兮摇头，似是被黎佳音温和的语气触动，抽噎一下，嘴一撇，又要哭了。

黎佳音赶紧揽着她的肩，拍了拍她说："你别哭了，有事解决事。你跟程宴北的事我不问了，但你必须跟周焱道个歉，不然社团和学生处那边没法交代，知道吗？不管谁对谁错，你先动手你就没理了。"

晚上回到寝室，只有黎佳音与怀兮。其他两个室友是港城本地的学生，周五下了课就回家去了。

有别的寝室的人时不时来敲门，跟黎佳音打听怀兮下午和周焱到底是怎么回事，都被她给赶走了。

"平时她们不在，你一到假日就去港东那边找程宴北，寝室里就我一个人。今晚你在寝室，我还怪不习惯。"

黎佳音在卫生间边刷着牙，边絮絮叨叨："周焱那边我跟他说好了，你明天在周例会给人道个歉就完事。别犟，也别闹脾气，能少一事是一事，要是被学生处那个老师抓了，你跟我大学的后三年都别想好好过，知道吗？"

黎佳音漱了口出来，见怀兮在桌子抽屉里翻翻找找。

"你找什么呢？"

黎佳音走过去，怀兮也找出了一个红丝绒的长方形盒子。黎佳音认出那是之前她过生日，程宴北送给她的生日礼物。是一条价格不低的项链，造型精致，她整天戴着，逢人问起，就会直言不讳地说是她男朋友送的。

怀兮双手置于后脖颈，这会儿像是想拿下来，但不大好取，于是向黎佳音求助："帮我个忙，帮我把项链解开。"

"你要洗澡吗？"黎佳音迟疑了一下，过来帮她，随意地道，"你不是刚回来就洗过了吗？"

怀兮垂着眼，盯着那个盒子说："我不想戴了。"

这怎么跟吵架了似的。

黎佳音也弄不清他们到底是什么情况，帮怀兮解下项链，就眼睁睁看着她放回盒子里。她什么都没说。

时候不早了，两个人翻身上了床，关上了灯。

她们的床中间隔着一条走道。平时怀兮关了灯躺上床，还要跟程宴

249

北发信息发到很晚。今天她却安安静静的,像是睡着了一样。

黎佳音知道她没睡,翻了个身,于黑暗中望过去,说:"我觉得程宴北很爱你。"

怀兮盯着天花板,没出声。

"你有没有发现?长大后就越来越不坦荡了。想得多了,顾虑得多了,也就变得不够坦诚了。"黎佳音长长地叹气,说,"其实我寒假没回沪城过年,我是去北城的亲戚家住的。我爸妈在沪城闹离婚,很烦,我不想回去。"

怀兮微微一愣,黎佳音当时跟她说的是回沪城。

"你看,我也骗你了,不是吗?但我只是觉得父母离婚,我跑到亲戚家去避难,说出来很丢脸,所以才没跟你说实话。"黎佳音说着,苦笑一声,继续说,"虽然不知道你跟程宴北发生了什么,但你说没分手,也没吵架,应该不是什么出轨、劈腿这种难以挽回的事吧?"

怀兮咬了咬唇,说了一句:"不是。"

"那你是为了他打周焱的吗?"

"嗯。"

"你会告诉他吗?好像不是什么小事吧?"

怀兮沉默一下,摇头道:"应该不会……又不在一所学校,没什么必要。"

"倾诉一下也没必要?"

"又不是什么好事……"

黎佳音一笑,问道:"你是怕他担心吧?"

"嗯。"怀兮应着,嘴角不自觉地勾起一个弧度,心情稍明朗,"他肯定会担心的。我感冒了他都要问我好久,恨不得我每分钟都跟他汇报一次我好点儿没。"

"那不就好了。"黎佳音说,"你瞒着他也不是为了别的。不过说真的,有的事你觉得不对劲要立刻问,别憋着。我跟我前男友就是这么分手的。"

怀兮问:"他瞒你什么了?"

"他劈腿了啊。"黎佳音吐槽,"他比我大两岁,就在沪城本地。老见不到面,他跟同校的女孩子好了,还是我熟人碰见了告诉我的。其实我之前就觉得有点儿不对劲了,但我没问,我给了他一巴掌就分手了。男人都一个样。"

黎佳音说着，伸了个懒腰。她早就释怀了。

"所以说，还是经常能见面好啊，最起码不用天天猜来猜去。"

怀兮沉默下来。她和程宴北也总见不到面，没办法掌握对方的方方面面。

"喂，我没别的意思啊。但是，男人确实都一个样，你如果觉得不对劲就赶紧问他，虽然我看程宴北不像我前男友那种人。"

刚才怀兮也否认了，不是"劈腿出轨"这种事，于是黎佳音也不再多说，又开始问别的："哎，对了，你哥有女朋友吗？"

怀兮想到黎佳音那会儿见怀礼的模样就觉得好笑，一下觉得心情轻松了许多，说："现在有没有我不知道。但估计，不是有，就是在有的路上。他最不缺的就是女人。"

"他很花心吗？"

怀兮想了一下，老实回答："确实。"

怀兮这么直言不讳，把黎佳音逗笑了。

"你笑什么？"怀兮问她。

"没什么，就觉得跟他这种人谈恋爱应该挺有意思的，越花心的男人其实也越会讨女人喜欢。"黎佳音自我沉醉了一番，又问怀兮，"他应该很好追吧？"

怀兮否认："不，他很难追。"

"难追？"黎佳音沉吟，"也是，他这种男人，看人的眼光不会低吧？哦，对了，我之前怎么没听说你有个哥哥？你们从小不生活在一起吗？"

"不啊。"怀兮解释道，"我爸妈不是很早就离婚了吗？我和我妈在南城，他跟我爸走了。后来，发生了一点儿事，导致他跟我爸关系这么多年都不太好。快上高中那会儿，我阿姨陪着我爸出国做手术，我哥没跟去，去了北城，在我爷爷生前的一个朋友家住着，他高中是在北城上的。"

"然后去了国外读大学？"

"嗯，在伦敦。"

"那他这次回来，是专程来看你的？你爸不是在港城吗？他也没去看你爸？"

"没，"怀兮说，"他平时回国都是直接回北城的，很少到港城来。即使来也在我爸那边待不了太久。"

"他们父子这么多年就这样了？"

"嗯。"

"唉,我爸妈离婚我也挺恨我爸的,他比我妈有钱多了,现在沪城的房价那么高,离婚那会儿要我妈净身出户。我妈也傻,房产证上不是她的名字……"

"他和爸爸关系破裂倒不是因为我们父母离婚。"怀兮出声。

"那是?"

"不知道怎么说。"怀兮翻了个身,转向墙那边,有点儿心烦。

怀礼的事她也甚少过问。就是问了,他也不会多说。之前她问了怀兴炜,怀兴炜也没说出个所以然来,只说让她少操心。

都有点儿把她当外人。

怀兴炜也早就有新家庭和新生活了,还跟阿姨生了个弟弟。

现在不仅怀礼格格不入,性情越发淡薄。她对于那个家庭来说,更是格格不入。

就这么沉默片刻后,黎佳音也没多问了。

过了一会儿,她喊了一声:"哎,怀兮。"

"嗯?"

"下次你哥来,带上我,怎么样?"

"你真要追他啊?"

"有点儿。"

"可别了。"怀兮打了个哈欠说,"我当你是朋友才劝你一句——珍爱生命,远离我哥。"

"怎么?"

"他可不是什么好东西。睡觉吧。"

临近七月,接踵而至的考试让人喘不过气。耗了两周多,终于结束了期末考,整栋宿舍楼的人陆陆续续都走光了。

怀兮还在寝室里赖着。

黎佳音又没回沪城,不过这次倒是说了实话,她又去她北城的表姐家住了。听说她假期还要在那边兼职,做社会实践,开学回来要交社会实践报告。

这是学校给她们提的要求。

怀兮却没想好去做什么。

港城财经已经放了暑假,港城大学却还在如火如荼地考试。半个月以来，她别别扭扭地没跟程宴北打电话。他打过来，她也故意不接。

上个星期六的晚上，她打电话过去，试探他在做什么。

他一开始没接，事后好久才回了电话给她，说他晚上在忙，没听到手机响。她也没多问，又问他项链是在哪里买的，款式不喜欢，她想找个机会退掉。

都已经过去三个多月了，这么说的确任性。可她又不敢再戴。

本以为他听她说出这么任性的话会很生气，谁料他却低声一笑，答应她："那等我哪天有空就陪你去退。只是不知道过去这么久了还能不能退，小票我还留着，回去我看看。"

怀兮不知该说什么，心里酸酸的。

"退了我们再去买一条。"他说着，笑起来，似乎有些抱歉，"上次买的时候也没问你喜不喜欢。"

怀兮捧着手机，在心里不住地说，她很喜欢。

特别喜欢。

她不说话，他以为她生气了，低声问："生气了吗？"

"没有。"她小心翼翼地吸了一下鼻子，摇摇头，整理了一下情绪说，"我觉得我也大了，过了收礼物、吃蛋糕的年纪了，下次你就别买东西送我了。"

程宴北回味一番她的语气，又轻笑道："你就是生气了。"

"我没有。"

"那你为什么不让我买东西送你了？"

"就是不想收了啊……"她嘴硬地狡辩，扬了扬声调，生怕透露自己的情绪，装出要跟他吵架的架势来，"你买之前不问我，买回来我又不喜欢，还要花时间去退掉，麻烦死了。"

程宴北也不恼，只是笑着说："喜欢你才买东西送给你。"

怀兮的气势登时落下来，小声说："也有别的表达喜欢的方式吧……你跟我说句'生日快乐'，或者说一句'喜欢我'我就很开心了。"

他笑着打断："不够。"

"怎么不够了？"

"我想见你。"

两所学校分别位于港城的东西两端。怀兮每次去见他，都要坐很久的地铁。从一条线起点站开始，辗转换乘两趟，耗时一个多小时坐到终点站。

那天，他在地铁口等她。

下雨了。这场雨下得毫无征兆，他也没带伞，腾出一只手抱住她时，同时用自己的皮夹克外套包裹住她。

他身上有洗衣液清新好闻的香气，没有她想象中长时间浸在烧烤店染上的油烟味。他一直以来都是个很爱干净的男孩子，也在她面前将那些秘密藏得极好。

外套带着他和她的体温，为她驱散了雨天的寒意，很温暖。

她第二天还有考试，但还是义无反顾地来见他了。

就因为他说了一句，他想见她。

她甚至还在生他的气。

可他抱住她的同时说了一句"你不知道我这段时间没见到你，有多想你"，她那些火气就烟消云散了。

"你也不打电话给我。"他又亲吻她的额头，有些抱怨地道，"打过来就要跟我算账，还说我买的东西你不喜欢，你要退，我以为你要跟我分手。"

她迎着他的吻，抬起头，眼中湿漉漉的，不禁破涕为笑道："其实我好喜欢的。"

"嗯？"

她的鼻子酸酸的，闭上眼，贴到他的胸前，抱紧了他说道："程宴北，我好喜欢你，我才不要跟你分手。"

再见面，得等到他考试结束了。他们要一起回南城。

怀兮晚上正在寝室无所事事的时候，程宴北打电话过来跟她说，他们学校要派他们去港城附近一个叫鹤城的小地方进行暑期社会实践。

他不能跟她一起回南城了。

任务下达得急促，学校已经承担了参加暑期实习的学生所有的改签、退票、再买票的费用。他跟她一趟高铁回南城的票也已经退了。

再回去，得等到十来天后了。

怀兮正发愁自己假期做点儿什么好，脑子一热，便说："我跟你一起去。"

"跟我一起？"程宴北有点儿惊讶地问，"你不回家了？"

"反正我回家也没事做。"她有些落寞地道，"你又不在。"

他似乎在抽烟，笑声喑哑。

"我不在，你就不想回家了？这么黏我吗？"

"不行吗?"怀兮有点儿上火,据理力争道,"我是你的女朋友,平时离得远,很难见到你,暑假也就三四十天,有十多天都见不到,我还不能弥补一下吗?"

"当然行啊。"他只是温和地笑,转而又说,"可你跟着来,住在哪里呢?"

"你住哪里我住哪里。"

"我们班包了旅馆的房间。"

"那我跟你住一起。"

"跟我?"程宴北笑着说道:"我们四个人一间,都是男孩子。"

怀兮沉默了一下,说:"我们另外开个房间不好吗?你们同学中就没有带女朋友去的?"

"有吧,但我应该是第一个。"他听她委屈又恳切的,连声答应,"那我跟他们说再开一间好了,我另外出钱。"

"不,不,不。"怀兮赶忙拒绝,然后说,"是我要跟着去的,怎么能让你掏钱?我出钱。"

"你是女孩子,怎么能让你掏钱呢?"程宴北也笑着回绝了她,"我去安排,你不要管了。我这会儿要去复习了,明天有考试。"

怀兮还想多说什么,他已经要挂电话了。

她突然意识到今天应该是休息日,不知他是否还要去兼职。到现在她都没戳破这件事,项链她也还收着。

于是她立刻说了一句:"哎,那个!"

他闷声笑道:"怎么了?舍不得挂?"

"嗯,嗯。"怀兮囫囵地应,然后问,"你是要去复习吧?"

"对啊。"程宴北笑道,"你怎么一副要抓我劈腿的口气?"

"你敢劈腿?"

"当然不敢。"他依然笑着回应,"但我现在真的要去复习了,不然挂科了。"

"挂科就拿不到奖学金了吗?"

"是啊,我还想攒点儿钱找个机会跟你出去玩。你不是说想去沪城吗?"

怀兮听得心里酸涩,小声说:"也不用总是你出钱……不去玩也可以的。"

他好像没听清似的,打断她:"我现在在自习室外面,真的得进去了。"

明天考完试打给你。"

"好。"怀兮只得点点头，临了又嘱咐，"你好好复习啊，别去别的地方。"

程宴北又是无奈一笑，说道："这么晚了我能去哪儿？"

"不知道……"她本来想说"你自己知道"，但还是止住了，只是交代道，"你看书吧，我休息了。"

他似乎察觉到她的语气不大对劲，却也没说什么。

"乖，早点儿睡。有事发短信给我。"

"嗯，好。"

于是他就挂断电话。

黎佳音暑假没回沪城。

她学的市场销售，还辅修了个奢侈品鉴赏的副专业。表姐家有些人脉，她刚落地北城没两天，就推荐她去一家专卖奢侈品的商场做实习店员。光培训就花了一个星期左右，她人聪明，学东西快，很快就上岗了。

商场很大，内外装潢低调奢靡，沉稳不张扬。

上下四五层，来人却不算多。就是有顾客，大多也是千金小姐或阔太太，能从她们从头到脚的穿着打扮看出身份不菲。

黎佳音带着职业微笑站了一上午，脸都笑僵了，也就来了三个客人。

她中午与同事换了班，跟店内的领班和几个同事去外面吃过午饭，又买了咖啡上楼。

"上午来的那个年轻的阔太太，绝对不是什么有钱人家的太太。小黎，你相信我的眼光，我见的人多了，她最多就是个暴发户包养的情人。真正的有钱人都是打电话给我们店里，直接说要什么什么，改天让人来取。现在雾霾这么严重，有钱人家的千金与太太们每天都忙着做保养，脚底都不愿沾地的。"领班邹玲对黎佳音絮絮叨叨，"还有，你不是说经理上午脸色不大好吗？对这种女人脸色为什么要好？花男人的钱，伤害男人在家中的妻子，不要脸。"

另一个同事附和道："那个女的也就二十来岁吧？小黎，你现在是大学生，外界的诱惑太多，最容易被蒙蔽双眼。以后要是有个年纪大还有钱的男人追你，你可得小心点儿。那些有钱的老男人就喜欢你这种长得漂亮还年轻的小姑娘，要是禁不住诱惑，可就犯下大错了。"

黎佳音听得有些心烦，抽空看了一眼手机。她没回沪城，也没跟父母说。现在他们离婚了好像她也和他们没什么关系了,她都放假十几天了,电话、短信也没来一个。

她有些失落。

下午的工作很快开始。黎佳音本来抱着跟上午一样也就接待两三个客人的心态,没想到临近下班,却一个客人都没有。

她无所事事地熬着时间,终于在下班之前来了人。

"我就说这个牌子的包好看吧?他们的限量款我在美国都快集满了,北城这边也不知道什么情况,我之前给他们打电话订的那只现在还没到,再拖我就要回纽约了。"

一阵银铃似的笑声飘进来,又娇又嗔的。

店员们打起了十二分精神喊道:"欢迎光临——"

黎佳音跟着店员们一个鞠躬抬头,蓦地撞上了一双深沉的眼睛。

比起那晚在校门口,现在更能观察得清楚。

他是恰到好处的内双,眼型不狭长,恰似清澈明亮的桃花眼,却透出十分的疏离与漠然。

他的臂弯搭着一件西装外套,上身一件裁剪得当的灰色西装马甲,衬得身形挺拔,宽肩窄腰,足有一米八七左右,十分挺拔俊秀。

虽然现在只有二十二岁,但是气质清冷,外表斯文。

他微微抬起一双淡漠的眸子,不动声色地掠过面前已愕然睁大了眼的黎佳音。

他身旁的女人年龄与他相仿,笑容明媚,从头到脚的打扮都非常精致大方。她一只手挽着他的手臂,还笑着问他:"哎,怀礼,你陪你别的女朋友这么逛过街吗?我都拉着你出来陪我逛一下午了,你一点儿都不累吗?"

怀礼一只手落在口袋里,额前的发飘散下来,遮挡住眉眼,透出几分克制的不羁。

他敛眸,看着身旁的晏语柔说:"不累。"

晏语柔雀跃地道:"不累那你就陪我多逛一会儿。在学校那边很忙,难得回国休息,我都好久没好好逛过名品店了。晚上我们去香榭丽,我回头跟爷爷说一声,今晚不回去吃饭了。"

黎佳音下意识地看了怀礼一眼,不留神迎上他淡漠的目光,她又立刻挪开视线,最终只敢在他怀中半抱着的西装外套上停留。

可她很快意识到,他没看她这边的,也不知她在紧张什么,于是木讷地跟着满脸笑容的领班,迎着他们走去。

领班一改先前讥讽的态度,平日最热衷于议论来店里的这个一挥手订了三个包包的年轻女人可能是谁谁谁的情妇,那个常派人来取包的阔绰太太其实婚姻不幸丈夫在外养了好几个情人的嘴脸也没了。此时扬着十万分笑容,对怀礼与他身边的女人客气极了,介绍着店内最近的新品。

晏语柔挽着怀礼一路走,倒是没搭理。她时不时偏头与他低语,黎佳音不前不后地跟着,什么也没听到。过了一会儿,她却不客气了,忽然冷声说一句:"你没别的事做了吗?一直跟着?"

这颐指气使的话是对领班旁边的黎佳音说的。黎佳音这才恍然发现自己超过了先前培训时店内一直强调的与顾客保持的严苛距离。

"不好意思啊。"领班立刻和蔼地笑了笑,替黎佳音表达了歉意,然后拉着她向后站了站。

晏语柔转回身的一瞬间,领班就扔了个白眼,也不知她看到没看到。黎佳音觉得,应该是看到了的。

怀礼与女伴并未在店内逗留太久。这是黎佳音第二次与他见面,他的目光却并未落在她身上分秒。那晚校门口的光线昏暗,也许,他并不记得她是谁了。

最后晏语柔订了一个包,约定好时间下周找人来取,就跟怀礼一起离开了。黎佳音望着他与她从旋转扶梯消失,西装马甲和长裤的版式很衬他修长的身材,连背影都透着几分成熟沉稳之气,让她几乎怀疑他是否真的只有二十二岁。

他们走后,领班本想照例跟黎佳音她们吐槽怀礼那位趾高气扬的女伴几句,却在看到对方留在登记卡上的姓名后,乖乖地闭上了嘴巴。

没两天,领班就被炒了。

鹤城这地方说远不远,说近不近,倒是落得个偏僻。怀兮以暑期实践为由跟巩眉知会了一声,自己可能会晚两个星期回家。巩眉还挺好奇,问她好端端怎么跑那儿去,学校要安排暑期实践之前怎么不说,是不是又跑她父亲那边去了,她订的票怎么办。

巩眉一直气她私自篡改志愿报了港城的事,更气这个自己养到大的女儿胳膊肘向她那个混账父亲那边拐。母女俩都是硬脾气,她上大学快一年以来,她们平时打个电话都恨不得吵起来,挂断电话就是在冷战。她自然是宁愿冷战也不愿母亲念叨,没说几句就挂断了。

前往鹤城的大巴车上,都是程宴北他们港城大学理科系的同学们。男生占了绝大多数,放眼过去就没几个女孩子。怀兮扎在人堆里,从上车就招来许多目光。

有人还开着不三不四的玩笑,议论晚上到地方了程宴北会和怀兮单独出去住还是跟他们一起住。还有人开玩笑说最好单独出去住,怕小旅馆隔音不好晚上吵到他们睡觉。

于是一群人大声哄笑。

车停在半路,程宴北去休息站用保温杯接了热水上来。马上又要出发,他自然没听到那些玩笑话,上了车大家都各做各的。

怀兮靠窗坐,窝在座椅中。她半抱着手臂看窗外,天色晦暗,仿佛憋着一股劲,要下雨了一样。

程宴北坐下,检查保温杯是否拧紧,放入她前面座椅背后的口袋里。他顺势将她冰凉的手牵过来握住,问她:"跟你妈吵架了?"

他下去前她刚接起电话,上来再看这样,好像是吵过架了。

程宴北没等怀兮说话,伸出另一只手,用手指去碰她的脸颊。她下意识地避了一下,睫毛一落一起,对上他柔和的视线。

怀兮努了一下嘴,嗔了一句:"你干什么?"

"我问你呢,你在想什么?"程宴北用掌心扣着她的后脑勺,将她的脑袋朝自己这边按了按。

怀兮顺势趴过去,用牙齿咬了一下他的下巴,说:"你长胡子了。"

"是吗?"程宴北用手掌摩挲了一下。他平时打理得勤快,前些天忙着考试,总有些懈怠了。他转而一笑,看着她,命令道,"晚上给我刮。"

"我?"怀兮讶异。

"嗯。"

怀兮想到他同学说的那些玩笑话,不禁一笑,用指尖点了点他的下巴,眉眼扬起示意周围,然后看着他问:"你不跟你同学一起住?"

"那你怎么办?"他问。

"我再找一间。"

"为什么?"他有点儿好笑地看着她。

怀兮半开玩笑地道:"他们刚才说,怕我们晚上会吵到他们。"

程宴北回望四处一眼。这种玩笑话从怀兮跟着他们来,别人就同他开过不少。这会儿他一望过去,想往这儿张望的人都收敛了不少。程宴北的女朋友漂亮,身材又好,他们港城大学理科系几乎没人不知道。

259

他们感情好,也没有人不知道。

"不行。"他收回目光,轻笑着,再次看向她。

怀兮更感好笑地问:"怎么不行了?"

他低头,用生了胡楂的下巴去摩挲她的额头,道:"我要你给我刮胡子。"

车一路颠簸着向鹤城前进,预计晚上七八点才能到。怀兮有些困了,喝了一点儿热水,依偎在他怀中就闭目准备浅眠片刻。

程宴北搂着她,侧着脸,下巴轻轻靠在她的额头上,呼吸伴随着一缕清淡的沐浴露香气飘荡着。

怀兮感受着熟悉的气息,倍感安心的同时却睡不着了。那件事总像是一道无形的坎,横在她的心里。纵使他与她如此靠近,也逾越不了。她已经尽可能地说服自己不去在意了。

可如何能不去在意呢?

天又黑了一层。乌云被霞光刺开,天际乱成一团。怀兮望着窗外,眼见着天色越发阴沉。

"程宴北。"良久,她喊了一声。

程宴北睡着了。他是这次暑期实践的主要负责人之一,从期末考试结束后,这几天一直在忙碌,应该是累极了。

这时,车身碾过一段陡路,重重地一颠。怀兮刚想开口说话,险些咬到了舌头。接着就察觉他用臂弯下意识地拥了她一下,人也清醒了些,想起刚才听到她叫他。

他睁开眼,途经一处光亮处,柔和的光线落于他与她的眉眼之间。

怀兮对上他的视线,一下又不知该如何开口了。

这时,她察觉到有什么不对,身下一片湿热,混着些许黏稠的感觉。她立刻低下头去看身下的座椅,抬了抬臀向身后张望。

"怎么了?"程宴北也随着她去看,以为她在找什么东西。不过一会儿,就与她同时注意到,她身下米色的座椅套上洇红了一小块。

怀兮皱了皱眉,不免有些尴尬。车还在路上走,还不知要走多久才有休息站。她一抬头,刚要说话,程宴北却开始脱自己身上的夹克。

"你干吗?"她伸手要阻止他。

她的动作不及他快,他干脆利落地将外套脱下来,然后双臂朝后搂住她的腰身,对她说:"起来一下。"

"程宴北……"

"起来。"他说。

"程宴北。"

"没听到？"

怀兮拗不过他。她还穿着裙子，鹅黄色。不仅是身下的座椅套，她的裙子后摆肯定也脏了。这么一来，他的外套也一定会弄脏。

她咬咬唇，对上他的视线。

他的眼神坚定，带着不容置疑的气势，嘴唇紧抿着，仿佛她不听他的话，他能立刻把她从座位上拽起来一样。

于是她扶着椅背，稍稍起身。他看了她一眼，立刻就将自己的外套系到了她的腰上。她被那力道拽得摇摇晃晃的，差点儿没站稳。

他边在她的腰间打结，边说："还有十多分钟就到了，坚持一下。这车是我们租的，明天还要用，司机跟我们同住，下车后我拆了座套拿到旅馆去洗，没关系的。"

像是怕她尴尬似的，他还安慰她没关系。

怀兮听他说着，视线落在他为自己整理外套的手上，眼眶泛红。

程宴北再抬头，看见她愣怔地看着自己。天色完全暗下来，车顶的灯也暗极了。他看不清她的表情，但也能猜到应该不会太好看。

他给她整理好外套，往下拉了拉，顺带着把她的裙摆也拉正了。他不禁笑了，看着她说："没算好日子？"

"没……"她摇摇头坐下来，说道，"可能……前阵子考试压力大，乱了。"

她边说着，边不安地调整了一下自己的姿势，有点儿想挣脱他的外套，把他的外套甩到后摆去的意思。

他却用一只手揽着她的肩膀，把她安分地按在座位上，说："我的衣服是深色的，没事。"

怀兮便没乱动了。

"还有，你穿得太薄了。"程宴北又低下头，拉过外套掩住她光着的腿。他眉眼低垂，想起她那会儿喊自己似乎是有话说，当然也不想她太尴尬，于是又问她，"对了，你刚才叫我做什么？"

她涌到嘴边的千言万语，想问他一句"你有没有什么事瞒着我"，此时此刻她却连一个字都说不出来。

无论她这些天在心中练了多少次，就是说不出来。

这种挫败感，比她对他在她视线以外的生活一无所知而且无能为力的那种感觉还要重。

怀兮顺势靠在他的怀中，不知怎么回事，特别想哭。

半晌，她才憋出一句"没什么"。

"真的？"

"嗯。"她点点头说，"就是特别喜欢你，想叫叫你。"

为期两个星期的暑期实践很快过去了一半，怀兮的学校只要求实践一个星期。

跟着程宴北贸然来了鹤城，是一件非常莽撞的事情。他们系学生的暑期实习有港城大学的老师带队，人数固定。她一个另一所学校的跟着他们，一开始无所事事，在人家老师的眼皮子底下，也没敢跟他住一个房间。

后来还是巩眉知道了她是跟着程宴北去的鹤城，去找了个远在鹤城的亲戚打听，托关系把她安排到一个小型商贸公司里混日子。

当然，她免不了挨一顿臭骂。

巩眉把她里里外外翻着面地骂了一顿，说这么热的天放假了不回家跑鹤城那么远那么偏僻的地方去，要不是程宴北陪着……

哦，对，巩眉还要程宴北接电话，对着他也是一顿骂。

那天晚上，怀兮把旅馆房间的被套、床单什么都洗了，然后趴到程宴北的耳边听电话。

巩眉蝉联南城好几年的市级优秀教师，脾气也是出了名的大。何况程宴北还是她之前教过的学生，从头至尾，那嗓门儿拔高了就没降过。

程宴北只得老实地回应。怀兮那会儿把电话塞过去时，他正准备点支烟，这么一来，烟一直没点，夹在他的两根手指之间产生褶皱。

巩眉问他："你跟怀兮住一块儿没？"

怀兮听到了这句话。

她正伏在程宴北的肩膀上，刚才还嘻嘻哈哈听他挨骂，像是在看他的笑话，闻言哽了哽，看了他一眼，有些哭笑不得。

巩眉问那话好像是她天经地义要跟他住一块儿似的。毕竟她是个女孩子，又是在这么陌生偏僻的地方。

程宴北低头看了一眼手指间的烟，平静地答："在一个地方。"

"一个房间？"巩眉提高声调问。

"不是。"他说。

他们也的确不在一块儿。

她和他本来以为住哪儿全凭他们,刚到鹤城那天她还来了例假。第二天他们学校的带队老师就来了。

他这几天晚上不放心她,系里的实习一结束没跟着别人去攒局找乐子,就匆匆回来了。

怀兮一到生理期就难受得下不去床。她没工作又无处可去的那几天,就天天在床上躺着。

巩眉听到这里,放心了。

程宴北以前在学校,虽不算是那种刺头一样的学生,却也挺让老师头疼的。

巩眉沉默了一会儿。

程宴北也没吭声,将手中那支皱了的烟放在一旁。怀兮还在他的肩头趴着,下巴抵着他的骨头,随着他的动作一来一回。

然后她看着他,无声地问:"我妈说什么了?"

程宴北笑了笑,没说话。他换了一只手拿手机,轻轻地偏过头,空闲了的那只手抬起,用拇指指腹擦了擦她的下巴。

刚才整理房间沾了点儿灰。

怀兮有点儿不领情,着急想知道巩眉说什么了,躲着他的手,晃了一下他的胳膊。她自从去了港城,跟巩眉的关系就有点儿紧张,不是冷战就是吵架。

巩眉一生气就跟个炸药包似的,她怕巩眉火气上了头,把对她的气全撒到他的身上。

她伸手要拿回自己的手机。

"程宴北啊。"巩眉突然喊了一声,语气柔和不少。

"老师。"程宴北正襟危坐。

怀兮的手跟着他的声音同时顿住,急切地睁大眼睛,屏息凝神。

"老师跟你说啊,怀兮这孩子呢,你也知道,她一直这样,之前也是说改志愿就改了,现在又没提前跟我说就和你跑那么老远去了,她这么任性,我肯定也很担心。"巩眉说。

程宴北看了怀兮一眼,应道:"嗯,我知道。"

他那眼神好像也把她当成任性的,让人操心的孩子一样。

怀兮没听清巩眉说什么,但用脚趾都能猜到。

她白了程宴北一眼,有点儿不服气似的,又悄悄用手臂环住他的肩膀，趴了回去，听细碎的声音从手机里传出。

"她不听我的话，倒是挺听你的话。"巩眉说着，有些怨气，哼了一声，又换了一副严肃的口气说，"总之呢，那么偏僻的地方，就要麻烦你多照顾她一下了。以前我还挺担心你把她带坏，现在还真得指望你来照顾她。她这孩子，真是太不懂事了。"

这怨声载道的，他们能感觉到巩眉将脾气一压再压。好像这会儿听电话的如果是怀兮，她那火气就要发出来了。

程宴北低笑一声，应道："我知道了。我们学校有两个带队老师，有大人，您放心。"

"大人啊……是，我是觉得你长大了，但是啊，怀兮这孩子怎么总感觉长不大呢？"巩眉叹气，又交代了两句，就挂断电话。

怀兮见程宴北脸上有了笑意，忽地一下从他的肩头起来，一双眼瞪得挺大，松了口气之余，却还是不大放心地问："我妈跟你说什么了？"

程宴北把手机递给她，起身去关窗户。

鹤城地方偏僻，就是个小镇子，基础设施也很差。这家旅馆的房间里没有空调，炙烤了一下午，晚上他们打开窗吹了一会儿夜风散热气，此刻却有些冷了。

怀兮接过手机，望了一眼他的背影，手机随即又振动了一下。

巩眉给她发来短信嘱咐道："晚上睡觉锁好门窗，尽量结伴，不要独行。"

然后又是一条打款入账的短信。

巩眉给她打钱了。

"你妈说怕我把你带坏了。"程宴北穿了一件黑色背心，站在窗边，给窗留了条缝隙。

他迎着风点了一支烟。

他这话似笑非笑的，还有点儿意味深长。

怀兮一个激灵，从屏幕上挪开视线去看窗边的他。

"什么？"她没听清似的问。

"你妈说怕我把你带坏了。"他耐心地重复了一遍。

"我知道，我是说，什么叫'怕你把我带坏了'？"她有些好笑，仔细想想，好像也没什么错。

她从床上爬起来，趿着拖鞋走去他的方向。

他见她来，立刻把窗户全给关上了。她还在生理期。

"过来吹风？"他睨她一眼，嘴角带着笑。

"没有，我就想问问你，我妈还跟你说什么了没。她对你的态度比对我可好多了。"她一板一眼地道，支了一下脑袋，半开玩笑说，"你以前也不像个好学生啊。"

"那我的成绩也没给班级拖后腿吧？"

"你好肤浅，你如果是个品学兼优的三好学生，我妈能怕你带坏我吗？"

怀兮说着，去他的身上摸打火机。

她刚才看到他放到裤子侧面的口袋里了。她细白柔嫩的手跟游鱼一样窜入他的口袋里，他条件反射去抓她的手，怕她乱来。

他嘴边红色一晃，双眼就迷离了几分，眼神也更意味深长了。他问："干什么？"

怀兮的动作顿了顿，抬头看他，笑吟吟的。

他也笑，手顺着她的手伸入口袋，将她的手捏在掌心，收拢。

她的手脚常年冰凉，沁着他掌心的皮肤。他同时摸到了自己的打火机，才知道她要做什么。

他摩挲她的指尖，睨着她，缓缓地道："真被我教坏了？"

怀兮的手缩在他的掌心，面对他的笑容，她自然地反扣住他的手掌。前几天她心里还有点儿别扭，别扭他对自己不坦诚。

这几天她生理期，人也敏感了些，心中好像攒着火，总发不出来。她想问他，却又不知从何问起。

此刻，被他牵住的一刹那，那些毛躁的小情绪，霎时间都无影无踪了。

她不说话了，将脑袋静静地抵在他的肩头。她矮他十几厘米，鼻尖擦着他胸口的衣襟过去，嗅到清新的洗衣液的味道。

不知从什么时候开始，好像是周焱告诉她，他在港城大学所在的大学城附近打工后起，她总是下意识地去嗅他身上有没有与他格格不入的味道。

就像一个意图去搜寻丈夫是否出轨的蛛丝马迹的妻子。

她与身陷囹圄的这种妻子相同，都觉得被对方隐瞒、被对方欺骗了。

可她们又不一样。

她什么蛛丝马迹都没发现。

她现在都怀疑周焱是不是说谎了。会不会是他认错人了？

"怎么了？"

265

她温热的气息顺着她呼吸的节奏，一下又一下，如羽毛搔着他肩窝的皮肤。他不禁缩了一下肩膀，随即用另一条手臂揽住她。

他问："闻什么呢？我洗过澡了。"

怀兮好像在脑海中整理明白了。

周焱可能认错人了。

她和程宴北认识这么久，他什么都没瞒过她。

譬如去年的冬天，大一刚开学，有一次她去港东找他，那天她没有提前打电话给他。大概是出于女孩子天生敏感善妒的天性，想突击检查他在离她很远的另一所学校里平时有没有跟别的女孩子往来。

那天是他们社团活动结束后，一个平常的星期五的傍晚。往常他们这个时候是要见面的。

那天下了很大很大的雪。

她在校门口等了一会儿。从气候温和的南城过来，总忍受不了北地港城冬日的冷。她跺了跺脚，等不住了，就去他们学校周围的大学城一条街转一转。她心里想着不要突击检查他了，应该信任他的。

她这么做着心理建设，就准备打电话给他。可没走多远，她就发现他跟一个女人坐在街边一家当地小炒店里。

桌子对面的女人四十出头的模样，穿一身色彩明艳，明显有些劣质的红色羽绒服，头发稀疏，额头饱满。眼睛与他有几分相像。

那个女人坐在穿一身黑色羽绒服的他对面大快朵颐，好像都顾不上和他说话。

他们好像还聊了什么，却也没聊几句。

最终是他先离开了那家小餐馆，情绪很低落。

他一出门就见她拿着手机站在不远，一副欲言又止，在这里观察了他很久的模样。

他阴沉着脸，快步走过来，拉着她的手就走。

怀兮跌跌撞撞地跟着他，还没来得及说话，就听到女人在朝这边喊。后来她才知道，那个女人是在喊他，喊的是他许久未被人提起的乳名。他的奶奶在那个女人离开后，都不曾这么喊过他。

在他的家庭里，那个女人，连带着那个女人与他的家人有关的一切，都像是一个不能提及的禁忌。

也是那天，怀兮第一次听他说起他的父母。

跟他认识那么久，她以为自己对他足够了解，也知道他家中只有奶奶和年龄尚小还在上小学的妹妹。

她不曾见过他的父母，但他所给她的一切，都是丰盈的。丰盈到，他们在一起的每时每刻都饱满到她无暇去问他这些很私密的事情。

她也猜想过，会不会是他的父母也像自己的父母一样，感情破裂，分居，最后踢皮球一样把他和妹妹踢到了奶奶身边，多年都不管不顾的。

但是那天晚上他告诉她，他的父亲死于酒精肝。

所以他在毕业后的谢师宴上，大家都勾肩搭背喝得烂醉的情况下，还是一滴酒都不碰。哪怕有人开他的玩笑说他不给面子，他也笑着敷衍过去，不解释。

他还说，他母亲在他父亲去世后就跟别的男人跑了。

她隔了几年又回来，扔给他一个不知和哪个男人生的妹妹，卷走了家里的钱，就又不见了踪影。

那时是那个女人得知他考到了港城的学校，死缠烂打要见他一面。

或许是良心发现意识到自己当年有多过分，觉得多年来对不起他，所以还留了一笔钱给他。

但是他没有收。

从那天起，怀兮总觉得自己走近了他很多。

至少在那之前，他从未告诉过她这些事。也是从那时起，她好像就笃定了，他连这种不愿启齿的家事都告诉了自己，也就没什么可瞒着自己的了。

所以他是不会骗她的，一定是周焱认错了人。

到后来，这种想法好像变成一种催眠术。尤其是那种疑虑在心里累积了许多天，直至这一天，已经被她用另一个答案说服了。

再没什么好纠结的了。

初到鹤城的那天，怀兮来了例假，晚上太过疲倦，就睡下了。那天他们系的带队老师还没来，他就像这晚一般，将她紧紧地拥在怀中，相拥睡去。

怀兮一到生理期就多梦。

梦到她像是座岛屿，而他是紧紧包裹住她的浪潮。推着她、带着她，向很远很远的地方漂泊。

那晚，等他们的带队老师睡下了，他才来了她的房间，那边有同系的同学跟他里应外合。而且都上大学了，她作为他的女朋友跟着来，老师也就睁一只眼闭一只眼了。

怀兮又做了个梦，梦见自己漫无目地在街头漂泊。没有他的陪伴，短途步行都倍感寂寞。她忘了自己是去找谁，或者是去找他。

她不记得了，但她还是看到了他。

他背对着她，站在很远的地方。那里似乎是熙熙攘攘的夜市，灯光迷离，绿色的酒瓶瓶身折射出细碎的光。周围食客不断，在店内外往来，饕餮满意离去，吃东西的脸丑恶到让她想起了小时候看过的动画电影《千与千寻》中的场景。

他始终背对着她，在前方忙碌，与周围格格不入。

有时候她觉得他这样的男孩子，是很容易在生活中遇到的男孩子。有时候她又觉得，遇见这样的他很难得。

不知道为什么，即使是梦，她就站在原地远远地看着他，心里冒出的第一个想法就是这个。

特别强烈。

不知过了多久，她盯着他的背影，似乎有些着急他为什么不能回头看她，或者急于想证明自己内心的那个答案——是周焱认错人了，不是他故意瞒着她。

她喊了他的名字："程宴北。"

他没有回头，依然在忙碌着。偶尔侧过来的脸，像他，又不像他。

她有些着急了，又喊："程宴北。"

他还是没有回头。不过这时稍稍有了些许反应，与周围低语的间隙，他略一停顿，好像在回味着刚才那声呼喊。

不像那个冬天，他和他母亲见面，他母亲冲出来朝他的背影大喊。

他知道那个陌生的乳名是自己的，也知道对方在喊他，却始终没回头，不理不睬地朝反方向背身奔去。

怀兮这时有些着急了，急得想哭。她不想证明自己是错的，却也不想他们之间的某一环发生一丝不被双方察觉的细微的错误。

她也不想证明他是错的。就算他隐瞒，就算他难以启齿，他也不是错的。

小孩子才分对错，她已经不是小孩子了。

她向前走了两步，又着急地去喊他的名字。

"程宴北。

"程宴北。

"程宴北。"

她喊了好几声,她能感受到自己的焦虑。以至于到最后,她都不知这是耳语抑或是什么,音节都辨不出,是否喊的真的是他的名字。

他对她的呼喊终于有了回应。

他不是纤瘦单薄的身形,黑色短袖叠起撸到肩膀,像是穿了件黑色的坎肩。然后,他缓缓地回过头来——

一声脆响,天光大亮。

微风带动窗纱徐徐飘动,日光涌入房内,能听到窗外生机勃勃的鸟鸣声。与梦中的跌宕和迷雾笼罩,几乎是两个场景。

程宴北已穿戴整齐,一副要出门的模样。

快到集合的时间了,他正穿着外套,一回头见她醒了,还以为是自己吵醒了她。他整了整衣领,走过来,半蹲在床边。

怀兮还没从梦里回过神,伸手,下意识地抓住他的袖子,问:"去哪儿?"

"我们要集合了。"他解释道,然后望了望窗外,时候不早了,他说,"你再多睡一会儿,你昨晚腿抽筋了,知道吗?"

抽筋了?

怀兮完全没有印象。往常她抽筋都会疼醒,昨晚的梦一个接着一个,都是与他有关的。

她仿佛被一双手捂住了眼睛,醒不过来。

她稍稍挪动一下腿,左小腿的肌肉很酸痛。

她这才有了真实的感觉。

"不是很严重。"程宴北笑了笑,说。

怀兮眨着眼看着他。

他嘴角挂着笑,也凝视她。见她眼眶泛红,不知是做了噩梦,还是因为抽筋后小腿肌肉残留的疼痛,让她看起来有点儿楚楚可怜。

昨晚巩眉来电话还对他说,怀兮长不大。

怀兮与他这么对视了一会儿,不知是要道别,还是别的什么。她这几天总觉得面对他的时候,任何话都只说了一半。

还有另一半堵在她的喉咙里,说不出口。

程宴北似乎也想跟她道别,半晌又改变了主意。他靠近她的耳朵,轻轻地吹了口气,说:"你昨晚做梦一直喊我的名字。"

怀兮一惊,问道:"真的?"

他点点头道："抽筋了不知道喊疼，一直喊我的名字。"

怀兮动了动唇，还想说什么，他却起身将外套拉链拉好，准备向外走，边走边说："早上老师给我来了个电话。"

"我妈？"

"嗯。"他说，"你的手机欠费了，打不通，她就打给我了。她说让你起床交上话费，然后给她回个电话过去。"

怀兮点点头应道："好。"

然后她忽然想到什么，一下就从床上爬起来，喊："等等——"

"怎么了？"

"我妈知道我们在一个房间吗？"

程宴北闻言，鼻息微动，笑道："知道啊。"

"啊？"怀兮只觉头皮一麻。

他穿好鞋子去门边，回头说："记得给你妈回电话，再睡一会儿吧，乖。今天我可能会晚点回来，你哪儿也别去。"

"我能去哪儿啊。"怀兮嘀咕了一句，望着他的背影，一边打发着他，一边又有些不舍。

怀兮又睡了一会儿，极力想回到那个梦里。但无论如何都回不去了，她也不知道是哪里出了问题。

这天是她生理期的最后一天，前几天的疲倦和困顿一扫而光。她立刻翻身起来，洗漱结束后，准备给巩眉回个电话。

她记得出旅馆向前一条街，有个营业厅，那里可以交话费。

于是她准备出门。

程宴北他们的暑期实践都进行了四五天了，她却还是无所事事。这么跟过来一趟，什么也没收获。

但她的暑假也就四十天不到，有几乎一半的时间和他待在一起，也挺不错的。

怀兮这么想着，手机忽然就响了，而她还没到营业厅门前。

不是欠费了吗？

她还没来得及想明白，又好像想明白是怎么一回事了。手机在口袋里振动不休，催促着她。

她立刻接起，那边巩眉就是劈头盖脸的一句："又睡懒觉啦？我可知道你为什么放假不回家了，是在别的地方有懒觉可以睡吧？"

怀兮觉得心烦，没吭声。

巩眉打来电话也不是想跟她吵架，清了清嗓子，语气放缓了些，问："话费交上了？"

怀兮生硬地应了一句："嗯。"

"你是我亲生的，打个电话还没人家程宴北跟我亲。"

"那你找他当你儿子啊，你打电话过来就知道骂我。"

巩眉深吸一口气，电话里也传来非常短促的气息声。怀兮知道她憋着火，半晌不敢说话了。

"行，今天不骂你了，跟你说件正事。"

"什么正事？"

"我有个以前的学生在鹤城开了个厂子，我给你联系好了，你过去实习一个星期。"

"啊？"

"啊什么啊？"巩眉气不打一处来，说，"你总不能跟人家程宴北去趟鹤城就是混日子吧？你这几天不会什么也没干吧？你不是去暑期实习的吗？"

"那倒是。"怀兮思忖着。她确实闲了好几天，来得太冲动了。

"早点儿弄完自己的事早点儿回家，一会给你发个电话过去。"巩眉安排着，"说不定人家一会儿就联系你了。人家比你大五六岁，记得叫姐姐，知道不？出去要讲礼貌。"

"知道了，知道了。我都十九岁了，也不是都什么不懂。"怀兮最怕巩眉的数落，数落没几句就成教训。她赶忙说，"我会跟那个姐姐联系的。"

"行。"巩眉要挂电话了，又想起什么，说，"哎，对了，你见到你哥没？"

"在港城吗？"

"嗯。"

"见了。"

"他人在港城还是回北城了？"

"不清楚……"怀兮也有段时间没跟怀礼联系了，于是说，"要不你打个电话问问？"

"哎，我说，他可是你亲哥，你平时也不跟他联系一下问问动向什么的？"

"那你还是他亲妈呢，你想知道他最近去哪儿不问他来问我？"

271

得,谁都有理。

为了避免再吵起来,巩眉只得先让步,说道:"知道了,我一会儿联系他。我可跟你说好,你跟你爸那边少联系,十来年了,一分钟义务没尽过,叫他一声'爸'都算给他面子,他跟我们家没关系了,知道不?缺钱跟我说,我们不要他的。你哥这几年也没花他一分钱。这爸当得……"

怀兮连声应答,然后挂断电话。

她突然想起这些天也没跟黎佳音联系。黎佳音好像还在北城,怀礼应该也是回北城了……

巩眉的那个学生在鹤城当地一个小型的商贸公司当会计。

之后的一个星期,怀兮都在这里厮混。

说是厮混,倒也不完全是。怀兮是学金融专业的,平时也上会计课。程宴北他们港城大学一帮人各司其职地忙活,她就跟着商贸公司的这个会计姐姐跑跑业务。

她初出茅庐,才念大一,带她的会计姐姐一方面考虑到她是恩师的女儿,一方面也没指望她能帮上什么忙。偶尔走走形式带她出去走一趟业务,大部分也是亲力亲为,不需要她插手。

结束暑期实践那天是个休息日。怀兮的学校只要求实践一个星期,程宴北他们需要两个星期。她开始得晚,结束得也早。这天她本来起了个大早,结果会计姐姐跟她说今天她可以不用去了,让她好好休息。

怀兮本来就没睡醒,一个回笼觉醒来都已经是下午了。

程宴北不在。他昨天回来得很晚,他们系里的男生都贪玩,晚上攒个局,勾肩搭背,喝喝酒也是常事。何况在鹤城这么一个闭塞的小城,几乎没什么娱乐项目。

他回来时她已经睡下了,她依稀察觉到门开门关,他好像也没开灯,怕吵醒她,好像还是去的别人的房间借了浴室洗漱。

夏天炎热,小旅馆里没有空调,在房间睡觉就像在蒸笼里煎熬。怀兮起来冲了个澡,去楼下吃了点儿东西,又去洗衣间将衣服洗了,拿到顶层的天台晾晒。

旅馆布草间的东西洗了基本也都是拿到天台晾晒。鹤城虽闭塞,海拔却不低,日照充足,如果不是阴雨天,很容易就干了。

她忙了一下午,已近黄昏。

怀兮在天台无所事事地趴着,看见载着程宴北他们系学生的中型小巴车已经抵达楼下。人头攒动,陆续上来。

今天他们回来得都很早。

临近实践的尾声,这天难得提前回来,男孩子们抱着啤酒箱、烧烤炉,陆陆续续地上了天台。

最近这段时间大家也都跟怀兮熟了,还有人同她搭话:"程嫂,帮忙把干了的衣服收一下。喏,这些还湿着的拿远点儿,别一会儿炉子蹿火给烧着了。"

怀兮还没看到程宴北下车,巴士就开走了。有人招呼她,她便过去帮忙,将干了的衣服全收了放到一旁。里面有旅馆的人员洗了的床单被罩,她就去叫人上来取。

她上上下下忙了一圈,却还没见程宴北回来。

她下午先晾的衣服已经干得差不多了,于是就都收了,拿回房间叠好,放到柜子里。

她出门返回楼上,经过楼梯拐角,感觉腰上传来一个轻柔的力道,混着洗衣粉清新的气味飘近,夹着丝丝缕缕的烟草香。

程宴北看起来心情很好,捏了一把她的腰,携着她朝楼上走去。

"你怎么才回来?"怀兮问他,迎着欢声笑语踩着楼梯往天台走去,指着前面热闹的场景说,"他们都来齐了,我刚才在楼上看了好久都没见你下车。"

"我帮带队的老师整理了一下实践资料,自己回来的。"他回答,然后问,"你今天没出去?"

"嗯,今天没什么事,说不用我去了。"

"来了,来了——"

随着一声呼喊,打断了怀兮和程宴北的交谈。

程宴北他们理科系本就女生少,男生多,对于系里还没内部消化的人,怀兮和他就成了他们枯燥的暑期实践唯一的风景线。

一上去,大家都招呼着他们。

"程宴北带女朋友来了,人都到齐了吧?来,来,我们烤肉!"

"开啤酒,开啤酒!"

"先开一箱吧,两箱喝不完——"

"我们二十多个人呢,怎么喝不完?都开了,都开了——"

273

程宴北自然不喝酒,怀兮便陪他在一旁开啤酒,给大家一杯杯斟满。他偶尔去观察一下烤炉那边的情况,沾了一身说不上是什么的气味。

怀兮总有点儿心不在焉。

星斗垂下,很快便入了夜。

怀兮的性子有点儿别扭,不是自来熟,一起生活了十来天,跟程宴北他们系为数不多的几个女孩子也没怎么聊过天。

于是她坐在一旁,看他们大快朵颐。

有几个很会料理、厨艺极好的男孩子,烤出来的食物大家都交口称赞。不一会儿换了程宴北帮忙烤,隔了没多久他就端着好大一盘肉过来给她,然后又立刻回去。

惹得旁边的人开玩笑:"程宴北,你也太照顾女朋友了吧?又不是没她吃的,每次烤得最好的一块,没煳的就给女朋友留着。"

一旁的人都哄笑起来。

大家大快朵颐一番,酒也下肚不少。到后来都是程宴北和另一个不喝酒的男孩子帮忙烤肉,其他人就等着吃,然后一杯一杯地灌酒。

怀兮吃得不多,也不喝酒。她搬了张凳子坐到他旁边,给他打下手。

两个人你一句我一句地聊着天,跟这欢欣的气氛有点儿格格不入,但好在话题欢愉。他跟她白天基本见不上面,跟她说了很多实践期间遇见的趣事。

糟心事却是一句不提。

怎么可能没有糟心的事?怀兮天天给会计姐姐打下手,不用她动脑,都觉得糟心事一大堆。

只是不知从什么时候起,他和她甚少聊生活上的不愉快。

或许是因为两个人的学校隔得太远,一东一西,见面的时间有限,也就没有空去倾诉生活上的不快来消耗彼此。

又或许是知道这样低气压和对于负面情绪的倾诉并没有太大用处。

怀兮也跟他说了许多。她比他清闲多了,有时候一下午都是空闲的,就在鹤城的大街小巷漫无目的地溜达,也见识到了当地的风土人情。

怀兮正说到前几天自己遇见的一家文身店,突然有人喊了一嗓子:"程宴北!过来喝酒啊!"

怀兮皱了皱眉。她一抬头,还没来得及观察身边人的反应,就有喝得醉醺醺的男孩子过来,将程宴北肩膀一揽,塞了一罐啤酒到他手中。

"喝啊,男人怎么能不喝酒!当着你女朋友的面呢,可不能怂啊!"

怀兮也跟着站起来,可是被椅子钩了一下,顺势被人挤到一旁。程宴北下意识地想拉她一把,但中间隔着一个热腾腾的烤炉。

他没拉到她的手。

又有人嚷嚷:"上次跟你在大学城那边那个烧烤店兼职,店长说让我们留下喝酒你也不喝,你是不是不行啊?在你女朋友面前这么尿吗……"

怀兮抬起头。

程宴北也看着她,眉心轻拢,好像在问她有没有事。

火光闪烁,在彼此的视线间腾起。

不知为什么,这一刻,他仿佛离她很远,比她心中安慰自己的那个答案远了不止十万八千里。

"喝酒啊!程宴北!你喝不喝?来!喝!"

怀兮刚才被挤过去时后腰撞到了桌角,她顾不上疼痛,也不知从哪里来的力气,更不知从哪里来的火气,站直了身子,忽地一把夺过那个男生手中的啤酒。

"他不喝酒你们不知道吗?"她红着眼眶大声说。

四下俱寂。

她心里泛着酸楚,又红着眼眶回头看着他,问:"程宴北,你有没有什么事瞒着我?"

怀兮嗓音颤抖着,一句话,几乎是从嗓子眼硬生生地挤出来的。

怀兮并非港城大学的学生,平时与程宴北的这群同学交集甚少。以前大多数人都只闻其名不见其人。这次来鹤城两个星期,他跟她的感情有多好,大家都看在眼里。

私下还总有人说,谁吵架都不稀奇,他们俩如果吵架了才最奇怪。

现在怀兮突然问出这么一句,问程宴北有没有什么事瞒着她,一副要吵架的架势,眼眶都红了。

气氛突变,刚才还好好的,这一刻大家都一头雾水,同程宴北开玩笑的那几个人登时也不敢吭声了。

程宴北也是一愣。

怀兮的一双眼睛红得彻底,死死地盯着他,像是要哭了一样。他们交往这么久,几乎没怎么吵过架。

周围人也是面面相觑。

程宴北放下手中的东西,站起来。

怀兮盯着他，咬着嘴唇，瘦弱的肩膀微微颤抖着，一副欲言又止的模样。

他看着她，伸出手臂，像是要拥抱她一样拍了一下她的臂弯，张了张嘴。

她却立刻甩了他一下，或者说，是不自然的躲避。

怀兮不想在这么多人面前出丑，侧过脸去。

她似乎也意识到了自己刚才糟糕的态度，在今晚这种欢欣轻松的气氛中过于突兀。她舒缓了一下压抑许久的情绪，轻声对他说："我们谈一谈。"

气氛更僵了。

程宴北的余光掠过四周。

刚才还喝得热热闹闹的一群人都停下看着他们，也都小心翼翼地，好像生怕他们谁一个情绪绷不住就在这里吵起来。到时他们要帮着劝架不说，还会毁了今夜的好气氛。

但程宴北没有。

他轻轻牵住怀兮的手。

她的五指攥紧了，手也绷得紧紧的，还想挣脱他似的，他却将她攥成拳的手紧紧地捏在了掌心。

他不像是对她无声地说"你别闹了"，更像是一种安抚。

程宴北摩挲了一下她的手，对着周围的人笑了笑，说道："没事，是我上次背着她喝酒，惹她生气了。"

程宴北平日不喝酒，在场的这群同学也有不少是知道的。

不过刚才怀兮喊了一句"他不喝酒你们不知道吗"可是惊了众人。先前以为他不喝酒只是习性，现在看起来，这好像是什么天大的事。

不过能明显听出这是他在替怀兮解围，刚才那个要拉着他喝酒的人此时也不太好意思地道："那……那不拉你喝了……不……不好意思啊。"

他说着对怀兮露出歉意的眼神，就到一旁去了。

"没事，没事，谈开就好了，说开就好了。"

周围人漫不经心地安慰着，就三三两两地散了。

夜风微凉，只留程宴北和怀兮在原地。其他人各归原位，该做什么做什么去，把充足的空间留给他们。

怀兮的手还被他紧攥着。她刚才那种尖锐的态度，这会儿被他这么攥着手，他的体温熨着她，那些紧绷的情绪也一寸寸地柔和下来。

她有点儿发不出脾气了。但一想到他的隐瞒，又怒上心头。

她就在这反复纠结的情绪中挣扎，脸颊忽然被一只手捏了一下。

她警觉地想躲闪，没躲过，便抬头直视他。

程宴北见她闪躲又躲不开，不由得一笑，柔声哄道："别生气了。"

怀兮就是个吃软不吃硬的人，听他这般哄她，仿佛下一秒就要向她交代所有的来龙去脉，立刻认错一样，态度顿时就缓和下来。

"别气了。"程宴北又说。他不捏她的脸了，而是伸手抱了她一下。

她没来得及挣扎，向前一冲，就跌到了他的怀中。

他抱着她，叹了口气道："对不起。"

"你对不起什么？"怀兮还有点儿生气。她将脸移开，不去看人群那边，生怕被人捕捉到她渐渐软化的情绪一样。

"你生气什么，我就对不起你什么。"程宴北拥着她，嘴唇摩挲过她冰凉的额头，好似在笑。他说，"先认错，你就没那么生气了。"

他真是把她了解得透透的。

怀兮这会儿也确实没那么生气了。

她被戳中软肋，在心中咬牙切齿，又气又笑地道："你什么都不知道就道歉吗？这么舍得自己吃亏？"

她和他在一起这么久，其实很少吵架。

她的脾气暴躁，太任性，偶尔的斗嘴都会被他自然地包容。

他轻轻地扳过她的肩膀，转向露台，一条手臂搭在她肩头，将她自然地揽到自己怀中，轻笑起来，说："好啊，那你说你是因为什么生我的气？"

他说着还往后面瞟了一眼，低头就去咬她的耳朵，说："我可没背着你喝酒。"

怀兮的耳郭一痒，缩了一下肩膀，顺势在他怀中换了一个舒服的姿势，那股气几乎烟消云散。

程宴北见她这副又气又拿他没辙的模样，低声笑起来。

夜风夹杂着他的笑声、她的脾气，慢慢地，两个人之间方才那根本没持续多久，甚至只属于她一人的剑拔弩张，顿时也没了踪影。

怀兮歪歪斜斜地靠在他怀中，嘴上却还不饶人："你到底有没有什么事瞒着我？"

"什么事？"程宴北笑道。

怀兮看着他这漫不经心的态度，不悦地道："你真要我说出口了才告诉我吗？"

"你都知道了我还算瞒着你吗？"

怀兮被他堵得差点儿一口气没得来。

"好了，好了。"程宴北怕她又生气，不由得紧了紧臂弯的力道，也不开玩笑了，认真地问道，"到底怎么了？"

"你是不是……"怀兮组织了一下语言，问，"在你们大学城那边做兼职？"

"嗯。"程宴北疑惑她怎么会问这个，"怎么了？"

他的语气平淡，不觉得这是一件多么大不了的事情，就如日常吃喝和上课下课一样，不必特意向她汇报。

但怀兮并不这么觉得。

这件事在她心中揣了好久，也让她难受了很久。她有时候想问，但就怕这对他而言不是一件多么大的事，他觉得没必要说。

甚至她一直都在心底怨恨自己，那天为什么会一时冲动打了周焱，让自己跟社团成员的关系都恶化了。

而她也不知该怎么跟他提起自己打了周焱的事，真是冲动又幼稚。

好像正是在这种觉得一些事可有可无，没必要向对方汇报的状态中，他们之间有了无形的距离。

就是最近梦见他，也觉得他离自己很远。

很远，好像怎么都无法触碰到。

不知道是不是她太矫情了。

"怎么了？"程宴北也不明白她为什么会以这一件事开篇，发了那么大的脾气，于是又柔声解释起来，"我室友之前在那家店做兼职，他去了另一家，店里缺人，我正好这学期课不多，于是就去了。"

"真的？"怀兮抬头看着他，有点儿急切地问，"那我之前过生日，生日礼物，你是用兼职的钱给我买的吗？"

"不喜欢？"程宴北皱了一下眉头。他记起前阵子打电话，她还问那条项链在哪里买的，想去退掉。

"不是……"怀兮应了一声，总觉得气氛怪怪的。她又问他，"你兼职多久了？"

"从开学就去了。"程宴北说着，好像想起什么似的说了一声，"我之前还碰见了你同学。"

"周焱吗？"

"不知道叫什么，就之前去你学校找你，碰见过一次。"他思索一番，笑容和煦地继续对她说，"说起来，那天碰见他我都不记得他是谁，他说你是他社团的同学，我才有印象。"

"他是不是叫你喝酒了？"

"嗯。"程宴北稍微一思索，问，"你是因为这个生气？"

"不是……"

他都这么和盘托出了，怀兮也没理由发脾气了，甚至都觉得这些天全是自己在瞎琢磨，刚才还无理取闹。

她心里打着鼓，似乎被他这般坦诚的态度软化了。她最终还是鼓起勇气问他："那你之前怎么不告诉我？"

"你那个同学的事？"

"不是。"她说，"就是你兼职好几个月了。"

他轻轻地"啊"了一声，笑道："你就因为这个生气？觉着我瞒着你？"

怀兮怕他觉得她幼稚，别过头去不说话了。

很快，她的脸上就传过十分温柔的力道。

他将她的头转了过去。她一抬头，又对上他的眼睛。

他似乎也在酝酿该怎么开口。

但她看着他的眼睛，先对他说："我就是觉得，离你太远了。"

程宴北微微一愣，温柔地凝视她，没说话。

她这会儿忽然又红了眼眶，有些哽咽地道："我离你那么远。"

她不是一个容易哭的女孩子，就是有些任性、不合时宜的小脾气，平日里也被他软化了。

但是长期浸泡在这样的糖罐子里，是一丁点儿杂质都容忍不了的。

"我离你太远了，有时候打电话都觉得离你很远。明明跟你在一个城市，明明每周都能见到面……为什么还是那么远？"

她说着，便不受控制地带了哭腔。她看着他，将积压这么久的情绪都发泄出来。

"你怪我小心眼也好，觉得我无理取闹也好，敏感也罢，我就是不想离你那么远，不想对你的事一无所知……我就是觉得你瞒着我，你有什么事不能告诉我，非要瞒着我……我犹豫了这么久才问你，是实在憋不住了。之前不问，是我根本不知道该怎么问。"

她近乎语无伦次地说着，然后就被他搂到了怀中。

279

她伏在他身前，嗅着他身上清新好闻的味道，也紧紧地回拥住他，继续语无伦次地倾诉："就是在你这里得到的太多了，平时能这么抱着你的时间太少了，所以一分一毫关于你的事，我都不想错过。"

"我知道了。"他动作轻柔地拍了拍她的背。

他若有似无地叹了口气。

她察觉到了。

不知是不是她敏感，他这会儿的叹气都成了遮掩。她不由得将他抱得更紧了些，说："以后别瞒着我了……"

"好。"

程宴北笑了笑，抚了一下她的长发。她的长发一直到腰间，发丝柔软，泛着香气。

"你其实不用在意会不会错过我什么事的。"他说，"我就是休息日没什么事去兼个职，用不了多少时间，也不是想瞒着你。"

"真的？"她不放心地问。

"嗯，真的。"他温和地一笑，说道，"以后有什么事都告诉你。我也没觉得你敏感，老实说，刚才你喊出那一声，问我有没有事瞒着你，我是有点儿蒙的，但又觉得你跟我发发脾气也没什么不好。"

"为什么？"

"就是也觉得平时离你太远了吧。"他若有所思地叹了口气，又笑道，"跟你的想法一样，觉得一丁点儿平时跟你见面接触的时间都很可贵。"

怀兮咬了一下嘴唇。

是这样的。她也有很多在学校、社团遇到的糟心事想倾诉，可就是因为平时不能朝夕相处，所以那一丁点儿可贵的、能够面对面相拥的时刻，都想把最饱满的爱意给予对方。

不想给对方太多的负能量。

比起共苦，他和她似乎更愿对方与自己同甘。

"别生气了。"他半天没等到她的回应，就用手去够她的下巴，想捏她的脸颊。

她却顺势将脸颊放入他的掌心，抬头直直地看着他，似乎在观察他会不会再欺瞒自己。她说："以后真不会瞒着我了吗？"

"当然不会了。"他说。

"如果你再有事瞒着我，"她眼睛一眨不眨地看着他说，"我就跟你分手。"

这么说像是赌气,幼稚地赌气。

她以前可是一个很讨厌用分手来威胁别人的人。

可是这一刻,对他那种浓烈的占有欲,她想一股脑儿地释放给他。她的占有欲裹挟住他的控制欲,在一瞬间膨胀到极致。

但其实她无法想象,真正分手后,她会不会无法爱上别人,以至于没办法跟别人谈恋爱。

她也无法想象,真的分了手,他毫无保留给予她的这些温柔与耐心,会不会再毫无保留地给下一个人。

"好。"他的嗓音与晚风一样温柔,他答应了她。

"那我原谅你了。"她的心情大好。

"好。"他又笑道,"那我要不要说一句'谢谢'?"

"不客气。"她立刻嬉皮笑脸地回应他。

隔天,程宴北罕见地放了半天假。

怀兮和他来了鹤城这么久,两个人都没好好地逛一逛。不是他没空,就是她没时间,两个人都要为暑期实习忙碌。

午饭后,两个人出发,去这个小城很有名的古镇溜达了一会儿。傍晚快回程,怀兮发现离他们住的地方不远的一条街的街角,有一家文身店。

以前巩眉想让她大学考师范类院校,她第一反应就是,完了,那以后穿衣打扮什么的都得注意,还不能在特别明显的地方文文身。

她从小到大不算是那种非常叛逆的女孩子,因为上学读书都在巩眉这个当老师的眼皮子底下,在学校里也总因为"老师的孩子"被加以注意,并不敢有多么明显的叛逆行为。

但多少肯定是有点儿反骨在身上的,她最想做的事就是文文身。

那天她磨了他许久,他才答应她进去。倒不是觉得这样共同文身的行为有多疯狂——他与她相识以来,疯狂又叛逆的事情也没少做。

他是担心她可能会痛得忍不住。

这种事可不是那种觉得疼就能随意半途而废的事情,一旦开始就只能忍着,一直到结束。

怀兮一再表示她不怕疼,但文的时候还是红了眼眶。

他在旁边陪着她,手心被她掐到通红。在她觉得最难忍时,还张口去咬他的手。

给怀兮文文身的女孩子年纪不大,经验也不是很足,看她这架势,不知是停还是继续。

程宴北的手也没收回,就任她那么咬着。

问她是否继续,她点点头,又心疼地去看他手上的一圈牙印,然后像只小兽似的亲吻他的手背。

他们挑了一对图样。

她选择文在后腰右侧靠臀部的位置。一株野蛮热烈的玫瑰,妖娆又热烈。

但是只文了三分之二。另外三分之一是为了配合文在他靠下腹位置的长刺荆棘。

怀兮文身的后半部分构图有些复杂,是文身店那个女孩子的哥哥上阵文的。

本来玫瑰与荆棘是一个图案,但文身师说可以分开文。总有情侣来文身,将图案拆成两部分。

他又半开玩笑地提醒,万一以后分手了,多少有点儿尴尬。洗文身可比文文身疼多了。

这话是在给怀兮文完三分之二时说的。若是她改了主意,就给她文一整个。她的另一部分也并不属于谁,给程宴北再另找一个图案就行了。

程宴北却说,他要那另外的三分之一。

他很坚定。

后来怀兮跟文身师说将那三分之一给文到他的下腹时,文身师还略带暧昧地看着他们,觉得他们颇有情趣。

程宴北在里面文文身,怀兮陪了一会儿就有些困了。本来下午就准备回住处的,现在都已经晚上了。

怀兮趴在外面打了个盹儿。

再醒来,程宴北那边也基本快结束了。怀兮拿出手机看了一眼,发现有好几通未接来电。

都来自黎佳音。

她正犹豫要不要回过去,黎佳音已经打了过来。

"我要追你哥。"黎佳音兴奋地道。

"什么?"怀兮恍惚了一下,差点儿没听清。

"我今天又碰见你哥了,在北城。你哥不常回港城?你爸不是在港城吗？"黎佳音絮絮叨叨地说着，言语中不免有些激动。

"什么？"怀兮又有点儿回不过神，半天才听明白了黎佳音的话，然后问，"你现在还没回沪城？你还在北城吗？"

"对。"

"不就实习一个星期吗？"

"那是你，学校就要求一个星期，我这边要干一个暑假呢，我不回沪城了。"黎佳音说，"哎，对了，我还没跟你说你哥……"

"我哥怎么了？"怀兮这才后知后觉地想到黎佳音刚才开门见山第一句就是要追怀礼，不禁笑着问，"怎么？你们发生什么了？"

黎佳音没想到能在这里再次遇见怀礼。

下午快五点，黎佳音他们店提前结束了营业。新来的领班在店长的要求下，带领店员进行仓库盘点。

黎佳音在这里工作了大半个月，对业务熟悉了不少，但新来的领班有点儿趾高气扬，新官上任的三把火到今天都没烧干净，不准她这个小实习生跟进去盘点，生怕她毛手毛脚添麻烦似的，就让她和另一个店员留在前台。

最近是消费热季，客人从早到晚连续不断地来。黎佳音工作的这家店，品牌在一众奢侈品品牌中其实不算顶奢，却也是个挺有名的中高奢牌子，价位美好，风格审美也在线，时值暑期，客人便多了不少。

与黎佳音一起留店的店员趁没人讲了新来的领班许多不是，可见平日积攒的怨气颇多。

不过黎佳音倒是觉得清净不少。

现在这个新来的领班，不像原来那个领班，总爱背地里议论来的客人，看到个穿金戴银的就说是哪个大老板的情妇，心思狭隘得要命。

之前那个领班顺风顺水这么久，也少不了这群店员平时跟着一起吹嘘追捧她那些陈词滥调和眼睛红得几乎要滴出血的无端猜测。

不过她总算是踢到了铁板，上次就因为背后对客人翻了个白眼，被客人看见了，投诉给店长，没两天就被辞退了。

黎佳音还记得，那个客人是跟怀礼一起来的。

说来奇怪，她一直知道怀兮的家庭情况——父母在她七八岁的时候离婚，父亲带着那时才十岁不到的怀礼去了港城重组家庭。但上次听怀兮说他甚少回港城待在父亲身边，反而常来北城，她还是没什么真实感。

直到能在人海茫茫中，碰见他……两次。

是的，两次。

黎佳音正被身旁店员的抱怨和絮叨吵得头疼，就见一道身影从前方冗长的扶梯向上，直直地朝他们店过来。

怀礼见到黎佳音倒不是特别意外。上回也没打招呼，他来到前台，简单地交代他是来帮一位叫晏语柔的客人取十天前定的包。

黎佳音一下想起来，正是让前任领班炒鱿鱼的那位。领班走前还八卦过，这位晏小姐或许是怀礼的未婚妻。

也就是怀礼看起来年轻许多，若是换个四十岁往上的男人，领班估计该说晏语柔这么年轻的女孩子肯定是贪慕虚荣做情妇的了。

黎佳音查了一下订单，便去了正在盘点的后仓库，让怀礼等在这里。她走之前还抱歉地知会他后面正在盘点，可能会耽误一些时间。

怀礼显然认出了她，或许上次就认出了她就是那晚他送怀兮回学校，与怀兮关系很好的女孩子。

他只温和地微笑着，说他并不着急。

校门口那回天色已晚，黎佳音只觉得他这个人看起来清清冷冷的，应该是寡言少语，不爱搭理人的性子。

没想到他笑起来时颇温柔，一副温文尔雅的模样。

怀兮也对黎佳音说过，怀礼的青春期并不在港城的家中度过，他在北城读初高中期间学了不少的礼仪。

也难怪他们兄妹俩的气质真不像一个爹妈所生。

黎佳音的心不禁漏跳两拍，匆匆离开了。

她不是没谈过恋爱，也不是没为哪个气质长相都十分出众的男孩子心动过。

但单他一个笑容、一句话，她便有些不知南北了。

可她没来由地觉得，他好像不像表面如此斯文简单。

她很快便遇到了难题。

盘库期间，后面被弄得一团糟。新来的领班第一次组织店员，又爱耍官威，指使来指使去的，就成了团糨糊。

黎佳音进来寻东西，还被臭骂了一顿。

没找见晏语柔后来打电话加订的另一个与之配套的手包，领班又是一阵嚷嚷。

从前的领班虽然嘴巴碎、人刻薄，但带她们做事不会这么没条理。

哪个客人订了什么东西、什么时候来取，都会提前准备好的。后台陈列柜平时收拾得干净整洁，这会儿都变成了大杂市似的。

黎佳音没找到手包，又怕怀礼等急了，便先出去，将装包的礼盒交给了他，抱歉地道："不好意思，我们今天在盘点，可能找得慢了点儿。"

怀礼看了一眼腕表，说："我不着急。"

黎佳音才发现他今天穿得倒是非常休闲随意，看起来是出门的路上顺路过来替人取东西——但与这个商场的整体氛围并不脱节，也不显得突兀。并不是人人逛个街都要一身西装的。

不过他上回确实是西装革履正式地来，身旁又挽着一位同样穿着考究的娉婷小姐，倒真像是参加完什么宴会或是典礼来的，斯文优雅，气质非凡。

刚跟黎佳音在一块儿的另一个店员已去后台帮忙寻找手包了，这里就留了怀礼与她。

两个人就这么站在这里。怀礼拿出手机，好像在给谁发短信。

黎佳音注意到他还戴着运动手环，心想他应该是去健身的路上替女朋友过来拿一趟东西。

他与她也并未有别的话了，毕竟不熟。

黎佳音深呼吸，几番组织语言，却不知该找些什么话题同他说。

她平时也挺自来熟的。

这时，后面的店员忽然叫了黎佳音一声。

黎佳音收回思绪，此时怀礼也听到动静，望过去。

她有点儿尴尬，伸手指了指里面，他便点头笑笑，意思是她去就好。

她便匆匆地过去，还以为是东西找到了，没想到一进去就被领班一通臭骂："先前你跟着邹店长时，教你的东西都没学到吗？客人的东西不见了都不知道过来找？"

黎佳音僵在原地，一时不知该如何反应。

门没关，这个官不大瘾挺大的领班似乎是被这么一堆东西给弄烦了，又怕担责任，就拿黎佳音开刀，一声比一声高。

黎佳音局促地站着，心想外头的怀礼应该是能听到她挨骂的。

这么一想就更局促了，她简直想找条地缝钻进去。

骂了一会儿，才有店员提醒领班声音太大了，外面还有客人在等着。

但东西确实是找不到了，领班又是一肚子火，连是不是店里有人手脚不干净的话都说了出来。

领班没说黎佳音，但她才挨过骂，如此更像是指桑骂槐。

过了好一会儿，领班才让黎佳音出去，要她去给客人一个交代。

怀礼不知有没有听见方才里面的动静，但还是耐心地在那里等着，也没朝黎佳音挨骂的地方张望，一直盯着自己的手机屏幕。

黎佳音挪到他面前几乎举步维艰，背后还有领班的眼睛盯着。虽然这事不是她担责，但刚才那一番近乎羞辱的话，简直让她丢光了面子。

人一慌手脚就跟着乱，黎佳音过去刚想说话，便不留神被柜台边沿给绊了一跤。她还穿着A字短裙，这么跌下去显然是要走光的。

此时，她的胳膊上传过来一股力道。

怀礼顺手扶住了她。

黎佳音这下更紧张了，一抬头，便对上一双冷淡的眼。

怀礼扶稳她，她也顺带扶了一下柜台边沿，站直后立刻挣开他的手，轻声道了句"谢谢"。

怀礼还未说什么，她立刻又道歉："不好意思，那个……晏小姐定的那只手包不知因为什么原因找不到了，我们这边……你如果忙……"

黎佳音是第一次处理这种情况，紧张得话都说不顺畅了。

怀礼微微皱眉。眼见一个领班模样的人冒了个脑袋，又不见了，黎佳音这副模样真像是被遣过来当替罪羊的。

"晏小姐不方便的话，你可以留个联系方式，如果什么时候有空……"黎佳音恳切地道，"或者我联系怀兮……"

怀礼的眉心轻拢，似乎在做打算。

半晌，他说道："你们店长是哪位？"

黎佳音一愣，有点儿没反应过来他的话。

他淡淡地瞥了一眼她身后，视线又落回她身上，语气倒是温和："我跟你们店长交涉一下。"

黎佳音也不知这时该不该把领班推出来。但怀礼这副态度，倒不像往常一些客人会拿小店员开涮。他直接提出要找店长交涉，很有条理。

反正这也不关她的事。

黎佳音心里不由得有些暗爽，立刻站直了身子说："店长不在，领班在。"

她没收住声音，不大不小的一声，像是要给自己伸张正义似的。

说完，黎佳音立刻一愣，心想自己是否过于激动了。

怀礼看着她，忽然勾起嘴角笑了笑，说道："那叫你们领班来吧。"

黎佳音看他笑，眨了眨眼，思绪有一瞬间的停滞。不知是否被他的笑容安抚，她立刻又点头，进去找领班。

事情解决得非常顺利。

这事如果换个稍微尿点的店员，估计这个哑巴亏就吃了，遇到刁钻的客人免不了要先被数落一通。

怀礼留了电话号码，说他下次找人来取，便离开了。黎佳音帮忙记录他的电话号码时，还偷偷留了一份。

"这事不是很正常吗？他不找领班找你一个小店员做什么？"

怀兮听黎佳音描述完，打了个哈欠。她晚饭没吃，还饿着肚子，刚文了文身，后腰的皮肤还有点儿痛。

她望向文身工作室里面，程宴北那边好像彻底结束了。

"不是，我要是吃了这个哑巴亏也就吃了。"黎佳音说，"但是你哥就完全没有责怪我！我以前也遇到过这种事，怎么着也得被顾客说两句。"

"他又不是那种性格的人。"

"不，不，不。"黎佳音据理力争，恨不得把怀兮抓到她面前，绘声绘色地描述一番自己那天是如何尴尬，怀礼是怎么给自己解的围。

其实这真不是什么大不了的事，黎佳音自己也知道。

但正是在这种"没什么大不了"的事中来电才得值得探讨，她恨不得把怀礼那天的微表情都分析一通。

怀兮也听出来了，黎佳音是真的喜欢上了。

"我可跟你说清楚，你别对他上太多心。"怀兮嘱咐着。

"为什么？"黎佳音不解地问，"他真的有女朋友吗？"

"不知道，我没问。反正你别对他上心，知道吗？"怀兮又唠叨一遍，"我的意思是，和他谈恋爱可以，但是别抱着能在一起很久的想法。他换女朋友很快的。"

黎佳音沉吟了一下，似乎有些失望，想转移话题，嬉皮笑脸地问怀兮："那你呢？你跟程宴北好点儿了吗？有没有做好在一起很久的打算呢？"

程宴北这会儿正往外走。

怀兮站起来，迎上他。他张开手臂就要抱她，她却将他阻在半道，拉开他才放下去的T恤下摆，就要去看他的文身。

程宴北按住她的手，倒吸一口冷气，笑着问："摸什么？"

287

这么暧昧的一声传到黎佳音的耳朵里。她打了个冷战，心想自己的担心简直多余，赶紧说了一句："回聊，回聊，我去酝酿一下给你哥打电话，如果他没女朋友我离开北城之前一定要约他出来。"

"哎，等等。"怀兮忙喊，"你约他干吗？哎——"

她还没说完，听筒里就传来忙音。

怀兮只得悻悻地放下电话。她的手被程宴北按在半道，这么将落不落的。她怕自己摸到他的文身会感染，立刻缩了一下手要抽走，又被他按住。

"不摸了？"

怀兮抬头，他笑意盈盈地看着她，眉眼干净温柔，目光很柔和，看起来他文个文身一点儿感觉都没有似的。

她的手被他攥着，她转了转手腕，他却丝毫不肯放开她，两个人就这么腻腻歪歪地贴着，一起离开了文身店。

一出去，程宴北就把她背到了背上。

他直接将她的双腿从后往前，横到他的腰上。她猝不及防地尖叫一声，差点儿吓破了胆子，赶紧把手环紧他的脖子，又气又惊地道："程宴北！你干吗？"

他哪里管她，不由分说地背着她走，咬牙切齿地说了一句："你知不知道你挑的地方有多疼？"

怀兮一愣，继而大笑出声："不会吧，程宴北，你这么怕疼的吗？我刚开始不是说你不介意可以文到屁股上……吗——啊！"

她的话没说完，大腿被他恶狠狠地拧了一把。

她立刻尖叫一声："疼！"

他有点儿报复她似的，又松了力道给她揉捏了一下刚才被他拧的地方。

她又老老实实地伏回他的肩头，他偏过头，睨了一眼身后的她，说："我也疼，你要不要也让我咬一口？"

怀兮趴在他的肩上，有点儿无赖似的去捏他的耳垂，笑道："你是怨我刚才咬你的手了？"

"是。"

"那刚才怎么不怨我？文文身也是你答应跟我一起的。"她说着，悄悄靠近他，往前一倾身，在他转头立刻要吻她时，她又灵巧地向后躲开，"你也要咬我一口？你咬得到吗？"

程宴北冷哼一声，立刻要把她放回地上好好地制裁她。

　　谁知她这么挂在他身上像是得了得天独厚的条件，双腿箍住他的腰身，死活都不下去。

　　程宴北拿她没法子，便咬牙切齿地警告道："你回去给我等着。"

　　怀兮又笑得不行。

　　晚上他们都没吃饭，还挨了一顿疼，两个人这么打打闹闹，全然忘了饥饿与疼痛，就往小旅馆的方向去。

　　月色正好。怀兮闹也闹累了，回去后两个人早早地就睡了。

　　她的文身在后腰，晚上搂着他的脖颈，趴在他的胸膛前睡觉。她睡觉总不安分，不留神碰到了他的下腹，他半夜被疼醒好几次，起来坐一会儿，又尝试入睡。

　　前几次怀兮都没知觉。

　　后几次是天快亮了，她察觉怀抱空了。一睁眼，便见他靠在床头，打开了小灯，想观察一下自己的伤口。

　　怀兮按住了他的手。她像只灵巧的猫似的，任性地关了灯，双臂再环住他的脖颈，就又沉沉地坠入他的怀中。她困极了。

　　他忍着痛，好不容易又有了睡意，感觉她也睡着了。

　　她却在黑暗中忽然喊了一声："程宴北。"

　　"嗯？"

　　"我们做个约定吧。"

　　"什么？"

　　"这个文身，我们永远别洗，行吗？"

　　他抚着她的肩膀，动作变轻，手停留在她的后腰附近，感觉那一道玫瑰的纹路，几乎要与他下腹的荆棘缠绕成一体。

　　半晌，他点了点头，说："太疼了。"

　　她以为他还在埋怨她拉着他一起文文身，立刻发出一声："嗯？"

　　他觉察到她的警觉，却轻柔一笑，于黑暗中，循着她的气息去吻她的唇。

　　"怕你疼。"

　　"所以别洗。"他说，"我也不洗。答应你。"

番外二
错位暧昧

CHI
CHAN

　　这大概是蒋燃活了二十九年,做得最冒失、任性的一件事。
　　因为执意走职业赛车手这条道路,他跟家中的关系数年来都不算融洽,港城这一处故地,他已许久没回来了。
　　他抵港的那天下午,下着很大的雨。
　　临近比赛,左烨与Firer全员都在沪城加班加点地训练。蒋燃作为队长,一个招呼没打就贸贸然跑到港城来,一下飞机,未接来电差点儿将他的手机卡顿得无法正常开机。
　　他一个也没回,取了行李,在机场逗留片刻,找了处地方坐下,闭目养神。他手里握着手机,稍有动静便拿起来看一眼。
　　见不是立夏,他便又合上眼。
　　从前他还在Neptune当队长时,每逢赛前,几乎吃喝住都在赛车场里,有时连夜训练到天亮,便在车上和衣而眠。
　　如今他却失了点儿斗志。
　　说懒散不是,颓废也算不上,就是觉得这一趟他不得不来。
　　他一直在等立夏的电话。
　　昨晚程宴北给他发了她另一个手机的号码,他便立刻打了过去,只是她当时并未接起。时候已不早,他猜她或许在忙工作,又或是已经睡了,便没再打给她。
　　她回电话时已是凌晨两点。

或许是她忙得忘了时间,铃声只响了一声便挂断了。

蒋燃睡得不踏实,那一声尖锐、突兀、不合时宜的铃声惊走了他所有的困意。他立刻回给了她。

许久没联系,他开口打招呼都有些生涩。他睡前抽过烟,嗓子发紧地道:"我是蒋燃。"

"我知道。"立夏的声音听起来疲态满满,有些无奈地轻笑一声,听起来是不愿笑的。或许是出于一些客气疏离的礼貌,她对他说,"我存了你的号码。"

她也没问他是怎么知道她这个手机号的,或许她也猜了个七七八八,不问不言的态度像是将他推离了十万八千里。

"有什么事吗?没有我睡了。"

蒋燃一下子更不知该如何开口了。

他急于打给她,只是想知道她为什么这些日子都没联系过他,电话不接,消息不回,连朋友圈也许久不更新一条,像是凭空消失了一样。

他不是个不善言辞的男人,从前哄他那些任性女友、露水情人也算一把好手。可她冷冷淡淡的一句,几乎就让他失了巧言善辩的能力。

蒋燃踟蹰一下,她那边好像也在等他说点儿什么。她倒不算是全无耐心,只是时间的确很晚了。

"你最近还好吗?"他问。

俗气又老套的开场白。

说完他便有些后悔。从前这么俗套的开场白,他是万万不屑同女人说的。

立夏这会儿听他冷不丁来这么一句,无奈又疲惫地轻笑道:"我还好,就是家里出了点儿事。"

"什么事?"蒋燃见她打开了话匣子,立刻追问了一句。他问完又觉得自己过于冒失,于是又缓和了情绪解释,"不是,我是说……你没事吧?"

"嗯,还可以。"立夏在房间内走走停停,听动静都能感受到她的疲惫。

她好像去厨房或是哪里倒了杯水。

蒋燃屏息凝神,连那边的水声也不想放过。他没问她家中到底遇到了什么事,那样一定很唐突。

"你在港城吗?"见她那边情绪并未有太大起伏,他还是小心翼翼地问。

"对，"立夏说，"我从《JL》辞职回来了。"

"什么时候？"

"就是，"她顿了顿，说，"你们练习赛结束那会儿，快一个月了吧。"

她这般自然地聊起了天，好似全然没被家事所影响。蒋燃听她的语气，心里惴惴不安。

她表现得万分冷静，好似只是回到了港城，还过着平常的日子。

而他很快意识到，快一个月了，他们都没联系过。

国外的拉力训练一结束他立刻回了沪城。封闭训练期间他几乎摸不到手机，她也并未联系过他。他总在想，是不是知道联系不到，她就作罢了。

不必与他徒增一桩没必要的关系，他们也没有什么关系。

他有满腹的追问想亲口问她，问她不联系的缘由，问她到底遇到了什么事，问她在港城的这些日子是否有了新的工作。

或者新的男友。

但他没有任何立场。他与她，甚至连朋友都算不上。

后来蒋燃忘了又寒暄了些什么，时候不早了，他也不好再叨扰。他挂断电话近乎一夜无眠，将她从接电话到挂电话的所有语气都细细琢磨了一遍。天还没大亮，他便起来收拾行李，买了张机票直达港城。

蒋燃坐在机场里，身边人熙熙攘攘、络绎不绝地到达或者离去，他置身人群中，仿佛被一种与人群截然不同、无比消沉的感觉包围住。

他出发前给立夏发了信息，说他今天下午会到港城。

她到现在都未回复他。

从沪城飞到港城大概四个小时，人有些乏了。

蒋燃不知立夏住在港城的哪里。他回来没跟家里打过招呼，当然也不准备回去父母那边，于是在海湾广场附近订了家酒店。

立夏一直没给他回消息。微信、电话、短信，都像是扔入大海的石子，落下去便寂静无声。

他去酒店的路上，透过出租车的玻璃张望这个他从小长到大，许久未回来的城市，竟然有一种熟悉又陌生的感觉。

高架在头顶，像是臂弯一般环抱住还下着雨的阴沉天空。临近傍晚，霓虹升起，他望向渐次升起的万家灯火，猜测哪一扇是属于她的窗户。

左烨给他打了电话，压着火气质问他为什么不接。他潦草地解释自己在港城,才下飞机,这会儿正在去酒店的路上。

"我知道你去港城了。"左烨说,"快比赛了,你一声招呼不打就跑去港城?你是回家还是去干吗?那么着急?"

"我没回家。"蒋燃顿了顿,决定实话实说,"我去找立夏。"

"立夏?"

左烨一顿,想明白了是哪位,嘲讽道:"就程宴北那个当造型师的前女友?"

蒋燃此时沉默下来,微微皱眉。

"你真看上人家了?"

他们赛车手也是个圈子,左烨之前就听了不少蒋燃与立夏的八卦。半个月前,集训一结束,他二话不说就跑回沪城找她。

他与蒋燃认识快十年了,蒋燃跟谁交往,或者要追求哪个女孩子,都表现得非常明显。之前或许是碍于程宴北,蒋燃追怀兮时并不高调。但立夏跟蒋燃到底发生了什么,蒋燃却破天荒地没跟他提过,导致他现在都不知道具体是个什么情况。

也是碍于程宴北?

"程宴北跟谁好你就跟谁好啊?"左烨不留情面地笑起来,说,"你这也太没意思了吧?赛场上不服他,还老跟在他后面捡着吃,世上没别的女人了吗?我看你不如赶紧买张机票回沪城,马上比赛了,别耽误了。"

蒋燃深感烦躁,按了按眉心,强忍着脾气说:"我过两天回去。"

"过两天是什么时候?我怕你见到人家立夏路都走不动了,腿软。"左烨笑着说,"她在港城干吗呢?你别去了发现人家已经有了新男朋友,或者就是跟你玩玩。你耽误这几天训练,有点儿说不过去吧?再说了,我听说程宴北 Hunter 他们也在港城,别他们又搞一块儿……"

"左烨。"蒋燃冷声打断。

"怎么了?生气了?"左烨不以为意,甚至换了略带严肃的语气说,"Firer 把队长交给你,不是让你在赛前训练期间去别的地方泡妞的。你要是这么不想当这个队长,倒不如一开始别答应我你要来我们车队。"

一句"我们车队",将 Firer 与蒋燃的立场清晰地划开。仿佛他只是一个外来者,不属于这里,他如果不想逗留,随时可以走掉。

"你以前也没这么不负责任吧?"左烨放缓了语气说,"女人什么时候不能去找?非要在比赛前?你以前在 Neptune 有这样过吗?蒋燃。"

蒋燃按压太阳穴的动作停顿了一下。

他以前的确不是这样的人。可现在的所作所为，着实不像他自己。

"行了，你什么不懂？当了这么多年队长，不要在这种时候避重就轻了。"左烨也不多说了，最后嘱咐道，"你说过两天回来那就过两天，我们全车队都等着你回来训练。挂了，去找你该找的人吧。着了魔似的。"

忙音入耳。蒋燃盯着渐渐黑屏的手机屏幕，坐在出租车上，不由得有些眩晕。他才记起来，中午登机，午饭都没吃，就早上出门时匆匆吃了个早饭。

真是着了魔。

手机屏幕完全黑了，出租车载着他即将到达酒店楼下。司机以为他是外地人，还跟他热情地攀谈，说再拐个弯就到了。

这里是海湾广场，毗邻港城的几个大商圈，又有夜市一条街，很热闹。但蒋燃提不起兴趣。他从小长在这里，再熟悉不过了。

快到酒店楼下，他的手机忽然振动了一下。

他一开始没意识到，下意识地觉得是左烨又给他发了什么东西，便没拿起手机看。

等车子停稳了，他正准备拿出手机扫码付钱时，却注意到，是立夏回了他消息。

"你到了吗？要不要一起去吃个饭？"

蒋燃正准备付款，思绪却都跟着这两行字晃了一瞬。他跟司机说了句"等等"，立刻回复立夏："我到了，你在哪儿？"

她这次很快回复了他，并发来一个地址。

在国贸大厦，离这里并不远。

蒋燃一抬头，眼睛亮了亮，对司机说："不好意思，麻烦送我去国贸大厦。"

雨没停。

立夏一袭黑色连衣裙，立在国贸大厦前一处遮雨棚下。她的头发明显剪短了，只落到肩以下，面庞素净，略显消瘦，左臂衣袖上别着一块黑纱制的臂章。

蒋燃下车匆忙，没走出两步又匆匆折回。司机不住地怨他不细心，后备箱的行李都没拿。

行李箱在阴湿的地面迅速拖出一道轨迹。

立夏见他走来，嘴角挂着淡然的笑容，睨了一眼他的行李箱，又打量他沾了水汽的头发，问："没带伞？"

"不知道港城会下雨。"蒋燃说着，目光在她素净的脸庞扫了一下。她没化妆，只描了眉毛。她头发剪短了，显得更干练一些。

他看了一眼她左臂的黑纱臂章，欲言又止。

立夏转身向前走，问："你吃晚饭了吗？我这边才忙完，今天我爷爷火化，我刚从殡仪馆那边出来。"

她的语调轻松平淡，听不出起伏。

"没有，我快五点才下的飞机。"蒋燃跟上她。

她没走两步，又转了一下头，看着他的行李箱说道："啊，我开车来的，你把行李箱放我车里吧？"

"哦，好。"蒋燃点点头。

立夏快他两步。沿着长长的遮雨棚出去，就是紧挨着的国贸大厦的地下车库。

外头雨势渐大，她正举着伞要撑开，蒋燃先一步将自己的皮夹克外套拉高，挡在她的头顶。

她矮他许多，才稍稍到他的胸口，如此一来头顶便被遮严实了。

一阵热意包围了她，驱散了雨天的寒。

立夏没打开伞。

一路下了地下车库，到了她的车前，她打开后备箱，蒋燃将行李箱放进去。她又折回车前座，拿了一个打火机。

蒋燃的余光瞥到副驾驶座放着一个黑色的长方体匣子。

立夏关上车门。

蒋燃看她手里捏着打火机，攥在手心小小的一只。他问："你开始抽烟了？"

她之前尝试抽一口都呛得眼泪横流。

"最近比较心烦。"立夏抬头，笑意盈盈，脸上却透出几分明显的疲惫。她说，"我们去吃饭吧，你应该很久没回港城了吧？有没有什么特别想吃的？"

蒋燃窥着她的神情，顿了顿，说："下着雨，就在附近随便吃点儿吧。"

"雨天适合吃火锅。"她似乎开始向往热腾腾的火锅与温馨的氛围了，于是提议道，"不如我们开车去观礼大桥那边吧？那附近有家火锅

295

店,味道很不错,就是有点儿远,雨天可能还要排很久的号。"

"没关系,开着车。"蒋燃主动说,"你累一天了吧?我来开车好了。"

立夏笑道:"行。"

上了车,立夏将副驾驶座的骨灰盒放到后座下方。

她敛低眉目,一个低头抬头的瞬间,就见蒋燃坐在驾驶座上,用一种近乎观察的目光看着她。

她波澜不惊地笑了笑,坐到副驾驶座上,说:"走吧。我给你开导航。"

他们排号等了许久。

港城就是港城,道路被海岸线与丘陵挤得逼仄,一到雨天,路上就堵得水泄不通。他们过来就花了半个多小时,等号又花了半个小时。

好不容易坐上桌,方才蒋燃的肚子还没反应,现在被火锅店的气味包围,胃便一阵阵提出抗议。

立夏翻着菜单,头也没抬地问:"你这次回港城跟你爸妈说了吗?"

"没有。"蒋燃摇头,手指在桌子上点了一下。立夏一抬头,发现他定定地看着她。

二人对视两秒。她对着他笑了笑,又低头翻菜单,问:"你们快比赛了吧?"

"嗯,月底。"

蒋燃又去看她左臂的黑纱,顺带观察她的表情,一如既往的平淡、冷静、毫无波澜。

"准备得怎么样了?这次的比赛对你们很重要吧?"

立夏说话的时候已经点好了餐,询问他是否有什么想吃的,他只说随她的喜好。

"我自己出来的。"蒋燃半开玩笑地道,"没跟车队打招呼,那边还挺生气的,他们都在训练。"

他说着,抬起头,看着对面的她问:"你呢?这几天是不是累坏了?"

"确实。"立夏点头,淡淡地道,"我爸妈退休了出国旅游了,这边都是我在料理。"

"其他长辈呢?"

"我爸是独子。"

蒋燃不禁沉吟。

"你呢?"她又问他,"你这趟回来不准备回家吗?跟你爸应该也挺久没好好说过话了吧？"

她又偏头笑了笑。

不知是灯晕还是围绕在店内的腾腾热气，她的目光异常柔软、平和。她说："得趁着有时间多跟家人交流，不然以后没机会了。"

这话倒像是在用自己的经验说教。蒋燃刚张口，服务员就将热气腾腾的锅端了上来。

"你今晚回家吗？"立夏说，"不回父母那边，你准备住哪里？港城有没有自己的房子？我看，刚才你是从港湾广场那边过来的？你今晚是准备住……"

"立夏。"蒋燃截过她的话音。

他的目光倏然凝住，紧接着又落寞了几分。

他今晚对她的态度一直是小心翼翼的，可她一脸平淡，反倒让他落于夹缝之间，不知该安抚，还是该像平素一样交谈。

"怎么了？"

他隔着一层氤氲而起的雾气，倒是一点儿也没将她的情绪推起什么涟漪，反倒是她看着对面神情复杂的他，不解地问："不好意思，我是不是说得太多了？"

她是说了许多。

就是他们见面，这么一路过来，她说得多的，也都是去问与他相关的事情。

她身上发生了那么大的事，却未主动同他提及太多。

这显得很有距离感。

蒋燃一时有些心烦气躁，扯了一下领口的纽扣，解开了一颗。他从前与女人约会吃饭，不会有这么随意的行为。

他深深地呼吸，眉心轻拧，平复了许久的情绪，又看着她问："为什么不联系我？"

立夏抬头，嘴边的笑意淡了几分，直直地望着他，好像他问了一个很不打紧的问题："我辞职后就回港城了，这边有更好的工作，你那段时间在训练……"她微微偏了一下头，继续说，"我不好打扰吧。"

蒋燃眉心微皱，压制了一下翻涌的情绪，吐了口气说："回信息的时间也没有吗？"

似乎意识到自己过于咄咄逼人，他又放缓了语调说："你知不知道？我很担心你。"

"担心我？"立夏愣了半秒，随即笑起来，问道，"你担心我什么？"

她这般平静的态度，让他的火气登时又积起一层。他不由得坐直了身子，手肘差点儿将手机撞落到地也没去管，只是深深地呼吸，说："你昨晚打电话说你家出事了，我就来港城了。我是来找你的。"

她看着他。

"我是来找你的。立夏。"他的目光深沉了几分，徐徐地道，"我来这里，不是来告诉你我这些日子在做什么，我的情况怎么样。而是我想知道，你现在在做什么，我想知道你的情况怎么样。"

他顿了顿，视线与语气都柔和了几分："我想知道，你在这里遇到了这么大的事，你还好不好。"

立夏默默地看着他。

在沪城的那些日子，他们之间着实像是一场掺了露水之欢的闹剧。她今天看到他抵达港城的信息时，着实感到意外。这些日子以来，他与她之间有太多她没回复的消息，本以为如石沉大海一般不理会就好。

处理这样的关系，不回复就好。却没想到，他会直接来港城找她。

"没必要这样的，蒋燃。"她最终平静地笑了笑，说，"平时我们都挺忙的，很多私人的事，没必要跟通讯录里的每个人一一汇报。而且，我是真没想到你会来港城。"

她低头，盯着沸腾着的汤锅说："我以为我不回复你就已经很清楚了，大家以后不需要再有太深的交集。"

"那你应该直接删掉我。"蒋燃接过她的话，眉心一皱，又气又克制，还带着些无可奈何。他道，"立夏，你真应该直接删掉我，或者直接告诉我，别再跟你联系。那么我会走开，不会一而再再而三地来打扰你。我联系不到你，所以跟程宴北要了你的另一个电话号码。我打给你，你不想跟我有交集，那你不如从头到尾就不要理会我，让我一个人犯贱，让我自己胡思乱想。你说得对，大家都很忙，我的耐心也有限度，我也不会毫无底线地纵容一个女人。而你最不应该做的，就是在我昨天晚上打给你你没有接之后，又回了电话给我。"

他上气不接下气地说了一通，情绪激动，虽嗓音不大，却引得旁边桌子的食客都往他们的方向看。

蒋燃的胸膛深深地起伏，一口气宣泄出积攒了近乎一个月的情绪。

可他后悔了。

她刚遭遇了家庭变故，他这样是否过于咄咄逼人。

立夏依然是一副淡然的神情。她默默地听他说完，若有所思片刻，终于缓缓地抬起了头看向他。

她有些无奈地一笑，略苦恼地道："是啊，我昨晚为什么要回电话呢？"

"我是不是，有点儿喜欢上你了？昨天去给我爷爷收拾遗物，回到家已经很晚了。看到你那么晚打过来……觉得你可能是有什么事，就打了过去。而且，知道我另一个号码的人很少。"

立夏说完低下头，热气在空中滚出涟漪。

她又自嘲地一笑，不知是笑话他，还是笑话自己。她抬起头来，继续说："是不是很奇怪？一个多月了，我没接过你的电话，也没回过你的信息，不想跟你有任何联系。可昨晚那会儿，却特别想听听你的声音。"

蒋燃愣住，看着她，正欲说些什么，手腕忽然不自觉地一动，放在手边的手机差点儿就掉下桌子。

他眼明手快地去捡手机。

好在有惊无险。他的心一紧，再抬头，她刚才的话，已在他脑子半是恍惚，半是清醒的时候消化了一大半。

他恍惚间，隔着一层渺渺雾气，看到她对自己笑了。

"没事吧？"她问。

"嗯，没事。"

"那就好。"她又笑，看了一眼窗外，感叹，"雨快停了，先吃饭吧。"

饭后，雨完全停了。

观礼大桥紧挨港城最繁华的商业广场之一，因雨后气温寒凉，本是散步的好时候，这晚却只能看到零零星星几个夜跑的人。

沿桥边海岸线，两个人肩并肩地散步，漫无目的，也并不觉得无趣。

立夏跟蒋燃说了些这一个月来生活与工作上无关紧要的事，一副谈笑风生的模样，关于近来的家事却几乎没提过。

蒋燃只是默默地听她倾诉。夜风温柔，她的嗓音也异常舒适好听。

他又在这样的氛围中下意识地猜测，也许她与爷爷的感情淡薄，不足以让她有多么低落或起伏的情绪。

晚上九点，有点儿冷了。

立夏接到电话，突然有事要回工作室一趟。

她的朋友在港城开了一家服装设计工作室，准备自己做品牌，而她近日也没去别处就职,一直在那边帮忙。

"时候不早了,不如我开车送你回酒店休息吧?"下到地下停车场,立夏提议道,"你坐飞机过来也挺累的。这几天我很忙,有一阵子没过去了,积了一堆要做的事,今晚必须得去处理一下。"

刚在海边散步时,借着夜风,蒋燃将外套借给了她,此时笼在她的肩头,衬得她整个人瘦瘦小小的。

她这些日子消瘦了不少,下巴都尖了。她同他说话时半仰起头,迎着越过车顶的地下停车场斑驳细碎的光线,面上泛起一丝酡红。

蒋燃将外套给了她,内里是一件黑色衬衫,靠近喉结的纽扣随意地松散开。他又很高,整个人显得瘦而有力,两个人被夹在两辆车之间,离得很近。

她抬头看着他,又轻笑着征询他的意见:"行吗?"

这样问他,像是她不情不愿似的。

蒋燃凝视她的面容,淡淡一笑道:"你喝酒了,怎么送我回去?"

她晚上是喝了点儿酒。

她的酒量不算差,人没醉,那点儿度数也不够醉人的。但此时,她的身上多了一丝非常明显的酒后娇憨,比之傍晚刚见面时的冷淡,表情与语气都明快不少。

"对哦。"她笑着说。

"我送你过去吧?"

蒋燃那会儿看她碰酒没拦,他没跟她一起喝,就怕晚上她的车落在这儿没人开回去。

立夏靠着车门,抬头看了他两秒,似乎还在考量、犹豫着什么。

最终,她还是向一脸真诚的他妥协,轻轻笑道:"好吧。"

工作室离观礼大桥这边并不远,打车也能去。

一路见着街景越来越熟悉,立夏将他的外套披在身上,侧靠在副驾驶座上,很暖和。

她去看驾驶座上的他。

"这里离我家很近。"蒋燃手握方向盘,突然说。

"嗯?"立夏一愣,问道,"你家?"

"我爸妈住在这附近。"他的视线朝左前方一条偏径扫过去,道,"上个坡过去就到。我小时候在这一块儿长大的,很熟悉这边。"

"是吗?"立夏笑起来。

路灯透过车窗,掠过他分明的下颌线。他是个眉眼十分温柔的男人,不说话时很温柔,说话时更甚。

她第一次见到他,就这么认为。

盯着他看久了,她又不说话了。

他察觉到她的目光一直没收回去,便朝她的方向偏了一下头。

见她的唇抿着,对自己笑,他的心跳快,又回过头,不自觉地扬高声调,轻松地道:"就那条路,我小时候老在那边摔跤。"

立夏也轻松地笑起来,问道:"真的啊?"

"嗯,我爸妈很少管我,船厂的工作很忙,我是爷爷奶奶带大的。"他说,"以前上学、放学都经过这条路,小时候就总在坡上摔跤,后来上小学我爷爷接送我,他拉着我我都能摔……"

他的话音一顿,便不再多说了。

"没事,你说吧。"

她轻声一笑。但他似乎顾忌她,也没往下说了。

静默的空间里,许是受了夜风的寒,她不由得咳嗽了两声。他听到了,便立马将车窗升上去。

"蒋燃。"立夏突然出声。

"嗯?"

"右拐。"

"啊。"

蒋燃如梦初醒一般,才发现差点儿走错了路,立刻打了半圈方向,往右拐去。

立夏又痴痴地笑起来,说:"你不是对这条路很熟吗?"

蒋燃看了她一眼,也爽朗地笑道:"不好意思,我没注意。"

气氛变得融洽。

快到目的地,天空中又飘起了雨,洋洋洒洒,落了一车窗。

立夏盯着挡风玻璃,视线随雨刮器滑开,去看前面一幢七八层的小办公楼,忽然又叫他:"哎,蒋燃。"

"嗯,怎么了?"

立夏沉默了一下,低头,看着自己的掌心。

待车子在停车坪附近慢慢停下,她才又抬起头来,看着他,笑着问:"你以前跟怀兮,有过这么好吗?"

她顿了顿,忽然又换了一种说法:"就是,有没有因为什么事,突然跑到一个城市去找她？或者，找以前交往过的哪个女朋友？车队不管了，比赛也不管了，这种情况，有吗？"

车子蓦然一停，雨还在下。

立夏不是没想过这样的问题。确切地说，从昨晚接到他的电话，她贸然地回过去时，她心里就在做这样的考量。

他和她都不是缺少玩伴的人。

她之前一直在思考，若她将他视为玩票性质的伴侣，只在沪城时匆匆有过那么一夜的交集，事后再回归原点，他这种身边不缺女人，又会玩的男人，没准儿没几日就将她给忘得一干二净了。

这个年代，不是谁没了谁就活不下去的。

"没有。"他答得干脆利落，又转头看着她，眼神很坚定地道，"没有过。"

"怀兮之前的女朋友也没有？"

"没有。"

"是吗？"

立夏侧了侧身子，像只慵懒的猫，斜倚在副驾驶座上，直直地看着他，有点儿怀疑地笑道："我还以为，你跟我是一类人。"

"什么人？"

"就是那种，从不认为哪一段恋爱可以从开始走到结尾的人，也不会为了谁去花心思付出太多的人。"

蒋燃微微皱眉。

"比如程宴北，虽然我真的恨过他的自私和薄情，我利用过你，想让他觉得恶心，但我心里知道，我不该在他身上抱有任何幻想，因为没有结果。"她静静地说着，伸手将自己掉在他外套上的一根头发摘掉，又说，"同样，你也是，我利用过你，你也利用过我，我们对彼此都一样，我不该对你抱有幻想，你也不必跑这么远来找我——真的没必要花这么多心思，你又不缺女人，玩得这么大，会很累。"

蒋燃回味着她的话，问："所以你是觉得，我只是一时兴起，在跟你逢场作戏？"

"逢场作戏是以前。"

"那就是我一时兴起？"

"可能吧。"她顿了顿，又改口道，"我觉得是。"

"你觉得是。"他嗤笑，手指有些不耐烦地轻点着方向盘，自嘲地道，

"所以,我从沪城跑到港城来找你,跑这么远,我车队不要了,比赛不管了,就是一时兴起,是冲动吗?"

她不置可否地点点头,笑道:"追女人确实需要花点儿心思的。"

"立夏,我为什么?"他敛去笑容,冷冷地问。

"我为什么?"他的胸膛起伏了一下,握紧方向盘,定定地看着她说,"你也说了,我不缺女人,我当然也知道怎么追女人。但为什么偏偏是你不可呢?我为什么要来找你呢?"

触到他这样的神情,她嘴边漫不经心的笑容渐渐隐去。

"你说得没错,如果我只是需要一个女人,需要一个女朋友,为什么非要来找你呢?"他平静了几分,看着她,眼底有情绪涌动,"我至于跑这么远,车队、比赛全不管了,就为了来见你吗?你觉得我只是为了来见你吗?"

"蒋燃,你这样没有必要。"

"谁说没有必要?"

蒋燃又重声打断她。

他眉心紧拧,解开了安全带,温热的手掌搁在她细嫩的后脖颈处,忽然就靠近了她。

他与她的呼吸不过寸厘。

但他怕这样的举动过于热烈、强势,怕她突然甩开他就下了车,再消失一个月、两个月、三个月,再也不同他联系。

他是害怕的,与她失去联系的这一个月,他的确害怕过。

他也从未这么怕与哪个有过露水情缘的女人永久地失去联系。

他的力道紧了些许,嗓音也蒙上一层哑意。

"立夏,特别有必要。"他说。

立夏愣了一下,酒意一扫而光。

他的呼吸拂过她的脸颊,借着停车坪路旁的一盏路灯,她看清了他的表情,十分认真,不带丝毫玩味。他眼底的每一丝波动,似乎都在告诉她:他是认真的,并非一时兴起。

"我来找你,不是一时兴起,也不是我寂寞了,更不是我需要一个女人。"

他箍住她后脑勺的力道改为轻轻地拢住她单薄的肩头。

"昨晚听到你说你家中出事了,我第一时间是想知道你怎么样了?你难不难过?你是不是需要人陪伴?哪怕你现在有人陪,哪怕你有男朋友了，我也想亲自确认，你懂不懂？我就是想在你的生活里起那么一点儿作用，立夏。"

立夏听他说完，对上他的眼睛，仿佛一瞬间被一种柔和的氛围包裹住。

她笑道："但是我们做朋友的话，你也可以做到这些的。只是表达一下关心而已。"

"做朋友？"他眉心又深拢几分，说，"你以为我就那么甘心跟你做朋友？"

她正要开口，他却立刻压低嗓音质问道："你跟别的男人分了手，是不是也会轻描淡写地说一句'做朋友'？"

立夏不怒反笑，眼睛半弯，说道："所以，你的意思是你要缠着我咯？"

"是，我就是要缠着你。"蒋燃也坚定了语气，看着她说，"我既然已经来了，也已经做了，那不如就做到底。"

立夏却依然表示怀疑，笑道："你能坚持多久？你对别的女人也会这么坚持吗？你跟我第一次见面的那天晚上，不就在车里吻了我吗？"

"但今天说有点儿喜欢上我的，难道不是你吗？"

"我是喜欢上你了，是有点儿，我承认。对谁有好感也不是什么需要遮掩的事情。"她拂开他的手，坐回副驾驶座继续说，"说起来你可能不信，我和很多循规蹈矩的女孩子一样，我渴望的是一段可以从头看到尾的感情，我不喜欢感情里的变数。哪怕分开了，我也希望大家能把话讲明白。"

"那你早就应该跟我把话说明白。"

"我以为我之前一个多月没回你任何信息已经足够明白了。"

"我不是说了吗？你那个时候最该做的就是直接将我拉黑、删掉，也免得我过来再在你面前说这些。"

他们仿佛陷入了死循环。

立夏沉默半晌，低下头，忽然又轻轻地笑了，有点儿懊悔似的说："是，我当时是应该删掉你的。这是我的问题。"

蒋燃突然意识到自己的态度又有些咄咄逼人，一时间也沉默了下来。

"对不起，我今晚可能喝太多了，说了些不该说的，你别往心里去。"她主动向他道了歉，摸了一下额头，抬起头来，表情有些复杂地道，"我回去再想想吧，也希望你能认真考虑一下。"

说着，她便推开车门下车。

外头还下着雨。蒋燃立刻拔了车钥匙，从后座拿了伞，也跟着她下去。

她身着一身黑色没入雨幕，仿佛被这夜色一并吞噬。她没披他的外套，他又打开副驾驶座的门，捞起外套，打着伞追上她，为她披在肩头。

"我送你上去。"他说。

一晚上气氛都很愉悦，偏偏毁在了分别时。

立夏有些不适，走得快了两步，想挣脱他似的。她的高跟鞋踩在雨洼里溅起涟漪，带动一阵轻柔的小风，飘拂在他的身侧。

他们就这么别别扭扭地进了写字楼，玻璃旋转门隔开雨声，空旷地在身后飘摇。

蒋燃这才停下脚步，又说了一句："就当是我缠着你。"

她微微抬头，表情有几分不解，又有几分愕然，似笑非笑地喊："蒋燃。"

"就当我是缠着你吧。"他抿了抿唇，又说了一遍。

他刚才急着为她打伞，被雨淋湿了头发与一边的肩膀。他身高快一米九，如此看来，有些颓靡。

"刚才我说你应该删掉我，其实我心里想的是，你千万不要删掉我。"他说，"我以前不觉得自己这么不会说话，我以为，我还算会哄女人。但是我现在真的很不会说话，我也不知道该怎么哄你了。"

她一愣。

"先别删我。"他最后说着，然后拍了拍她的肩膀，顺手为她将外套拢好，抬头看着楼梯的方向问，"你是不是要上去？要我在下面等你吗？你喝酒了，应该不好开车吧？你一个人晚上回去很不安全。"

他说了这么一通，立夏反而有些无法招架了。

"嗯，我得上去了。"她淡淡地说着，然后接过他手中的车钥匙，放回包里。他像又怕她将外套还给自己似的，立刻主动向后退了一步，马上就要走。

"哎。"她又叫他。

他回头。

"不用等我了。"她说着，顿了一下，说，"你快回去休息吧，我这边估计会很晚。一会儿我朋友也会过来，她会送我回家。"

他点了点头，似乎没有要走的意思。

她也没挪动脚步。

两个人面对面，欲言又止。

半晌，她说："我也没别的意思，刚才的话，你就当我酒后乱说的吧……辛苦你跑这么远了，大晚上还要送我过来一趟。"

她沉默了一下，又看着他，轻声问道："你什么时候回沪城？"

蒋燃也沉默了一下，答："还不知道。"

"哦。"她点头，似懂非懂，又笑道，"那外套可以借我一下吗？我明天还给你，或者看你什么时候有空。"

蒋燃抬起头。

"没有想占你便宜的意思。"她不好意思地笑着说，"就是我们楼里太冷了，没空调，我今天有点儿感冒，又是生理期……就是港城最近总下雨，怕你过来没带几件衣服。"

"没关系。"他眼前一亮，仿佛青春少年时情窦初开，将东西借给了喜欢的女孩子，明快地扬起声调说，"你有空联系我。你先上去吧，还有工作，不要太晚了。"

立夏点点头，这才转过身，踩着楼梯上了楼。

一直到她消失在二层拐角，蒋燃才转身，打了辆出租车，离开这里。

左烨听蒋燃说他比赛前应该都不会回沪城了，气得直接把电话撂了，换了另一个队员同蒋燃交涉："队长……你要不再考虑一下？"

蒋燃许久没回父母这边，从这幢二层复式楼的二楼踱步到一楼，四下打量着陈设。父亲喜欢收藏古玩瓷器，一面墙上打着木质高架，琳琅满目。

"我考虑好了。"他说，"我跟MC那边的人联系一下，Hunter他们最近在港城训练，我正好借用他们的赛车场，在哪边训练都是一样的。"

"不是……"对方好像悻悻地观察着左烨的情况，压低声音道，"不是在哪边训练的问题……队长，你这是为什么啊？真像副队说的一样，为了个女人就不回来了？"

"蒋燃，回来了？"一道声音在门廊那边响起，不怒自威。

蒋燃的视线从墙面的瓷器摆件转向声源，喊道："爸。"

蒋建国许久没见自己这个儿子，干咳了一声，板着脸问："去你爷爷那边没有？"

"我这边会安排好的，跟左烨说，我比赛没问题，你们好好训练，有事再联系。"蒋燃轻声说着，然后挂断电话。他向下走了几步，回答蒋建国："还没去爷爷那里，昨天打了电话，他和朋友去爬山了。"

蒋建国也听到了他是在为赛车队的事打电话。

父子俩从多年前就因为他坚持走职业赛车手的道路而关系紧张，如果不是他爷爷打电话告知，蒋建国都不知道他居然破天荒地回到了港城。

"什么时候回的港城？"蒋建国问。

"前天下午。"

"怎么突然回来了？"

蒋燃沉默了一下，不知如何作答。

蒋建国到沙发边坐下，懒懒地瞥他一眼，问："你们赛车队又要训练了吗？"

"不是，是在沪城。"蒋燃也没必要撒谎，随之坐下，与蒋建国面对面说，"回港城是为别的事。"

"你回来能有什么事？"蒋建国从鼻子里闷哼出声，继续说，"你可别说你是想我跟你妈还有你爷爷了，才回来看看的。"

蒋燃正不知怎么接话，盛玉一阵风儿似的带着家里的小保姆从门外进来，喊道："燃燃回来啦？你爸爸走那么快，我心想他是着急见你呢，我都没跟上他。你看，我买了点儿菜，你想吃什么？一会儿我让人给你做，好久没回来了。"

盛玉将蒋建国刚才的话听了一二，这会儿拍他一下，说道："老家伙，你儿子好不容易回家一趟，别添堵。"然后她又对蒋燃笑道："妈妈就等你回家一趟呢，经常在外比赛总不回来，你爸爸还老跟我念叨你，都想你了。"

吃饭时，盛玉也忙着同蒋燃攀谈，生怕餐桌上气氛不好。蒋建国却一直板着脸，中途还去楼上接电话了。

"船厂还有点儿事，你爸知道你回家，没处理完就回来了。"盛玉对蒋燃悄声解释道，然后笑起来，说，"你爸就是嘴硬，心里天天盼着你回家呢。怎么样，这次待多久？月底是不是还有比赛？"

"大概待两周。"蒋燃点点头，看了一眼楼上，问，"我爸的血压还好吗？"

"嗯，还好。"盛玉说，"你这次回来，是不是想你爸了？爷爷那边去了吗？"

"还没,明晚过去看看。"蒋燃说,"我爸最近船厂的事是不是挺多的?赶上暑期,应该是旺季了。"

"挺了解啊。"盛玉笑笑,又叹了口气说道,"是比较忙,你爸都快六十岁了,我也想让他闲下来休息休息。但是啊,你是独子,没个接班的,他又闲不住,也不放心交给别人做。"

蒋燃沉默了一下,若有所思。

"他以前总说你能接他的班就好了,这几年也不常说了。"盛玉幽幽地道,"也是怕给你压力,你们做赛车手的呢,压力也挺大的,每年比赛都有好几场,训练很辛苦吧?哦,对了,你之前春季赛,电视上直播,你爸还看了一眼呢,以前他都不看的。那次他跟我夸了一句你开得还挺不错。"

蒋燃低声笑道:"我一直没拿过冠军。"

"那也没什么,拿个亚军也不丢人啊。"盛玉安慰道,"那这次比赛呢,是冲着冠军去的吗?"

蒋燃抿唇笑,顿了顿,老实说:"其实我现在,好像没那么大的欲望了。"

"为什么?"盛玉惊讶。

"我也不知道,我们车队之前重组了,我去了另一支车队。现在这支车队的综合素质都很强,但是可能不跟以前的队员一起比赛、一起训练了,觉得没什么斗志了。"蒋燃说,"然后就是……"

"就是什么?"

"我喜欢上了一个女孩子。"

"嗯?"盛玉眼前一亮,问,"之前你打电话说的那个,当模特儿的吗?"

"不是。"蒋燃摇头道,"她是给杂志社做造型的,我在沪城认识的,然后最近追她追到港城来了。啊,对了,她也是港城人。"

"这么巧啊?"

"那天她跟我说,她想跟能安定下来的男人在一起。"蒋燃说着,抬起头来,目光灼灼地看着盛玉,说,"我突然觉得,我应该给她点儿什么。"

"什么?"

"比如安定?"蒋燃苦笑着摇头,说,"你知道吗?我之前说这些,根本没可能。以前只想着训练、打比赛、拿奖,想在这条路上做出点儿成绩给我爸看看,从没想过要跟哪个女孩子安定下来。或者说,我是个非常没有责任心的男人,我不想给谁保证,给谁一个想要的未来。但是她那天说她想要安定,我心里第一个想法是,我想满足她。"

"因为不满足她,我可能会失去她。我不想失去她,是因为我喜欢她。我喜欢过很多人,但是没碰见这么一个,这么让我特别害怕失去的。"他苦笑道,"我们的相遇也很……奇怪。当时看到她的第一眼,我就觉得,她是我很喜欢的类型,后来也证明了,她的确是我喜欢的类型。"

"什么类型啊?"盛玉笑着问。

"就是那种,通透、聪明,总是莫名其妙很懂我,我也莫名其妙会懂她的女孩子。"他说着,似乎又觉得这样的描述不够准确,顿了一下,对着盛玉笑道,"我从没遇到过这么让我觉得非常好掌控,同时又让我觉得非常不好掌控的女孩子。"

"是吸引力吧?"盛玉了然道。

"是,算是吧。"蒋燃不置可否,"而且和她在一起,我很快乐,因为知道她能懂我,所以没有太多的包袱。和她在一起,我很轻松,但我又十分害怕失去她。我怕失去,不是怕失去一个懂我的人,而是觉得,如果这辈子和她失去交集,那一定非常可惜。"

"你这不叫喜欢她。"盛玉淡淡一笑,用红酒杯碰了碰他的,下了结论,"你已经爱上她了。"

蒋燃低下头,和盛玉回碰。

"所以我这次回来,是想跟你和我爸商量一件事。"

"什么事?"

"这次比赛过后,我就不想训练了。"他深深地吸了一口气,继续说,"我想试试接管我爸的船厂。"

楼梯上的脚步声响起,又停下。

蒋建国站在原地,一只脚不知是该放还是不该放,有些错愕地看着楼下的蒋燃。

盛玉想说些什么,蒋燃却先一步从餐椅上站起来,对蒋建国说:"爸,我想试试看。"

蒋燃和立夏再见面,已是一个星期后。

立夏因为工作去了一趟省外出差,蒋燃这些日子一直在港城的赛车场训练。他先联系了任楠他们,Hunter 的大部分人除了程宴北,基本也都在这里,都是熟人,训练时相处也很融洽,仿佛与以前没差别。

左烨见他也没耽误训练,打电话过来又把他骂了一顿,阴阳怪气地劝他现在是Firer的人了,别胳膊肘往外拐,也消气了。

这天结束后,Hunter的一行人以及蒋燃晚上准备攒个局聚餐。

蒋燃与任楠最后离开赛车场,任楠和他在休息室收拾东西,随口问了句:"燃哥,你这次比完赛,真的要休息了吗?"

"嗯。"蒋燃收拾着东西,顺带指挥着任楠,"帮我把车钥匙拿一下。"

任楠递给他,又问:"是觉得太累了吗?"

"不是。"蒋燃笑着看他一眼,低头继续收拾,说,"我回家接管我爸的船厂。"

"啊?"任楠倒吸一口冷气,说道,"不会吧?"

蒋燃笑道:"怎么不会了?这么惊讶?"

"你怎么……突然?"任楠诧异道,"之前,不是你爸让你回来,你死活不回来的吗?"

他和他父亲的关系之前可是恶劣到,有连续两年的春节他都是自己在外度过的。

蒋燃拎着车钥匙往外走,任楠追上去问:"怎么突然想接管船厂了?你这几天都是半天训练,另外半天都在船厂?"

"对。"

"这么突然?"任楠还是没料到,忙问,"左烨知道吗?"

蒋燃略有些苦恼地道:"我还没跟他讲。"

"你这……"任楠的心情复杂,说道,"你现在怎么想一出是一出啊?你以前也不是这样的吧?之前你突然打电话说你来港城了,就吓我一跳,还说要在这边借场地训练。你才在Firer当了没一个月队长,这下左烨又该发火了……"

蒋燃对此自然是有数的。

他与任楠往外走,正要说话,手机忽然振动了一下。

是立夏发来的消息:"我回港城了。"

任楠想说点儿什么,忽然见他的表情都变了。

蒋燃暂时没回复,下意识地切到朋友圈,往下刷了两三条,就看到立夏的动态。

她爷爷今天下葬。

他的脸色又沉了几分。

"哥，你不再考虑一下？"任楠又尝试劝说，注意到他手机的情况，忙问，"你不会是突然想结婚了，不想满世界这么乱跑了吧？但是你这个决定也太突然了……"

而且有点儿不负责任，任楠腹诽。

"任楠。"蒋燃打断他一下。

"嗯，怎么了？"

"你知道一个队长，带领一支车队，连续五年没拿过冠军，是一种什么体验吗？"蒋燃收回手机，淡淡地笑着问。

任楠语塞。

"就是觉得自己无能。"蒋燃道。

任楠动了动唇，更不知该说些什么了。

蒋燃笑了笑，拍了一下他的后脑勺，说："就当是我选了一条最安定、最稳的路来过自己的人生吧。追名逐利确实挺累的。"

任楠吃疼，抱紧后脑勺，大胆地说了一句："你是觉得跟我程哥没在一个俱乐部了，比起来没意思了吧？！"

蒋燃丢下他，加快脚步一直向前走，声音跟着飘出很远："就当我是吧。"

"等等——"意识到他要走，任楠跳脚道，"你干吗去？不是说跟我一趟车，我载你过去吗？你晚上还要喝酒。"

"有点儿事，我不去了。"

"女人的事？"

"是，女人的事。"

立夏在工作室忙到人都快走光了，一抬头，披了满肩的霞光。

傍晚了。

隔壁同事走之前过来拍了拍她的肩，说："立夏姐，我先下班了啊，你别太晚了。才出差回来，别让自己这么忙。"

立夏点点头，微笑道："好，你先走吧。"

同事半开玩笑地问她："你晚上都没约会的吗？每天忙到这么晚？你也太负责任了吧。"

"最近没有。"立夏谦虚一笑道，"最近都在忙工作，出差回来手头积了很多事情需要做。"

同事点头说："那好，那我先走了。"

"嗯。"

人去楼空。

立夏伸了个懒腰，起身在窗边走了走，手机在桌面振动了一下，父母的信息弹上屏幕："夏夏，爸爸妈妈后天就回来了。这段时间辛苦你给爷爷料理后事了。"

立夏向后靠着办公桌，望向霞光层叠渐变的天边，疲惫地叹了口气。她从一旁挂着的大衣口袋里拿了烟出来，点上。

楼下，一辆深灰的越野车落入她的视线。

她吞吐着烟雾，车的身影便随一阵飘入窗的小风，迎面而来。

她抽不惯，还是有些呛。

她掩着嘴咳嗽了两下，便不抽了，捻灭了扔到烟灰缸里去。

蒋燃也从那辆银灰色的越野上下来了。他那晚只送她到了楼下，并不知她公司在这幢写字楼的几层。

他向上望了一眼。

立夏站在三层的窗边，也向下看。

于是只看一眼就看到了她，他双眼一亮，犹豫了一下，还是抬起手，朝她挥了挥。

立夏拿起包，将公司扫视一圈又检查了一遍，然后关门离开。

她下了楼。

蒋燃穿一身清爽自在的休闲装，完全看不出是年近三十的男人。他半条手臂搭着车门，见她出来，主动打招呼："什么时候到港城的？"

"上午，然后去把我爷爷的骨灰安置了，下午来公司处理事情。"立夏又问他，"你呢？最近都在训练？"

"对，我找以前的队友借了场地，这几天都在他们那边。"

"怎么不回沪城？"

"这边训练也一样。"蒋燃模棱两可地解释着，然后说，"上车吧，我们去吃晚饭。"

立夏坐到副驾驶座上，车子发动前，看着他，好笑地问："好像每次见面，我们总是用吃饭做借口。"

蒋燃目光平视前方，嘴角勾起浅浅的弧度，淡淡地道："吃饭不是最好的借口吗？"

"嗯？"

他笑着看她一眼，双眸明亮，说道："当一个男人想跟你有进一步发展，肯定是问你要不要一起去吃个饭。我们说喜欢一个人，一般不会直说我喜欢你，而是'我想你'；我们想一个人，一般不会直说我想你，而是'要不要一起去吃个饭'。"

立夏笑了笑，突然道："嗯，对，我想起来了，你上次借我的外套我没带，一直在家放着。"

"没事。"蒋燃说，"不着急的。"

他又多嘴问了一句："嗯，对了，你家的事处理好了吧？我看到你发了朋友圈。"

"基本处理好了。"提及此事，立夏有些疲惫地微笑着，颓颓地靠在座椅上，叹气道，"我爸妈终于能回来了，他们在多伦多，应该是那边早晨的飞机。"她看了一眼表，说，"差不多了。"

蒋燃抿唇，点点头，脸色不由得凝重了几分。

"我没事。"立夏见他这副表情，不由得一笑，伸出手要去抚他眉心似的。说道，"蒋燃，你怎么看起来比我还难受啊？不至于吧？"

蒋燃有些无奈地笑起来，诚恳地道："我就是怕你难过，所以之前一直犹豫该不该问你，总觉得提起来不太好。"

"我没事，你放心。"立夏淡淡地道，"生老病死，有时候真的也是没办法的事情。"

"嗯，确实。"蒋燃又匆匆地点头。

但他并不想她接着这个话题往下说。哪怕他一直在心里猜测，她与她爷爷也许感情并不好，所以这些日子以来，她都表现得过于平淡，几乎毫无波澜。

他立刻岔开了话题："今晚想吃点儿什么？"

"都可以啊。"立夏说，"你不是也是在港城长大的吗？这么久没回来，就没特别想吃的餐馆或者什么吗？"

蒋燃想了想，说："好像有一家。"

"嗯？"

"我带你去。"

车开了很远。

他要带她去的那家餐馆坐落在海岸一隅，恰好今天有个好天气，平素过来就要提前订位，排许久的号。他们还没走到店门口，远远一望就排了一长串的人，于是又辗转着去了下一家。

遇上晚高峰堵车，折腾了一圈，他们都不是很饿了。

蒋燃忽然接到了爷爷蒋长鸿的电话。

蒋燃的父母忙船厂的生意，甚少管他，他是爷爷奶奶带着长大的，和爷爷感情深厚。大学毕业第二年奶奶去世，他当时在伦敦的高地练习场准备一场很重要的比赛，接到消息就回了国，陪父母和爷爷料理奶奶后事，到比赛前两天才回到伦敦。

奶奶的眼睛一直不太好，他比赛前半年奶奶做了手术，视力稍微恢复了一些。那些年，在父亲不支持他开赛车的高压政策下，他一意孤行，是奶奶一直在身后支持他。

奶奶还很期待他的欧洲首秀，但是没来得及看到，就离开了。

那是他心里怀揣多年的遗憾。

蒋燃刚回港城的那几天，蒋鸿飞与三两好友约着爬山去了，祖孙二人没见到面。他最近也忙，半天船厂，半天赛车场，前几天在船厂附近买了个小公寓，最近都住在那边，离爷爷的住处很远。

蒋燃正开着车，要拿蓝牙耳机接电话，很不方便。他抱歉地对立夏笑笑，说："麻烦帮个忙。"

立夏帮他将耳机戴好，她冰凉的手指触碰到他的耳垂。

此时车刚好被堵在了高架上，他将车子停下，调整耳机时，有意无意地碰到了她的手。

她也没收回手，微微侧身，半仰起头帮他调整着，问："这样可以吗？"

她柔嫩骨感的手在他的掌心下。

他点点头应道："嗯，可以。"

但电话已经挂了。

"我打个电话。"他对她说。

立夏颔首道："好。"

他给爷爷打过去，一听到自己这个宝贝孙子的声音，老爷子就喜笑颜开，中气十足地道："燃燃，爷爷到门口啦，你怎么不给我开门呀？不在家吗？"

"嗯？"蒋燃没反应过来，忙问，"爷爷，你去我家了？"

"是呀，你妈妈说你自己住公寓去了，我心想今晚买点儿酒和菜，过来给你做顿好吃的，顺便看看你。"老人家十分朴实，问他，"你在哪里呀？还在训练吗？还是在船厂？"

"啊？"蒋燃看了一旁的立夏一眼。

她也看着他。

他有点儿为难地笑笑，说："爷爷，我在外面。"

"跟谁在一起？女朋友？"

"不是……"

"你都快三十岁的大小伙儿了，跟爷爷藏着掖着做什么？"蒋鸿飞不悦地道，"你妈都跟我说了，你最近是不是在追一个女孩子？"

"嗯……是。"蒋燃也不好否认。

"那这样，你一块儿带过来，让小姑娘尝尝爷爷的手艺，说不定一高兴就答应你啦。"蒋鸿飞笑道，"爷爷也好久没见你啦，知道你最近忙，我也不好打扰你。"

"爷爷，我今晚……"蒋燃有些不忍，又叹气道，"爷爷，要不明天我去那边？明天赛车场正好休息半天，我从船厂出来就去找你。"

"怎么？还不想见我啦？"老人家颇为固执地道，"我都到你家门口啦，你们都不让我进。浑蛋小子，翅膀硬了！"

"不是……"蒋燃更感为难。

"我不管，我就在你家门口等着！你今晚说什么都必须给我过来啊，没得商量——"说着就挂断了电话。

蒋燃一时无奈。

"怎么了？"立夏问他，"什么事？"

他摇摇头，苦笑道："我爷爷去我家那边了，说要等我回家吃饭。就是我最近在我爸船厂那边找的公寓。"

"那你要不要过去？"立夏体谅地问。

"那你怎么办？"

立夏沉吟了一下，说："我没事的。我自己回家，或者在周围……"

"那不行。"他强硬地打断了她，"我今晚先答应你的。"

她看着他这认真的表情，忽然也有些语塞，笑道："那你爷爷生气了该怎么办？"

"我爸的个性随我爷爷，都很强势，真生气我也没办法。"蒋燃无可奈何地笑道，"他就这样。他刚才还说把你带过去吃饭得了，我反正是拗不过他。"

"那你也不好让老人家在那儿晾着吧？"立夏无奈地道。

两个人不约而同地沉默了一会儿。

"那个，"立夏看了前面这一圈黑压压的车屁股，忽然提议道，"不如就去你家吃吧。"

蒋燃讶异地回头问:"什么?"

"总不能让你为难吧?老人家也挺难哄的。我爷爷以前就是个犟脾气,难哄得很。"立夏说,"不如我去你家吃,你也别为难了。"

蒋燃听她这种语气,好似在诱哄他似的。他的眉心稍稍舒展开,看着她,还是有些担心她,问道:"你真要去?"

"可以去啊。"她倒是一脸无所谓,指了指堵得水泄不容的高架说,"我们过去得什么时候了?地方还挺远吧?去了还要排号,不如回家吃,我也好久没吃自己做的饭了,在外面出差就一直大鱼大肉的,腻。"

蒋燃的目光温柔,依然注视着她。他好似还是很犹豫。

立夏与他对视一眼,触到他这般柔和的视线,盛着三分犹豫,七分担忧,便明白了他的意思。

她笑了笑,说:"你不用担心我,真的。"

"不是,不只是担心你。"蒋燃凝视着她,认真地道。

"什么?"她一愣。

"你知道吗?我从没有带过哪个女孩子去见我的家人。"

"嗯?"立夏愣住了。

借着夜风,他轻轻地抬手,将她脸旁一缕肆意飞扬的发拨到她的耳后。

她耳郭的皮肤触感,与她方才为他整理耳机时手背的触感一模一样,冰凉的、柔软的,让人不自觉地想要亲近。

"如果我今晚带你去见了我的家人,我可能,就不会这么轻易地放过你了。"

蒋燃与立夏到时,蒋鸿飞正在楼道里练太极,扎着马步,一头银白的发好似都变得仙风道骨。

地上的确扔着大小两个塑料袋,里面买了一堆食材。

蒋鸿飞总自称是 20 世纪大饥荒下活下来的人,饶是船厂在蒋建国手里发扬光大,家底渐渐殷实,但老人家俭朴惯了,平时买的、用的,都是十分寻常的东西。

蒋燃一出电梯,就与立夏将地上的东西相继拎了起来。

立夏偏偏还挑了重的一袋,蒋燃赶紧从她手中夺走,有点儿不悦地对蒋鸿飞说:"爷爷,你来之前也不提前给我打通电话。"

老人家板着脸的模样倒真有点儿蒋建国的模样。他对蒋燃哼了一声,说:"我来看我孙子还要提前打招呼,你总裁啊,整天那么忙?见你还要提前预约,跟你打招呼?"

说着,他便注意到了蒋燃身后的立夏。

立夏端庄地站在蒋燃身旁,大方得体地打了声招呼:"爷爷好。"

蒋鸿飞欣慰地点点头,问蒋燃:"就那个,女朋友?"

"不是……"

"哦,哦。"蒋鸿飞想到自己会错了意,一拍脑门儿说,"还在追的那个。"

立夏听到了,倒也不介意。

她主动将蒋燃手中一个看起来轻一些的塑料袋拿走了。

她的手触到他的掌心。

他回头,她轻声地提醒他:"去开门吧。"

公寓很新,家具陈设什么的,都是蒋燃前几天买的。阳台窗户边一个皮质沙发椅上的塑料薄膜还没拆掉,餐椅上还包裹着运送时保护的泡沫纸。

一室一厅,胜在干净整洁。

蒋燃解释道:"我都没仔细收拾,你们随便找地方坐吧。"

然后他又将立夏手上的东西拎走,去了厨房。炉灶什么的上面也罩着一层保护膜,没有使用过的痕迹。

立夏还没坐稳,蒋鸿飞便笑眯眯地赶她走:"姑娘,你去找燃燃,我自己转转看。"

立夏笑着点点头,跟着蒋燃进去,看他将塑料袋里的东西一样样地拿出来,摆在料理台上。

立夏打量了一下这崭新的、完全没有使用迹象的陈设,问他:"你这几天没回家住吗?"

"最近挺忙的。"他说,"白天几乎都在外面,晚上回家就用张床。"

"嗯。"她沉吟了一下,又说,"我刚才听你说,你去你爸的船厂了?"

他低着头收拾料理台上的东西,将其一一摆开。

"对。"

"怎么突然……"她有点儿不解。

他笑着看她一眼,问:"很意外?"

"嗯,是。"她老实地道,"我还以为,你就是因为我回到港城,然后顺便训练一下。"

说出这话，她好像不大好意思似的。

但这也是既定事实，她侧了侧身，倚在料理台上，抬头看着他，有点儿等他回答的意思。

蒋燃笑了笑，没多解释，然后去一旁擦拭起台面来。他将炉灶上的保护膜撕掉，调试了一下煤气是否好用，又将要用的食材全拿出来，放到一旁备用。

立夏也想帮忙，但他做事还挺利索，她几乎插不上手。于是她就在一旁倚着，看他忙碌着，有点儿欲言又止，最后还是叫他："蒋燃。"

"嗯，怎么了？"

"你知不知道你现在特别像个家庭妇男？"她开玩笑说，"我差点儿以为你结婚了，都不像你了。"

"是吗？"蒋燃笑着回头说，"我不像是这种人？"

"确实，你以前给我的感觉就是你挺会玩的，我还是第一回见到这么懂家务的男人。我家里都是我妈忙碌，我爸从来不下厨房，应该是我爷爷那一代传下来的臭毛病。"

蒋燃听她这么说，笑意更深了。他将食材放到水槽中清洗，嗓音在空旷的厨房里，和着水声，也显得异常清澈、干净："我小时候爸妈不管我，我爷爷也是不怎么做家务的。"

他说着还压低一些声音，生怕外面的老爷子听到了。

立夏在他旁边帮他清洗食材，他偏头过来问她低语时，两个人便挨得极近，近到她能捕捉到他身上一丝很清雅的男士香水味。与他外套的气味很像。

闻到这样的气味，并不能想象这样细致的男人会下厨房，洗手做羹汤。

"我经常在家帮我奶奶，她以前得过沙眼，有一阵子感染了，行动很不方便。"

立夏惊讶道："那现在好点儿了吗？"

"她去世了。"

她倏然沉默下来，在水声中默默地帮他清洗着食材。

过了一会儿，蒋鸿飞突然在外面喊了一声："燃燃，要爷爷帮忙吗？"

"不用了，不用！"蒋燃回应，又压低嗓音，对立夏笑道："其实我今晚不想回来还有一个原因。"

"什么？"

"我爷爷做饭太难吃了。"

立夏低声笑起来。

蒋燃将一部分食材准备好，切好后放在一旁。立夏在一旁帮忙，顺便还烧了点儿热水，出去给蒋鸿飞泡了杯茶。

蒋鸿飞不住地夸赞她，还打探她与蒋燃的情况。她只笑了笑，没说太多，就又去帮蒋燃的忙了。

一顿饭吃得倒是挺开心。

蒋鸿飞对立夏十分满意，说是来看望自己这个孙子，在餐桌上却与立夏攀谈得更多。

蒋鸿飞虽然来势汹汹不讲道理，但在立夏不注意时，蒋燃提醒过他她爷爷最近去世的事，所以他几乎没问起她家人的事。

一顿饭吃到中途，却是立夏主动提及她爷爷以前也常练太极，找到了共同话题，两个人便这么隔着辈交流了一番。

其间立夏去厨房取东西，蒋鸿飞还私下跟蒋燃说，她一定是个家教极好的女孩子。

蒋燃解释，她父母都是港城知名律师事务所的律师，她也是个很不错的女孩子。

祖孙二人聊了一阵，蒋鸿飞小酌了几杯，脸颊通红了还不住地跟蒋燃夸赞立夏。

立夏回来了，转眼间又炒了一个菜端到桌上。

她看起来心情也很不错，对着蒋鸿飞不好意思地笑笑，说道："我爷爷以前很喜欢吃我做的这道菜，爷爷，尝尝？"

蒋鸿飞笑着点点头，又瞪了蒋燃一眼，说："再怎么样也肯定比燃燃做得好吃。我总怕这孩子一个人住会饿死了，所以今天才过来看看。"

蒋燃又好气又好笑地打断他："爷爷。"

"你啊，现在真是越长大越乱来了。你之前一直开赛车，你爸虽然一开始反对，但最后也没干预你不是？别做什么都半途而废，那天听你爸说你要试试接管船厂，吓得我差点儿去找你奶奶了。你别做一阵又不想做了。"

蒋鸿飞说着夹了菜品尝，对着立夏笑笑："味道很好。"

立夏也是一笑。

蒋燃想说两句，蒋鸿飞却继续与立夏攀谈："小夏，你不知道，蒋燃这孩子从小到大一直叛逆。以前叛逆就算了，现在都快三十岁的人，之前让他结婚他说不考虑。说一直在谈女朋友,也没见他带到我们面前让我们见一见,我是真的替他奶奶操心他。前几天突然说要去他爸的船厂工作,也是吓了我一跳,结果我今天见到了你,我就明白他为什么突然又改变主意了。"

立夏不解地眨眨眼,不明白蒋鸿飞的意思。

"我前几天得知他自己找了这么个公寓住,不天南海北地乱跑了,我心里就想,这孩子可能是想结婚了。"

立夏一愣,笑道:"不是吧?"

"爷爷。"蒋燃又喊。

"我的孙子,我自然了解。"蒋鸿飞没搭理蒋燃,对上立夏羞赧的、有些无所适从的表情,一板一眼地道,"他呀,之前真是没个正经样,突然想安定下来,也挺好的,是到了那个年纪了。"

蒋鸿飞说着,去给立夏夹菜,温和地笑道:"来,你也吃点儿。就不说他以前有多不安分,现在突然想安分下来了,有这个念头都挺不容易。哪个男人不爱玩呢?谁不想在结婚前多玩几年呢?我和他奶奶当时也是,我觉得这个女人,我喜欢,我想跟她过日子,想以后跟她长长久久的,我觉得我应该跟她结婚,安定下来,给她一个安安稳稳的未来。"

立夏低下头,看了一眼碗里的菜,愣怔地笑着,不知该如何接话。

蒋鸿飞怕她吃不饱似的,又给她夹菜:"你呢,多吃点儿,小姑娘太瘦了不好。你呀,如果和燃燃好了,他肯定会换着法子疼你、喜欢你。且不说他了,你就当我是你爷爷,他如果欺负你,你跟我说,有我收拾他呢。"

"爷爷。"蒋燃再三打断,他一直观察立夏的表情,有些紧张。

她嘴角的笑意淡淡的,一副往常那般毫无波澜的模样,在此时有了波澜。

她的笑容淡了许多。

"蒋燃说你是个好女孩儿,好女孩儿就该被呵护。他奶奶眼睛不好那几年,我心里就很着急,一边埋怨自己怎么不能替她分担痛苦,一边又心疼极了。你要相信,燃燃既然能把你带到我们面前,他肯定是很喜欢你的。你平时有什么不高兴的,一定要跟他沟通。他呀,有时候心可能没那么细,顾及不到太多,就怕把你给气跑了。"

蒋鸿飞舌头都大了,明显有了酒意,语无伦次地又开始教训蒋燃:"你呢,小夏心情不好或者怎么样,你就多陪陪她。女孩子嘛,有时候想得多，可能有的话不跟你说，但你陪着她就好了，成天跑什么赛车场开赛车，有空多陪陪她，知道吗？"

"爷爷，你喝多了。"蒋燃赶忙把蒋鸿飞手边的酒瓶拿走，然后说道，"你别说这些了，我都知道。"

"你知道什么你知道？小夏心情不好你看不出来吗？"

"爷爷——"

"你看不出来我可看得出来！小夏如果成了我孙媳妇儿，我肯定比疼你还要疼她，多懂事、多好的女孩子啊！"

立夏听他们吵吵嚷嚷的，注视着盘中蒋鸿飞为自己夹的菜，只是一瞬，视线变得模糊，眼泪就落了下来。

蒋燃刚将酒瓶从不讲理的老人手中夺走，注意到立夏的情况，一愣，手忙脚乱地去安慰她："立夏？"

蒋鸿飞也不嚷嚷了，忙问："这……这是怎么了……"

忽然有一种巨大的悲伤，压抑了多日的悲伤，从她心中油然而生。她放下筷子，以双手掩面，不知是不想让旁人看见自己的眼泪，还是什么。

她的眼泪不听使唤，源源不断地从眼眶中奔涌而出，浸湿了她的手掌。

"立夏？"蒋燃轻声唤她的名字，直到看见她的肩膀剧烈地颤抖起来，才忽然察觉到她这么多天的波澜不惊下，那些汹涌的悲伤。

她的肩随着一阵阵的啜泣，不住地颤抖着。她啜泣的声音细而小，若是不仔细去听，几乎听不到。

蒋燃却清晰地听到了。那一声声的啜泣，与越来越汹涌的哽咽，仿佛一个个小尖锥，扎在他的胸口。

她掩面哭泣着。他赶忙去揽她的肩膀，靠近她一些，将她拥到自己怀中，柔声问道："怎么了？怎么哭了？"

她顺势将头埋入他的怀中，脸朝他的胸口贴过去，滚烫的眼泪不一会儿就将他的衣襟浸湿了。

"立夏。"蒋燃轻声唤她的名字，一只手拍了拍她的肩膀，另一只手去握住她冰凉的掌心。

眼泪落在她的手掌，带来一阵潮湿的凉意。

蒋鸿飞也不打扰他们了，立刻去阳台附近转悠。

屋里只剩下蒋燃与立夏。她的哭声不大，埋头在他的怀中，一只手揪紧了他的衣领，另一只手被他捏在手中。

他拍着她的肩膀，下巴搁在她的额头上，能嗅到她身上一股很清淡、好闻的栀子花香。他也能感受到她来势汹汹，此时此刻无论如何也压抑不住的悲伤。

"你哭吧。"他轻声说着，拥紧她道，"你这阵子应该很辛苦吧？"

他的嗓音低沉，带着安抚的魔力。可这样的话，反而激起她更剧烈的情绪。

她的抽泣也一下比一下猛烈，几乎要在他怀中缩成一团。

"你还跟我说没事，一口一个'没事'，你这是没事的样子吗？"蒋燃说着，叹气道，"你不用那么强撑着的，你当时不是第一时间就来港城了吗……你真的完全可以依赖我的。"

她仿佛受到了安抚，揪他衣襟的力道更大了。

"你没有你想的那么坚强，你是个女孩子啊。"蒋燃拍着她的肩膀，安抚她，"我知道你跟很多女孩子一样，渴望安定。这是你说的，我愿意给你。我也知道，你跟很多女孩子一样，遇到事也会手足无措，会难过，会伤心。这些安慰，我也都可以给你。我喜欢你，立夏，我认真地考虑过，我是喜欢你，想跟你在一起的。你不是也说过，你也喜欢我吗？你其实不用硬撑着的，有难过的事、伤心的事，觉得扛不过去的事，都可以告诉我。不是有我陪着你吗？而且我不是一时兴起，也不是想跟你逢场作戏，我就是希望你可以多依赖我一下。退一万步讲，哪怕你说做朋友也可以做到这些，那我希望你有什么不开心的，也可以跟我这个'朋友'诉一诉苦。别在心里憋着，我知道你很难过。"

他说了很多，她的哭声却丝毫没有减弱。

他也有些手足无措了。他向来不是个拿女人没有一点儿法子的男人，以前也认为自己还算会哄女人。

从前他的女人大多任性骄纵，有脾气发脾气，有不满说不满。

不会让他猜太多，他也有头绪安抚。

但是在立夏这里，完全不一样。

很多时候他觉得能够看透她了，可马上又看不懂了。就是这样的若即若离，让他无法把握，他好像觉得需要花很多的心思去好好地爱她。

是爱吗？

思及此，他一愣，很快又将这种想法压制下来。

已经产生了这种念头，这种想法如果不是爱的话，那又是什么呢？

他在心里苦笑。渐渐地，她好似也哭累了，揪紧他衣襟的力道渐渐缓和下来。

蒋鸿飞不知什么时候已经离开了。

她从他怀中抬起头来,眼眶通红,我见犹怜。

"不好意思……"

"你道什么歉?"他心疼地看着她,用手背抚了抚她哭红的眼眶,问,"是不是很难受?"

她咬咬唇,似乎想否认,但似乎又被他方才一番话打动,终于卸下了这些日子以来的防备,微微垂眸,点了点头应道:"嗯。"

不知是不是哭过的原因,这会儿她毫不遮掩地承认了,居然觉得一身轻松,长期压在胸口的一块石头也完全卸下了。

"特别难受?"蒋燃吻了吻她的眉心问。

她点头。

"还想哭吗?"

她又重重地点头。

"是不是这些日子都特别想哭?"

她一直在点头。她深深地呼气、吸气,平复着内心的情绪。

忽然,她的后背传来一股力道,她又被他按到了怀中。

"那哭吧。"他说,"我陪你。想哭多久都可以。"

她伏在他的肩头,望着头顶暖色的灯光,视线模糊,却掉不下眼泪了。

"其实,"她沙哑着嗓音开口,"我也是我爷爷带大的。"

"嗯。"蒋燃不是很意外,任她抱着的同时,也抱紧她一些。

"他去世,我真的特别难过……特别难过。蒋燃,我真的……好难过。"她几度哽咽到说不出话,"但是我不能倒下,我爸妈回不来,这边就我一个人,我如果难过到倒下了,就没法好好送他走最后一程了。"

蒋燃的心里酸涩,轻轻地应道:"嗯,我理解。"

"我也不知道为什么没法告诉你,我其实很想告诉你,我很难过,我需要你的安慰。我也知道,你来港城,是来安慰我、陪我的,但是面对你,我突然什么都说不出来。我好像一直以来都虚伪惯了,程宴北跟我分手,我表面上不难过,可心里难受得要命。他不接受我对他家人的好意,我也很难过。到最后剩我一个人在原地徘徊,我也很难过。但我好像就是不想让人看笑话,就是不想让人知道我有多脆弱,所以我好像丧失了表达'我很难过'的能力。但我真的很难过,难过到有些触景生情。"

她宣泄了一通,情绪也平和下来。今晚明明是她要跟着他来跟他爷

323

爷吃饭的,现在反而是她这么狼狈。

"爷爷走了吗?"她从他怀中抬起头,红着眼睛,四下张望。

蒋燃抚着她的发应道:"嗯。"

"真不好意思。"她咬了一下嘴唇,看着他问,"我这样真的很扫兴吧?"

"没有。"他摇摇头说,"他今晚跟你聊天很开心。"

"真的?"

"嗯,那会儿你去厨房,他偷偷跟我说了。"

"那就好。"她轻拍胸口,绽开笑颜道,"我还怕他觉得我太不体面了,第一次和你家人吃饭就这样。"

见她不哭了,他温柔地笑着,用微凉的手背去触碰她哭得浮肿的眼皮,安慰道:"没事的。"

她立刻从他的怀中出来,站起来说:"我帮你收拾东西吧。"

他却突然拉住了她的手腕。

她不动了,转头看着他笑道:"你让我转移一下心情不行吗?"

"等会儿我陪你一起。"他看着她,目光温和地道,"虽然有点儿乘虚而入,但我还是想问你。"

"什么?"

"愿不愿意跟我在一起?"

他抿了一下嘴唇,目光与语气都很坚定,徐徐地道:"不是那种……一时兴起,或者逢场作戏、我们出于某种目的才在一起,是我想陪着你,你有什么难过的事都可以告诉我,不用再强撑着,也可以坦然地接受我的安慰,不用觉得我目的不单纯,或者只是我突然来了兴趣。"他顿了一下,又说,"就是想跟你谈一场,能从头看到尾的、特别简单的恋爱。你要的安定、你要的安稳,我都愿意给你。"

"你愿不愿意?"

立夏默默地看着他。她的眼睛还红着,站在他面前,睨着他,目光也渐渐变得柔和。

"你愿意吗?"他又问她一遍。

"你是有点儿乘虚而入了。"立夏笑起来,眼中却并无其他情绪。

"是吗?"蒋燃也笑了,拉着她的手腕,改为抓住她的手掌。

似乎觉得这样不够,他又与她十指紧扣,将她柔软、冰凉的手握在自己手中。

"好不好？"他语气里带了些恳求，半开玩笑半撒娇的样子，眼神却很坚定。

"你今天跟我说，我们喜欢一个人不会说我喜欢你，而是会说'我想你'。"

"嗯。"

"蒋燃，我想你。"

蒋燃一愣，看着她有点儿狡黠的表情，问："什么？"

"就是'我很想你'，我出差在外的那几天想了很多，但是想得最多的，都是与你有关的。我看到很多陌生的、漂亮的风景，第一个想法是，如果你与我一起来就好了，我也不至于太无聊。"

蒋燃握住她手的力道不由得紧了紧，又问："然后呢？"

"然后就是，我喜欢你。"她大方且坦然地承认，"我与你不同，我如果喜欢一个人，会表现得特别明显。"

他看着她。

"所以我说你是在乘虚而入，你明明能感觉到我喜欢你，偏偏还来问我愿不愿意跟你在一起这样的问题。"

蒋燃被她这样的逻辑逗笑，低了低头，又抬头，目光又柔和几分，继续问："然后呢？"

"然后，"她忽然倾身靠近他，一只手轻轻地扶住他宽阔的肩膀，目光很温柔地说道，"我当然愿意跟你在一起了。但是，下次能不能别迂回地问我'要不要一起去吃个饭'这样的问题了？"

"那我说什么？"

"你不如直接说：要不要和我试试看。"

他的鼻子微动，又是一笑，一只手搁在她的后脑勺，将她带到自己面前。

他的唇离她不过分毫，定定地注视着她，带着笑的双眸如含着一汪春水，认真地问："立夏，要不要和我试试看？"

她垂下头去吻他的唇。

"当然可以。"

番外三
最后的我们

CHI
CHAN

怀兮坐在山巅看台最好的位子上。

淡蓝色的天际线与绵延的山峰接壤,她仿佛坐在云端之上。

身临其境地观看这样的山巅拉力赛,望着远处险要陡峭的车道,恐高症都要犯了。

赛车队的粉丝可是出了名的狂热,甚至与一般人的认知有过之而无不及。这又是国际赛事,不同车队的粉丝脸上贴着不同的国家和赛车队旗帜,穿着不同颜色的应援T恤,顶着晴天烈日,观看长达两个小时的比赛,劲头也丝毫不减。

九曲十八弯的赛道依山而落,延伸到远方的森林,飞快驰骋的赛车一辆又一辆地带过震天响的引擎,在这样的青白交织之间,你追我赶,不相上下。

斡旋许久,最后一个弯道,程宴北一步领先。

可那路实在太陡峭了,他那辆红黑色的SF100几个迂回,硬是冲到了最前面。那个大转弯看得她的心脏差点儿跳出来,生怕车子一个转弯不慎便会倾翻下山崖。她的眼睛都不敢眨一下,心揪成一团,和观众席的众人一齐站了起来。

赛况转播的主持人都快发出尖叫了,全场屏息凝神,直到看到车的后车轮稳稳地落下,才敢继续呼吸。

随后看台上爆发出排山倒海的尖叫,裁判吹着口哨,摇动彩带,手中的旗子翻飞,欢呼喝彩声震耳欲聋,大家都激动不已。

这是怀兮第一次正式看他的比赛。

大学快毕业那会儿,程宴北开始接触赛车。她坐在训练场的看台上看过他尽情地驰骋,也看过他流汗。后来没过多久他们分了手,一直到前段时间在沪城再次遇到他。她也看过他在赛车场上飞驰,但没有一次让她这么激动,这么害怕。

和他分手的那五年,怀兮潜意识里刻意地去回避一切与"赛车"有关的信息,这个领域与她的日常生活接触到的东西也相距甚远。她不去关注,慢慢地,这些与他相关的东西就不会出现在她的世界。

慢慢地,她好像连他也一起忘记了。

可是重新遇到他这段时间以来,所有的一切,所有的细枝末节,所有尘封在心底的过往,都在提醒着她——他没有被她忘记,她永远也不可能忘记他。

以至于此刻他冲到了终点,长腿一迈,从还没来得及降温的车上下来。他单手抱着头盔,转播屏幕上出现他英俊的脸,所有摄像机镜头都对准了他,全场呼喊着他和他的车队。他朝她所在的看台投来视线,并露出笑容,对她挥手时,她还是有一种十分不真切,并且非常害怕的感觉。

如果这场比赛,她失去了他呢?

如果在过去他们没有对方的那五年里,有过一刻的不慎、意外、事与愿违,她会不会就不会再遇到他?

这让怀兮感到害怕。

与所有开心格格不入的害怕。

"让我们把镜头对准我们的冠军,来自中国沪城MC,Hunter车队的程宴北——看看他到底要去哪里呢!刚刚才拿了冠军的他是否在跟自己最重要的人打招呼呢?"

赛事主持大声地用英文呼喊。

怀兮正沉浸在自己的思绪中,一个晃神,就见那道高挑修长的身影都顾不上拿奖杯,大步一迈,径自朝看台上的她走了过来。

怀兮都不知道此刻自己该露出什么样的表情。她早已习惯成为视线焦点,这一刻却还是有些无所适从。

程宴北朝她走来,一步一步,走上一级又一级台阶。

人群迎接他,为他喝彩,赞美他,要和他握手,要他在车队旗帜上签名,要把他高高地抛过头顶。

他统统都顾不上。

男人的嘴角洋溢着一抹带着痞气的笑容，漆黑明亮的眼中全是她的身影。他摒弃外界的一切，走到了她的面前。

好像一晃，就回到了他们的那些年。

"那是谁！Cheng！那是他的爱人吗？大家猜一猜，是不是他爱的人——"

四周的欢呼如翻涌的浪潮，怀兮还没回过神，就被他用手臂一揽，她整个人好似同时被这排山倒海的呼声与掌声轻盈地抬离了地面。

她落于他的怀抱中，尚未反应过来，额头上便落下他的吻。

他因为走得太快而微微喘气，心跳剧烈到她都能听到，温热的呼吸随着他低沉、温柔的嗓音一齐落下。

"怀兮，我是冠军。"

"我是冠军，你看到了吗？"他的双眸灿若星辰，激动到嗓音都在微微颤抖。他喃喃道，"我是你的冠军。"

"你看到我拿冠军了，是不是？你都看到了。"

是的，她终于看到了。

好像这一刻，那五年缺失的遗憾终于被填平了。

怀兮心一紧，不知怎么的就鼻子发酸。她也情不自禁地抱住他的脖颈，吻着他，手揉他的脸颊。

他握住她的手，那柔软温热的触感让她的眼圈彻底红了。她说："你知不知道你刚才有多吓人？你开赛车一直这么吓人吗？我真的要吓死了，程宴北，你如果出点儿什么事我一定不会原谅你的！我不会的！"

程宴北笑了笑，她的脸颊埋在他的肩窝，已经带了哭腔，他都感觉到了她的泪水。

所有人都在笑，都在为他喝彩，关心他会不会拿冠军，会不会为车队争光。只有她在这里为他哭，为他牵肠挂肚，为他惴惴不安。

这样的感觉太久违了。她离开他太久了。

程宴北安抚着她，轻轻地拍她的背，低声安慰道："我这不是没事吗？怎么哭成这样？嗯？"

她抬起湿润的眼睛，脸颊枕在他的掌心。

不想在这样的时刻流眼泪扫他的兴，她忽然将他抱得很紧很紧，而他却来吻她的眼泪。

"我没事，没事的，怀兮。"他说，"我们才重新开始，我怎么舍得丢下你出点儿什么事情呢？"

怀兮哭得更大声了。

她都不知道自己有多久没这么哭过了。和他分手她都没怎么哭过，这一刻害怕失去他，居然哭成这样。

她也来寻他的唇，混着泪水去吻他，同时恶狠狠地道："以后不许再参加这么危险的项目了。"

程宴北笑着答应她："好。"

"我真的很害怕。"她啜泣着，"我一想到过去你可能在我不知道的地方一次次在这样的路上训练、比赛，我就觉得害怕，以后不要让我这么害怕了。"

他边吻她的眼泪边应道："好。"

"不要抛下我，不要再和我分开。"

"好。"

"我们不要再分开，我不要再跟你分开了。"她有些语无伦次地道，"程宴北，我要和你永远永远在一起。"

"好。"

他这么一声又一声地答应她，好像在哄一个小姑娘。

而这又令她感到心安，她在他的面前，永远是那个任性的小姑娘，他永远会宽容她，安慰她，陪着她。

她就是这么相信他。

五年后，她还是愿意这么相信他，没有丝毫怀疑。

怀兮几乎挂在他身上不下来，程宴北无奈地笑笑，在她耳边说："说什么我都答应你，但是你一定要这么抱着我被拍吗？"

"我不管，"她依然很任性，不撒手，有着自己的坚持，"我的眼睛哭红了，妆都花了……我就这么抱着你，我不想被镜头拍到，不然别人会说世界冠军的女朋友居然哭成这样，太丢人了……"

"好，好。"程宴北都答应她，又笑着补充，"不过你什么样我都最爱你，知道吗？"

怀兮愣怔地抬起头，对上他含笑的双眸。

程宴北迎上她，重复道："我最爱你，怀兮。"

怀兮终于破涕为笑道："啊，程宴北，你今天肉麻死了，你是觉得这里的人听不懂中文才说这话的吗？"

"谁说的？我用别的话也可以说，你要不要听听看？"程宴北朝她挑了挑眉，然后直视镜头。

他正要用英文开口，怀兮赶紧转过身来。她都顾不上自己哭花了妆，赶紧去捂他的嘴巴。她又觉得这样不够阻止他，于是踮起脚，吻住他的唇，含混不清地道："别说，别说……回去再说。"

如此一吻，身前身后，呼声更热烈了。

程宴北也在这样的欢呼中按住了她的后脑勺，深深地回吻她，要所有人都见证——他完成了这场完美的比赛。

镜头捕捉到他和她亲吻的画面，见证他和她再次拥有了彼此。

这是最完美的复合礼物。

其间程宴北还呢喃着说："怎么办？怀兮，我突然后悔了。"

"嗯？"怀兮一愣。

"后悔让这么多人看到你。"他吻着她的唇，声音低低地道，"你要不要看看屏幕，你漂亮死了，漂亮得我都不舍得他们来拍你。"

她彻底绽放笑容。

怀兮这一刻才确定，拥有他，遇到他，和他重新开始，是何其幸运的一件事。

"找个时间结婚吧，怀兮。"程宴北说，"除了你来看我拿冠军，这是我唯一想做的事情。"

怀兮不假思索地答应了他："好。"

"我也不要再跟你分开。"

"我也不要。"

他又说："我最爱你。"

"我听到啦，你说了好多遍了。"

"以后还要说，每天都要说。"

"好，好。"她就这么应着，然后说，"程宴北，我也最爱你。"

"回去我们就结婚吧。"

"好。"